本书获广东外语外贸大学外国文学文化研究中心立项经费资助
属"外国文学文化论丛"系列成果之一

Shenti Shixue: Lekelaiqi'ao Zuopin Tanwei

外国文学文化论丛

主编 栾栋

身体诗学：
勒克莱齐奥作品探微

张璐/著

中山大学出版社
·广州·

版权所有　翻印必究

图书在版编目（CIP）数据

身体诗学：勒克莱齐奥作品探微/张璐著．—广州：中山大学出版社，2018.6

（外国文学文化论丛/栾栋主编）

ISBN 978-7-306-06311-3

Ⅰ．①身… Ⅱ．①张… Ⅲ．①勒克莱齐奥—文学研究 Ⅳ．①I565.065

中国版本图书馆 CIP 数据核字（2018）第 043605 号

出 版 人：	王天琪
策划编辑：	吕肖剑
责任编辑：	王延红　罗梓鸿
封面设计：	林绵华
责任校对：	罗雪梅
责任技编：	何雅涛
出版发行：	中山大学出版社
电　　话：	编辑部 020-84111946，84111997，84110779，84113349
	发行部 020-84111998，84111981，84111160
地　　址：	广州市新港西路 135 号
邮　　编：	510275　传　真：020-84036565
网　　址：	http://www.zsup.com.cn　E-mail:zdcbs@mail.sysu.edu.cn
印 刷 者：	佛山市浩文彩色印刷有限公司
规　　格：	787mm×1092mm　1/16　16.25 印张　310 千字
版次印次：	2018 年 6 月第 1 版　2018 年 6 月第 1 次印刷
定　　价：	46.00 元

如发现本书因印装质量影响阅读，请与出版社发行部联系调换

"外国文学文化论丛"序

　　广东外语外贸大学外国文学文化研究中心成立已有 12 个年头。作为广东省文科基地，该中心为广东外语外贸大学这所专业型和实用性特征突出的学校增添了几分人文气质，使广东省这个改革开放的"前沿码头"多了些了解他山之石的深度。今天，我们推出"外国文学文化论丛"，就是想对本中心研究的状况和相关成果做一个集结，也是为了把我们的工作向广东的父老乡亲做一个汇报。

　　"外国文学文化"是一个庞大的范围。任何一个同类研究机构，充其量只能箪食瓢饮，循序渐进。我们的做法是审时度势，不断进行学术聚焦，或曰战略整合。具体而言，面对"外国文学文化"这个极其宽泛的研究对象，我们用 12 年时间完成了内涵、外延、布局、人员、选题、服务学校和社会等方面的核心建构。

　　其一，12 年的艰苦努力，基地真正地完成了对广东外语外贸大学重要外语种类文学文化研究实力的宏观联合。经过这些年的精心组织和努力集结，英、法、德、日、俄、泰、越等国别文学及其相关研究初具规模，跨文化的择要探索、次第展开，突破比较研究局限的熔铸性创制有序进行。从总体上看，虽然说各语种实力仍然参差不齐，但是几个重要的语种及其交叉研究，都有了可以独当一面的人才，有了相对紧凑的协作活动，优选组合的科研局面日臻成熟。

　　其二，基础研究和个案研究、单面进取与多向吸纳的交叉研究态势业已形成。长期以来，广东外语外贸大学的外语师资在科研方面比较分散，语各一种，人各一隅，教学与科研大都是单面作业，几十年一条"窄行道"，一辈子一个"小胡同"，邻窗书声相闻，多年不相往来。近几年，基地积极推荐选题，从战略上引导，在战术上指点，通过活动来整合资源，基础研究与个案研究的结合颇有成效，单向研究的局限有所突破，交叉研究的方法也有较大面积的推广。这个进步将会对学校的师资建设产生积极而深远的影响。

　　其三，领军人才和高端人才的培养在有重点地推进。在当今中国，高教发展迅速，不缺教书匠，缺少的是高水平的教师，尤其缺乏大气磅礴的将帅之才。自古以来，有些知识分子以灵气或知识自傲，文人相轻，是己非人，一偏之才易得，淹博之人寥寥，而可以贯通群科的品学兼优之才更是凤毛麟角。我们这些年在发掘和培养科研人才方面，花了不少心血。外国文学文化研究中心以人文学为集结号，在本校相关专业的教师当中培养了一批师资力量。让我们感到欣慰的是，最近几年基地持续多年的创新学术导向渐入佳境，熔铸性的科研蔚成风气，专兼职人员知识结构的改造成为本中心的自觉行动，科研人才的成长形势喜人。随着学校支持力度的加大，陆续有高端人才引进，他们的加盟对基地来讲，是具有战略意义的人才布局。

其四，科研有了质量兼美的提升。从2011年到2013年，"人文学丛书"第3辑15种著作全部付梓。截至目前，1、2、3辑共35种著作，加上丛书外著作5种，总计达40种著述（不包括2011年之前基地已经出版的10多种"人文学丛书"外著作），成建制地推向学界，产生了积极的学术影响。在基地的专兼职研究人员中，有些学者善于争课题、做课题，有些学者精于求学问、搞创新。我们对这两种学者的特长都予以支持。相比较而言，前者之功，在于服务政策，应国家和社会所急需；后者之德，在于积学储宝，充实学林，厚道人文，是高校、民族和国家的基础建设。从学术史和高教发展史来看，两个方面都有其贡献，后者的建树尤为艰难。埋头治学者不易，因为必须淡泊名利，宁静致远。然而，不论是对于一所高校、一个民族、一个国家，还是对全人类，做厚重的学问是固本培元的事情。有鉴于此，基地正在物色人选，酝酿专题，力求打造拳头产品，做一些可以传之久远的著述。

其五，将战略性选题和焦点性课题统筹安排。诸如，以"人文学研究"（即克服中外高校学科变革难题）为龙头，以"文学通化研究"为核心，以"美学变革研究"为情致，以"外国文论翻译研究"为舟楫，以"人文思潮探讨"为抓手，以"重要人物研究"为棋子，推出了一系列比较厚重的研究成果，如人文学原理、文学通化、感性学、文学他化、存在主义、女性主义、后现代主义、新小说、副文学现象、日本汉诗、莫里哀、波德莱尔、艾略特、柏格森、阿多诺、海德格尔、勒维纳斯、海明威、萨特、古埃尼亚斯、本居宣长、厨川白村、川端康成、大江健三郎、村上春树、米兰·昆德拉、伊里加蕾、鲍德里亚、麦克·布克鲁、雅克·敦德、德尼斯·于斯曼、勒克莱齐奥、哈维等，一盘好棋渐入佳境。

其六，全力配合学校的总体规划。本基地为学校的传统特长——外国文学文化研究增砖添瓦，为学校学科建设的短板——文史哲学科弱项补偏救急，为学校"协同攻关"和"走出去"身先士卒。事实上，基地的上述工作，早就开始"协同攻关"。试想，把这么多语种的文学文化研究集于一体，冶为一炉，交叉之，契合之，熔铸之，应该说就是"协同攻关"。"人文学中心建设"

也是一种贯通群科的"协同攻关"。比较文化博士点的复合型人才培养，同样是一种"协同攻关"。我们做的是默默无闻的工作，基地的专兼职研究人员甘愿做深基础、内结构和不显山露水的长远性工作，我们为之感到高兴。笔者一贯用"静悄悄，沉甸甸，乐陶陶"勉励自己，也以之勉励各位同事。能够默默地奉献，那是一种福分。在"走出去"方面，我们也下了相当大的功夫，仅 2013—2014 年，基地就有 5 名教授分赴法、德、俄、美等国访问与讲学。这些活动的反响都很积极。对方国家的高层学者，直接把赞扬的评价反馈给我国教育部、汉办等领导部门。我们努力响应国家和学校的号召，认认真真地"走出去"，这在今后的工作中还会有进一步的体现。

  以上几个方面的工作，在"外国文学文化论丛"中都有聚焦性的著作推出。还有一些方面，比如外国语言文学如何固本培元的问题、外国语言文学选择什么提升点的问题、"人文学"的后续发展问题，诸如此类，都是今后基地科研工作的关注点。这些方面也会在"外国文学文化论丛"中陆续有所体现。序，是个开端。此序，也是 12 年来基地工作的一个小结。

栾　栋
2015 年 4 月 19 日
于白云山麓

目录 Contents

前言 ··· 1

第一章　隐喻存在焦虑感的身体症状 ································ 13
第一节　牙痛引发的存在苦恼 ···································· 17
一、不在场的身体 ·· 18
二、对意识主体的解构 ·· 20
三、身体和精神的融合 ·· 23
第二节　作为暴力隐喻的发烧 ···································· 25
一、目光的暴力 ·· 27
二、太阳的暴力 ·· 32
第三节　物质的狂喜 ·· 36
一、意识和物质的古老对立 ···································· 37
二、意识的悲剧 ·· 40
三、回归鲜活的物质世界 ······································ 48

第二章　碎片化的身体 ·· 57
第一节　碎片化的身体部位 ······································ 60
一、作为主体的人的死亡 ······································ 62
二、拟人化的物体 ·· 65

第二节　作为暴力对象的身体……………………………………… 66
　　第三节　身体—机器的比喻和身体的可塑性……………………… 70
　　第四节　麻木的身体………………………………………………… 75
　　第五节　被践踏的地球身体………………………………………… 79

第三章　驯顺的肉体：身体的规训与反叛……………………………… 83
　　第一节　现代工作：对身体的工具化运用………………………… 86
　　　　一、作用于身体的权力的政治解剖………………………… 87
　　　　二、驯顺的肉体：存在焦虑的来源………………………… 90
　　　　三、消费社会利用身体的新形式…………………………… 92
　　　　四、作为文化事实的身体地位……………………………… 95
　　第二节　边缘的诗意：游走在监狱社会的边缘…………………… 98
　　　　一、作为社会监视力量的医疗目光………………………… 99
　　　　二、诗意的边缘性…………………………………………… 104

第四章　父权凝视和女性身体…………………………………………… 113
　　第一节　现代媒体与父权凝视下的女性身体……………………… 115
　　第二节　男性目光下碎片化的女性身体…………………………… 119
　　第三节　社会丛林中的猎物：被侮辱和损害的女性形象………… 122
　　第四节　父权社会的玩偶娃娃……………………………………… 126

第五章　受难的身体：历史叙事中的深镜头…………………………… 139
　　第一节　殖民历史车轮碾压下的累累白骨………………………… 143
　　　　一、战败者的荣耀…………………………………………… 143
　　　　二、在理想和暴力之间的挣扎和幻灭……………………… 149
　　第二节　"事件铭写的表面"：战争叙事中的身体………………… 156
　　　　一、流浪的犹太人…………………………………………… 157
　　　　二、战争阴影下的"灵薄狱"………………………………… 161

第六章　原始身体………………………………………………………… 167
　　第一节　表现野性身体之美的原始身体技能……………………… 170
　　　　一、原始身体技能的启蒙…………………………………… 171

二、原始身体技能和现象的身体…………………………………… 176
　　三、原始身体的野性之美…………………………………………… 180
第二节　艺术和仪式中的原始身体………………………………………… 182
　　一、宗教和艺术生活中的身体实践………………………………… 182
　　二、狂欢的身体和生命的冲力……………………………………… 191
第三节　真实感的重塑……………………………………………………… 194
　　一、作为与意识崇拜背道而驰的原始身体实践…………………… 195
　　二、作为人类语言对立面的原始沉默……………………………… 196

第七章　文本的愉悦：感性描写和现象学的写作……………………………… 201
第一节　肉身化语言和作为表达方式的身体……………………………… 203
　　一、对表征性语言的质疑…………………………………………… 205
　　二、找寻一种"肉身化语言"………………………………………… 208
第二节　令感官愉悦的抒情………………………………………………… 210
　　一、感觉描写………………………………………………………… 212
　　二、文本的愉悦……………………………………………………… 219
第三节　对自然元素的描写和现象学的写作……………………………… 223
　　一、世界之肉和人体之肉的融合…………………………………… 224
　　二、作为同一整体的宇宙…………………………………………… 232

结语…………………………………………………………………………… 238

参考文献……………………………………………………………………… 241

前　言

　　勒克莱齐奥（J. M. G. Le Clézio，1940—　　）是 2008 年诺贝尔文学奖获得者，也是法国当代文学最重要的作家之一。他的作品突破地理疆域的限制，游走于多种文明之间，其创作主题相当丰富。在法国文坛上，勒克莱齐奥的写作被认为具有一种独特的风格，因此难以划归于任何一个流派。这位作家作品的独特性可以在瑞典皇家学院为其授予诺贝尔文学奖时给予的评价中找到最恰当的概括："一位与传统决裂的作家。一位擅长描写诗意冒险与感官沉醉的作家，一位关注生活在主流文明之外和以下的人性的探索者。"① 的确，在勒克莱齐奥的文学创作和文学传统之间有着某种程度的"决裂"，这一方面是由于他的"探索"精神，促使他不停地探寻他者和异域，② 另一方面也是由于他对西方文明鞭辟入里的批判，以及对"生活在主流文明之外和以下的人性"的同情和赞扬。

　　诚然，勒克莱齐奥的作品最广为人知的特点便是对西方以外文明的探索和刻画，以及对西方文明不留情面的批判，用一位日本学者的话来说，"但凡在作家笔下出现的现代西方世界，一定是以否定的态度表现出来的"③。然而，这些特点也同样引起了批评界不同程度的诟病。一些批评者将勒克莱齐奥对原始生活的颂扬看作一种"原始主义"、一种过时的"蒙昧主义"，④ 另一些研究者则认为他那些生态主义和反殖民主义题材的作品是一种为了迎合左派知识分子而创作的、政治正确的老调重弹。⑤

　　那么，对于这样一种"与传统决裂"的文学，一种被很多人喜爱、又无法避免诸多非议的文学，到底应该如何来评价，就成为一个值得探索的问题。同时，对于一个在法国文化土壤中成长起来的作家，到底是什么引起了他对西

---

① 谭成春：《勒克莱齐奥的创作历程简述》，《当代外国文学》2009 年第 2 期，第 73 页。
② 勒克莱齐奥游历过的地方包括：北非、印度洋、南美、美国、泰国和中国。
③ Masao Suzuki. *J. M. G. Le Clézio, évolution spirituelle et littéraire：par-delà l'occident moderne.* p. 17. 本书所引用的外文文献均由本书作者自己翻译。
④ 详见 Jérôme Garcin. Un indien contre la ville. *L'Express*, 2 novembre, 1995. p. 59.
⑤ 布鲁诺·蒂伯通过"悖论的写作"来表示对作家作品褒贬掺杂的欣赏态度。详见 Bruno Thibault, Keith Moser（dir.）. *J. M. G. Le Clézio Dans la forêt des paradoxes.* Paris：L'Harmattan, 2012. p. 11.

方文明的激烈批判，又是什么使他对未被现代性同化的异域文化产生强烈好感的呢？围绕对这些问题的思考，我们将展开一个对勒克莱齐奥作品中"身体"问题的探讨，试图通过对这一主题的研究，对以上问题作一个尝试性的解答。

那么，本书的书名"身体诗学"应该作何解释呢？首先，据法国《罗贝尔法语大词典》的解释，"诗学"一词广义上可以理解为"一个国家、时代或流派的总体创作理念。也被用于表示一种特殊的审美、艺术理论或体裁（例如1767—1768年狄德罗谈到的'废墟诗学'）。现代的批评家将该词应用于文学创作理论，经常提及亚里士多德、瓦雷里和雅各布森的创作理论"①。因此，在这种意义上，我们以"诗学"一词代表一位作家整体作品中的创作思想，以及艺术和主题上的创作技巧。在被冠以限定词"身体"的语境下，本书书名中的"诗学"特指勒克莱齐奥作品中涉及的、关于"身体"的总体思想和表达技巧。②

"身体"是一个含义广泛、包罗万象的词语。通常当我们提到"身体"时，既可以指自然的身体（生理的身体），又可以指文化的身体；既可以是特指的个体身体，又可以是泛指的广义身体；既可以是人类的身体，又可以是隐喻意义上任何事物的身体。在文学语境里当我们提及"身体"时，主要是在谈论"文学的身体"（literary body/le corps littéraire），即以身体为主题的文本，或文本对身体的再现（représentation）。正如皮特·布鲁克斯指出的那样，"将身体写入文本一直以来就是文学的重要命题"③。在身体和文本之间，有着难以切断的紧密联系，因为人认识世界的出发点，其建立象征秩序的最基本元素，乃是对身体部位的体认，对身体知觉、情感的体验。从这个意义上来说，身体和语言的联系是显而易见的，"哪怕是最精细的象征系统和言语体系终究也毫无疑问地是来源于身体感觉"④。身体的结构和感觉赋予语言以象征的秩序，因此，由语言写就的文本自然而然地无法脱离对身体的再现。

事实上，身体一直是文学的重要主题。对身体的想象和再现自古以来就是

---

① Alain Rey (dir.). *Dictionnaire historique de la langue française*. Paris：Le Robert, 1998.
② 诗学一词被广泛地应用于表示一个作家创作手法和理念的总体特征。例如，里冬在探讨勒克莱齐奥和格里桑（Édouard Glissant）作品中的他者主题的时候，用了"痕迹的诗学"这样一个题名。详见 Jean-Xavier Ridon. J. M. G. le Clézio et Édouard Glissant：Pour une Poétique de la Trace. *Contemporary French and Francophone Studies*. 2015, vol. 19, no. 2, pp. 146–154. 在比较普鲁斯特和勒克莱齐奥创作理念和文学风格的时候，有学者谈到了一种"创造的诗学"，详见 Adina Balint. *Pour une poétique de la création：Proust et Le Clézio*. Toronto：University of Toronto, 2009. p. 290.
③ Peter Brooks. *Body work：objects of desire in modern narrative*. Cambridge, Massachusetts：Harvard University Press, 1993. p. 1.
④ 同上，p. 7.

西方文学不竭的灵感源泉。西方文学对"身体"的想象可以追溯到历史久远的古典时期、中世纪的文学源头。在古希腊文学中，健美壮硕的身体是审美的典范和英雄主义的象征；身体的伤疤构成人物身份的终极标志，诸如俄狄浦斯王的肿脚、奥德修斯腿部的伤痕和阿基琉斯的脚后跟；而古罗马诗人奥维德的《变形记》更是将对身体形态变换的想象及象征意义的诠释发挥到了极致。在中世纪基督教文学中，"道成肉身"（Incarnation）成为叙事的恒久主题。耶稣的肉身在为人类争取救赎的道路上承受一系列的苦难，这些苦难所具有的象征意义，意味着精神道义的具身化体现，因此，对耶稣基督作为肉身凡胎降临人间的强调和渲染成为基督教传统中不竭的叙事源泉。直到文艺复兴时期拉伯雷笔下的狂欢节上"狂欢的身体"通过大胆表现那些诸如交配、排泄、分娩、进食等被官方文学视作"低下"的身体形象来展现生命的活力，才重新定义了身体和精神在生命中的权重。

如果说身体与中世纪文学不可分割的关系来源于一种抒发生理性身体体验的本能冲动、一种原始的直觉，那么，随着现代的来临，随着"身体在各种社会科学中的荣耀登场"①，即"身体话语"（body discourse）在哲学、社会学、人类学、文艺学和医学等多种人文社会学科中的繁荣发展，在现代文学中，身体在文学空间中的含义已经变得如此深厚与多元，以至于"文学身体"已经远远超出了通俗语言中指示的简单自然的生理性身体，而成为多种人文话语交织撞击的场所，意义生发的发源地。哲学对身体进行了这样的发问："我"有一个身体，还是"我"是"我"的身体？不可靠的身体感觉是否成为我们在认知世界、通达真理道路上的障碍？在身体本能欲望支配下的我们是否丧失了把握自己命运的自主性，而因此沦落为在生活琐碎中饱食终日的种群？社会学对身体发出了新的挑战：在社会生活中，"我"的身体是否真的属于"我"，是否真的可以冲出文化塑造和政府管制的羁绊，赋予"我"独立、自主的属性？人类学和文化学则将身体放置到不同文化背景的语境中，考察不同文化的身体实践。由于吸取了人文学科中对身体意义的多方位挖掘，"文学身体"由此成为一个含义异常丰富、深厚的能指，成为文本意义建构中的重要动因。正如布鲁克斯所说："现代叙事似乎生产着这样一种双重机制，那就是使身体符号化，使故事身体化。这意味着一方面身体必须成为一个意义产生的场所和源泉，而另一方面任何故事都无法避免将身体作为叙事意义的首要

---

① David Le Breton. *La sociologie du corps*. Paris：Presses Universitaires de France，1992. p. 9.

载体。"①

准确来说,"身体"在我们的研究中主要指涉以下三层不同的意义。首先,身体在文学文本中首先被视作一种修辞手段。几乎在所有的人类语言中,人们都习惯于用身体作为象征、隐喻等修辞方式的源泉,借以创造出生动且易懂的短语或谚语,例如"桌脚""隔墙有耳"等表达方式。同样,身体在文学文本中出现时也往往是隐喻性的。书写身体,用文字呈现其形象和行为,因此成为一种意在传达深层、隐晦意义的修辞机制。其次,在现今的文学语境下,身体和语言的关系如此密切,以至于人们开始越来越多地谈论身体对写作的渗透。至此,文学文本经常被视作具有血肉的身体。

最后,作为人类存在的具身化现实,身体是本体论研究中一个重要的论题。我们在勒克莱齐奥作品"身体"问题的研究中所要突出强调的,正是这个哲学层面的身体的含义。自从西方的认识论中出现了"灵魂"的概念(或者其对等概念"意识""心灵"),身体就变成了一个让人费解的问题。对西方哲学中身体谱系问题的简短概括可以让人对身体在西方认识论中的逐渐降级中窥见一斑。柏拉图崇尚纯粹的、不朽的灵魂,排斥终将毁灭的肉体;基督教认为身体的肉欲使其带有原罪,否认身体本应拥有的价值;笛卡尔的"我思故我在"(Cogito ergo sum,简称 cogito)更是将意识与身体严格划分,并将后者贬低为物质和机器的等同物。仅仅通过列举以上这些确立身体卑微地位的主要理论,我们就可以看到,在对人类身体的理解问题上,身体不再是一个简单的生物学事实,也不仅是我们存在的物质基础,而是被赋予了各种带有贬义的内涵——肉欲的原罪、灵魂的枷锁、存在中不可抗拒的限制等。同时,身体相对于精神来说的低劣地位,并不仅是一个形而上的论题,相反,时刻影响着我们日常的生活。许多社会学、人类学的研究表明,在现代社会中,对身体的驯化和工具性运用是一个广为存在的问题。因此,我们对勒克莱齐奥作品中的身体主题进行研究,正是为了能够在理论的参照下通过这个新的角度解析勒克莱齐奥的作品。

笔者在整理国外、国内大量文献后,对勒克莱齐奥作品的研究现状进行了如下概括。

国外对勒克莱齐奥的研究最早见于 20 世纪 80 年代,随着勒克莱齐奥知名度的提高,尤其到 90 年代,关注度大大提高,涌现出大量的期刊文章、博士论文和研究专著。如果说 20 世纪 90 年代对勒克莱齐奥的研究主要来自法国本

---

① Peter Brooks. *Body work: objects of desire in modern narrative*. Cambridge, Massachusetts: Harvard University Press, 1993. p. xii.

土文学评论界，那么，随着作家的作品不断被翻译成世界各国文字，其影响范围也越来越国际化。21世纪以来，勒克莱齐奥研究的学术成果每年都有稳定的增长，越来越多世界各国的法语界和文学批评界的学者加入到研究的队伍中来，虽然研究成果仍然以法语、英语撰写为主，但相当一部分成果的作者来自世界其他地方。2005年，法国的三位研究专家组建了"勒克莱齐奥读者联盟"，这个联盟发展到2010年，就囊括了全世界50多位学者。此外，联盟还建立了专门的网站，大大方便了勒克莱齐奥新作、译作和最新相关研究成果的查找。在此基础上，联盟成立了旨在以专题形式研究勒克莱齐奥作品的学术刊物《勒克莱齐奥研究通讯》，该论文集截至目前已发行了8期，极大地丰富了对勒克莱齐奥的研究。2008年，勒克莱齐奥获得了诺贝尔文学奖，这使得学界对这位作家的关注热情更加高涨，直到近年来，国际上对于勒克莱齐奥研究仍然成果丰富，其局面可谓欣欣向荣。

从总体上来归纳迄今为止的勒克莱齐奥作品研究成果，可以找到已出版的专著36部，另有论文集11部，已答辩的博士论文38篇（绝大部分专著是修改以往的博士论文出版的，因此这二者在很大程度上是重合的），还有数以百计的期刊文章。由于勒克莱齐奥小说主题的广泛性和深刻性，西方批评界对他的研究几乎涉及了当今文学批评理论的各个方面，研究视角非常丰富，如空间批评、神话批评、精神分析批评、女性主义批评和后殖民批评等都有相关论文出现。如果我们从形式和内容的角度切入来对这些研究做一个大致的划分，会得出这样一个总体结论：就主题研究（内容）的对象来说，空间和旅行主题，寻根和个人传记主题，他者和异质性主题，文化互动主题，以及作品中的哲学思想解读，作品与文化、历史背景的关系，是关注度最高、研究最为深入的领域。另外，孤独、童年、目光、色情、神话、自然、全球化、文化身份、快欣时刻、物的诱惑和西方文明批判也是研究者涉猎过的领域。从形式上的研究来看，作品的叙事方式、写作风格、作品体裁和作家自己对写作的思考也是研究的热点。还有不同学者分别从小说的魔幻风格、小说体裁的诗意化、小说的词法研究、人物的命名、作品的接受、描写的形式和功能、短篇的特点等多种角度加以论述。

鉴于国外勒克莱齐奥批评的内容相当可观，在这里我们就不再一一复述，主要将讨论的重点聚焦于与本书选题——身体研究——相关的现有研究成果。笔者在深入阅读了24部专著和8篇博士论文，同时在搜寻整理了勒克莱齐奥研究所有出版专著和博士论文清单的基础上，对国外勒克莱齐奥身体书写研究的现状进行了总结。

通过选取"身体的形象"这一视角作为研究对象，玛丽娜·萨勒曾经从五个方面对勒克莱齐奥作品中的身体主题做过详细研究：① 在人物建构中身体形象的特异性表现；② 对日常生活中生理性身体的重新重视；③ 痛苦的身体的各种不同再现；④ 相较于话语性思想来说的感觉的优先性；⑤ 作为一种探寻人和存在之间直接的、无法言说的关系的"物质的狂喜"。①

卢塞尔-吉耶在其专著《勒克莱齐奥：不确定的作家》的第四章中，明确提出了"身体写作"（écriture-corps）这一概念，分两个小节分别探讨了勒克莱齐奥作品中的"身体写作"和"身体机器"。② 在"身体写作"这一节中，卢塞尔-吉耶指出，勒克莱齐奥的思想归根结底是推崇一种感性的实存哲学，背弃那种强调知识和概念的认识哲学，因此，他把感觉、行动等日常生活中具身化的体验作为其创作的源泉，而拒绝那些过于知性、过于抽象、分析性强的文字。这种思想反映在他的作品里，就形成了一种"地震仪式的写作"（sismographique），即每一种细微的感觉、不经意的身体体验都能够被他的笔尖捕捉，使他的文字充满了感性、活力与神秘。在"身体机器"这一小节中，卢塞尔-吉耶援引了大量勒克莱齐奥早期作品中具有后现代色彩的身体书写，指出这些作品中的身体置于一系列表示暴力的施动动词的侵越之下，多以变形、受损、机械化的形象出现，象征着一种人的存在异质化、非人化，人的身份流动不居、难以捉摸，人与世界的关系变得极其浅薄和脆弱的社会现象。

法国学者杰拉尔·达努的专著《病痛的身体：文学与医学》③ 明确地以病痛的身体为研究对象，援引杜拉斯、勒克莱齐奥与托马斯·曼等几位作家的作品来说明在文学想象的空间中，作为处于现实世界与语言边界的、受到欲望驱使创作的作家，是如何通过放大欲望主体的幻觉和想象，以及消解医疗科学素有的身体—机器概念，来建构文学中的病患形象的。其中，第三章"发烧的身体和身体的发烧"解读了短篇小说《发烧》中作者对人体发烧时的体征描写的精确性，探讨了勒克莱齐奥短篇集《发烧》中作为一种情绪表现的发烧，以及对于受伤身体的厌恶感和这种情绪的深层医学机制。

如果说"性"是身体体验、生命活动中的一个基本行为，那么对于"色情"的研究理应划归到对身体的研究里来。乔林-伯道奇的专著《勒克莱齐奥：色情与文字》从色情的话题出发，筛选出作品中直接指涉性爱内容的文本，指出其中的关键构成元素及相关的多种演变形式；分析色情描写在作品中

---

① Marina Salles. *Le Clézio*：*Peintre de la vie moderne*. Rennes：Press Universitaires de Rennes，2007. pp. 207 – 238.
② Isabelle Roussel-Gillet. *J. M. G. Le Clézio*：*écrivain de l'incertitude*. Paris：Ellipses，2011. pp. 27 – 39.
③ Gérard Danou. *Le Corps souffrant*：*littérature et médecine*. Seyssel：Éditions Champ Vallon，1994. pp. 59 – 71.

的叙事功能；探讨色情文本的语义、句法等语言表达特点。① 由于乔林-伯道奇是从符号文体学的理论视角进行研究的，也就是说她关注的更多是作品中"色情叙事"的语言、文体特点，因此，这位学者没有就色情书写进行身体研究方面的发挥，也没有深度探讨色情叙事可能象征的深层意义。不过就她对于文本中"色情叙事"的梳理和分析所作出的努力，仍然可以对勒克莱齐奥身体书写的研究起到很大的启示作用。

埃迪特·佩里在论文《女性主人公身份变迁》②中探讨了作品中作为族裔身份的身体特征如何对移民西方社会的黑人女性造成了生活上的诸种艰难。罗塞里奥·格里马尔蒂的论文《〈乌拉尼亚〉和墨西哥世界》③则分析了作家如何通过表现一个印第安妓女的身体所受到的戕害，象征墨西哥民族悲怆的历史。卡塔·规里斯将勒克莱齐奥作品和英国作家莱辛作品中的身体形象进行了对比研究，并试图通过这些形象，表达两位作家对非洲大陆截然不同的视野。④

除了以上直接对作品身体主题进行的研究外，还有一部分研究的内容涉及了色情（乔林-伯道奇，2001）、感觉（莫兹尔，2008；库阿库，2014；图拉雅，2014）等与身体间接相关的话题。

在这里我们需要再次援引乔林-伯道奇 2001 年的专著《勒克莱齐奥：色情与文字》⑤，因为乔林-伯道奇把勒克莱齐奥文本中的色情书写分成了"色情的文学性"和"文学的色情性"两个部分进行探讨，前者我们已经在上文中进行过总结，后者则直接指向了"感觉"这一主题。作者认为无关性爱行为或情色的某些文学文本也包含潜在的色情性，并进一步指出，由于一系列文体手法和象征含义的使用，勒克莱齐奥的文字中荡漾着一种普遍的泛色情性。具体来说，某些以沐浴、舞蹈、散步、航行等人类活动和以大海、大风、光线等自然现象为主题的情节片段使阅读体验色情化；描写和叙事间的体裁渗透所代表的交融之美象征性地指涉色情主题；互文文本以其结构中的潮涨潮落和抚摸

---

① Sophie Jollin-Bertocchi. *J. M. G. Le Clézio：L'érotisme，les mots.* Paris：Kimé，2001.
② Edith Perry. *Les vicissitudes identitaires de Laïla, Lalla et Saba.* 载 Bruno Thibault, Isabelle Roussel-Gillet（dir.）. *Revue Les Cahiers J. M. G. Le Clézio, numéro double 3 - 4, Migrations et métissages.* Paris：Éditions Complicités，2011. pp. 158 – 162.
③ Rosario Grimaldi. *Ourania et les mondes mexicains de J. M. G. Le Clézio.* 载 Bruno Thibault, Isabelle Roussel-Gillet（dir.）. *Revue Les Cahiers J. M. G. Le Clézio, numéro double 3 - 4, Migrations et métissages.* Paris：Éditions Complicités，2011. pp. 185 – 194.
④ 详见 Kata Gyuris. *The image of Africa in Doris Lessing's The Grass is Singing and J. M. G. Le Clézio's The Africain.* 载 *Acta Universitatis Sapentiae, Philologica,* 4，1（2012）. pp. 188 – 199.
⑤ Sophie Jollin-Bertocchi. *J. M. G. Le Clézio：L'érotisme，les mots.* Paris：Kimé，2001.

的特点制造了一种默契相通、熟悉亲近的意蕴，从而微妙地产生了一种色情效果。事实上，法文单词 sensualité，既有"耽于感觉"，又有"色情性"的意思，因此，乔林-伯道奇所说的"泛色情性"在很大程度上就是"泛感觉性"。在这个意义上我们可以说，她是最早注意到勒克莱齐奥文本中"感官沉醉"的特点，并加以分析的学者。

莫兹尔的专著《勒克莱齐奥长篇和短篇小说中的"快欣时刻"》① 提出了"快欣时刻"（moment privilégié）这一概念，并把它置于自然、音乐、性体验三种语境下加以诠释。所谓"快欣时刻"，是文学界借助普鲁斯特《追忆似水年华》中主人公"品尝小玛德莱纳"一幕发展出来的一个文学概念，表示"来自于感官刺激的、神秘的、极度快欣的时刻"。在这部著作中，"快欣时刻"是直接与感觉相联系的，无论是自然元素（如阳光对视觉的作用）还是音乐和性体验，都只是引发"快欣时刻"的外部因素，都是通过感觉器官起作用的。因此，"快欣时刻"的概念其实很接近于诺贝尔奖授奖词中的"感官沉醉"，而莫兹尔的研究实际上系统梳理了勒克莱齐奥多部叙事文本中的感官体验书写，其主要独特之处在于指出了这些感官体验在具体语境和具体叙事情节中对人物的影响和作用。例如，犹太教堂中犹太语的祷告声成为一种抚慰性的音乐在给予"二战"中逃亡的犹太人以安抚的同时，又加强了犹太民族内部的民族凝聚力。在这个意义上，感官体验书写超出了单纯的抒情和描写，而成为一种叙事的动力。

库阿库的著作《勒克莱齐奥：迈向真实的他者文化》② 主要从"他者"和"异域"的概念出发，探讨勒克莱齐奥在旅行题材的作品中是通过何种方式与"他者"和"异域"进行沟通的。作者提出，这种沟通的方式通过三个阶段得以实现。第一个阶段，人物感受到一种"异域"的强大感召和呼唤；第二个阶段，人物到达"异域"，开始对"他者"和"别处"进行一种人类学意义上的发现与认识；第三个阶段，人物处于注视、倾听、等待的状态，而"他者"则开始言说和表达，在这种言说和倾听的过程中，"他者"真实的一面逐渐向人物展现出来。库阿库的洞见之处，正是在于发现了文本肌质深层的"感觉冲动"（excitation sensorielle）及其对于主人公想象"异域"的过程所起到的促进作用。作者将这种"感觉冲动"进一步解释为一种"身体冲动"（pulsion corporelle），并利用拉康的"欲望对象"这一概念进行了精神分析解读。虽然

---

① 详见 Keith Moser. *Privileged moments: the novels and short stories of J. M. G. Le Clézio*. New York: The Edwin Mellen Press, 2008.
② 详见 Jean-Marie Kouakou. *J. M. G. Le Clézio, Accéder en vrai à l'autre culturel*. Paris: L'Harmattan, 2013.

这部专著的主题不是"身体"或"感觉",但是作者使用了相当的篇幅,结合拉康和梅洛-庞蒂的身体理论进行分析,将"感觉"视为推动人物远行、探索的动力机制,同时又将感觉和身体体验解读为人物身在异乡时认识"他者"和"异域"的主要媒介。可以说,身体和感觉在库阿库的解读下,成了勒克莱齐奥旅行题材文本的叙事主线。

对于感觉书写研究其他方面的成果还可以见于学者图拉雅 2014 年的专著《勒克莱齐奥作品中的微小细节》。① 作者从勒克莱齐奥作品中的细节入手,阐发细节描写下的深层意义。其第二章的第三小节完全贡献给了感觉描写的讨论。图拉雅把作为一种细节存在形式的感觉描写细分为触觉、味觉、嗅觉、听觉、视觉五种,并把作家对每一种感觉的处理做了细致的分析论述。图拉雅的研究指出,所有这些感觉描写在勒克莱齐奥笔下都得到了加强,而且还被赋予了一种特殊的重要性,"勒克莱齐奥笔下的人物有一种超乎寻常的注意力,类似于一种原始民族的洞察力,这种对感官的依赖使他们的生活体验更加真实和浓烈,使他们更加强烈地感到自己活着,并达到一种真实的存在"。图拉雅再次使用了梅洛-庞蒂的身体现象学理论来阐释文本,并且不无洞见地指出,作家对细微感觉的执着描写表达了一种对现代社会主旋律的背离,即背离那种一味追求事业、理想、成功而越来越远离具体事物、感性生活和真实生命体验的生存状态。

以上国外学者的各项研究对于理解勒克莱齐奥作品中的身体问题确实具有重要的启示意义。这些研究所涉及的作品的广泛性和话题的多样性充分证明了身体问题在勒克莱齐奥作品中的重要意义。然而,这些研究的广度和深度还未能与身体问题在勒克莱齐奥作品中的分量相匹配。原因在于,一方面,上述研究都属于勒克莱齐奥作品中身体主题的局部研究,通常只选取一部或几部作品,通过一个与身体相关的视角进行分析,没有对勒克莱齐奥整体作品中的身体问题进行过研究。另一方面,上述研究中的身体视角通常局限在文体技巧、主题阐释的层面上,很少有研究者探讨过勒克莱齐奥对身体问题的系统思考,以及这种思考对其整体创作所产生的直接或间接影响。

因此,上述研究主要探讨的问题可以总结为以下两大类:文本如何构建某个人物的身体形象?这种对身体形象的呈现反映了一种怎样的主题?这一类的问题,其形式无论如何变化,还是停留在艺术表现手法的层面上。然而,面对这样一位从未停止强烈地表达身体在生活和写作中的本体论意义的作家,以下

---

① 详见 Ben Salah Ben Ticha Thouraya. *Le Détail et l'infime dans l'œuvre de Jean-Marie Gustave Le Clézio*. Paris:L'Harmattan,2014.

对我们来说非常关键的问题却没有得到足够的阐释：作家关于作为本体论重要论题之一的身体，形成了怎样的系统性思考？这样的哲学思考对作家的整体创作图景产生了哪些重要影响？这些问题的阐释将使我们看到身体问题在勒克莱齐奥的整体创作中是一个关键性的概念，由此，我们会发现即使是在没有直接身体叙述的文本里，也能发现身体问题的痕迹。

国内对勒克莱齐奥作品的译介最早可以追溯到 20 世纪 80 年代，但是真正意义上的研究则从 2008 年作家获得诺贝尔文学奖以后才开始起步。由于这位作家在法国当代文学中的重要性，国内学界很重视对他的研究，截止到本书写作之日，中国知网上以作家姓名为关键词且发表在核心期刊的文章有 61 篇，其内容广泛涉及创作思想、创作风格、作品结构、叙事话语、生态批评和人物身份构建等诸多视角。相关的系统研究成果却相对较少，仅见 1 部专著、1 部论文集和 1 篇博士论文。相较于勒克莱齐奥在法国文学中的卓越成就和丰富的著作数量（54 部叙事、散文作品），对该作家进行更多系统研究的必要性也就不言而喻了。

国内的研究中明确以作品中的"身体"作为研究对象的几乎没有，相关的研究主要见于对其他主题的研究中所涉及的有关于身体的探讨。樊艳梅在《感官、神性与乌托邦——论〈奥尼恰〉中的风景》[1]一文中探讨了作品中风景、感觉和身体间不可分割的联系，认为"风景"是作为"身体的状态"和"感官的狂喜"在作品中被呈现的。练莹在《勒克莱齐奥的目光：对〈大地上的陌生人〉的生命现象学解读》[2]中则认为，作家是用身体的感知意识取代了精神的反思意识，重新审视了作品中人物投向世界的目光。总体来说，目前国内对勒克莱齐奥的研究还处在发展阶段，缺乏系统性研究成果，研究视角有待扩展，其中对于作品中身体主题方面的研究则很少有学者涉及。因此，对作品中身体主题的探讨尚有较大的研究空间。

对作家关于"身体"所形成的系统思想和所使用的表达技巧的整体研究，自然需要将作家的整体作品创作纳入研究的范围内。然而，在研究每个明确主题的同时，我们将聚焦于几部代表性的作品并予以分析，以呈现其作品中叙事的完整性。因此，本书的分析方式建立在对一部主要作品的解析过程中，在适当的地方援引其他作品。

在理论方法的使用方面，由于"身体"理论在多个人文学科中的重要地

---

[1] 樊艳梅：《感官、神性与乌托邦——论〈奥尼恰〉中的风景》，《当代外国文学》2013 年第 3 期，第 14 - 24 页。

[2] 练莹：《勒克莱齐奥的目光：对〈大地上的陌生人〉的生命现象学解读》，《外国文学研究》2014 年第 6 期，第 57 - 66 页。

位，我们试图将不同的理论按照各自所属的学科范畴进行划分。第一章和第二章主要从哲学视角探讨勒克莱齐奥的作品，第三章和第四章主要援引社会学中的身体理论，第五章选用历史的视角，第六章采用人类学的视角，第七章则结合现象学和文学批评的理论，对作品中的身体问题展开讨论。尽管本书涉及了几个理论分支，但主要理论依据来源于法国哲学家莫里斯·梅洛-庞蒂的身体现象学和法国理论家米歇尔·福柯关于身体的若干结构主义命题。尽管我们无法证明梅洛-庞蒂和福柯是否对作家具有直接的影响，我们却可以很明确地指出作家文本中所折射出的上述两位理论家的身体理论。也许正如研究者玛格丽特·勒克莱奇奥所指出的那样："勒克莱齐奥属于20世纪的认识型，他的作品同样反映了我们的时代最具有代表性的哲学家们所提出的本体论问题。"① 从这个角度上，我们提出在运用梅洛-庞蒂和福柯的身体理论的基础上，分析勒克莱齐奥的作品。

本书分为七个章节，每个章节的理论框架来自不同的人文科学分支。

第一章关注作家创作早期一直到小说《挚爱的土地》为止的作品，并选取三部作品为主要研究对象，即小说集《发烧》中的短篇小说《波蒙初识疼痛的日子》和《发烧》，以及散文《物质的狂喜》。第一章一方面探讨笛卡尔的身心二元对立问题在作家早期作品中的体现，另一方面试图说明早期作品中的主人公们总是被"沉重的意识压垮"，是因为他们过于疏离了存在中的具身化现实。因此，在散文《物质的狂喜》中，作家强烈地抨击意识至上的思维模式，在摧毁意识霸权的基础上重新建立起存在中身体的首要性主题。

第二章致力于研究勒克莱齐奥关于身体形象的文学表达技巧，即作家如何通过使用隐喻的语言和巴洛克式的风格，在其叙事作品中呈现作为现代世界病态象征的畸形身体。

第三、四章重点关注作家以西方现代社会为背景的长短篇小说。第三章致力于探讨《沙漠》《飙车》和《蒙多与其他故事》等以西方现代社会为背景的现实主义风格小说。第三章的分析旨在说明，上述这些作品共同描绘了一个理念上的身体形象——驯顺的身体，这一形象起源于现代西方社会为保证高效的生产和稳定的社会秩序，不断施加于人的身体的权力微观技术，它意味着一个行为被权力规范化、统一化的身体。本章两个小节通过分别分析现代工作和现代福利机构在作家文本中的呈现，力图表明权力和身体之间驯服与被驯服、监视与被监视的异化关系。

---

① Marguerite Le Clézio. Langage ou réalité: la phénoménologie platonicienne de J. M. G. Le Clézio. 载 *The French Review*, 1981, Vol. 54, No. 4, p. 530.

第四章选取作家对女性人物的描写为主题，将注意力聚焦于父权凝视下沦为暴力对象的女性身体。本章主要涉及了小说《诉讼笔录》《洪水》《战争》《发烧》《燃烧的心》《乌拉尼亚》《金鱼》和《飙车》，通过对其中女性人物形象的分析，突出文本中沦为猎物和玩物的女性身体，并阐发暴力行为之下的深层社会、文化原因。

第五章主要致力于探讨关于现代战争和殖民的历史题材小说，主要研究《沙漠》《革命》《流浪的星星》和《寻金者》等长篇小说。依据海登·怀特关于历史的文学建构性的理论和福柯对于"身体作为事件铭写的表面"的论断，本章着力于分析勒克莱齐奥书写西方历史的方式，从而认为，由于坚信现实生活相对于抽象理念的优先性，勒克莱齐奥选择了通过聚焦于刻画广大平民的身体伤痛来表现西方残暴的殖民和战争历史。

第六章主要关注作家异域题材的作品，准确来说，本章主要讨论的作品有两部散文——《阿依》和《大地上的陌生人》，以及四部以非西方空间为背景的长篇小说，即《沙漠》《寻金者》《安格力·马拉》和《奥尼沙》。本章致力于说明作家在印第安部落的四年原始生活给作家的思想认识造成的深刻影响，以及这段经历和作家创作风格剧变的因果关系，并指出原始的身体在作家笔下是存在的神圣场所，是智慧、美感的化身，也是现实经验的源泉。

第七章将研究的重点放在了勒克莱齐奥作品的语言风格上，涉及的作品主要有《沙漠》《寻金者》《奥尼沙》《非洲人》和《露乐比》。本章首先讨论了勒克莱齐奥关于文学语言的独特视野，即反叛表征性的语言，提倡一种"肉身化的语言"，随后以实例分析了勒克莱齐奥语言的独特之处，特别是作家颇具代表性的感觉描写和自然描写，最后还讨论了具有后现代色彩的身体和写作的关系问题。

第一章　隐喻存在焦虑感的身体症状

第一章 隐喻存在焦虑感的身体症状

在文学想象中，身体的疾病症状和功能失调时常被作家作为一种象征性的修辞手段进行表现。为了追溯身体病征在文学想象中的历史呈现，皮特·布鲁克斯曾考察过关于身体的叙事在法国文学中重要的坐标性人物，其中包括卢梭以降一直到杜拉斯为止的几位代表作家。例如，卢梭曾大胆地在《忏悔录》中向读者诉说他变形的膀胱，隐喻了长久以来被忽视的身体所发出的强烈不满。弗兰肯斯坦博士的发明物所具有的怪物般的身体是对现代社会中"身体是机器"观点的强有力的反驳。[1] 苏珊·桑塔格在《作为隐喻的疾病》中，特别探讨了癌症和肺结核在历代文学作品中的隐喻作用，她广泛地从古希腊、中世纪文学中提取例证，同时引用了济慈、狄更斯、司汤达、波德莱尔、亨利·詹姆斯、托马斯·曼、乔伊斯和其他许多当代作家对癌症和肺结核的想象，以及疾病书写中的象征意义。麦克·芬则从神经衰弱的角度出发，解读此种病症对普鲁斯特作品风格的影响。[2] 杰拉尔·达努从伤痛、发烧、疲倦的视角出发，探讨了巴尔扎克、托马斯·曼和杜拉斯的作品，并且以"伤痛的身体"的概念，指出文学文本中的伤痛、发烧、疲倦等现象远远不止于身体的不适，而可以用来阐释文学领域中经历丰富、饱含情感的身体。

在以身体病征表达象征意义的文学作品中，萨特的《恶心》可以说是一个极其经典的例证。这部小说的经典场面描绘了主人公罗冈旦面对栗子树根所体验到的无所适从的恶心。尽管作家对人物的恶心感作了细致逼真的描绘，然而罗冈旦的恶心几乎与真正意义上的疾病没有关系，而是代表了一种思考主体在物质世界面前表现出的惶惑和焦虑，隐喻了"自为"（pour-soi）和"自在"（en-soi）之间不可逾越的鸿沟。许多研究者都曾指出，勒克莱齐奥的早期作品明显带有存在主义文学的印记，并且深受萨特和加缪思想的影响。[3] 与萨特这

---

[1] 详见 Peter Brooks. *Body work: objects of desire in modern narrative*. Cambridge, Massachusetts: Harvard University Press, 1993.
[2] 详见 Michael R. Rinn. *Proust, the body and literary form*. Cambridge: Cambridge University Press, 1999.
[3] 除了在作品中广泛地提及存在主义哲学的理念，以及在一些叙事作品中改写萨特和加缪的著名文学场景以外，勒克莱齐奥的早期作品和存在主义文学的相似之处还在于作家坚持不懈地对意识、孤独、死亡与虚无的关系等主题进行探讨。这里引用几个关于勒克莱齐奥对存在主义文学的继承的研究：Marina Salles. *Le Clézio, notre contemporain*. Rennes: Presse Universitaires de Rennes, 2006. pp. 257 – 265; Masao Suzuki. *J. M. G. Le Clézio, évolution spirituelle et littéraire. Par-delà l'occident moderne*. Paris: L'Harmatta, 2007. pp. 20 – 24; Tierry Léger. La Nausée en procès ou l'intertextualité sartrienne chez Le Clézio. 载 Bruno Thibault, Sophie Jollin-Bertocchi. *Lecture d'une œuvre: J. M. G. Le Clézio*. Nantes: Éditions du temps, 2004. pp. 95 – 103.

种对身体症状的隐喻性创作类似，勒克莱齐奥在早期作品[①]中也有意识地通过描写身体症状来表现人物焦虑的情绪和生命中的不确定性，并且通过人物在疾病状态下产生的顿悟，对作品中生死、孤独、虚无等明显带有存在主义文学印记的主题进行探讨。

从创作生涯的早期阶段开始，勒克莱齐奥就对身体的主题表现出了极大的关注。作家对身体主题的挖掘主要表现在两个方面：一是对身体艺术形象的创造性书写，作家通过在叙事作品中发掘身体的文学形象，例如对身体症状的描写、对碎片化的身体的想象等，来表现他对人生和社会问题的思考；二是基于意识和身体这对古老的哲学反题展开思考，对西方的思维和存在方式提出质疑。作家在散文作品中阐述了一个关于身体和意识二元关系的思想体系，这些思想，以及其中的许多关键概念，对作家后来的创作发生了重要的影响。

因此，在这一章里我们一方面将力图分析作家如何通过身体的艺术形象，具体来说就是身体病征的修辞隐喻，来表达现代主体面对存在不确定性的焦虑与苦恼。为此，我们选取了小说集《发烧》中的两篇短篇叙事作品《发烧》和《波蒙初识疼痛的日子》，来探讨勒克莱齐奥笔下寓意丰富的身体病征。选取这两篇小说作为探讨对象有以下两个原因：其一是尽管作家对身体形象的书写广泛散布于早期作品中，但唯有《发烧》这部小说集是作家有意识地明确围绕身体主题而进行创作的，在这部作品中身体病征作为叙事的核心和驱动力，具有更加深厚的研究价值；其二，由于勒克莱齐奥笔下的早期人物多是像加缪在《局外人》里塑造的莫尔索一样，是一种被抽空了心理、情感、个性的符号式人物，且人物之间有着共同的处境和倾向，因此，所选两部作品中的人物所遭遇的人生困惑在早期人物中具有很强的代表性。

另一方面，我们通过解读散文《物质的狂喜》，来梳理作家的创作思想，探讨作家如何从身体和意识的古老对立出发，对西方的理性中心主义传统做出批判，又形成了何种关于存在意义的独特视野。这里需要说明的是，《物质的狂喜》之所以在作家的整个创作生涯中具有重要意义，是因为这部散文阐明了作家写作的几个核心要素，例如意识、主体和语言等早期作品的主题，以及身体、感觉、沉默等后期作品中常见的题材，另外又表达了作家的人生观和世界观，例如将存在理解为一种由整个宇宙的物质组成的同一的整体，将生死理

[①] 我们在这里所说的"早期作品"，指从《诉讼笔录》（1963）开始到《大地上的陌生人》（1978）为止的作品。这个划分主要出于两个原因：一方面，被划分出来的这部分作品在风格上与其后作品的经典叙事风格差异较大，早期作品在风格上时常具有实验性的特征，对传统叙事中的心理、情节、人物不屑一顾，很难说可以划归于哪个流派；另一方面，早期作品的故事背景大多是在现代西方社会，并表现出对西方社会强烈的批判态度。

解为一种无足轻重的物质的循环，等等。《物质的狂喜》所表达的思想与作家数量丰富的叙事作品有着极其紧密的联系，对理解作家的叙事作品中的寓意有着重要的启示作用。

　　第一章分为两大部分，分别对小说集《发烧》和散文《物质的狂喜》做详细的分析。第一部分探讨小说集《发烧》中最具代表性的短篇小说：《波蒙初识疼痛的日子》表现了作家如何利用人物的牙痛来表现现代主体对自我身体的疏离，以及由此引起的焦虑感和孤独感；短篇小说《发烧》则利用发烧的身体病征表现了现代主体与"他人"之间富有敌意的关系，以寓言的形式讽刺了理性造成的主体的隔绝与孤独。第二部分则致力于探讨散文《物质的狂喜》，指出这篇散文的主要内容就是解构西方人文主义思想传统所塑造的"意识主体"，同时通过"物质的狂喜"这一概念表达了一种主体经由自我身体与物质的世界取得深刻联结的愿望。第二部分还提出，散文《物质的狂喜》在作家创作思想中占有重要地位，作家的大部分作品都是对散文中表达的世界观、存在观的反映，在作家的叙事与非叙事作品之间，也因此形成了一种重要的默契。

第一节　牙痛引发的存在苦恼

　　1965 年出版的短篇小说集《发烧》是作家写作生涯中的第二部作品，是一部以日常生活中身体症状为素材而创作的作品集。在《发烧》的前言中，作家如此阐释他的创作意图："这九个带有些许疯狂的小故事都是虚构作品，然而它们的内容是从日常的经验中提取的。每天，我们都可能因为温度的失调、牙齿的疼痛、短暂的头痛而失去理智。……我们的体内蓄积着真正的火山。"（发烧，8）[1] 作家有意识地选用日常生活中常见的身体症状，如发烧、牙痛、寒冷、困倦来表达带有存在主义印记的人生主题。在这些短篇作品中，人物在完全不受控制的身体症状面前，将自我身体错认为他者，身体于是成为撼动主体体验的革命性力量。由此可见，《发烧》是一部具有后现代气质的寓言式的作品，其叙事策略与以人物、情节为要素的经典叙事作品具有显著的差

---

[1] 本书所涉及的勒克莱齐奥作品均引自作家的法文原著，引文部分均由本书作者自己翻译。括号中分别为所引作品和页码，下文亦同，具体版本见参考文献。

异。这部小说集更倾向于利用身体症状的描绘引发人物和读者对生存体验进行深入的思考，对生活中一些习以为常的现象重新赋予哲理性的关照。

收录于短篇小说集《发烧》中的小说《波蒙初识疼痛的日子》（以下简称《波蒙》）是一个关于牙痛的荒诞故事。在小说荒诞的表面之下，作家实际上拷问了严肃的人生问题。小说讲述了一个中年男人深夜被牙齿的疼痛唤醒，尝试了各种办法却不能摆脱牙痛的纠缠，主人公的身体之痛很快演化为一种更深层次的痛苦，无法控制的身体疼痛让他意识到死亡的威胁，使他备感恐惧；随之而来的则是一种独自面对死亡的孤独感，这种难以忍受的孤独使他拿起电话，在深更半夜给陌生人打电话倾诉苦衷；随着疼痛的不断加深，主人公又面对房间的物品陷入苦恼，逐渐进入了一种癫狂的状态：他穿着雨衣和睡衣爬到房顶，坐在一堆鸟屎中间，幻想自己潜入到那颗疼痛的牙齿里面。

一、不在场的身体

《波蒙》的故事中最突出的荒诞感，就是主人公对自我身体的疏离。半夜突发牙痛的波蒙，在半睡半醒的朦胧之中，感觉到"**一种精神**的不适，在他的**意识**中扩散"，他的**思想**变成"一条惊愕的虫子，围着自己打转，寻找着痛苦的来源"（发烧，62）。身体的疼痛不是立即被人物直接感受到，而需要通过精神的诠释，好像在人物和他的身体之间，横亘着自我意识这样一个起衔接作用的媒介，于是在肉体的疼痛面前，波蒙却拼命地在思想中寻找不适的根源，这样的描写无法不给人造成荒诞的感觉。波蒙与自己身体的疏离感在随后的这句话中得到了更加深刻的印证，"波蒙突然明白了，这个在他脑袋里扭动着的、棉花般的虫子就是他的大脑，**是他的意识**（intelligence），**是他自己**"（发烧，62）。很显然，人物将意识等同于自我，将对自我的定义建立于意识之上，而自我的身体却成为排除在自我之外的"他者"了。当波蒙被疼痛彻底唤醒，拿出镜子寻找疼痛根源的时候，他好像在从某个未知的外部视角观察一具陌生的皮囊："这张憔悴的、黝黑的皮肤，这个长满粉刺、发着炎的组织，这个属于他的特别的卡片，是他寄予存在的地方。"（发烧，63）在这些描写中，主人公将自我与意识紧密联系，他对于疼痛的体验过程，是一种意识逐渐明晰的认识过程，自我的身体也在这个过程中作为认知的客体被置于理性的凝视之下。在这些具有荒诞色彩的描述中，作家故意将波蒙塑造成笛卡尔式的"思考主体"（le sujet pensant），将自我等同于意识，而身体却只是意识的客观居所，那个被意识寄居的地方。

在这里有必要对"思考主体"的概念做一个简要的说明。思考主体的概念起源于古典理性主义奠基人笛卡尔提出的"我思故我在"思想。既然在一切的怀疑之后唯一能够确信的便是自我的意识,那么"我"的存在就完全被"我"的思考所定义,因此,"我思故我在"意味着人的存在完全取决于精神的思考活动。随着主体哲学的发展,笛卡尔的"思考主体"渐渐被等同于"意识"或"意识主体",演变成一个全知的主体(un sujet omniscient),一切存在的事物对它来说都是可以被理解和认知的。笛卡尔的主体归根到底是形而上的(métaphysique),如果我们考察 métaphysique 这个词语的字面意义,即"在物质世界之外",我们就明白为什么思考的主体从根本上预设了和身体、物质范畴的脱离。按照意识哲学对主体的定义,存在(l'être)仅存在于意识之中、反思之中,不是现实,而是对现实的表征(representation)。

因此,在西方的传统思想中,身体与广大物质世界一样,是精神思考、认识和征服的对象。既然人被理解成了一种纯粹的"意识主体",身体也就沦为"主体"的附属物,一种被对象化了的客体。梅洛-庞蒂如此总结主体哲学对身体与主体的区分:"当有生命的身体成了空洞的外壳时,主体就成了无外壳的内核,一个无偏向的旁观者。……在有构成能力的我(Je)面前,经验的诸我(les Moi)是物体。"[1] 对于笛卡尔"我思"哲学的影响,法国学者勒布乐东在《身体人类学和现代性》中指出:"笛卡尔为身体在社会生活各个领域的工具化运用做出了哲学上的保证。"[2] 的确,在现代社会中,汽车与家用电器等现代发明对体力劳动的取代,工作带来的高强度的精神压力,城市居住环境的高度集中等趋势,往往驱使人们越来越疏离自己的身体,投身于一种虚拟的生活方式。社会学家莱德则将这种现象称为"缺席的身体"(the absent body),他认为,身体在高度理性化的社会中被严重地工具化了,工具主义的价值观特别推崇身体在有目的的行动中的"隐退"和"不显",因而身体的感性体验被人们遮蔽和遗忘,人们只有在患上疾病或感到疼痛时,才能感到身体"病显"(dys-appear)[3] 为存在体验的焦点。

在波蒙的故事中,在疼痛的作用下"病显"的身体和作为"意识主体"(le sujet conscient)[4] 的人物之间,形成了尖锐的戏剧性冲突。因为那个许久以来被遗忘的身体,渐渐"复显"出来了,并且通过顽固的疼痛表达着它的抗议。在小说随后的情节发展中,疼痛获取了一种更加鲜明的拟人化角色,在

---

[1] Maurice Merleau-Ponty. *Phénoménologie de la perception.* Paris:Gallimard,1945. p. 68.
[2] David Le Breton. *Anthropologie du corps et modernité.* Paris:Presses Universitaires de France,1990. p. 100.
[3] Drew Leder. *The absent body.* Chicago:University of Chicago Press,1990. p. 84.
[4] 意识主体的概念来自于笛卡尔的名句"我思故我在"。由于在对人的存在的考察中唯一不能被怀疑的就是正在怀疑和思考这个事实,因此人的存在的意义是由思考赋予的,人是一种意识主体。

情节的跌宕起伏中与主人公波蒙演起了对手戏，而身体的"他者"（l'Autre）地位，也就在彼此的对立中昭然若揭。当波蒙彻底清醒，并发现他正在遭受牙痛的侵袭之时，他立刻采取了日常生活中人们常用的应对措施——服药。然而一次又一次的服药后，牙痛非但没有缓解，反而有愈演愈烈之势，波蒙只好一次又一次地加大剂量。偏偏疼痛每次都在短暂的缓和之后以更加暴戾的姿态卷土重来。在这一来二去的过程中，波蒙和疼痛的关系被作家戏谑地演绎成两个敌对者之间的搏斗，二者之间充满了紧张和敌意。为了降伏对方，波蒙先后吞食了一管阿司匹林，两片安眠药，一管对乙酰氨基酚和一整瓶烧酒。在服药的过程中，他一次比一次着急，一点也没有顾虑药物对身体的副作用，甚至在这些药物全部不起作用以后，他还念叨着"要来点更猛烈的，吗啡或者鸦片"（发烧，71）。波蒙的这种对身体的压制态度再次反映了莱德关于"缺席的身体"的理论。受到一种潜移默化的理性思想支配，波蒙将身体视为理性的附属物，一种保证其工作、生活平稳进行的劳动工具。当它安静而恭顺地为意识服务时，它是无声的，不被觉察的；而当它胆敢用疼痛的方式发出自己的声音时，意识主体就要采取措施将它限制在无声的状态中，确保它的"缺席"和"不在场"。然而，这样的思维方式，往往伴随着严重的精神危机。

二、对意识主体的解构

作为一个迷信理性思考力量的"意识主体"，波蒙理解问题的方式是通过理性。一旦事物的发展超过理性的理解范围，主人公就变得脆弱无助、不堪一击。那个在众多麻醉药物的作用下竟然愈演愈烈的疼痛，早已超过了普通牙痛的范畴，它让波蒙失去了对事物的掌控感，搅乱了波蒙作为一个"意识主体"所自信具有的存在之圆满（la plénitude），使他发现理性的大厦可以在顷刻之间被颠覆。在此意义上，尽管波蒙的疼痛没有任何好转，然而他对疼痛的体验却发生了变化。正如萨特《恶心》中的主人公罗冈旦反复发作的"恶心"是一种对存在焦虑的持续体验，波蒙的牙痛现在也慢慢蜕变为一种对孤独、恐惧、空虚的焦虑感的隐喻。这种转变加剧了小说《波蒙》的荒诞感。

面对顽固的身体疼痛，波蒙的形象陡然从一个沉着冷静的成年男人，转变成一个孩童般的、完全失去理智的可怜虫。身体不仅不愿听命于自我的意志，而且连强大的药物也无法制约了。在身体的不可控性面前，波蒙似乎感受到了死亡的威胁，他于是如此对朋友倾诉道："突然间我好像要死了。好像马上要发生一场不可避免的大灾祸。然而我无能为力。我害怕。鲍尔，我害怕。"（发烧，79）死亡的念头让主人公倍感孤独，他于是在电话中哀求自己的朋友在深夜中立刻来陪伴他。当朋友拒绝了这种小孩子般无理取闹的要求后，他开始乱拨电话号码，向陌生人打电话倾诉自己的苦衷："孤独，肯定就是孤独。我一个人在这巨大的空房子中，这是无法忍受的。"（发烧，79）波蒙在此所体验的强烈孤独感实际上是理性至上的意识主体所具有的共同困扰，只是在疼痛中鲜明地凸显出来了，正如德里达所说，"唯我论乃是理性的结构本身，因此存在着理性的孤独"①。

最后，波蒙对身体疼痛的体验演变成了一种在物质面前产生的焦虑感："一种迂回的恐惧在他的脑海中驻扎下来，这是一种他自以为已经遗忘多年的焦虑，在每一个窗帘，每一条羊毛挂毯，每一个折缝的阴影处和每一处污迹的面前，这种神秘的焦虑感都将他牢牢地攫获。"（发烧，69）乍看起来，波蒙的"疼痛"和萨特笔下罗冈旦的"恶心"有着明显的相似之处，两者都是"存在"（l'existence）的焦虑感在身体上的反应，而波蒙面对窗帘、挂毯等物体陷入焦虑的那一幕尤其容易让人想起罗冈旦面对栗子树根产生恶心感觉的著名文学场景。很多批评者都对勒克莱齐奥的这一主人公面对物质（la matière）陷入沉思的场景与罗冈旦面对栗子树根的场景进行过互文性的对比。例如，萨勒探讨了《洪水》中贝松面对玻璃杯陷入异想的场景，指出"勒克莱齐奥早期的人物时常在物质那令人质疑的生动性面前遭遇（和萨特人物）同样的恶心"②；雷惹则通过比照罗冈旦栗子树根场景和亚当面对卵石遐思的场景，认为"《诉讼笔录》是对《恶心》的改写（réécriture）"③。

然而形式上的相似背后，隐藏着思想上的巨大差别。在波蒙的疼痛所象征的思想和罗冈旦的恶心所代表的问题之间，有着截然不同的差异。在小说《恶心》里，罗冈旦面对物的世界而陷入恶心，他认为物的世界是多余、荒谬而偶然的，他自己也是以物（身体）的方式存在着，因此他的肉身存在也是"多余"（de trop）的。这样的思想方式使罗冈旦产生了一种厌弃自我的虚无主义念头："我是永世的多余"④，"恶心没有消失，我想它也不会很快消失，它不是一种疾病也不是临时的阵咳，它就是我"⑤。在萨特的哲学中，包括身体在内的物质世界是"自在"的存在，它们只是在那里，没有意义；只有作为"自为"存在的意识能够给予世界以意义，人只有作为意识主体存在，才

---

① Jacques Derrida. *L'écriture et la différence*. Paris：Éditions du Seuil, 1939. p. 136.
② Marina Salles. *Le Clézio, notre contemporain*. Rennes：Press Universitaires de Rennes, 2006. p. 260.
③ Tierry Léger. La Nausée en procès ou l'intertextualité sartrienne chez Le Clézio. 载 Sophie Jollin-Bertocchi, Bruno Thibault. *Lecture d'une oeuvre：J. M. G. Le Clézio*. Nantes：Éditions du temps, 2004. pp. 95 – 103.
④ J. P. Sartre. *La Nausée*. Paris：Gallimard, 1938. pp. 180 – 192.
⑤ 同上，p. 181.

能获得自由和意义，换句话说，"意识构成了世间万物的意义"①。笛卡尔关于意识可以脱离身体而存在的思想和萨特对"自在"世界的恶心，二者都带着一种意识主体的骄傲，这种骄傲使作为意识主体的"我"自以为凌驾于自我的身体和物质的世界，自以为具有意义、理性和选择的特权。诚然，波蒙像罗冈旦一样，也被塑造成了一个迷信理性思考的意识主体，然而，勒克莱齐奥要着力表现的是意识主体那种"意识至上"的思维方式，以及其所必然导致的各种无法治愈的精神瘤疾——孤独、惧怕死亡、生命中的虚无感。这些精神瘤疾，究其原因，正是那种在意识和物质之间横加切断的主体思想。

勒克莱齐奥让人物继承了笛卡尔式意识主体的骄傲，甚至顺应这种骄傲的逻辑，并将之放大为一种虚无主义（le nihilisme）；而在这种虚无主义造成的困境面前，身体与意识二元分割的荒谬性也就暴露无遗了。勒克莱齐奥的早期主人公们喜欢用"蠢蠢蠕动"（grouiller）这个词表现物的世界。蠢蠢蠕动，即如蚁群般毫无目的地朝各个方向运动，活着，存在着，忙乱而无意义。意识主体忽然意识到，生命的轨迹在很大意义上就是蠢蠢蠕动，就是以物质肉身的方式，陷入日常生活那琐碎而劳碌的泥沼之中。在短篇小说《发烧》中，主人公浩克观察操劳忙碌的同事，不由得怒上心来，认为在他们的忙碌和苍蝇的忙碌之间并没有本质的区别，都是在蠢蠢蠕动中消磨生命，"我们和那些嗜好生活的微小族群一样，无知地承载着生命的重量"（发烧，31）。短篇小说《老去的一天》中的少年约瑟夫目睹垂死的邻居老妇，联想到了自己的未来："对约瑟夫来说，生命还很长久；这个没有未来、没有乐趣的负担，恐怕还会持续五十多年。大限之日未到，来日方长，身体还会渴望食物和运动。无聊的事情等着他，工作、空虚的谈话、金钱、女人，所有这些可憎的疲倦将在未来的时日与他相伴。"（发烧，220）"蠢蠢蠕动"的生活没有意义，没有存在的理由，这就是理性对作为物质肉身的存在做出的虚无主义判断。于是，意识主体的傲慢使他开始厌弃自我的肉身，憎恨自己出生的事实："如果您真想知道，我其实宁愿从没有降生。我觉得生命的过程让人倍感疲惫。当然，既然现在木已成舟，那么我也无能为力。只是我心底总会有这种挥之不去的遗憾念头，让生活中的一切索然无味。"（发烧，7）然而，理性由此作茧自缚，陷入了不可自拔的虚无。正如波蒙在孤独、恐惧、焦虑等虚无思想面前表现得无能为力、不能自拔一样，意识主体的骄傲导致了虚无，而他又在虚无面前全盘溃败。在《诉讼笔录》中，主人公亚当的一句话精辟地概括了勒克莱齐奥早期

---

① Samuel E. Stumpf. *Socrates to Sartre and beyond: a history of philosophy*. New York: McGraw-Hill, 1966. p. 437.

作品中主人公的共同处境："我被沉重的意识压垮。"（诉讼笔录，72）因此，勒克莱齐奥说："意识就像那分泌出毒液的腺体，反过来却被毒液所侵蚀。"（物质的狂喜，223）

由以上论述可以看出，勒克莱齐奥质疑意识至上的二元论思想，向意识主体发难，揭示剥离了存在的身体维度的主体性思维让人陷入的精神困境，所有这些都是为了力图凸显身体在存在中不可或缺的地位。

三、身体和精神的融合

故事的题名"波蒙初识疼痛的日子"是非常具有启示意义的。声称一个中年男人第一次遭遇疼痛，这自然是荒谬的说法，但作家通过"初识"这一词想要表达的，是对疼痛的**重新思考**，对身体的**重新思考**。因为从更深的层次来说，被意识主体疏离的自我身体，既代表了物质世界，也代表了现实世界。相反，意识是现实在精神世界中的呈现，它不是现实世界。正如作家再三强调的镜像比喻，意识好比镜中呈现出的现实世界的虚像，如果这样封闭在对自我的意识中，就等于背离了现实的世界。

波蒙在疼痛中逐渐加深了对自我身体的感性体验。在被疼痛打败，在与身体的对决中败下阵来的时候，他却出人意料地向陌生人倾诉道："有一个状态本是不应该被逾越的，而我逾越了。现在我需要我的疼痛，没有它我什么都不是。我爱它。"（发烧，82）波蒙渐渐地习惯了身体经验的"在场"，并且最终宣称爱上了身体的疼痛，这说明他放下了意识主体的骄傲，开始接受和向往身体和意识之间的和谐共生。波蒙在故事的结尾对生命的意义做出了如此阐释："生命就是这样，什么也不是，只是一个单一而模糊、可以被轻易化约的现象；生命是一株双生的植物，具有两棵根系，一棵植根于人的肉身躯体，另一头陷入物质世界。"（发烧，75）

在这篇具有荒诞色彩的寓言式小说中，波蒙和身体疼痛的对决实际上是意识主体和物质的对决。然而，最后波蒙在被不可控制的身体感觉打败后，承认了生命本应具有的和身体、物质的联结。既然生命是一株具有身体和物质两棵根系的植物，那就意味着精神向身体的回归，意味着生命是不可以被拆分为身体和意识两个范畴来理解的，二者本应紧密地相互依附。作家在散文《物质的狂喜》里多次表达了精神与身体二元统一的思想："我们从来没有，也永远不会离开自我的身体而存在"（物质的狂喜，287）；"我们的世界在那里，物质在那里；我们的身体、指甲、头发、皮肤、眼睛和手都在那里；精神从它们的存在中吸取养料，是肉体的结果。我们的想象和思考都离不开肉体的包围"

（物质的狂喜，227）。回过来再看在《发烧》这部小说集的前言，其中作者写道："发烧、疼痛、疲乏、困倦，这些是和爱情、折磨、仇恨、死亡同样强烈和绝望的激情。在感觉的袭击下，精神（l'esprit）不得不屈服，形成一种物质的狂喜（extase matérielle）。"（发烧，7）可以说，波蒙的故事就是讲述了精神（主体）在牙痛的侵袭下，不得不屈服，因而产生了要重新投入物质世界的顿悟。"物质的狂喜"意味着"身体和意识的和谐统一"，类似于现象学家梅洛-庞蒂所说的，"意识是以身体为媒介而趋向物质的存在"[1]。从很大程度上来讲，作家对身体的观念带有梅洛-庞蒂的身体现象学的色彩，因为他们都承认"身体是我们立身于世的根本"[2]。

"物质的狂喜"这一概念的提出，既是对西方传统意识、身体二元论（或称身心二元论）的挑战，又为超越过度放大理性思考的虚无主义倾向提供了解决办法。在物质世界所引起的焦虑面前，唯有意识与身体的融合，才能驱散虚无的阴影。意识在自我和物质世界之间强加区分，使自我从物质中孤立出来，造成了"思想和物质痛苦的联结"（物质的狂喜，84），于是意识主体陷入了认为繁琐的生命不值得存在的虚无主义思想之中。"过度的意识导向异化和疯狂"（物质的狂喜，95），意识是这样一种力量，"它不但不加强生命的欲念，反而将它引向无底的深渊，让未完成的现实，染上虚无的色彩"（物质的狂喜，80）。因此，只有把身体的重要性重新纳入对人的存在的理解，才能摆脱这种虚无的思想。作家在散文中写道："如果我们的肉体像意识一样懦弱，我们可能早就化入泥土了。而我们的肉体是坚强的，她拼搏着。她以坚强的意志，在七十到八十年间与死亡斗争，不做妥协。这不是理性的意志，而是生命的洪流。生命之美、生命的活力不在于精神，而在于物质。我只知道这一点：我的身体，我的身体。"（物质的狂喜，47）

在西方的认识论中，对于身体的观念一直存在着一种二元割裂，这种割裂横亘于精神和身体之间。波蒙对待自己身体的方式，以及两者之间上演的近乎荒诞的对手戏恰如其分地表现了这种二元思想的荒谬性。以疼痛形态出现的身体，在叙事的进程中俨然被勾画成了一个人物，它是被主人公遗忘的奴仆、愤怒的反抗者，又是引导主人公进行"存在"追问的启蒙者。对于身体如此的理解，作家在散文《大地上的陌生人》里明确地写道："当身体不再作为一个习惯的网络，不再充当我们的员工，为了我们在循规蹈矩的生活中疲劳地忙

---

[1] Maurice Merleau-Ponty. *Phénoménologie de la perception*. Paris：Gallimard，1945. p. 161.
[2] 同上，p. 169.

碌，只有这时，身体才真正从沉睡中苏醒过来，只有这时它才真正具有了生命。"（大地上的陌生人，92）正是在身体和将自己等同于意识主体的人物之间较量的基础上，小说的叙事实现了饱满的戏剧张力，将意识、身体二元对立这样一个沉重晦涩的哲学问题演绎成一个短小精悍的短篇故事。

汪民安等在《身体转向》一文中认为："意识和身体，知性和感性，如果真的存在着一种较量的话，那么，二者的关系就是此消彼长的残酷竞技关系。"[1] 小说《波蒙》集中地体现了勒克莱齐奥作品中普遍表现出来的，对西方身心二元论的批判。《波蒙》中的"身体"不仅是疾病描写中的身体形象和身体体验，更重要的是代表着西方身心二元对立思想中久受压抑的"身体"维度。换句话说，小说《波蒙》通过意识与身体这对哲学反题在人物身上的二元博弈，含蓄地表达了现代社会对身体经验的遗忘与遮蔽。勒克莱齐奥的小说以寓言的形式让人看到，对意识和身体的生硬区分及两者之间的"竞技关系"给西方现代个体带来了各种困扰。人不应再被抽象为精神和理性的动物，身体是存在的起点和归宿，必须把"身体"纳入对人之本质的理解之中。生命不应该再是意识与身体的博弈，而应该回归两者之间原初的混沌，沉醉于"物质的狂喜"，正如作家所说，"思想最绝对的秘密无疑是这种永远难以忘却的欲望，那就是想要投身于与物质最令人沉醉的融合"（物质的狂喜，53）。

第二节 作为暴力隐喻的发烧

小说集《发烧》中的小说都涉及了日常生活中的身体经验。如果说波蒙的疼痛象征了身体和意识间的关系，探讨了对自我主体性的找寻，那么其中的短篇小说《发烧》中主人公浩克的高烧症状则致力于引发我们对"我"和"他者"之间关系的思考。

《发烧》的小说情节主要围绕一个叫作浩克的普通男子展开。浩克是一个旅行社的职员，与妻子一起过着平静、安逸的小资产阶级生活。一个三伏天，他去海边游泳时中了暑，这个刚开始看起来不起眼的身体异样到最后却改变了主人公的生活，也同时将读者带进了一段奇异之旅，即通过主人公的视角观察发烧状态下扭曲的现实。在海边游泳回来后，浩克感到身体被不断上升的温度

---

[1] 汪民安，陈永国：《身体转向》，《外国文学》2004 年第 1 期，第 39 页。

所侵袭，发烧的症状让他非常痛苦，特别是当他浏览报纸时，新闻里报道的各种暴力行为更是使他倍加愤怒。在上班的路上，冒着高烧、带着烦躁情绪的浩克艰难地在刺眼的阳光下行走，他感到阳光一刻不停地跟着他，而且咄咄逼人。在这种焦躁、脆弱的状态下，浩克无缘无故地和路边一对情侣争吵扭打起来。随后浩克再次冒着太阳走到自己工作的旅行社，然后再次感到心里一股不可遏制的愤怒，于是捡起一块石头砸碎了旅行社的窗玻璃，并且因此被解雇。回到家里，高烧中的浩克开始产生幻觉，他感到妻子的身体部位零散地在他眼前飘荡。故事的结尾浩克再次来到海边，并且好像要结束自己生命一般踏入了海水里。

在这个故事中，我们首先要对发烧的生理现象和象征作用进行区别。勒克莱齐奥对发烧的描写具有一种医疗精准性，作家刻意将发烧中的各种感觉体验，从发烧的开始，到温度的上升过程，都用一种细致精确的语言记录下来，好像在描写我们日常生活中所熟悉的发烧体验。

> 一种奇怪的颤抖占据了浩克的身体。……从脚掌往上经过四肢，一阵阵冷流和暖流同时向身体袭来，让汗毛倒竖、噬啮着肌肤，到达咽喉处时，这种波流开始颤动，分解成无数支流，然后像章鱼的触角一样把身体紧紧缠绕起来，这些触角撕咬、吮吸，并像烧红的铁般灼烧皮肉。然后忽然间，颤动达到了脖子和头部，它像星星般四处散开，不断更新着它在神经中引起的爆炸，将浩克的身体碾得粉碎，然后将碎片四散开来，毁灭着筋腱和肌肉，像地震一样打开和扯碎下颌；而现在在血管中，流的不再是血，而是凝结在一起的岩浆，一种让所有东西爆发的龙的血清。浩克在床上痉挛着，感受着疼痛的扩散，他的牙齿上下打颤。（发烧，18）

一系列精准动词的使用让读者感受到了对发烧症状的日常体验，然而，这里的描写语言的精确性同样具有一种夸张的特征，因为日常生活中人们在发烧的时候并不会用精确的语言将发热症状下的每一种感受都描写出来。这种感觉描写的精确性恰恰回应了小说集前言里作家的一句话："我们的皮肤、眼睛、耳朵、鼻子、舌头每天存储了大量难以忽略的感觉。……我们都是真正的火山。"（发烧，8）这段描写因此通过精确细致的词语表现了人体这座感觉火山的喷涌。达努指出，作家给予感觉的特别关注"表现出一种这样的感觉主义，它倾向于把体感当作精神生活中最主要的来源和动力"①。然而，这种感觉主义并不是空洞的，它的意义联系着发烧的象征意义，我们将在下文中探讨两者之间的联结。

浩克的发烧虽然从表面上看是一种医学症状，然而它更是对主人公生活中的焦虑感和不安全感的隐喻，发烧的隐喻意义在小说中渐渐通过浩克度过的短暂的一天揭示出来。法语中有很多在身体的冷热程度和人的情绪、欲望间建立关联的短语，例如"冰冷的手，火热的爱情"，或者"颤动的嘴唇，沸腾的血液"②。发烧也同样被经常用于象征热烈的激情、过度兴奋的状态、情感的影像，以及灵魂的激情。在这部短篇小说中，发烧象征了一种不可遏制的愤怒（以对他人的敌意作为表征），一种一触即发的暴力，正是在这种发烧的作用下，主人公进行了一系列的暴力行为。

一、目光的暴力

在发烧症状的作用下，浩克因为不起眼的原因和陌生人大打出手。他行走在路上的时候忽然遇到一对正在棚架下面热吻的年轻恋人，"浩克忽然感到一种无缘由的恶心。……棚架下面的那块地方现在对他来说变成了一种地狱般的存在，一个肮脏的、令人窒息的小屋，所有的一切都在一种令人恶心的热度中沸腾着"（发烧，29）。因此，他站在原地，双眼紧盯着这对情侣，目光几乎不能转移。他的举动引起了情侣的强烈不满，那个陌生男人开始用言语挑衅他、驱逐他，而刚开始还在发愣的浩克忽然进入一种狂怒的状态。

> 忽然他变得怒不可遏，像发疯一样……浩克跳上去掐住男人的脖子，在暴怒中双手使劲地用力；然后这双手挥舞着拳头，随机地砸向对方的脸、脖子和肚子。（发烧，29）

在这个情节设置中，有两个地方让人感到不解，首先，浩克为什么会觉得路边的两个恋人接吻恶心？换句话说，浩克面对这样一个普通的场景所感受到的这种深度的恶心感从何而来？其次，如果浩克厌恶这个场景，为什么不直接走开？为什么还要紧盯着别人？

---

① G. Danou. *Le corps souffrant*. Seyssel：Éditions Champ Vallon，1994. p. 26.
② François Loux，Philippe Richard. *Sagesses du corps：la santé et maladie dans les proverbes français*. Paris：Maisonneuve et Larose，1978. ch. VIII.

为了回答这两个问题，我们首先需要探讨一下"目光"在作家创作中的深层含义。阿尔萨乌依在对勒克莱齐奥作品中的"他者"问题的研究中，曾经指出勒克莱齐奥的"目光"近似于萨特的"目光"，两者都具有一种"镜像效应"①，即在遇到别人的目光或注视别人时，人会不由自主地审视自己。人们可以在他人的目光中看到自己，他人的目光是主体在认识自我、探索自我意识时最为重要的方面，就如作家在散文《物质的狂喜》中所说，"他人的目光变成了自己（审视自己）的目光"（物质的狂喜，93）。因此，由于我们在所有人的目光中都可以看到自己的影子，我们也在别人的目光中看到自己在看自己。于是，目光好似在一个贴满镜子的迷宫里穿梭往返。

在《发烧》的故事中，对于浩克这样一个沉默寡言、自我封闭的人来说，②他和外界的社会无法有效的交流。他是一个故意远离他人，生活在自己世界中的人，在这样的生活中，浩克用拒绝、愤怒、仇恨和愤世嫉俗的态度作为一种心理防御机制。③ 因此，面对两个人热烈的拥吻——"他们的肩膀、脸部和胸部是如此的贴近以至于无法将二人辨别开来"（发烧，28），面对如此亲密的关系，浩克突然在注视他人的目光中看到了自己孤独的影子，看到了自己难以让别人接近、无法与别人维持亲密关系的生活，这种目光的反射不由自主地引发他对自我的审视。与另一个人的身体的亲近，形成另一个存在的结合，这正是浩克生活中缺失的东西。从这个意义上来说，浩克所感受到的如此强烈的恶心正是他所不愿意清醒地去面对的、自己生活中的晦暗的一面，他在不知不觉中使用了一种否定的防御机制来压抑自己的缺失感。

那么，既然对年轻情侣接吻的场面感到恶心，为什么主人公还目不转睛地紧盯着他们呢？为了解释浩克怪异的目光，我们在这里借用日本学者铃木雅生对勒克莱齐奥作品中孤独主题的研究来加以说明。铃木雅生认为早期的主人公选择自我封闭在孤独的生活里，并且经常借用注视来反抗来自外界的敌意，"作家通过将自己的注视对准外部世界，来中和、软化所有对他具有敌意的非我。"④ 对于铃木雅生来说，注视包含了吸收和化解的双重作用。通过主动的

---

① Maan Alsahoui. *La Question de l'Autre chez J. M. G Le Clézio*. Sarrebruck：Éditions Universitaires Européennes, 2011. p. 49.
② 在小说一开始，主人公被描绘成一个寡言少语，人们对他知之甚少的人。没人真正了解他，甚至包括他的妻子，他看上去就是一个不易交朋友的人。
③ 他的愤世嫉俗表现在他听到小孩子的叫喊声便产生可怖的念头："孩子们隔三岔五地叫喊着，好像人们将他们一个接着一个割喉宰杀。"
④ Masao Suzuki. *J. M. G. Le Clézio, évolution spirituelle et littéraire：par-delà l'occident moderne*. Paris：L'Harmattan, 2007. p. 32.

注视对外界的凝视所产生的力量，主人公试图同化物品、动物和他遇到的人。这使他能够用他们的眼睛看世界，能够按照将自己的意识强加在事物身上的方式去体验世界。相对于上述的同化机制，注视的分解作用似乎更加具有破坏力，"被注视穿透的世界，失去了原有的完整性和坚实性：人、动物、物品、风景，所有一切包含的意义都被剥离，成为简单、中性的物质，只按照物质的机械规律去运作"①。事实上，铃木的解读并非没有依据，因为在散文《物质的狂喜》里，作家曾对意识主体的目光做出如下的分析：

> 人有看的需要。他只为观看和认知而活着。注视，审视评判一切并且创造意识的注视也是一种生存的手段，它既是最坚实的盾又是最锋利的刀锋。在战斗之前，在进攻之前，人审视和评判。这种注视中闪烁着意图控制一切的可怕智慧。（物质的狂喜，191～192）

对于勒克莱齐奥来说，注视（regarder），即法语中的动词"看"，是精神和理性的象征，他将注视称为"饱含意识的注视"（le regard chargé de conscience，物质的狂喜，194）。注视的目的是为了认知和计算，这是精神和理性改造和降伏物质世界的方法，先认知、计算，再根据具体情况进攻和改造。注视的行为确立了精神和物质世界的主体和客体关系，使前者总是站在凌驾于后者的位置上，统治和管理后者。

事实上，将注视类比为意识的思想有着漫长的哲学渊源。在西方的形而上学中，注视从来不是单纯的注视，还是精神或意识的代表和象征。注视的力量来源于著名的柏拉图的理念论（或称型相论），这种理论将理念（型相）当作永恒不变的、放之四海而皆准的事实。柏拉图把理智的对象称作理念。"理念"（formes）这个词在希腊语的词源为 eidos，eidos 和希腊语中的动词"看"（eido）具有相同的词根。因此，理念一词来源于动词"看"，原意是"眼睛看到的东西"。柏拉图把其意义引申为"心灵看到的东西"，也就是心灵的审视。柏拉图的理念论因此成为把注视比作心灵/精神/意识的来源。在法语中，动词"知道"（sa**voir**）、"能够"（pou**voir**）、"占有"（a**voir**）这三个词语的拼写中都包含了"voir"的形态，即法语中的"看"，这些词语形态之间的近似暗示了西方思想中"看"的重要地位。"看"和"拥有"的同形，意味着"看"的同化作用，即从精神维度拥有；"看"和"知道"同形，意味着

---

① Masao Suzuki. *J. M. G. Le Clézio, évolution spirituelle et littéraire: par-delà l'occident moderne*. Paris: L'Harmattan, 2007, p. 33.

"看"是认知的重要方式;"看"和"能够"同形,"看"的行为是获取权力的重要途径。因此,作为精神象征的注视,透过理性之光,将遇到的一切都进行分解(认知)、驯服(实施权力)、化为己有(占有)。

作家对目光中包含的暴力有着清醒的认识,这也说明,在《发烧》的情节设置中,浩克的目光具有重要的意义,它既是对社会秩序的侵越,又是对他人的侵犯,而浩克偏爱用这种目光作为与世界交流过程中的自我防御机制,是为了克服在别人面前感到的不舒适感。令人感到讽刺的是,就如铃木雅生所说的那样,这种目光的同化机制只会导致一种恶性循环,在这种循环中,个体的孤独感愈发深重,甚至演化成一种唯我论(solipsisme)的困境。①

通过将富有敌意的目光和发烧引起的暴力并置,小说想要表现意识主体与他人之间沟通的无力感,以及由此引起的主体的孤独感。勒克莱齐奥认为,在理性占据霸权地位的西方文化之中,对自我意识的过度放大与主体之间的敌意,二者与暴力行为之间存在着因果关系。既然最终定义主体的是对自我的意识(la conscience de soi),那么他人连同物质世界一起就都被彻底的怀疑所否定,他人和主体之间不是平等的互动关系,他人只是在主体脑海中的呈现,是被主体的注视认识、同化和实施权力的对象。

> 意识的作用就是隔绝,分割。(物质的狂喜,118)

> 循环往复的意识如魔鬼般占据了整个世界。……世间的男男女女是我。我已经消失。而我又无处不在。意识按照我的方式创造了世界,又以世界的方式创造了我。(物质的狂喜,225)

> 别人的眼睛,以它投射的目光,引发着身体的不适、惧怕和恐惧。谁没有在别人肆无忌惮的打量的目光中感到过尴尬,甚至僵直?谁没有感受过陌生人眼皮中渗透出来的,如致命打击一般的目光?而这目光,时时刻刻压在你身上,评判着你,分解着你。(物质的狂喜,93)

在勒克莱齐奥的叙事作品中,目光的主题反复以他人敌意的目光出现,这样的目光让在城市居住的人物感到害怕和焦虑。在短篇小说《行走的人》中,乞丐们狡黠的目光向主人公包利伸出了无数面闪着堕落人性的残酷镜子(发

---

① Masao Suzuki. *J. M. G. Le Clézio, évolution spirituelle et littéraire: par-delà l' occident moderne.* Paris: L'Harmattan,2007,p. 35.

烧，113）；而在《金鱼》中，主人公感到自己的目光"被别人攫取、舔舐"（金鱼，98）。既然每一个主体都力图以注视同化他人，压制他人，那么人和人之间的相互关系必然充满敌意，甚至最终导向暴力。

小说中的第二起暴力事件是浩克用石头砸坏旅行社的橱窗。在这个场景中，一直处于发烧状态且因烈日曝晒而症状加剧的浩克来到了自己工作的旅行社，然而他并没有回到自己的岗位，而是在旅行社外面观察里面人们忙碌的身影。浩克的缺席并没有引起同事的注意，也就是说，浩克在他的同事眼里"不具有重要性"（发烧，33）。于是浩克捡起一块石头，用尽全力砸向了旅行社的橱窗。

如果把浩克投石的缘由单纯地解释为别人对他的忽略，就会简化这篇小说的寓意。浩克将他自己和那些忙碌工作着、"什么都不想"（发烧，33）的同事们都看作是工作的奴隶，而他对工作充满了鄙夷。

> 所有这些都是工作，都是些无用、愚蠢的骚动，都是一种在地下室深处演绎的、喧嚣且可悲的笑剧。人们住在那里，各自为自己的事情忙碌，在喧闹声和沙沙声的控制下完全无暇顾及别的事情。他们忘记了生活的细节，他们看不见灰尘和苍蝇，他们也无暇顾及从自己身体深处缓缓发生的细微不适，尽管这些不适不断提醒着他们他们是谁。（发烧，33）

在勒克莱齐奥笔下，旅行社的工作被描写成一种异化的力量，这种工作在闪耀着虚假的幸福光芒的广告的宣传下显得更加令人厌恶了——蔚蓝大海边的白色沙滩，山上的中世纪城堡，小海湾中的村子，这些都是小心翼翼包装好的，明码标价等待售卖的幸福。在浩克眼中，正是这股异化的力量催促着人们忙碌工作，主导着人们的生活，并且在不知不觉中掠夺了他们存在的真正意义。

> 他们不停地工作着，口中念念有词，翻看着各种年鉴和备忘录，什么也不想，什么也不怀疑；他们不知道时间一秒一秒地飞快逝去，他们在不知不觉中一步步走向死亡、走向虚无。……什么都不能保留他们曾经生活过的痕迹，不管是玳瑁的眼镜、他们头发的香气，还是腹部的油脂。他们很快就在无所察觉之中陷入无能为力的深渊，却完全不知道怎么回事。他们将想要依靠在某个细小的碎片上，然而当大限已至时，所有一切都会离他们远去。他们能抓到的只有身体的溃疡和坏疽，他们的手指只能抓住死亡的碎片。（发烧，33）

在这段文字里，作家不仅表达了对自我身体的遗忘的主题，同时也表达了生命的虚无感。人们将注意力完全集中在工作上，完全没注意到周边环境，没有注意到他人，也没有关心他们的身体发出的微弱信号。在此意义上，他们是被封闭在一种与外界隔离的闭塞环境中，这里只有工作，直到有一天一切只剩下"溃疡和坏疽"，那时肉体的凋败和死亡的临近就会向他们展示他们生活的空虚。实际上，在浩克砸破橱窗的叙事之前，浩克就已经被引入了一段关于生命空虚问题的沉思。对浩克来说，所有的人类都像苍蝇和微生物一样，在一段混乱、轻薄、短暂的生活里蠢蠢蠕动，一个个体的死亡很快被另一个个体的新生所代替。"我们是草丛里的蚂蚱。……是的，像他们一样，像他们所有其他物种一样，我们也腐朽到了骨头里面。"（发烧，31）很明显，在这里浩克所惧怕的死亡，并不是一般的在生命尽头的死亡，而是一种"活着的死亡"（物质的狂喜，79），一个偶然的、忙碌的、事先编排好的生活，这样的生活只会将人引向死亡的空虚。因此，浩克砸坏橱窗的原因，归根结底，是对于生活的愤怒，对于生命意义被异化的力量夺去而生发的愤怒。

二、太阳的暴力

在前面的章节中，我们分析了主人公浩克发烧症状的比喻意义，认为发烧隐喻了人物在一个敌对的世界面前表现出的不可遏制的愤怒。这种歇斯底里的愤怒及其缺乏明显缘由的荒谬性值得我们做一番深入的考察。在这个问题上，我们通过将《发烧》的情节和加缪的小说《局外人》中莫尔索的遭遇进行一番平行的对比研究，来对浩克愤怒的缘由进行细致的阐释。很多研究者已经注意到了浩克和《局外人》主人公莫尔索的诸多相似之处。莫尔索也是在阳光的暴晒下，糊里糊涂地犯下暴力罪行——枪杀了一个他几乎不认识的阿拉伯人。[1] 正如莫尔索犯下罪行的动机可以归咎于令人头昏脑涨、失去理智的阳光，浩克的暴力倾向也是太阳暴晒影响的结果。

在浩克从家中前往工作地点的路上，他一直被一种强大、邪恶、残忍的阳光折磨着，他的发烧症状在阳光的暴晒下愈发严重。作家既强调太阳的霸权地位和残酷态度，同时也承认阳光的巨大权力，它能够"带来生命"，照亮世界，世界上没有一个角落可以逃离它的光芒普照。在文本中，一系列和暴力有

---

[1] 通过对比莫尔索和浩克不同的情感方式，杰拉尔·达努认为浩克的情感流露和莫尔索的无动于衷更多地体现在质而不是量上。详见 G. Danou. *Le corps souffrant*. Seyssel：Éditions Champ Vallon，1994. p. 66.

关的同位素词表现了太阳的暴力:"粗暴的太阳轰炸着土地表面……用滚热的箭头穿透着地面……连续不断地向地面倾倒凝固汽油弹……将生命一点一点侵蚀……无情的杀死一切……它的光芒像电钻一样穿透主人公的眼睛。"(发烧,21)太阳统治着一切,毁灭着一切,让一切都陷入一种极度的脆弱之中。因此,"没有抵御能力的大地只好听凭摆布……一丝弱弱的微风都可以随时引起一场大火"(发烧,21)。正如在阳光照射下没有抵御能力的大地一样,浩克在曝晒所加剧的高烧下也感觉自己马上就要崩溃了。

> 他勉勉强强地抵抗着……他一点也不能放松,否则他会感到一切变得模糊和令人颤抖;他的脸会化成水,鼻子、眼睛、耳朵、头发,一切都会崩溃,变成垃圾,并且像泡沫一样离他而去。然后还有他的胳膊、他的腿:如果浩克哪怕只是在半秒钟内有丝毫的放松,他肯定要瘫倒在地。(发烧,24)

在后面的故事情节中,正是这种极度的脆弱,这种即将喷发的状态,正如那个随便一点缘由都能引发火灾的大地,成为浩克不可遏制之怒的主导因素。在这个意义上,我们可以说,正是太阳的暴力导致了人物行为的暴力。

作家之所以要着力刻画太阳的暴力,并且想要表现耀眼的阳光和浩克的愤怒之间有着直接的因果关系是在于,光线在西方形而上学中是一种具有特殊象征意义的形象。在《理想国》第六卷中,柏拉图曾说:"此我们说善在世界中所产生的儿子——那个很像它的东西——所指的就是太阳。太阳跟视觉和可见事物的关系,正好像可理知世界里面善本身跟理智和可理知事物的关系一样。"[1] 长久以来,这个著名的柏拉图比喻及其衍生的理论建立了一种关于光和凝视的哲学传统。在笛卡尔那里,光线更是被同化为意识本身,"我通过自然之光认识事物,而不是通过身体。自然之光只属于精神,不属于身体"[2]。启蒙时代将光隐喻为知识,希望被知识的光芒启迪照亮,"理智照亮所有的人,她就是光芒,或者更确切地说,不是一缕光线,而是一簇光线,启蒙的光线"[3]。然而,对于雅克·德里达来说,太阳比喻正是奠定一切西方哲学的神话之一,也就是理性解释和阐释一切的神话。德里达借用列维纳斯的一个表达方式来批判传统哲学中所带有的"暴力"[4]。光的暴力来源于它对于观看

---

[1] [古希腊]柏拉图:《理想国》,郭斌和、张竹明译,商务印书馆1986年版,第269页。
[2] René Descartes. *Méditation Métaphysiques*. Paris:Garnier-Flammarion,1979. p. 181.
[3] Albert Soboul. *La Civilisation et la Révolution française*. Paris:Arthaud,1978. p. 19.
[4] 详见 Jacques Derrida. *L'écriture et la différence*. Paris:Éditions du Seuil,1967. p. 125.

(voir)、认知（savoir）、占有（avoir）的要求，这是一种将所有一切纳入"同一的极权统治"的同化力量。因此，对于德里达来说，"在光与权力之间有一种隐秘而长久的默契"①，光代表了压制和同化的力量："如果我们能占有、攫取和认识他人，那么他人就不成其为他人。占有、认识、攫取，这些都是权力的近义词。"② "在无法尊重别人的存在和意义的前提下，现象学和本体论都将成为暴力的哲学。"③ 与他人隔离开来，即认识、指认、同化他们，这等于将自我封闭在孤独之中，失去了和他人沟通的可能。因此，光的暴力不可避免地将主体引入一种"作为理性架构的唯我论"④。对于西方逻各斯（Logos）这个问题的认识上，栾栋有着与德里达相似的见解："逻各斯是西方思维的奥秘，蕴藏语言妙道是逻各斯的深旨所在。作为西方思想文化的精髓，逻各斯常常被看作语言的神思、语言的灵魂和语言之所以为语言的理据。这种神秘和深邃，也使逻各斯成为支撑和论证信仰以及哲理心智的终极原因。简化了看，逻各斯无非是使言说成为西方文化的中枢神经"⑤。

在散文《物质的狂喜》中的一个隐喻明确表现出作家在写作中会有意识地将光线作为意识的表征："现在，我的意识的太阳炽热地燃烧。我的注视的光芒十分耀眼。"（物质的狂喜，269）通过一种象征的语言，作家将光的霸权形象传达出来：正如炽热的光芒引起了人物的发烧和暴力行为，对理性的过度崇拜是造成人物和他人之间隔阂与敌对的根源。

《发烧》是一个关于自我面对和他人之间无法逾越的鸿沟而陷入发烧一般的癫狂的故事。（发烧，69）这个故事中两个重要的比喻构成了小说的寓意，光的暴力隐喻了意识的自我膨胀，而发烧的状态则象征了人物因孤独的处境所感受到的短暂疯狂，正如小说中太阳的曝晒导致了人物发烧症状的加剧，自我意识的膨胀也是加剧人物孤独感、异化感的根源。正如作家所说："意识的作用就是隔绝，分割。"（物质的狂喜，118）作为笃信理智的精神主体，《发烧》的主人公是孤独的，他的孤独主要来自主体的偏执和自闭。

在《发烧》这部小说集的前言中作家戏谑地写道："发烧、疼痛、疲乏、困倦，这些是和爱情、折磨、仇恨、死亡同样强烈和绝望的激情。在感觉的袭击下，精神（l'esprit）不得不屈服，形成一种物质的狂喜（extase matérielle）。

---

① Jacques Derrida. *L'écriture et la différence*. Paris：Éditions du Seuil, 1967. p. 136.
② 转引自 Jacques Derrida. *L'écriture et la différence*. Paris：Éditions du Seuil, 1967. p. 136.
③ 同上，p. 136.
④ 同上，p. 136.
⑤ 栾栋：《人文学概论》，暨南大学出版社2012年版，第205页。

对于真理的洞见此时如风中残烛般微弱。"（发烧，7）波蒙的牙痛，浩克的发烧，既是两个有关感觉侵袭理智的荒诞故事，也是两则关于身体与意识对决的哲理寓言。波蒙和浩克尽管经历了不同的病痛折磨，然而他们所承受的痛苦却是相似的，那不是简单的肉体痛苦，而是理智的挫败感、主体的孤独感和存在的空洞感。作为笃信理性的意识主体，波蒙和浩克在无法控制的身体面前陷入癫狂、苦恼和焦虑。

然而，这些苦恼和焦虑并不是这两部短篇小说的人物所独有的，可以说，作家早期小说中的人物或多或少地都在"意识的悲剧"（le drame de la conscience）① 里挣扎，都在与自己思维惯式中的主体思想对抗。《诉讼笔录》的主人公亚当·保罗尽管已经开始有意识地突破传统的束缚，尝试按照自己的方式体验人生，但是仍然不能摆脱苦思冥想的习惯，他似乎总是在思考着战争、语言、时间和存在等形而上的问题，因此他倾诉道："我被沉重的意识压垮，我会因此而死，这是事实。意识让我死亡。"（诉讼笔录，72）由于他到处念念有词地宣讲着他的思想，亚当最终被当作疯子关进了精神病院。《洪水》中的人物弗朗索瓦·贝松怀有与《发烧》的主人公类似的对他人的敌意和臆想病症，这导致他在黑暗中失手杀害了一个陌生人。为了表达对主体身份的抗拒，作家让贝松这个人物最后自刺双目，通过摧毁自己的目光来象征突破作为"精神的目光"的意识的束缚。在《挚爱的土地》中，尚思拉德生活在"浩瀚无垠的意识之中"（"我活在浩瀚无垠的意识中"是其中一个章节的题名）。在《发烧》的一篇短篇小说《马丁》里，天才少年马丁在展现了无与伦比的思辨才华以后，最终却沦为了"患有脑积水病症的标本"。

发烧、疼痛、疲乏和衰老，无论哪一种身体病征，都代表了人的生命系统的紊乱和失调。同样，孤独、恐惧和空虚是精神的病症，它们代表了存在中的平衡感和协调感的丧失。发烧、疼痛、疲乏和衰老，以隐喻的方式表达了主体的"忘在"（l'oubli de l'être），即过度放大理性，疏离身体，排斥他人而产生的存在的异化感。通过戏谑的小说语言和荒诞的叙事风格，作家向我们提出了一连串发人深省的问题：现代主体的理智与清醒，是否真如理性自诩的那样能够为主体带来骄傲与完满？到底是什么造成了主体的孤独、恐惧、空虚？又当如何才能克服这种无端的焦虑和苦恼，享受美好、真实的生命旅程？

---

① 在一篇关于萨特的文章中，勒克莱齐奥用"意识的悲剧"（le drame de la conscience）这个短语来表示主体的孤独感、异化感和挫败感。参见 Le Clézio. Un homme exemplaire. *L'Arc*，1966，no. 30. p. 7.

第三节 物质的狂喜

发烧、疼痛、疲乏和衰老,这些日常生活中常见的身体症状成为小说集《发烧》探索的主题。对于勒克莱齐奥来说,人的身体就如蓄积力量的火山,其中千千万万的细小感觉都可以成为文学创作的源泉。小说集《发烧》的创作表现了作家对身体主题倾注的极大兴趣,但身体的主题并不仅仅存在于这部小说集中。其实早在作家的第一部作品《诉讼笔录》里,主人公亚当就表现出了一种通过倾听感觉而与现实世界重新取得联结的愿望——"只有感觉才是衡量生命的标准"(诉讼笔录,35),他将存在看作"一系列联觉的集合"(诉讼笔录,72)。他于是热切地想要投入鲜活的物质世界,甚至化身为他所遇到的一切事物,诸如海滩、流浪狗、动物园的野兽、被他自己杀死的老鼠,等等。对于亚当来说,感觉世界是真实的世界,而那些将他当作疯子关起来的人却"是将作为现实的存在和作为'我思'(cogito)的存在混为一谈了"(诉讼笔录,300)。

四年以后,在《诉讼笔录》中曾经出现的短语"物质的狂喜"(诉讼笔录,160)成为1967年出版的非叙事作品的题名——《物质的狂喜》以散文的形式进一步阐释了叙事作品中涉及的诸多创作要素,其中身体主题便是一个重要组成部分。在《物质的狂喜》中作家提出,"带着所有的敞开的感官,运用所有不曾用过的方法,寻找和物质交流的途径"(物质的狂喜,187)。

这样的追寻很显然在1967年出版的小说《挚爱的土地》中得到了实现。这部作品通过叙述一个普通人乏善可陈的生平,揭示了一个玄妙的感觉世界和一种与之相应的"地震仪式的写作"[①]。主人公尚思拉德喜爱世界的一切细节,他似乎对一切世间的事物都抱着孩童般的好奇。这部小说书写了丰富的感觉盛宴,使平凡的生活成为无与伦比的精彩之旅。

毫不夸张地说,勒克莱齐奥在创作的初始阶段就表达出了对身体主题的极大兴趣。但是,如果仅仅把作家基于身体主题的创作,理解为一种身体体验的直观描绘、身体修辞的运用,则是只注意到了冰山一角。作为存在主义文学的继承者,同时深受1968年法国"五月风暴"文化运动的影响,勒克莱齐奥的

---

① L. Hervé. *L'aventure d'une écriture. Recherches sur l'imaginaire*, 1982, Vol. 8, pp. 326–363.

文学创作不是一种单纯"为艺术而艺术"的审美作品，而是与作家对现实社会的思考紧密相连，是一种扎根于社会、来源于现实，但是又要用新的视野让既定的现实掀起波澜的"介入文学"（littérature d'engagement），是其革命性思想在艺术世界中的试验田。勒克莱齐奥笔下的亚当·保罗（《诉讼笔录》，1963）、弗朗索瓦·贝松（《洪水》，1966）、尚思拉德（《挚爱的土地》，1967）等早期人物是一群无动于衷、没有任何个性特点的人物，小说没有对主人公进行思考、心理和情感的描写，大多是对他们怪异的行为和琐碎感觉的描绘。尽管每部小说都有一个主人公，然而作者并没有对他们的个性、心理、处境进行虚构或说明，读者对他们几乎一无所知。正如加缪在《局外人》里创造的白描风格是为表现人生普遍的荒诞感而故意淡化人物莫尔索的个性特征一样，从很大程度上说，勒克莱齐奥早期小说中的人物也仅仅是他诠释人生观和世界观的工具，是一种实验小说中的理论性的人物。

基于上述分析，如果要充分把握勒克莱齐奥对于身体的理解，就必须从分析作家的人生观和世界观开始，同时考察身体主题在作家思想中扮演的角色。身体在勒克莱齐奥的思想里是与精神、意识等作为其哲学反题的概念紧密相连的，代表了作家对"人"和"主体"概念的革命性认识，以及对人的存在方式的重新理解，更打开了作家思考存在、虚无、生死等人生终极问题的大门。从某种意义上说，身体成为作家思考人生的起点和终点。散文《物质的狂喜》以诗意的语言阐释了作家对于人生和存在的思考，其中作家对身体概念的理解起到了关键性的作用。这部散文影响深远，散文中阐发的思想不仅以早期的叙事作品作试验田，其思想内容也深深影响了作家后期的文学创作。作家在散文中关于身体的系统阐释为我们理解作家的身体诗学提供了最完整、最系统的依据。正是在这个意义上，对《物质的狂喜》的解读可以说至关重要。

一、意识和物质的古老对立

《物质的狂喜》通过充分发掘意识和身体这对哲学反题，探讨了对生死和人生意义的理解。散文的结构本身就充分地体现了身体主题在作家思想中占据的重要地位。散文《物质的狂喜》分为三个部分，第一部分"物质的狂喜"以"在我还没有出生的时候"（物质的狂喜，11）开篇，以第一人称叙述者"我"的视角思考了人出生前的世界——那"不可知的漫漫长夜"（物质的狂喜，17）。第三部分"沉寂"则以"在将来我死的时候"（物质的狂喜，265）开篇，阐发人死后的世界。篇幅最长的第二部分"无限的平常"则探讨人具有物质身体的生命旅程：人从虚无而来，经过了短暂的生命旅程，重新回归无限的虚无。

如果说散文的结构明显体现了生命与死亡、存在与虚无的主题，那么身体与意识的主题在其中则是微妙地体现出来的。由于出生和死亡是生命的边界，也是鲜活的身体的边界，因此，具有自我身体（第二部分）和不具有自我身体（第一、三部分）成为划分整部散文结构的边界。这样的结构巧妙地影射了柏拉图关于精神和肉体问题的一个著名论断，即生命的堕落。崇尚精神的柏拉图认为真理只存在于人的精神之中，在出生之前，精神洞察着绝对的真理，而灵魂与肉体的结合使前者在认识真理的道路上受到了后者的束缚和限制，生命便成了一种堕落。因此，想领会真理，就要摆脱肉体的束缚，像苏格拉底一般面对死亡而无所畏惧。通过影射柏拉图这种生前、生命、死后三段式的划分，作家将精神与肉体的关系凸显出来，对两者之间的关系及其在生命中的意义进行了发问。

当然，不仅是从结构上，散文更从每个部分的点点滴滴细致阐述了身体所赋予生命的意义，这种意义和身体的物质性，与作家对世界的看法密不可分。题名为"物质的狂喜"的第一部分以"在我还没有出生的时候"（物质的狂喜，11）开篇，其中作家想象了人出生前的世界——那没有"我"的"不可知的漫漫长夜"（物质的狂喜，17）。散文中这个还没有出生的"我"对这无限的长夜表示出焦虑和恐惧，"我不曾存在，也不可能存在"（物质的狂喜，11），"我的语言没有意义。我的思想，我的意识完全不存在"（物质的狂喜，17），长夜因此对"我"来说是一种"混沌"（chaos），一种"空虚"（vide），这无限的时空让渺小的我感到"我在这片阴森的海洋中像孤岛一样会随时崩溃"（物质的狂喜，19）。而另一方面，一种更强的声音压制了上述焦虑的思想，"这个无限有一具身体，它不是一个概念。它是物质的精确空间，谁也无法脱离。……所有存在的，都将无限地存在下去，没有虚空（rien）"（物质的狂喜，16），"我们只能由它而来，向它而生，回归于它。谁也不能离开它。这个真实的无限包含着我，用它的物质包含着我的物质，以及所有其他的物质"（物质的狂喜，30）。在这些玄妙的叙述中，散文中的"我"首先将自己理解为精神的存在，这使他在世界的无限和虚空面前感到焦虑，而当他从自我身体的物质性出发去思考人生的时候，他感到自己是整个物质宇宙的一个微小部分，通过物质与所有的事物发生联系，即使他没有出生，他寄存于别人的身体之上，即使他已经死亡，他回归于永恒的物质，于是时间的无限和物质的永恒不再对他产生威慑，他从对生死和虚空的焦虑中解脱出来，欣然接受自己仅仅作为"一个微不足道的细小尘粒"（物质的狂喜，31）而存在的事实。

篇幅最长的第二部分"无限的平常"则探讨人从获得一具身体开始的生命旅程。题名"无限的平常"是什么意思呢？在散文中作家论述道："在无限的大和无限的小之间，是无限的平常。"（物质的狂喜，150）从以上的论述我们可以看出，作为精神的"我"在生前和死后的无限时间面前，在浩瀚无垠的物质世界面前，都感到了无比的焦虑，因为相对于时间和物质的"无限的大"，"我"昙花一现般的生命只是"无限的小"；而作为身体的"我"，由于将生命的短暂存在看作一种无异于不存在的物质形式的变换，即"我存在于别人的身体之中"（物质的狂喜，12），"我只是物质整体的一个碎片"（物质的狂喜，25），接受了将自我视作"一个无足轻重的碎屑"（物质的狂喜，31），生命的旅程由此不再以出生和死亡为界限，生命只是存在中的一个"筋斗"（物质的狂喜，31）。和所有的物质存在一起，不管形式的变换，最终以整体的物质世界为归宿，正是在这个意义上，生命是一种"无限的平常"。

题名为"沉寂"的第三部分以"将来我死的时候"（物质的狂喜，265）开篇，对人死后的世界进行了发问。在这里，叙述者同样提出了关于自我的灵与肉的问题："当我的心脏停止跳动，我的喉咙停止伸缩，肺部停止充气……还会剩下哪怕是一个魂灵，一个模糊、遥远的能够构成灵魂的记忆吗？"（物质的狂喜，268）此时叙述者坚定地认为："在语言之外，在意识之外，在所有具有形体的生命体之外，是浩瀚无际的物质世界，粗糙的物质世界，它毫无目的地投向它自己。"（物质的狂喜，269）"精神的冒险是一种肉身化体验（incarnation）。"（物质的狂喜，281）"没有人能够脱离身体而生活。一切属于物质，而物质的存在永远无法被剥夺。"（物质的狂喜，287）因此，在勒克莱齐奥这里，尽管仍然使用了柏拉图划分存在的方式，但柏拉图精神至上的思想被反转了。在精神和身体的对立中，作家更愿意扎根于作为物质实体的身体，通过身体与他人、物质和广大世界取得联结，在物质的沟通中取得完满。

在《物质的狂喜》这部思考存在和人生意义的散文里，作家将灵与肉、意识与身体、精神与物质的对立作为思考的起点和终点，使它们成为贯穿整部散文论述的线索。用作家自己的话表述，也就是探讨了"生活和思想，物质和精神，现实和想象之间古老的对立"（物质的狂喜，198）。意识与身体的概念，以及二者的对立关系，一直是西方哲学的一个重要论题，千百年来西方哲人对此争论不休。但是简要来说，在崇尚理性的西方思想里，意识和身体是两个互相对立的概念，其中意识在身体面前具有绝对的优越性。"身体"在西方思想中的卑微地位有着诸多哲学源头。如上所述，在柏拉图的哲学中，精神是不朽的，它与理念的世界相通联，带领人领会理念世界的真理、知识和美德，而精神与肉体的结合则意味着精神堕入了肉体的世界，一个腐朽的世界，肉体于是迫使精神远离知识和美德，成为精神的"坟墓"。基督教文化则将身体比喻为灵魂的"监狱"，身体的感觉使灵魂在追求真理的道路上受到蛊惑，身体的激情更容易让灵魂放弃追求理念的初衷，因此苦行和禁欲成为基督教文化普遍的身体治理技术。然而对现代西方思想中的身体和精神理念产生最深入影响的哲学家，是作为古典理性主义创始人的笛卡尔。笛卡尔不仅将精神和身体划分为思维和广延两种具有截然不同属性的事物，并且将身体等同于机器，将精神等同于真实的存在。笛卡尔通过"我思故我在"的推断提出的思考主体概念，为西方思想的理性至上和逻各斯中心主义奠定了基础。

总之，《物质的狂喜》力图重新思考意识、身体的二元关系，并且把矛头直接指向现代哲学之父笛卡尔提出的"我思故我在"的意识至上思想，探讨了意识哲学给现代人造成的精神困境，力图对意识主体予以解构。在此基础上，作家提出一系列以肉身体验为出发点的存在命题，例如，语言的本质，幸福的定义，"我"和他人、时间、宇宙的关系等，并由此提出了一套具有作家语言特色的存在思想。这些思想将会对作家其后作品的主题、写作风格产生重要的影响。那么勒克莱齐奥到底对于意识和身体的二元性问题做了哪些细致的分析和探讨呢？我们将在下文中以意识和身体为主题分别进行探讨。

二、意识的悲剧

在散文《物质的狂喜》中，作家对"意识"（la conscience）的概念，以及在西方思想中与之相近的思想（la pensée）、精神（l'esprit）、理性（la raison）等概念进行了颠覆性的质疑和批评。《物质的狂喜》（1967）发表的年代——20世纪60年代，也是勒克莱齐奥凭借第一部作品《诉讼笔录》（1963）在法国文坛崭露头角的年代，正处在两种思想势力交锋的文化气候之下，一方面是自第二次世界大战以来，长时间称霸文化舞台的主体和意识哲学，另一方面则是由吕克·费里和阿兰·雷诺提出的，以"主体的死亡"为论断的反人文主义思潮，[1] 其锋芒直指前者，意欲推翻主体和意识哲学的霸权地位。年轻的作家也深受这两股思潮的影响，勒克莱齐奥曾经坦言在这一时期沉迷于"自我的意识"（la conscience de soi）问题，对这一问题的探讨滋养了他早期的众多作品，"那个时期有一个词语长久萦绕在我的脑际，盘旋不去，这个词语就是'意识'"[2]。于是，散文《物质的狂喜》中对"意识"概念所代表的思想系统的否定判断俯拾皆是，如"意识可以是一种让人永远迷失的力量。……如毒液般腐蚀那分泌毒液的腺体"（物质的狂喜，223）；"被一张无形的嘴给予能

---

[1] 详见 Luc Ferry, Alain Renaut. *La pensée*. Paris: Gallimard, 1988. p. 68.
[2] J. M. G. Le Clezio. Infiniment moyen. *Magazine litteraire*, 1998, fevrier, No. 362. p. 30.

量,精神不断膨胀,渐渐被危险的陶醉感所掌控。希望有一把手术刀能够赶快切除这个肿瘤"(物质的狂喜,71);"意识可以是自我的深渊"(物质的狂喜,223)。在作家眼里,精神是"肿瘤",意识是"毒液"和"深渊","它不但不加强生命的欲念,反而将生命引向无底的深渊,让未完成的现实,染上虚无的色彩"(物质的狂喜,80)。那么,勒克莱齐奥到底是从何种意义上,对作为西方理性主义根基的"精神"和"意识"概念提出如此激烈的批判呢?

要探讨作家关于精神和意识的思想,就不得不牵扯到现代哲学之父笛卡尔所提出的、被认为是现代西方哲学奠基石的命题——"我思故我在"。在彻底的怀疑面前,笛卡尔提出唯一不容置疑的事实便是"我在思考"这个行为,而"我在思考(或者怀疑)"这样一个事实,证明了一个思考的实体(也就是自我)的存在。即便"我"对世界的一切其他认识都可能是一种想象、欺骗,或者误解,思考的行为本身就已经证明了"我"的精神存在的真实性。在怀疑,或者说思考之中,"我"找到了自己存在的证明以及存在的本质。笛卡尔的"我思"(cogito)因此表达了一种思考主体对自我的意识。

勒克莱齐奥在这一时期所谈论的意识和精神,引用了笛卡尔的"我思"对意识和精神含义的界定,认为这个将人之存在的一切意义托付于"对自我的意识"的命题其实具有诸多先天缺陷,并将之指认为造成现代主体存在焦虑(malaise de l'être)的元凶。作家对意识结构内在缺陷的批判主要集中在两个方面:一方面是过度地放大"我",造成"我"与他人之间的隔绝和对立;另一方面是过度地强调"意识",否认物质肉身的意义,造成身体与意识、生活与思想、现实与虚幻之间的二元对立。

勒克莱齐奥对意识结构缺陷的诊断首先聚焦于"我思"的理念所树立的意识、身体的二元对立,以及对精神在存在中意义的无限放大。在《沉思集》中笛卡尔写道:"我对于肉体有一个非常分明的观念,即它只是一个有广延的东西而不能思维,所以肯定的是,这个我,也就是我的灵魂,也就是说我之所以为我的那个东西,是完全、真正跟我的肉体有分别的,灵魂可以没有肉体而存在。"[①] 笛卡尔的这一论断,不论其时代语境如何,都对西方社会思考存在的方式产生了深远的影响。对勒克莱齐奥来说,这种影响一方面意味着"在生活和思考之间、物质和精神之间、现实和虚幻之间古老的对立"(物质的狂喜,198)。将身体和精神看作人的存在中两个具有各自独特属性的、彼此独立的实体的观念于是在西方社会中深入人心。另一方面,笛卡尔的身心二元论断也意味着,"活着的唯一意义就是具有意识。意识是一切与人有关的事物的基

---

① [法]笛卡尔:《第一哲学沉思集》,庞景仁译,商务印书馆2014年版,第85页。

础"（物质的狂喜，91）。因此，理性主义成为西方思想倍加推崇的真理，而身体则被纳入由物理机械规律支配的物质范畴，与其他动物、植物、矿物一起成为科学技术认知和操控的对象。

尽管理性主义所创造的繁荣财富和丰厚文化证实了推崇理性的实用主义功效，然而作家谴责身体的客体化对人的存在体验的摧残，"人的精神脱离了物质，丧失了和谐"（物质的狂喜，195）。对于作家来说，以笛卡尔"我思"为代表的意识哲学用精神的绝对霸权控制和压抑身体——这个在生命中占有重要地位的存在维度，就是对"生命的碾压"（物质的狂喜，194）。与此同时，理性主义为人类创造的，是一个荒谬的世界，一个由精神和理想抽象、虚构出来的世界，这个世界不管有多么美好，它始终是脱离现实的虚幻时空。"过于可视的东西燃烧着，……它拆散了人的灵魂，将精神和肉体割裂。它在人们不可触及的地方塑造了一个对绝对世界的疯狂向往，这个世界虽然绝妙得、永恒得完满，却根本无法接近。"（物质的狂喜，194）于是，作家使用镜面的意象来阐释意识的先天缺陷，"镜子，是无限广阔的地狱疆土……生命中恶的存在。……它反射了谎言铸就的虚无"（物质的狂喜，223）。镜面反射的虚像尽管看上去完全忠实于镜子前面的物体，然而它永远只是一个幻象，不是物体本身。个体在镜子中的虚像不管如何逼真，也只是一个"对自我的幻想"（物质的狂喜，70），不能等同于自我的存在本身。倘若误将虚像视作与自我等同的存在，便会迷失在对现实的虚拟之中，而脱离实在的物质世界。同样，意识只是一个镜面，思想只是一个反射现实的虚像，倘若将之凌驾于现实之上，则势必导致存在的异化、生命的失衡。

勒克莱齐奥对意识结构缺陷的诊断进而集中在"我"，或者说"主体"的问题上，特别是现代社会对"我"的个体性（individualité）的无限放大。"现代主体"（le sujet moderne）的概念很大程度上被等同于"思考的主体"，来源于笛卡尔的"我思"。对于"我是谁"的问题，笛卡尔认为唯一可以确信的回答，即一个思考的主体（un sujet pensant），一个精神存在（un esprit），一个理性的存在（une raison）。法语中将这个"思考的主体"写成一个单数第一人称的大写的"我"（le Moi）。与此同时，在彻底的怀疑中，他人和任何其他"非我"的外部世界一样，是无法确信无疑地被认知的，因此被排除在思考之外。由于意识包含了同化（"我"是一个人）和区分（"我"不是任何人）的双重进程，对自我的意识催生了对"我"的个体性（individualité）的感受。因此，现代社会对人的认识，深深地扎根于意识赋予"我"的无限放大的个体性，"一切回到意识的问题上来，因为一切都归结于个体性"（物质的狂喜，91），"所有关于人的表现都只在个体身上表现出真实性"（物质的狂喜，69）。

作家认为笛卡尔所说的"意识",首先是一种对"我"的意识:"最终起作用的,最重要的,是一种系统的、对自我的意识,个体永远无法脱离这种意识。"(物质的狂喜,69)而这种"对自我的意识"构成了存在中最危险的因素,因为其内在结构就是自我隔绝——"精神最糟糕的行为恐怕就是这种自我封闭:当内向的目光不再聚焦于任何精确的视点,它便投入一个单一的行为,即对意识的意识"(物质的狂喜,215)。由于沉迷于自我,主体误将对自我意识的意识、对思考的思考,视作存在的出发点和归宿——"思考的绝对境界就是对思考(行为)的思考"(物质的狂喜,217),然而对自我的意识的先天缺陷就在于它的"自反性""封闭性"。作家用镜面的意象比喻意识的这种自我封闭结构:"意识的绝对壁垒便是一面向内部反射的镜子"(物质的狂喜,217),一面"无休止反射的镜子"(物质的狂喜,94)。意识像镜面一样是向内自反的,它暗示了一种自我的封闭性:意识的膨胀使人过度关注自我,使人沉溺在对自我思想和行为的反思中,疏离了他人。"在镜子平整的深井中,是充满敌意的思考的统治。现实,反射的现实不再是一样的,通过镜子的复制,现实变得危险而阴暗。"(物质的狂喜,222)镜面反射的影像尽管是忠实的,然而仅局限于自我的影像,在镜子中没有他人。因此,"人的孤独是一种镜像的孤独"(物质的狂喜,95)。在意识推崇自我、压抑"非我"的进程中,对自我的意识渐渐膨胀,对个体性的尊重渐渐演化为盲目崇拜,于是"我成了一个封闭在自己世界里的疯子"(物质的狂喜,62)。

总之,对于勒克莱齐奥来说,这种由笛卡尔的"我思"所推崇的意识具有两个突出的弊病:其一是在身体和精神之间进行人为的割裂,过度地放大精神和意识在存在中的意义,而将身体理解为屈从、附属于精神的客体;其二是过度强调单数第一人称的"我",强调"我"的个体性(将"我"和他人进行区分)和主体性(强调作为思考主体的"我",对意识的意识),在这一进程中将自我封闭在对思考的思考中,与他人隔绝开来,造成了"我"的孤独。意识的双重缺陷意味着,"我思"让思考主体陷入唯我论(solipsisme)的困境。思考主体在对自我的盲目自大中,在用精神的目光审视、消解一切的同时,逐渐失去了和外部世界真正意义上的交流,而"交流是我们的所有存在中的鲜活真理。它在世界、现实、思想和文字之间传递输送。让这种交流终止,停止和外界的交换,就是可憎和无能的表现。"(物质的狂喜,215)正如德里达所说,"唯我论乃是理性的结构本身,因此存在着理性的孤独"[①]。

在散文《物质的狂喜》中,勒克莱齐奥不仅探讨了内在于"我思"的先

[①] Jacques Derrida. *L'écriture et la différence.* Paris:Éditions du Seuil, 1939. p. 136.

天缺陷，同时还用充满隐喻的、具有预言风格的语言描述了"我思"的思维方式给主体造成的存在焦虑。在散文中，第一人称的叙述者"我"描绘了被空虚感攫取时体验到的存在焦虑。"有时候，无缘由地，我的脑海会突然被虚无的念想所占据。"（物质的狂喜，81）散文中的"我"经常体验到的焦虑感，主要来源于三个方面：在理性占统治地位的世俗社会中，由于无法和超验的存在沟通所造成的面对死亡的恐惧；由于精神和物质对立所造成的面对物质和身体的焦虑；由于与他人的对立所造成的自我封闭的孤独。

散文中的"我"所面临的第一种苦恼，便是被作家称为"暗夜的恐惧"的，对死亡的恐惧感，"来自于夜的恐惧，唤起了对死亡的念想"（物质的狂喜，193）。哪怕是路上偶遇的一个老乞丐苍老的脸庞、巷子里传来的一阵不和谐的手风琴乐曲，都足以触发"我"的忧伤。猛然之间，"我"窥见了身后的世界——"思想的那一边：冻结的、永恒的、瞬间的领土。彼岸。"（物质的狂喜，83）于是，这种对死亡的念头让"我""融化在对自己死亡的悲伤中"（物质的狂喜，81～82）。然而文中的"我"所体验的对死亡的恐惧，并非通常意义上的"怕死"，而是一种无名的伤感，一种让人无能为力的挫败感，"我所害怕的，并不是作为具体事件的死亡，不是那个带着一点痛楚、带着一点窒息，将我从世间带走的死亡，我害怕的是生命中的死亡"（物质的狂喜，79）。散文中的"我"进一步揭示，这种惧怕并不是真正意义上的痛苦，然而"它只属于我。这是我作为活着的人的本性使然"（物质的狂喜，83）。这片刻的疯狂，却让我"怀疑自己的理性"（物质的狂喜，82）。很显然，在"我"和死亡的对立中，"我"身上的某种属性造成了"我"对死亡恐惧的无能为力。实际上，在作家的早期叙事作品中，死亡是一个让很多人物纠结的难题。那么，作家着力表现的这种并非"贪生怕死"的恐惧感，究竟源自何处？又为什么让人对它完全无解呢？

"我思"使得主体失去了与超验的神性世界沟通的可能，让主体在生命的大限、死后的归属等终极问题前无能为力。诚然，在"我思故我在"被提出的年代，人们仍是笃信上帝的，笛卡尔提出"我思"的本意乃是促进神学和科学之间的沟通，希望作为精神的"我"，可以通过上帝与他人、物质世界、超验世界形成和谐的结合。然而，经历了18世纪启蒙时代哲学的发展，以及基督教神学在西方思想中的式微，笛卡尔的形而上学慢慢被提炼、放大为纯粹的笛卡尔式的"我思"，并集中体现了西方思想自现代时期以来的几个特点：理性主义、人类中心主义、个体主义、精神和物质间的断裂等。在德国哲学家尼采宣告了"上帝之死"以后，无神论的"我思"将西方导向了一个孤独、偶然、荒谬的世界，现代西方人在封闭的自我中心主义中挣扎，他们承受着偶然性（contingence）带来的焦虑，罹患着荒谬的世界所带来的精神上的无依无靠（déréliction）。"奇怪的是，最重要的问题仍然没有得到解决：如果没有上帝，那么灵魂的归属在哪里？现代人的失败可能就是不再掌握任何绝对的、神圣的东西；是想要运用他的感性去寻找一个他早已毁掉的目标。"（物质的狂喜，197）

无法与超验的世界沟通，意味着死亡的恐惧成为现代主体无法规避的阴影。诚然，死亡对任何时代、任何地域的人来说都是令人恐惧的，但是虔诚的信徒可以在上帝的国度找到彼岸，在肉体的轮回中找到超度，在万物有灵的信仰中找到安抚，而意识主体，在他那一切信仰已经被理性所消弭、祛魅的世界中，在和死亡的对决中找不到任何的庇护。在不相信上帝的祛魅时代，主体能够对抗死亡的念想的唯一武器便是思想和理性，然而思想和理性却将死亡等同于虚空。意识的膨胀让自我成为宇宙的中心，一切都要以"我"为向度。"我把死亡看作一切的终结，因为我不能忍受我的身后没有我的世界。"（物质的狂喜，230）因此，面对所有物种都无法逃避的命定规律的死亡，精神主体却难以接受，"为什么在这个无法永存、无法延展、无法飞翔的此世是真理，而在彼岸，你却被巨大有力的尸衣所覆盖？"（物质的狂喜，226）意识主体无法面对存在的圆满和死亡的虚空之间的巨大反差。意识主体越是把自己看得完满，就越是难以接受死亡的劫数（la finitude）。

事实上，主体对死亡的恐惧不仅来源于死亡本身所代表的虚空，还在于死亡所导致的虚无主义思想。死亡不仅可以在命定之日摧毁意识主体的一切建树，死亡的念头还可以让生命本身变成虚无。主体由虚无而来，向虚无而去，意识的存在只是在两种永恒虚无之间的夹缝中如昙花一现，相比生前和身后的无限虚无，意识的短暂存在就只是"趋近无限的小"（infiniment petit）。理性的逻辑因此得出这样的结论：在无限永恒的非存在面前，生命的存在渺小得可以忽略不计，因此生命本身也是虚无。"在两段没有我的存在的永恒时间面前（出生前和死亡后），我的生命的忙忙碌碌和片刻浮华变得无足轻重。真正重要的，反而是那无限存在的时空。……这个黑暗和空虚的穹隆压迫着我，笼罩着我，宽恕着我，使我永恒。空虚才是我的归宿，黑暗才是我的世界。"（物质的狂喜，226）这种虚无主义的思想让主体找不到存在的理由，在死亡面前俯首称臣。

相对于上述"暗夜的恐惧"，更让散文中的叙述者无法摆脱的，是"白日的苦恼"（l'angoisse du plein jour）。在这种被虚无感侵袭的时刻，"我"再一次感受到无法理解的无能为力。

> 在我身上只有这个像深井一样巨大的、深沉的悲伤，使我不管走到哪里看到的都是虚无。一切在我身边继续存在，我看得到布满蒸汽

水珠的白色墙面上最微小的细节，洗漱池上搪瓷的划痕，水龙头上的水垢，肥皂水面上漂浮的渣滓；然而这些却是冻结的、苍白的、可悲的。这是剥去了语言情感的空间，那些四方的、平静的物质，就这样原封不动。这是无法言说的、无限的、永恒的虚空，这是岩石般的静默和坚硬，在它们那里，一切平淡无奇。（物质的狂喜，81）

如何理解叙述者面对日常用品所产生的虚无？小说《诉讼笔录》中的一段话揭示了主体在面对物质时产生的陌生感。

忽然之间，人要直面一种新的交流，它让你感受到对事物的凹凸、重量、颜色、手感、距离、时间等性质的蔑视，带走你身上任何繁衍的欲望，使人萎缩、机械化，它是反存在（l'anti-existence）的第一个阶段。（诉讼笔录，69）

很显然，面对物品而体验的虚无，是作为精神存在的思考主体所体验到的、与物质世界不可逾越的鸿沟。笛卡尔的"我思"在意识和身体的属性之间做出严格的划分。因此，作为意识存在的思考主体，与作为广延的物质世界之间具有本质的差别，两者之间失去了交流的可能。"我思"的命题又进一步将生命的意义全部赋予意识，这使得思考主体因自我的主体性而骄傲。散文叙述者面对日常用品所产生的虚无感，如同萨特笔下人物罗冈旦面对栗子树根产生的恶心，来源于人物作为意识主体的骄傲，"我所憎恨的并不是空虚，而是它强加在思考主体的骄傲上的伤口"（物质的狂喜，83）。在意识哲学中，包括身体在内的物质世界是"自在"的存在，它们只是在那里，没有意义，只有作为"自为"存在的意识能够给予世界以意义。意义、理性、选择，这就是意识主体的骄傲。这种骄傲使作为意识主体的"我"自认为凌驾于自我的身体和物质的世界之上，它在意识与包括身体在内的物质之间横加切断，造成了"我的思想和物质痛苦的联结"（物质的狂喜，84）。什么是思想和物质痛苦的联结？对于作家来说，这意味着主体拒绝面对"生硬、残酷、带有无情的暴力的生活世界"（物质的狂喜，194），而更倾向于躲避在纯粹、美好的精神港湾里，逃避生硬的现实。主体如此的偏好归根结底是因为"我思"的思维方式"拆解了人的灵魂，将他的精神与物质分离"，"它在人们不可触及的地方塑造了一个对绝对世界的疯狂向往，这个世界虽然绝妙得、永恒得完满，却根本无法接近"（物质的狂喜，194）。

精神与物质的对立意味着主体和现实世界的脱离，然而这种对立中甚至隐藏着一处更为危险的暗礁，即精神和身体的对立。既然笛卡尔斩钉截铁地对身心的关系做出了如下的判断："我对人的身体的看法，是认为它像一个由零件和砝码组成的时钟一样"，并且认为"非常明确的是，我，也就是我的灵魂，我的存在，彻底和真正地有别于我的身体，前者可以脱离后者而存在"①，那么身体理应归属物质世界的范畴，受到物理机械规律的制约。这也导致西方传统思想认定"精神和身体是一对反题（antithèse）"②。在这种理念的支持下，意识主体自然将自己的存在等同于精神的存在："活着的唯一意义就是具有意识。意识是一切与人有关的事物的基础。"（物质的狂喜，91）而他对自我身体的体验则大大减弱了，勒克莱齐奥如此描述作为思考主体的"我"对于自我身体的感受："这个由所有身体现象造就的我，所有的这些腺体的分泌、脑组织发出的微小电信号、心脏的跳动，这个并非真是我的'我'，我对它的感受是如此微弱、如此不确定，仿佛它随时可以离我而去。"（物质的狂喜，50）精神与身体，同属于生命的两个重要维度，却被划归为两种截然不同的属性范畴，被硬生生地切断了联系，这势必造成存在的焦虑。

在《物质的狂喜》中，叙述者"我"所罹患的焦虑还有另一个来源，便是自我的身体。

> 另一些时候，我在伏窗眺望的时候感到内心的震颤。……忽然之间，不知道为什么，也许是因为高楼眺望那种主导的姿势，或者是因为视野中的人群那种惯常的蠢蠢蠕动的样子，我感到我看到的是整个世界。整个世界在虚无中荡漾。细小、滚圆、混杂，一个又脏又小的温暖圆球，在其中各种身体蠢蠢蠕动。（物质的狂喜，84）

"我"站在一个居高临下的视角，**审视**人群繁忙穿梭的身影，进而对这种身体活动"蠢蠢蠕动"的特征感到恶心和厌倦，在这种感受中，"我"再一次受到了虚无感的侵袭。这样的描述无疑是对"我思"哲学中精神和身体关系的类比，精神站在一个理想的制高点上审视一切，并确信自己拥有独一无二的自由选择、理性思考，以及为生命创造意义的能力，并对此感到骄傲。然而忽然间，对身体的意识让他困惑，原来自己同时以物（身体）的方式存在着，和那些让他鄙夷的日常用品并无二致，和它们一样完全承受偶然性（la contingeance）的支配。身体的这种物质性将他重新拉回现实，生命的轨迹在很大程

---

① René Descartes. *Méditations métaphysique*. Paris：Presses Universitaires de France，1970. pp. 118 – 119.
② Michela Marzano. *La Philosophie du corps*. Paris：Presses Universitaires de France，2007. p. 14.

度上就是蠢蠢蠕动，就是以物质肉身的方式，陷入日常生活那琐碎而庸碌的泥沼。作家用"蠢蠢蠕动"（grouiller）这个词表现身体活动、日常的生命活动。蠢蠢蠕动，即如蚁群般毫无目的地朝各个方向运动，活着，存在着，忙乱而无意义。"蠢蠢蠕动"的生活没有存在的理由，这就是理性对物的世界和身体存在做出的虚无主义的判断。然而理性由此作茧自缚，陷入了不可自拔的虚无。意识主体的傲慢使他甚至厌弃自我的肉身，憎恨自己出生的事实："我曾经梦想着从未在那可憎的一天被人唤醒，被人抛入一具皮囊和白骨，来承受那可感世界短暂的疯狂。"（物质的狂喜，227）"如果我们的肉体和精神一样懦弱，我们几乎立刻就化为尘土了。"（物质的狂喜，47）"对一个为了逃避每天早上的剃须而自杀的男人，我感到恶心。……为什么感到恶心，会不会是因为我的精神并非真正地渴望活着？在所有的人身上，难道不是都潜藏着这样一种如遥远的召唤一般的、深深的欲念，自杀的欲念？"（物质的狂喜，80）意识的骄傲导致了虚无，而他又在虚无面前全盘溃败，意识就像那分泌出毒液的腺体，反过来却被毒液所侵蚀。因此，归根结底，对精神的过度放大是对生命的碾压，对现实的背弃。正如《诉讼笔录》中主人公亚当对诊断他的医生发出的控诉一般，"您是将作为现实的存在和作为'我思'的存在混为一谈了"（诉讼笔录，300）。

三、回归鲜活的物质世界

勒克莱齐奥对以"我思"为代表的西方传统思想持激烈的否定态度，特别强调了这种思维方式使现代人陷入的精神困境，即与他人、物质世界、超验世界的严重疏离。既然意识的过度膨胀会导致与现实的脱离，那么作家此时最关心的问题便是如何重新实现人和现实世界的联结："我们所需要的，便是通过任何可能的手段，以平等的地位再度和现实联结。"（物质的狂喜，195）为了实现与现实的联结，人必须放弃作为意识主体居高临下、审视万物的地位，必须放下作为意识主体的骄傲："所有存在的东西不再因我而存在，因为我不再隐匿于我的瞭望塔内。"（物质的狂喜，182）在向现实世界回归的道路上，作家将身体作为向现实回归的出发点，"必然有一种通过我的身体重新找到通往世界之路的方法"（物质的狂喜，140）。

散文《物质的狂喜》的另一个重要主题，便是对身体在存在中意义的探寻。身体不应该像在笛卡尔哲学中那样，被理解为仅具有机械规律的客体，相反，在人的存在中，身体是主动的，其主动性来自它对生命的紧密依附。在《物质的狂喜》中，作家认为，尽管我们的身体是脆弱的，且时时受到来自疾病和外界的侵袭，然而身体的组织、细胞不懈地努力，不向死亡低头，这种坚韧让导向虚无主义的意识自惭形秽。"如果我们的肉体像意识一样懦弱，我们可能早就化入泥土了。而我们的肉体是坚强的，她拼搏着。她以坚强的意志，在七十到八十年间与死亡斗争，不做妥协。这不是理性的意志，而是生命的洪流。生命之美、生命的活力不在于精神，而在于物质。我只知道这一点：我的身体，我的身体。"（物质的狂喜，47）身体和意识的关系也不应该像笛卡尔哲学所理解的那样，被看作两种彼此独立的实体。身体和意识向来都是存在中的一体两面，他们紧密依附，为存在输出意义："精神从来不能够脱离身体。"（物质的狂喜，201）"我们的世界在那里；我们的物质在那里；我们的身体、指甲、头发、皮肤、眼睛都在那里；我们的精神从这些存在中汲取养分，它是这具肉体的结果。我们想象和思考的东西，从来都不会脱离这个肉体的拥抱。"（物质的狂喜，227）

存在的意义在"我思故我在"的哲学中曾经被思考的行为本身所定义，那么勒克莱齐奥眼中的身体又是在何种意义上成为为存在输出意义的源泉的呢？对作家来说，一切归结于身体的物质性，精神不能通达的领域，那浩瀚无边的物质世界，连接着生前的虚无和死后的虚空的物质世界，却能够在具有物质性的自我身体上找到勾连的契合点。"正是在我们身体的物质里，在这个铭记了所有能够被理解的东西的地方，我们才能够看到盘旋的未来和匍匐的过去。"（物质的狂喜，148）"我们从来不曾脱离身体而生活。一切属于物质，而一切属于物质的东西都无法被剥夺"。（物质的狂喜，287）实际上，在众多人类语言中，身体和物质这两个词语本来就具有双关性和互换性。法语中身体（le corps）和物质（la matière）这两个词语本来就具有双关性和互换性，身体包含物质的意思，而哲学语境中的"物质"又可以等同于身体。① 英语单词body 既可以指人和动物的身体，也可以指恒星、行星等物体。现代汉语中的"体"既可以表示动物的身体，也可以表示物体和事物的状态，如物体、天体、固体等。由于身体和他人的身体、动物的身体、自然世界的物体共同享有物质属性，以身体为依托，人就能够与他人、与世界万物进行联结与互动。

受到前苏格拉底哲学家巴门尼德宇宙观的影响，勒克莱齐奥更倾向于将世界乃至宇宙看作一个整体的存在，"世界不可分割。它形成一个整体"（物质的狂喜，101）。美国学者特兹纳因此这样评价他的作品："勒克莱齐奥的作品

---

① 薛建成主编译：《拉鲁斯法汉双解词典》，外语教学与研究出版社 2000 年版，第 449、1202 页。该词条中，"身体"（Corps）释义的第四条为：所有的物体，物质实体 [tout objet, toute substance matérielle]。"物质"（Matière）释义的第二条为：[哲] 身体，（对立于灵魂、精神的）物质现实。

从头到尾都在演绎这样一个观点，即世界实际上只是一个唯一的存在，而其他所有一切都是幻觉和错误。"① 那么，勒克莱齐奥所理解的这个同一的存在是什么呢？对于作家来说这便是物质。对人的理解也就由主体的内在统一性转化成了物质的统一性，"散播于物质之间成为唯一的自我统一性"（物质的狂喜，226）。从这种"存在是一"的世界观出发，作家也就此发展出了一整套"天人合一"的存在观。人和世界不再是一种主体审视客体的关系，而成为世界中一个渺小的部分："我不再是它的中心；我和她合为一体"（物质的狂喜，184）。通过与物质的交融，人与世界形成了和谐、平等的关系："我们会在那里，和谐地融合在现实里，与她平等地交流、延展，寄予她的上面。"（物质的狂喜，164）正是在这个意义上，作家认为，"我"的身体和其他事物的身体之间已经没有了明确分割的界限，这种界限的消失使"我"感到与世界成为一个整体。"为什么当我和这千百万的身体在一起的时候，感到我只有一个身体？我看见，我听到，我感受，我品尝，我感觉。哪里才是切割线？我没有意识的身体部分难道就是死亡的吗？不，它只是活在我的身体之外。"（物质的狂喜，140）

勒克莱齐奥确认了身体应有的本体论价值，肯定了作为物质的身体在存在中具有意义。然而，作家并非旨在为"身体"树立丰碑，更不是用身体取代意识在存在中的霸权。作家并没有片面强调身体在存在中的意义，走上与唯心主义对立的唯物主义极端，而是把身体问题当作一种思考路径来理解存在，寻求解决虚无问题的出路。

在物质世界所引起的焦虑面前，唯有意识与身体的融合，才能驱散虚无的阴影。意识在自我和物质世界之间强加区分，使自我在物质中孤立出来，造成了"思想和物质痛苦的联结"，于是意识主体陷入了"琐碎的生命不值得存在"的虚无主义思想。只有把身体的重要性纳入对存在的理解，才能摆脱这种虚无的思想。人物从深陷于沉思的苦闷到悉听感性身体的呼声，这说明他们放下了意识主体的骄傲，开始接受和向往身体和意识之间的和谐共生。意识与身体这种"沉醉"的融合，不是笛卡尔所比喻的那种水手与航船的结合，而是梅洛-庞蒂身体现象学意义上的"肉身主体"（le sujet charnel），即意识和身体两者合二为一，不可分割。作家将人的存在重新构想为一种心灵和肉体不可分割的相互融合，以身体为依托，人能够与他人、与世界万物进行互动。在这个意义上，主体意识到，是那曾经被他厌弃为"蠢蠢蠕动"的日常生活，是身体的吃喝拉撒，"将我牢系于存在的家园。……它对我来说是绝对的必要"

---

① Thomas Trzyna. *Le Clézio's spiritual quest*. New York：Peter Lang，2012. p. 30.

（物质的狂喜，53）。因此，必须承认人的存在是精神与身体的二元统一，"我们从来没有，也永远不会离开自我的身体而存在"（物质的狂喜，287），精神和肉体是存在不可分割的一体两面，"我们的世界在那里；我们的物质在那里；我们的身体、指甲、头发、皮肤、眼睛都在那里；我们的精神从这些存在中汲取养分，它是这具肉体的结果。我们想象和思考的东西，从来都不会脱离这个肉体的拥抱"（物质的狂喜，227）。能够接受日常生活的琐碎，能够直面沉重的身体给"我"带来的"存在的噬啮"，意识主体从自我身体存在中汲取了力量，可以坦然面对虚无的考验。

在死亡问题所引起的恐惧面前，唯有身体和物质的融合才能解除虚无的魔咒。当勒克莱齐奥笔下的人物从不断循环的内省中脱离出来，以身体为中介趋向于物的存在的时候，他的视野也因此产生了巨大的变化。从前，人物总是居高临下地俯视世界，而现在它化作汪洋大海中的一滴水，世界不再以"我"为中心。人物现在重新思考生前和死后的虚无，在生命之外难道真的空无一物吗？如果不把存在等同于生命，偏执地用生死的框架理解存在，而将自我身体作为大千世界中的一粒尘埃，就会通达一种新的存在视野。作为物质的身体虽然不能不朽，但是它没有边界、没有历史，身体向世界延伸，与世界的万物形成联系，为人与物质世界的结合提供可能。因此，即使"我"没有出生，"我存在于别的物体里"（物质的狂喜，12）；即使"我"已经消逝，"我"永远也不会消失。"整个宇宙只由一个事物组成，它从不变化，没有部分，也永远不能被摧毁。"（物质的狂喜，15）深受巴门尼德"存在是一"宇宙观的影响，勒克莱齐奥认为"世界形成一体，密不可分"（物质的狂喜，101）。世界是一个混沌而圆满的物质整体，生与死，只是物质变换的形式，就好像植物和矿藏的存在之间无谓好坏，不分贵贱。这个混沌的整体没有时间，是永恒本身，在它之内，万物都成为不朽，而具有物质身体的我也可以不朽，"每一个物体都包含着无限。而这个无限有一个躯体，它不是一个概念"（物质的狂喜，16）。在这个圆满的世界中，死亡不再可能，"死亡不是终结，而是过度，是方式"（物质的狂喜，230）；虚无也不再可能，"只有一种无限表达着所有其他无限，它存在于物质的真实界限中：所有的存在都是无限。没有虚空"（物质的狂喜，16）。通过扎根于物质世界的自我身体和它的不朽，主体终于能够平静地面对他的降生和死亡。

作家将人的存在构想成一种精神和身体不可分割的相互融合，身体的物质性为人与世界万物的融合提供了基础，因此，在精神回归物质世界的道路上，身体及其感觉成为此种回归的关键。在此我们触及了勒克莱齐奥思想中的一个关键词语——物质的狂喜（l'extase matérielle）。"物质的狂喜"这个概念在作家的创作思想中具有重要的意义。很显然，"物质的狂喜"首先是同名散文的题名，也是整部散文集的主题。另外，如果说这个概念的深入阐释是在这部1967年出版的散文里进行的，那么早在作家1963年出版的第一部小说《诉讼笔录》里，这个概念就已经出现了。小说中描写亚当日常生活的段落这样写道："他没有一天不践行这样一种神奇的体验：为了让他神秘的感官达到一种极度的兴奋感，他使自己被包裹在石头中、碎片中；他甚至希望被包裹在全世界的杂物和垃圾中。他成为物质、灰尘、石头的中心，并且慢慢地自己也被石化。"（诉讼笔录，77）其后在探讨主人公亚当的世界观时，作家使用了"物质的狂喜"（诉讼笔录，160）这个短语。实际上，在1963年接受雷诺多文学奖的时候，作家已经向记者透露了想要写一部关于"物质的狂喜"的散文，并且将此短语定义为"在惊愕中的一种理解"[①]。同样在早期作品"发烧"的前言中，作家提到了这个短语，在这里，他将"物质的狂喜"定义为人在"发烧、疼痛、疲劳和困倦"等感觉的侵袭面前失去理智的平衡的精神状态（发烧，7）。前文已经提到，"物质的狂喜"这个概念在法文中由名词 extase（狂喜的状态）和形容词 matérielle（物质的）共同组成。extase 一词以希腊语的ἐκΐστημι为词源，在希腊文中ἐκΐστημι意为"脱离自己身体以外"。extase 一词在今天的西方语言中通常表示极度愉悦的状态，也表示在神的启示下，或某种超验的接触中产生的与神性的亲密结合。那么，作家在散文里对"物质的狂喜"这个同名短语的使用到底作何解释呢？事实上，关于"物质的狂喜"这个概念的意义，批评界已经做过多种阐释，即"（精神）与物质的融合"[②]，"在唯一的、鲜活的、永恒的物质内部的神秘经历"[③]。在散文《物质的狂喜》中，作家写道："身体是生命，精神是死亡。物质是存在，精神是虚无。思想最绝对的秘密无疑是一种无法忘怀的欲望，即投身于与物质令人狂喜的结合中。"（物质的狂喜，53）如果我们结合上述作家对意识的批判，对身体重要性的推崇，"物质的狂喜"所指代的不仅是精神与物质的融合，也是精神经由身体的媒介与物质世界的融合，以及由这种融合所催生的极度愉悦感。

"物质的狂喜"预设了一种敞开的状态（l'ouverture），在这种状态下，作为完全封闭于自我意识的思考主体的人消失了，取而代之的是一种愿意与外部世界交流联通的存在状态："应该将身体完全敞向空虚，应该在这不会舍弃任

[①] 转引自 Masao Suzuki. *J. M. G. Le Clézio, évolution spirituelle et littéraire. Par-delà l'occident moderne*. Paris：L'Harmattan，2007. p. 56.

[②] Masao Suzuki. *J. M. G. Le Clézio, évolution spirituelle et littéraire. Par-delà l'occident moderne*. Paris：L'Harmattan，2007. p. 56.

[③] Marina Salles. *Le Clézio, Peintre de la vie moderne*. Paris：L'Harmattan，2007. p. 234.

何白昼的黑夜的共同景象前张开大口,来体味世界的每一个部分,只为看到世界最简单、最质朴的状态。"(物质的狂喜,31)为了达到与物质融合的狂喜状态,精神主体必须以身体的感官为触角,主动出发探索,找寻与现实世界结合的机会。于是作家从一个极度感性的身体出发重新描绘自我和世界,以及两者之间的联结。"我想要触摸一切可以触摸的东西,品尝一切可以品尝的东西,感觉一切可以感觉的东西。看、听、通过一切的开口接收,所有从世界传来、并让世界成为风景的波动。"(物质的狂喜,170)如果说感觉成了生活中不可化约的重要构成部分,那么在这种彻底的感觉主义中,有一种用身体去感受世界的强烈渴望。在这种不知疲倦的渴望下,通过简单的感觉体验,个体甚至达到了一种心神迷醉的超验状态,即使是最平凡的现实也成了一种具有神性的启示:在虔诚的注视下,事物成为神圣的现实和具有审美价值的艺术品。物质的狂喜因此成为个体在面对人生无法穿透的神秘时所选择的、一种热烈的"存在于世(l'être aumonde)"的方式。

在感觉与细小事物的接触之中,曾经隐喻审视万物的意识而被作家强烈批判的概念——注视(regarder),获得了崭新的意义。"活着,首先是知道如何注视。……这是生活中的最有效的首要快乐。"(物质的狂喜,113)注视现在不再是对自我心灵的自反性的审视,它作为身体感觉的首要代表,通过投向广大物质世界的目光,盼望与物质融合,"能够使人达到愉悦的巅峰状态,乃至一种无名的狂喜状态的行为,便是注视。这种注视不是注视者的注视,因为那样产生的目光只是一面镜子。这是一种积极的注视,它朝向他者,朝向物质,并且与它们融合。这种注视是所有加深的感觉、谜一般的感觉的集合,它们不以虏获词语和征服思想为目的,而是将存在带入与其不可分割的外部领域,并将其重组,在成为归宿的神秘所带来的愉悦感中使它获得新生"(物质的狂喜,176)。注视在勒克莱齐奥的思想里于是成为生命活力的象征。注视就是发现,注视就是义无反顾地投入外部世界并与之结合,注视的目光畅饮着世界的神秘,同时也为世界注入活力。这种注视没有任何功利的目的性,没有意图,是为了看而看的注视,被看的事物存在着,它们不知疲倦的存在为注视的目光提供了无限的可能。这就是作家为注视的行为赋予的新的价值,观看事物本来的样子,在不倦的注视中领会世界原本的形态。

勒克莱齐奥对注视的全新定义,对感性身体的强调,对敞开状态的描绘,以及由此发展出来的感觉主义描写(description sensualiste),反映了作家对存在和对人生的理解。作家力图将笔下的人物描绘成一种海德格尔意义上的"此在"(Dasein)。这种存在放弃了对自我的思考和对世界的掌控,回归一种儿童般本真的真实自我性(ipséité),个体现在不以思考主体而存在,而是作为一个"场所",一个"那里",使自己的存在能够在其中留下不朽的印记。"声音、气味、对距离和质地的感觉、事物的在场,所有这些都融合于视觉。所有一切都变成了铺陈开来的场景,我不仅注视这个场景,我存在于上,存在于中"(物质的狂喜,180)。

从以上的考察来看,关于"身体"的思想毫无疑问在勒克莱齐奥的创作中具有至关重要的意义。在西方思想中一直被认为是蛊惑认知、诱人堕落、终将腐朽的身体,现在被作家赋予了革命性的象征意义,并以此挑战形而上的主体(le sujet métaphysique)。如果说启蒙时期以来由人文主义所塑造的"人",即思考的主体,最终走向了自我的封闭和与现实世界的疏离,那么,一个敞开感官、热切地拥抱世界的身体则代表了一种诗意的生活态度。这种身体观强调的不是形而上的思考,不是理念的正确,不是人生的工具性价值,不是出于功利性的目的,而是对周围世界的欣赏、对各种细节的品味和对放慢的时间的体验:"幸福就是一种世界和人之间简单的和谐;这是一种肉身化的体验(incarnation)。"(物质的狂喜,156)勒克莱齐奥笔下的"身体"所代表的生命力量无疑具有一种后现代的气质,它彻底地背离逻各斯的传统理性霸权,如孩童般任性地肆意挥霍时间和力量,崇尚一种完全听从心声、以实现个体欲望为终极目标的英雄主义:"生命在战斗中发生,在对各种力量毫无意义的挥霍中度过。在无意义的行动中,蕴藏着伟大和英雄般的美好。"(物质的狂喜,162)

从阐释发烧和疼痛等身体症状,到解析代表身体和意识二元统一的"物质的狂喜"的概念,第一章围绕《发烧》和《物质的狂喜》两部作品,探讨了勒克莱齐奥创作初期对身体主题的艺术表现和理论思考。从短篇小说集《发烧》中选取的两篇小说《发烧》和《波蒙初识疼痛的日子》,通过对日常疾病体验的艺术化夸张,表现了人物作为意识主体所罹患的孤独、恐惧、空虚等被作家称之为"意识的悲剧"(le drame de la conscience)的精神苦恼。在波蒙的故事里,牙痛一方面作为疾病象征了人物失去平衡、不再和谐的存在困境,在其中主体失去了与自我身体、物质世界,以及超验世界的交流。被过度放大的意识封闭在对思考的思考中,因此主体面对死亡的威胁、物质的生硬和自我身体的不驯服,显得无能为力,倍感焦虑;牙痛另一方面又作为身体发出的强烈信号,反抗着理性在主体身上的绝对霸权,促使人物强烈地感受到对自己身体体验的疏离。在浩克的故事里,发烧的症状以戏剧化的方式放大了现代社会人与人之间的敌意和隔阂,突出了主人公浩克与人沟通的无能和难以驱散的孤独。在浩克一桩又一桩的暴力行为中,暴虐的光线催化了发烧的症状,加剧了人物的愤怒,光的暴力隐喻了理性的暴力,即理性总是想要分解、同化、驯服他者的内在结构强加给主体的攻击性。因此，作家以侵袭理智的身体感觉为故事的蓝本，刻意突出了身体和意识之间的对立，在二者对决的荒诞感中表现了现代主体共同面临的困境，即主体与自我身体、他人以及现实世界的疏离。通过将过度的思考诊断为现代人主要的焦虑来源，勒克莱齐奥邀请我们重新审视存在的物质维度，并且将身体和精神的结合作为通达和谐存在的重要途径。

如果说短篇小说《发烧》和《波蒙初识疼痛的日子》通过寓言性的故事情节和隐喻性的文学形象来表达身体和意识的博弈，那么，散文《物质的狂喜》则用时而诗意、时而思辨的语言清晰地阐释了作家对身体和精神二元关系的思考，以及两者在人的存在中扮演的角色。意识和身体、精神与物质的二元关系是散文《物质的狂喜》所致力探讨的主题。作家构思这部散文著作的整体思路是，解构由笛卡尔创立的"意识主体"，指出这个形而上主体的内在逻辑缺陷，揭露理性至上的思想对人类的异化作用：让人无可挽回地陷入空虚、孤独、焦虑的精神漩涡，难以自拔。在解构"意识主体"，批判"意识的悲剧"的基础上，作家又提出了"物质的狂喜"的概念，认为在精神借由身体的媒介融入物质的过程中，人会进入一种狂喜的沉醉状态。的确，通过"物质的狂喜"，作家找到了一系列独特的理解人生、理解存在的方式，认为唯一的存在乃是一块不可化约的物质，生命不过是物质之间的转换形式，而在有限的生命里，人们所应该做的，就是攫取住能够与物质世界沟通的身体，将感官敞开，勇敢地拥抱世界、融入物质。只有在精神和物质世界的交融中，人才能重新扎根于现实，将生命的意义演绎为一种对世界的精确感受。散文中所形成的这些概念、对人生和世界的思考，对作家其后的文学创作起到了至关重要的推动作用。

第二章　碎片化的身体

第二章 碎片化的身体

对身体的表现一直是西方艺术所热衷发掘的主题。一些艺术批评者甚至认为，即使是最抽象的绘画也始终只是在呈现身体。随着 20 世纪的一系列悲剧历史事件——两次世界大战、屠杀、种族清洗等的发生，经典的身体绘画方式渐渐消失了。艺术家们为了撼动传统的艺术而开始在身体的表现上大做文章，创造出了断裂、变形、扭曲、几何不对称等种种身体形象，引起了身体艺术在 20 世纪的革命性变化。伴随着这场艺术世界里的革命性变化而来的，是一种在文化领域里的思想风暴，即对笛卡尔理性主义哲学的深入反思，无意识和潜意识观念的崛起，以及对意识主体同一性的摒弃。身体形象在当代所遭受的种种扭曲化表征起源于现代主体在"我"与种种力量争夺中的撕裂与挣扎。

在勒克莱齐奥的早期小说中，作家用文字代替光影和线条，同样勾勒出了形式繁多的畸形身体。如果说小说集《发烧》通过疾病症状表现了主体苦恼、焦虑的存在体验，那么，《战争》《巨人》《逃之书》等早期小说则通过身体形象的支离破碎来表现主体概念的分崩瓦解。在这些长篇作品中，《战争》对身体主题的表现更为集中，扭曲的身体形象甚至可以被认为是小说的叙事线索。《战争》所揭示的世界是一个病态的、超现实的、令人焦虑的世界，其语言风格在很大程度上类似于一幅弗兰西斯·培根笔下表现扭曲和痛苦身体的超现实主义绘画。这部小说既没有真正意义上的故事情节，也没有传统意义上的人物塑造，小说里充满了对人群在城市空间的不同角落里游荡的描写，好似一幅描绘城市空间背景下形形色色的人和纷繁复杂的事物"蠢蠢蠕动"的画卷。《战争》的主要情节就是人物在商场、舞厅、地铁等现代城市公共空间中的漫长游荡。所谓的主人公贝阿·贝（Bea. B），像她那简短到几乎是一个代号的名字一样，几乎没有任何的个人特征，是一个影子一般的人物。因此，这个几乎既没有情节又没有人物的小说，其叙事的主要内容被一系列奇怪的身体描写占据了，因为这些身体不是处在不停的变化中，就是被外部的某种邪恶势力所侵犯。在这一章节的分析中，我们主要围绕小说《战争》进行讨论，同时穿插《巨人》《逃之书》等其他早期作品对扭曲的身体的表现。

《战争》中的身体被一堆表现身体部位的词语表现出来。无名性是这些身体和身体部位的典型状态，作家在描写这些身体部位时大多没有交代它们的拥有者的身份。同时，身体不再具有完整性，被描写的身体通常是被拆散的、被切分的、碎片化的，有时候甚至和无生命的物件以及动物的身体部位混杂在一起。被如此表现的身体不再具有区分个体与外部世界物质界限的作用，它们被裹挟在其他外部物体融合和同化的大潮中。身体碎片化是早期作品中作家表现身体形象时最为突出的风格。不管是浩克在朦胧中幻想妻子的身体碎片在房间里飘浮，还是贝松盯着熟睡中的女友时在脑海中解剖她的身体，作家刻意地在作品中用修辞的手段使身体失去其完整性。另外，就好像身体的碎片化还不能达到足够的冲击效果，身体的完整性在作家笔下总是受到自杀和侵害的威胁，总是伴随着各种形式的暴力。再者，身体一会儿变成电动娃娃，一会儿变成流动的电流，人和物之间的界限不再明了。物体，甚至抽象的事物，都可以在拟人化的笔法下摆动自己的胳膊和腿脚，好似在语句的魔力下获得了具有生命的身体。在这个人和物体的界限完全趋于模糊的虚构世界，人类不再具有主体性和独立性带来的优越感。在这些既神奇又阴暗的身体表现方式面前，我们有必要区分它们的多种形式，并深入地讨论作家如此呈现身体背后的深层意义。

第一节　碎片化的身体部位

　　根据勒布乐东对西方身体概念谱系学的研究，在人和他的身体之间做出区分的历史可以追溯到解剖学之父维萨里的时代。最开始的官方解剖学实验是从 15 世纪初开始的，其后在 16、17 世纪得到推广。在身体没有被解剖学家的刀刃剖开之前，它一直被认为是神圣的、完整的，不能够从人的概念中拆分出来单独理解。而解剖实验的重要后果，就是在西方认知中创造了现代的身体观念。和古代对身体的理解相反，在解剖实践中，身体只是一个被解剖的尸体，它作为一个独立的医学事实被研究，和曾经占据它的那个具有人格和情感的人不再有任何关系。这样的身体理念实际上损害了人的整体性，身体也就不再成其为人的内在性中不可化约的标志，而是从它原先所从属的世界的统一整体中被撕扯出来。总之，解剖实践造成了对人类身体认识的巨大变化，从此人们开始在人和他拥有的身体之间做出区别。

　　在小说《战争》中，作家以一种戏仿的方式将被解剖的身体呈现在文本中，让它成为一个被欺凌和被损害的、痛苦的受害者。小说于是充满了长串的表达身体部位的词汇，它们在文本中不断出现，堆砌起来，消磨了叙事的情节。通过比喻和拟人等修辞手法，人类的身体器官和肢体与物品交缠在一起，让人难以辨别作家到底在谈论谁的身体。

　　想要研究这样一种表现"身体"的文本，我们自然而然地应该对这种碎片化身体的表现方式给予一个大致的描述和引用，以更好地展现作家的写作手法。然而，由于身体词汇在文本中的大量出现以及散乱的分布，单纯地引用一个段落来展现作家身体描写的特点并不十分合适。因此，我们通过一种语义学的方法切入来处理这个问题。我们以这部小说的第一个小节（战争，7～22）为例，力图查找和定位所有以"身体"为核心衍生出来的"同位素词"（isotopies）。[①] 需要说明的是，这里所选的第一小节在故事情节上没有任何特殊的地方，尽管可能有某些细微的差别，但小说所有的章节中"身体"一词同位素词的出现频率基本都是相近的。从逻辑上说，身体的同位素词及其所联系的谓语可以被划分成三个大类，即表示身体部位的词语、关于身体生理活动的词语和表示感觉的词语。由于表示身体部位的词语这一个类别就足以表现《战争》文本对身体概念的大规模引用，我们在此只罗列出表示身体部位的相关词语，每个词语后面都会标示出它们在小说第一节出现的次数（见表2-1）。

表2-1 《战争》第一节中的身体同位素词及出现次数

身体部位	出现次数	身体部位	出现次数	身体部位	出现次数
脸	20	额头	2	睫毛	1
眼睛	14	耳朵	2	眼	1
身体	12	脸颊	2	瞳孔	1
嘴巴	7	肉	2	太阳穴	1
血	6	赘肉	2	鼓膜	1
头发	5	皱纹	2	颧骨	1
肚子	5	汗毛	2	酒窝	1
头骨	4	子宫	2	口	1
鼻子	4	血管	2	口腔	1
眼皮	4	胳膊	2	嘴（俚语）	1
唾液	4	手	2	舌头	1
头	3	手指	2	味蕾	1
肺	3	指甲	2	下巴	1
心脏	3	腿	2	背	1
皮肤	3	脚	2	骨头	1
嘴唇	3	脸（英语）	1	乳房	1
牙齿	3	面部伤疤	1	乳头	1
神经	3	眉毛	1	胎盘	1

[①] 弗朗索瓦·拉斯提尔将同位素词定义为"在意群中反复出现的同一个义子（sème）产生的效果"。详见 François Rastier. *Sémantique interprétative*. Paris：Presses Universitaires de France，1987. p. 274.

(续表2-1)

身体部位	出现次数	身体部位	出现次数	身体部位	出现次数
淋巴	1	细胞	1	痘	1
腺体	1	肩胛	1	雀斑	1
动脉	1	脚后跟	1	疣	1
筋腱	1	鼻涕	1	伤口	1

以上关于小说第一节中身体同位素词出现频率的表格，粗略地勾勒出身体部位词汇在文本中的大量使用。这种大量使用，意味着作家明确想要突出碎片化身体的文学形象，同时想要在这种身体词语的非常规使用中创造出一种怪异的表达效果。

对身体词汇的语义学分析可以大致展现作家对碎片化身体的展现方式。如果说大规模使用身体部位词语本身就给文本造成了一种令人不适的效果，那么这些词语在语境中的出现会被认为更加令人焦虑，因为归根结底，身体的碎片化在很大程度上隐喻了主体的碎片化。

一、作为主体的人的死亡

在传统叙事小说中，故事开始处对人物体貌的描写是建构人物形象的经典手段。通过戏仿地使用这种描写手法，作家在《战争》中进行了一段关于女主人公体貌的冗长而肤浅的描写，并且确保这些描写既没有揭露主人公的性格，也无法留下任何关于其体貌特征的线索。贝阿·贝的肖像实际上更像是一幅由碎片拼凑而成的拼贴画，我们在这里只看到了脸部的所有器官和它们的生理功能。

> 她的脸由眼睛、眉毛、鼻子、嘴唇、痘痕、皱纹、颧骨、下巴、眼皮组成，这一系列丰富的脸部组织，被精细地以冷漠的口吻记录下来。每个部分都有自己的用处，比如鼻子，于脸中间呈金字塔形竖起，上面穿了两个小孔，其作用是允许空气在身体内外进出。（战争，16）
>
> 嘴唇是两块布满细小皱纹的紫红色赘肉，其后面掩藏着口腔。（战争，17）

和传统的肖像描写相反，这样的描写使读者不能对贝阿·贝有任何关于其个人体貌的、性格方面的了解。也就是说，作家没有透露任何关于主人公个体性的内容，只是在用冗余的辞藻和陌生化的手笔为人物塑造一幅了无生气的肖像。这样的描写方式很容易让人联想起超现实主义画家，诸如毕加索、弗兰西斯·培根、阿尔贝托·贾科梅蒂对身体形象的表现，在他们那里，绘画的逼真和美感都不再是创作的目标，取而代之的是无法还原为整体的身体部位、身体形态的扭曲和变形，以及被抽空了任何情感表达的空壳一般的人体。在经典的身体绘画中，画家喜爱捕捉肖像者身上具有突出特点的形态、表情，将人物表现为与众不同的个体。而在当代的超现实绘画艺术中，画家们却用身体形象的碎片化来表现知觉的不连贯和现代主体的分崩离析。碎片化的身体表现了一个在"镜像阶段"前令人焦虑的世界——即将满周岁的婴儿看到的只有欲望驱使的身体片段，他第一次面对镜子的经历于是成了一个至关重要的时刻，因为这是现实、想象和象征的第一次汇合，在大人的语言提示中婴儿发现了"自我"这个象征性的形象。也就是说，碎片化的身体，好比未满周岁婴儿眼中的身体部位，是零散的、无核心的，这是在形成"自我"的概念以前"无主"的世界。

在小说中难以形成整体的人物身体形象，影射着主人公内心难以形成统一的自我形象。从这个意义上说，作家对女主人公肖像的碎片式描写实际上表达了现代主体对自身主体性的质疑与体认的困难。在散文《物质的狂喜》中，作家曾做出如下的判断："作为个体，我没有自由……我的理想，我对世界的观念，我的宗教，我的所想、所读、所写，所有这些都不属于我。它们不由我来决定。我只是自由这个幻象的玩具。"（物质的狂喜，86）"词语不属于我。语言不是我的财富。抽象的理性和它构造的美好幻象一直背叛着我，而我对此毫不怀疑。"（物质的狂喜，87）这样的表述无疑是对以独立自主的自我意志为前提的主体性的挑战和冲击。也就是说，对于作家来说，将人等同于具有独立、统一意志的意识主体是幻想，真正的现代人是各种力量作用的场所，各种意志摆布的对象，他的意志的独立性和内在同一性，早已在层层控制之中消磨殆尽了。由此可见，贝阿·贝不可能被给予一副栩栩如生的面孔，一种虚情假意的情感，因为现代主体的内心状态，恰恰在碎片化的、不可捉摸的肖像里得到了真实的反映。身体的碎片化形象如同一面镜子，照出了自我的解体和主体性的蒸发。

在小说《洪水》的一个片段中，在名为"弗朗索瓦·贝松观察熟睡中的女人"的章节中，主人公贝松注视着他熟睡的女朋友乔塞特的身体的每一个细节，并且根据看到的细节在脑海中构图。一天早晨，贝松醒来后突然冒出一种注视睡在身旁的女友的欲望，然而他的目光既无爱意也无关色情，而是像观察一样物体一般长时间地凝视乔塞特的身体。乔塞特的身体部位于是在贝松的描述中慢慢展现出来，在描写的最后贝松忽然有一种奇怪的念头，他感到乔塞特的头部是一颗可以用外科手段与身体其余部分切分的尸体的头颅。至此，贝松原本只是游戏式的目光带有了恐怖的气氛，他突然将女子的身体看作"好似冰冷坟墓的停尸房抽屉里陈列的一具尸体"（洪水，105）。乔塞特年轻和富有活力的身体在贝松的目光中却被比拟成一具尸体，并且激发着后者"忧郁的激情"，使他想要更加仔细地研究"每一块苍白的皮肤、每一根毫毛"，从而在脑海中构思一幅更好的人体解剖图。贝松的目光冷漠、戏谑，不具有任何情感和爱意，这种无动于衷的态度随后得到了更具深度的加强。贝松揭开盖在乔塞特身上的床单，任其身体暴露于清晨的冷风中，就好像身边的女友身体真的是一具冷冰冰的尸体一样。当然，此处贝松变态的目光和他在整部小说中表现出来的怪异个性和反常行为是相辅相成的。在贝松眼里，"了解一个女人的方式"，就是通过长时间像观看物体一样凝视对方的身体，并据此收集信息。同样的"活僵尸"的形象也出现在了小说《逃之书》中，例如在下面的场景之中，一个在街上走路的陌生人被描写成了行走的僵尸："一个年轻的女人穿着自己的皮肤走过大厅，她沉沉地压在自己的肉体上，就好像一大块肉。"（逃之书，84）

总之，作家早期小说对许多人物的表现方式，是运用类似于外科手术中的冰冷、客观的目光，让人类身体成为一具器官的储藏室，一种生理功能的集合，使得在人性和主体性被粗暴地夺去的地方，仅剩下一具活着的尸体。

如果说碎片化身体的形象隐喻了主体的消解，活的尸体这一意象则直接指向了福柯所说的"人之死"的主题。当然这里所说的"人"，不是真实存在的人，而是自笛卡尔以来在主体哲学中诞生的人，人之死意味着作为主体的人之死亡，意味着发现主体的裂痕，指明主体无法被自身穿透的晦暗本性，从而推翻由笛卡尔式的主体确立的，认为能够通过意识掌控与自我关系的主体。"人之死"，即"主体的消亡"的主题，批判了作为主体形而上学的人文主义。作为与反人文主义思潮同时代的思想精英，作家在散文作品中也表达了对人文主义的反思和批判，在《物质的狂喜》中，人文主义被称为一种"假象"（factice），一种"欺骗"，"为什么这个在创立初始尚且半真诚的人文主义，会变成这样一种虚伪、欺骗的学说？"（物质的狂喜，88）正如尼采和海德格尔对主体哲学的形而上（métaphysique，意味着与物质的脱离）特征的批判一样，作家将人文主义思想的最根本问题归咎于主体对肉身的拒斥，因为那意味着思想对物质的藐视和脱离，"为了解决世间的重大问题，（人文主义）使和谐共存的情感和规则神圣化。然而如果这种神圣化伴随着去肉身化（désincarnation），人就陷入了谎言和假象"（物质的狂喜，88）。

比个体人物的碎片化身体形象更令人不安的，是人群的身体碎片化。在这样的场景中，身体的整体性被深度地割裂了，主人公贝阿·贝从来也看不到关于人群的任何显著的、整体性的东西，而只能注意到他们的身体部位。不管去到哪里，商店、舞厅、地铁，黑压压的人群都以身体部位的形象呈现出来，"他们的脸、胳膊肘和他们的脚"（战争，59），"人流向前滑动……于是有了流动的头、流动的肩膀、流动的手臂、流动的腿脚"（战争，277）。这些拆散了的身体，由于失去了整体性而被剥夺了人的生命活力，在主人公的观察下显得无精打采、无动于衷，好像一群假人，"他们被画出的脸长得一模一样。红色尼龙做的头发被盘成复杂的发髻，他们的嘴唇微笑着，却面无表情"（战争，51）。在公共空间中穿梭的主人公，似乎被一群僵尸所包围，"每时每刻，一群群没有表情、没有意愿的脸，在身体上端滑动"（战争，51）。我们在这些病态的人群形象里看到了一群丧失了主体性的人，他们被商品和媒体的粗暴力量所麻醉，用学者蒂伯的话说，他们成为一群"无名和机器化的堕落的人类，被一个抽象的、伪造的世界深深囚禁着"①。

在作家的笔下，人群的肢体和器官混乱地掺杂在一起，一切都以肢体器官名词的复数形式出现，肢体与肢体、器官与器官交缠在一起，好像人与人之间的界限消融了，很难再从群体里区别出个体。然而这样的图景所表现的并不是和谐的社会生活，而是群体的盲从与麻木，以及无法企及的独立思想和个体自由。正是在这个意义上，人群的碎片化身体才伴随着他们僵尸般无动于衷的表情一起被呈现。"个体是多种力量交汇的场所，他属于别人，尽管表面上有着交流，他时时经受社会的改造。"（物质的狂喜，86）"所有来自于我的东西，都来自于别人。"（物质的狂喜，87）"我再一次看到眼前展开了别人掌控的深渊，这个无法化约的深渊让我不再是我，而是一种反射、一个回音、一种令人厌恶和多余的、无足轻重的角色。"（物质的狂喜，88）因此，勒克莱齐奥笔下的现代主体，既是孤独的，又是麻木从众的，这种"孤独和混杂的痛苦二分法"（物质的狂喜，66）正是通过一幅具有后现代气质的、超现实的碎片化身体的图景恰如其分地呈现了出来。

二、拟人化的物体

正如前文中表示身体部位的词汇频率表所显示的那样，小说《战争》的

---

① Bruno Thibault. *J. M. G Le Clézio et la métaphore exotique.* Amsterdam/New York：Rodopi, 2009. p. 20.

文本使用了大量表示身体部位的词语。作家灵巧地将身体部位词语运用到叙事的进程中去，创造了一种奇怪的、超现实的效果。关于这些七零八落地堆砌在一起的、指示器官和四肢的词语，我们在前一个章节中已经探讨过，这些词语很大一部分是对主人公贝阿·贝和陌生人群身体的描写。

而混杂在人类身体描写之中的，还有一系列属于物体和抽象事物的"隐喻的身体"。《战争》的文本中充满了身体的隐喻，通过这些隐喻，物体和抽象事物被拟人化，仿佛也获得了一具可以运动的、有生命的躯体。在这里我们可以举出几个典型的例子。电灯泡和霓虹灯管可以通过"不仅用来看，而且用来吃"（战争，30）的眼睛监视人类；"机器的肚子里有一个沉默地运转着的马达"（战争，41）；那些进出商店的人们被巨大的建筑"吞没，继而吐出"（战争，49）；"房屋的窗子关上了他们黑色的伤疤"（战争，90）。通过获得身体部位，物体也被赋予了一种人格，与人类进行着互动。通过这个同样的拟人的过程，即使是抽象的物体也获得了一种生命的活力，像人一样可以摆动自己的四肢，感受自己的感觉。因此，连战争这样的抽象概念也可以通过运用"它的爪子、指甲、嘴"来施展它的力量；邪恶用它"从地里伸出的长着舒展手指的奇怪的手"监控着世间的人们，并可以"张开血盆大口打哈欠"（战争，42）；同样，思想被语言占据，它承受着"巨大的流血的伤口"（战争，143）。

当人类的身体被碎片化的描写夺去生命的活力，而物体却相反因为具有可支配的身体而获得了生命的动力，人和物之间的界限就消磨了。被剥夺了主体性和完整性的人，被降级为物体的等同物。正如蒂伯所观察的那样，身体的碎片化同时也象征着现代社会生活方式的狂乱，"一种外向化的生活、散漫失去轴心的生活，这种生活找不到任何内心的和制约的核心"①。

第二节　作为暴力对象的身体

勒克莱齐奥早期的叙事作品，通常是以碎片化的形式表现身体，这种碎片化不仅从语义学意义上通过对身体部位词语的大量使用来实现，也从字面意义上通过对身体的暴力侵害描写来完成。实际上，"作为暴力对象的身体"这个反复出现的形象紧紧裹挟了作家的叙事情节编排，就如卢塞尔-吉耶所恰当指出

---

① Bruno Thibault. *J. M. G. Le Clézio et la métaphore exotique.* Amsterdam/New York：Rodopi，2009. p. 107.

的那样:"由于在小说《诉讼笔录》《发烧》《洪水》《战争》《巨人》中无处不在,暴力浸染了文本,而那些作为侵害的同位素词的动作动词比比皆是。"①

在上述的这些作品中,世界被一种残酷和暴力的气氛包围着,身体成为一系列恶行的受害者。首先,叙述者用一种先知的口吻,警示人们提防即将发生的危险,"在战争面前我们低下头,我们的身体将成为子弹的靶子。尖利的军刀寻找着喉咙和心脏,有时则是腹部,为了在其中搜寻。军刀嗜血"(战争,7)。这种不断重复的警示为下文的暴力埋下了伏笔,小说中的人物总是没有缘由地从事暴力活动,使叙事带有一种神秘和不祥的气氛。例如,贝阿·贝曾见证一伙年轻人的野蛮杀人游戏,他们半夜驾车出行,在黑暗的公路边寻找独行的路人,并加速行驶将其撞倒,以此为乐。其次,身体,尤其是女性的身体,好像总是沦落为施虐力量的猎物,无缘由地受到折磨和凌辱。而女主人公贝阿·贝的身体是这种暴虐行为的典型受害者。除了小说结尾中那个极端暴力的强暴场景,贝阿·贝在整个叙事中总是被一个试图侵害她的邪恶力量所威胁,"自从童年时代开始,年轻的女孩就开始逃离……所有人都在追赶她。他们朝她放出凶恶的猎狗,他们使她不停地奔跑、奔跑"(战争,100)。关于这个女主人公经受的暴力,曾有学者如此评述道:"在《战争》中女主人公的幻想最直白地被表现出来。我们在这里不仅读到了施加于主人公身上的最残暴的强奸,更悲惨的是看到了针对她的肢解和碎尸,这是一种接近无法忍受、却带有寓意的场面。"②

以主人公贝阿·贝的身体为代表的所有女人的身体,实际上都被置于邪恶的威胁之下,"女人,你的裸露的身体……将要接受拳打脚踢,将要接受令人羞辱的目光,将要承受各种伤口,它们将解释生命的深度"(战争,8)。"有没有一个女孩,哪怕就是一个,不曾是猎手的猎物?"(战争,19)在作家的创作中,恶行和暴力总是偏爱选择女性身体作为其侵犯对象,女性身体是作家的重要主题之一。我们将在本书第四章中对这个问题进行进一步的讨论,在第四章中,作家用现实主义的手法表现了针对女性的暴力。

从更深层次的角度来说,受到如此侵害的身体无异于背起了人类苦难的十字架。在一个被暴力深深渗透的社会中,身体的脆弱和无力象征了现代人不得不面对的生存状况。暴力的根源有多种表现方式。第一是商品的暴力。在商品的迷惑下,人们被一种不竭的消费的贪欲所攫取,终将被商品的世界所吞噬。"每当一个女人独自进入试衣间,换上紫色的裙子,难道她不是在浑然不觉中

---

① Isabelle Roussel-Gillet. *J. M. G. Le Clézio*: *écrivain de l'incertitude.* Paris: Ellipses, 2011. p. 37.
② Ook Chung. *Le discours prophétique dans l'œuvre de J. M. G. Le Clézio.* Montréal: Université McGill, 1998.

穿上了受诅咒的裙子？这条裙子将会像燃烧的尼龙一样紧紧贴在她身上，嵌入她的皮肤里，灼烧她的肉体。"（战争，57）"带着坚硬棱角的罐头盒子嵌入头骨，酒瓶用碎片划开人们的喉咙。"（战争，241）第二是语言的暴力。语言建立起思想的帝国，竭力去说服和控制，通过绝对的霸权，语言"如子弹般穿过思想，留下带血的巨大伤口"（战争，143），"用尖利的螫针做出伤害"（战争，195）。第三是符号的暴力。例如色情画报上的女郎形象，它们的目的是为了控制思想，迷惑、鼓惑人们；在美貌和魅力的表象后面，"符号让血泪汩汩流淌"（战争，238）。第四是污染的暴力。"汽车咳出致命的气体，并将肺部熏成煤炭的颜色。"（战争，225）"汽车的喇叭在尖利的叫声中一起撕破了天空。"（战争，227）"光线侵蚀着人类，噪声和臭味到处蚕食着肉体，甚至将其生吞下去。"（战争，77）第五是媒体的暴力。媒体通过宣传血腥的、耸人听闻的新闻，在人类中散播一种深刻的恐惧，"在报纸上，每时每刻，我都能看到斗争的升级"（战争，236）。"人们将死于电视屏幕上线条的狂轰滥炸。"（战争，247）第六是科技和机器的暴力。科技的暴力集中以车祸引起的高死亡率表现出来，而汽车则被作家用拟人的方式比拟为"有杀戮需求的杀手"（逃之书，223）。第七是战争的暴力。例如 X 先生参加的越战，其残忍和暴虐已经成为家常便饭，而其中的身体也毫无防备之力地沦为恶行的猎物。

通过将身体表现为暴力盲目侵略的对象，作家引发了对现代人对待他人身体方式的深刻反思。在一个资本主义、个人主义的社会中，人与人的关系时常因为利益的左右而变质。深陷在自大情结中的现代人，为了赢得利益或者获取快感折磨受迫害的人，完全不顾及他人的痛苦和尊严，"这里，所有的人都试图赢得利益，试图趁别人不备，掠夺别人的财富，享受他人的肉体。这里没有温情，也没有愉悦"（逃之书，109）。因此，施加于身体的暴力反映了现代人唯利是图的思维方式，这种思维方式成为他们否认他人痛苦的源头。

普遍存在的暴力给现代人心理所造成的直接结果，就是泛滥的迫害妄想症。① 勒克莱齐奥早期作品的主人公似乎大多被这种精神疾病折磨过。波蒙在被牙痛折磨得痛不欲生的时候，忽然感到有人在黑暗里盯着他，这个人要么藏在屋里，要么藏在床下，伺机冲出来伤害他。《洪水》的主人公贝松，在深夜的黑暗中误杀了一个人，仅仅是因为他对陌生人在黑暗中的靠近感到一种无法忍受的恐惧。《战争》中的贝阿·贝作为一个女性，更是"每天都要和恐惧做

---

① 布鲁诺·蒂伯指出勒克莱齐奥笔下人物所带有的迫害妄想症状。然而，他的迫害妄想指的是人物无法将现代社会看作一个整体或具有一个中心，指的是人物对自己的思想的可靠性充满怀疑，对自己所处的社会阶层充满怀疑，他们总是认为自己被看不见的力量掌控着。参考 Bruno Thibault. *J. M. G Le Clézio et la métaphore exotique*. Amsterdam/New York：Rodopi，2009. p. 24.

斗争"（战争，70），她每天晚上都想象着自己在极端的暴力中惨死；她梦见自己被溺亡、被吊死、被刀捅死、被狗吃掉，甚至被火车碾压。对于这些被迫害妄想症状折磨的主人公，人与人之间没有温情和信任，人们之间的关系被一种"野蛮性"所标识，"世界充满了野蛮的动物，贪婪可憎的野兽。孤独、冷漠、仇恨"（逃之书，84）。

正是因为对这个充满孤独、冷漠、仇恨的社会怀有深深的反叛，作家在创作中采用了一种用肢解的、血腥的身体形象来实现可怖的书写风格。

> 刀刃插进了年轻女人的背部，精确地从肩胛骨之间穿过，直直地插入心脏。刀尖碰到了心脏，挖开它、撕裂它，像剖开一个番茄一般将它切开。在她的身体里，她感到一种火一样的液体四处飞溅，沸腾起来。（战争，19）

很明显，这种对肉体撕裂的描写会给读者在情感上造成一种很大的不适感，让读者在震慑和反感之间悬置，在焦虑的情绪中僵化。这种写作风格让人联想到美国作家爱伦·坡，其作品因哥特式写作广为人知，擅长处理谋杀、起死回生、活埋、凶宅等主题，并且据此发展出一套死亡和恐惧的诗学。

然而，《战争》的作者并没有局限于这样一种现代主义的视角，将身体看作"资本伤害、割裂和剥削的主体"[①]，他突破"惊恐"的界限而直接进入"不可忍受"的范围，开始在描写中涉及内脏、剥皮等令人极度不适的话题。

> 有时候，我从自己身体跳出来，我把自己的脸扔到砖墙上。我不仅摔它，还把它钉到墙上。……这对我来说非常简单，就像睡前脱掉衣服一样。我扯下自己的脸和身体的形象，将它们喷吐到坚硬的表面上。我摘下自己的眼睛，现在它在我的影子中间闪闪发光，像两颗玻璃球。带着一种愤怒和狂喜，甚至忧伤，我快速地褪去自己的皮肤。而且自然地，当我将我的脸往墙上扔的时候，我也把身体里面的东西掏出来扔到墙上。（战争，120）

由于带着一种冷漠的语调陈述着一个异常恐怖的场面，因此，这段简短的叙述更加令人震惊。在没有任何过渡也没有任何动机的情况下，这段叙述突然

[①] Tim Amstrong. *Modernism, technology, and the body: a cultural study.* New York: Cambridge University Press, 1998. p. 45.

在文本中铺陈出来，将读者的想象突然置于恐怖的场景之中——一个人剥离自己皮肤，摘掉自己的眼睛，这好像是只有在科幻片和恐怖片中才能看到的场景。① 这些极度令人厌恶的形象从某种程度上诠释了拉康提出的"真实"概念，即对人类身体内部器官的令人恐惧的发现。

> 在那里有一种令人恐惧的发现，那就是我们从来不曾见过的肉体部分，事物的深处，脸的另一面，肉体和它的最终命运，在神秘的最深处，作为无形物体的肉体，它的形象本身便会引起巨大的焦虑感。焦虑的景象，焦虑的认同，对"你是谁"的最后揭示——你是这个，离你最远，最无形的事物。②

在叙事的进程中，突然间插入了对我们身体内部的揭示——对我们平时不会注意的事物的揭示、对身体不可侵犯的内在的揭示，这种突如其来的揭示犹如文本和现实之间无言和神秘的断裂。拉康认为，在现实中我们想到自己的身体时总是略去表面以下的部分，这种忽略来自象征秩序的效果。因此，作为象征的秩序的现实文本，需要依靠对"真实"的驱逐，然而"真实"不定期的回归，则打破了这种通俗语言建立的秩序。总之，"真实"的怪诞形象撞击着读者习以为常的感受力。这种"真实"的可怕形象和它的突然出现，以及叙事口吻的冷漠，构成了一种极端反叛的书写风格，这种风格超越了现代主义文本中被边缘化的身体时常表达的抗议，代表了一种身体的轮廓无法清晰定位的后现代的感性。

第三节　身体—机器的比喻和身体的可塑性

在西方关于身体的认识论中，维萨里的解剖学所造成的认知上身体和人的二元切分被笛卡尔的身心二元对立进一步加强，后者通过抬高精神的地位，把身体降格为一个机器装置，"我对人的身体的看法，是认为它像一个由零件和

---

① 此处用身体内脏描写切断文本正常叙事进程的例子并不仅限于此。在主人公贝阿·贝在歌舞厅的章节中，两个小孩挖开章鱼内脏的描写也以类似的方式切断了叙事。参见《战争》第102页。
② Jacques Lacan. *Le Séminaire II. Le moi dans la théorie de Freud et dans la technique de la psychanalyse*. Paris: Le Seuil, 1978. p. 186.

砝码组成的时钟一样"①。到了13世纪，拉·美特利的观点追随了这种机械身体的思想，甚至将其通俗化、普及化，"人不过是一个动物，或者是一堆弹簧的集合，一个连着一个组装在一起，谁也不知道从循环的哪个点起开启了自然"②。正是这些机械论的观点，再加上资本主义精神中根深蒂固的实用哲学，为现代社会对身体的技术化改造和商业化运用提供了合理依据。

今天，笛卡尔关于人类身体的机械性的论断像预言一般变成了现实。他对身体的物化和祛魅的认识预示了当代社会对身体的机械性塑造。在今天的世界，科学技术的进步使一系列旨在塑造和改变身体的意图成为可能。这些科学手段及其商业应用方式，使得人类身体成为一整套可拆卸的零件，像市场上的其他物品一样可以制造和买卖。例如，在器官移植、无性生殖、变性手术和安乐死等领域的生物和医药进步都为人体进入科学实验领域做出贡献，而这些实验直接产生了商业化的产品。这些关于身体的医学和商业操作往往引起道德上的疑问。在关于人类身体的商业利用问题上，杰拉尔·巴尔图曾经引发过一场关于代孕母亲及其道德争议的讨论。由于对人类基因物质的掌握，各种无性生殖技术，包括人工授精、胚胎培养和代孕在今天的医疗领域十分流行。然而，就代孕来说，这种在某些人眼里对参与各方都是利好的技术（不孕的父母可以获得孩子，孩子得到了关爱他的父母，而代孕母亲也有不菲的报酬），对另一些人来说却是对人类身体尊严和社会稳定秩序的侵犯。之所以被认为是一种侵犯，是因为在这项实践中，一个人类器官，也就是代孕母亲的子宫，被当作商品租用，并且和未出生孩子的身体同时成为订立契约的对象。如此一来，一个以分娩为商品的市场就这样形成了。实际上，将子宫比作机器的观念在西方医学史中很早就存在了，正如马丁·艾米莉所指出的那样，"为了理解关于生产的医学治疗，我们必须承认，在西方的医疗和思想历史中，身体都被当作机器。这个机械比喻从17、18世纪的法国医院开始，从那时起，人们提起子宫时就好像在谈论一个机械水泵"③。因此，一个能够默许将孕妇分娩等同于"制造产品"的社会，一个默许"穷人妇女为富人制造后代的分工形式"的社会④，即是一个仅受供需控制的唯利是图的社会，它将人类身体看成一个具有实用性的纯粹物体。

这样的医疗实践使身体与机器的界限模糊了，并且在对人类身体本体论意义的理解问题上造成了一种日渐增长的不稳定性。不难理解的是，当曾经作为

---

① René Descartes. *Méditations métaphysique*. Paris：Presses Universitaires de France，1970. p. 118.
② J. O. de La Mettrie. *L'homme-machine*. Paris：Denoël-Gonthier，1981. p. 189.
③ Martin Emily. *The woman in the body：a cultural analysis of reproduction*. Boston：Bacon Press，2001. p. 54.
④ Gérard Berthoud，*Vers une anthropologie générale：modernité et altérité*. Genève：Librairie Droz，1992. p. 43.

身份基础和个体物质界限的身体,忽然能够按照人类意志自由改变和塑造的时候,这样的实践怎能不给人类对于自我身份的认知带来深度的困惑感和焦虑感?在身体的操控性面前,身份的一致性不可能保持完好无损。早在19世纪的文学中,带着对科技对人类身体的操控性的强烈质疑,爱伦·坡就创作了一篇著名的讽刺短篇小说《消耗殆尽的人》①,作家塑造的所谓的战争英雄约翰·史密斯将军,最后竟被发现是一个全身都由机械假肢拼凑而成的机器人。

小说《战争》的虚构世界带有类似的由流动和不稳定的机械身体所造成的令人怀疑和恐惧的基调。首先,主人公贝阿·贝与其说是一个传统意义上的人物,不如说是一个流动的符号。在传统的人物塑造中,对人物体貌的塑造在人物的身份构建中是一个必不可少的部分。而对《战争》的作者来说,认真地描写人物的体貌似乎是不可能的。首先,贝阿·贝的面部特征没有一个确定的肖像,而只有一个可以扭曲和变换的模糊界面,每天早晨贝阿·贝坐在镜子前"用小刷子和管状的眉笔重新开始创造眼睛的仪式"(战争,17)。然而,这样画出的脸没有任何稳定的特征,因为贝阿·贝刚刚完成化妆,她的脸庞就开始融化。"她的脸部特征逐一消失。眼泪开始流淌,让双颊沾满睫毛膏,眉毛也被擦去。生命中的所有微小细节都随之消失。"(战争,18)模糊的脸庞、线条不可捕捉的脸庞,这一象征着现代身体的脸庞,一直处于可被修整的可变性中,不论这种修整是来自化妆、整容,还是来自脸部的嫁接;而皮肤也成为人们可以随意脱穿的衣裳。随着身体线条稳定性的消失,人物同时也失去了可以被捕捉的身份。如果说,在爱伦·坡的时代,文学还在致力于质问科技对身体的操控,那么后现代的文学则主要致力于表现一种由科技对身体的操控所引起的、本体意义上的不安全感,以及信任的彻底缺失。这种不安全感和无信任感共同构成了当下的时代气质。

除了年纪和性别,作家没有对贝阿·贝的外形留下任何可供辨识的线索。作家这样的设置是为了故意使贝阿·贝没有任何特征,使她成为一个象征人类命运的傀儡式人物。这一点在贝阿·贝第一次在小说中做自我介绍的章节的最后一句话中可以得到显现:"所有的一切都在她身上。我跟你们谈的这个年轻女性并不只有一个身体、一个灵魂。她有成千上万的身体和灵魂。"(战争,22)

的确,在《战争》的叙述里,贝阿·贝不止有一个身体,而且有着一系列的化身,这些化身可以相互之间随意转化。在这部小说中,主人公的身体先后变成了一个机械娃娃、一个色情杂志上的女人形象、一股电流、一头歌舞厅里的海牛、一个海边的灯塔。由于这些随意的变化,人物身体的稳定性和独立

---

① 详见 Edgar Allan Poe. *The fall of the house of usher and other writings*. London: Penguin, 1987.

性不再有可能保持完好。同时，主人公每一次的身体变形都向人类身份的稳定和尊严挥出了重要一拳，因为人类的身份是深深扎根在人的肉身化体验之中的。

《战争》中有一个章节，贝阿·贝向 X 先生描绘了一个被工业力量控制的人造图景。她发现人们是在一个工厂里被制造出来的，在这个工厂里，一台巨大的机器负责"给身体和面部塑形"（战争，32），从这个工厂里制造出来的男男女女们好似自动装置一般，举手投足间带有机械的样子。忽然间，贝阿·贝的叙述戛然而止。一个全知视角的叙述者代替了她的叙述，并且指出，在原本被贝阿·贝占据的位子上，只剩下"一具齿轮外露的机械的物种"，同时也是一个"既不会老也不会死的食肉的玩偶"（战争，33）。叙述者进而描写到，在这个由贝阿·贝化身的机械娃娃脸上，有着血红色的嘴唇，深黑的尼龙睫毛，以及完全没有皱纹的额头，对于这个没有任何生命迹象的机械娃娃，蒂伯评述道："这个怪诞的玩偶娃娃象征着在后现代城市中正在进行的去人性化的进程。"① 这种去人性化的进程根植于西方思想中在人类身体和精密机器之间所做的类比之中。实际上，身体—机器的比喻萦绕在作家第一阶段的创作中，② 引发了这样一种深度的质问：在一个对科技力量过度崇拜的社会中，人类身体究竟还占有怎样的地位？

为了追寻对身体工具性利用的哲学渊源，我们应该重新回到笛卡尔的身心二元主义的讨论上来。在前文中，我们提到了笛卡尔用来形容身体的著名的钟表比喻。在《论人》中，笛卡尔对这个比喻进行了更深入的阐述。

> 我们完全可以把那些我刚刚描述的机器的神经比作这些喷泉机器的管道；把肌肉和筋腱比喻成机器和弹簧；把动物的精神比喻成搅动它们的水，其中心脏是源泉，脑腔是目光。呼吸和其他类似的对人来说倚靠精神的自然而平常的动作，都可以被认为类似钟表和磨坊的运动，后者在水的推动下持续运行。③

这种将人类身体比作纯粹机器的思维方式虽然没有被一个世纪后启蒙时期

---

① Bruno Thibault. *J. M. G Le Clézio et la métaphore exotique*. Amsterdam/New York：Rodopi，2009. p. 23.
② 在小说《逃之书》中，主人公奥冈遇见混血妓女的场景以人和机器的形象表现出来。妓女的身体被细致地描绘为一个机器的身体。"就如同在机器旁边行走，能够感受到那机械的僵硬摆动，……一个机器的女人，带着不为人知的齿轮，危险的身体，不可战胜的节奏。"（逃之书，75）
③ Charles Adam，Paul Tnnery. *Œuvres de Descartes*：*Le Monde*，*descriptions du corps human*，*passions de l'âme*，*anatomica*，*varia*，*XI*. Paris：Lépold Cerf，1909. pp. 130–131.

的哲学家完全接受，却毫无疑问地为以下一种哲学思想开辟了道路——通过将身体划归机器的范畴，通过将人类身体的脆弱和衰老与机器的坚实和耐用进行反差性的对比，身心二分哲学为改变和塑造人类身体的行为提供了合理化的依据，使其不受任何道德规范的质询。

如果身体真的能被转变成机器，它就有可能逃避衰老，逃避脆弱，逃避死亡。这就是当代的无数致力于推进人类身体极限的科学实验和技术操作的潜在幻想。作家让贝阿·贝变成"不会衰老、不会死亡的机械玩偶"，不正是出于对这种类似幻想的讽刺吗？出于同样的讽刺意图，作家让主人公变成了色情杂志上的裸体女郎，可以永远生活在"不知饥寒"（战争，75）的中立状态之中；或者让主人公变成电流，就此获得一种"纯净的生活、有用的生活"（战争，81）。在短篇小说《衰老的一天》中，萦绕在主人公心头的对衰老和死亡的恐惧终于在这里找到了解决的方案，我们需要甩掉这个模糊、虚弱、临时的身体，我们需要塑造它，替换它，把它重新改造成机器，这样就能避免生命的衰竭。

身体—机器的比喻同样以一种微妙的方式在小说《战争》中被"塑造脸和身体的工厂"的形象表现出来，这个比喻借鉴了福柯的身体规训理论，象征了现代社会为了获取更稳定的社会秩序和更高效的社会生产力，对身体施行的系统性改造和规训，正如福柯在《规训与惩罚》中所指出的那样：

> 人类—机器的大书曾在同一时间被两种学科写就，其一是解剖的形而上学，由笛卡尔发出先声，后来的医生和哲人们前赴后继地继续探索；另一支是技术政治学，由一系列的军事、教育、医疗纪律组成，通过精密计算的经验性举措来控制和矫正身体的运行。拉·美特利的人类—机器说既是一个将灵魂粗略地缩减为物质的理论，又是一系列矫正理论的集合，占据着这些理论的核心位置的，是"驯顺"的概念以及可分析、可控制的身体。①

身体—机器的幻想于是在针对身体的细节控制中得到实现，并且在学校、兵营、医院里推广开来，这些社会机构就是作家笔下"塑造脸和身体的工厂"在现实中的化身。从这个意义上说，作家笔下"穿金属西装"的机器人是现实中被工作环境规训出来的既驯顺又能干的个人。身体—机器的比喻是作家在对西方现代社会批判中一个反复挖掘的主题，它不仅在小说《战争》中以隐晦的象征方式得以表现，也同样在其后现实主义风格的长、短篇小说中得到了

---

① Michel Foucault. *Surveiller et punir*, *Naissance de la prison*. Paris：Gallimard, 1975. p. 138.

深入的表现。关于这一部分作品对身体—机器主题的反映,我们将在本书第三章进行细致探讨。

第四节　麻木的身体

既然现代社会对人的身体的理解往往通过身体—机器的比喻,认为身体像一部内部零件可以置换的机械装置,那么,在人们对日常工作和家务劳动的完成中,大多数人往往很少关注感觉的体验。从某种意义上说,工业社会选择了用感觉体验的稀有性来代替消费物品的稀有性。

作家笔下的现代世界完全被工业力量塑造而成,彻底地将人类与自然隔绝开来。

> 人们是多么急迫地希望让土地在城市间消失,急迫地希望我们再也不用谈论什么树木、草地和灌木丛,再也看不到山峰和湖泊、沙滩和河流,什么也看不到。到处只剩下水泥和柏油,还有预应力的混凝土。(战争,62)

自然的世界完全被一个金属的人造世界代替了。"土地是一大块柏油。水是玻璃纸,空气也是尼龙做成的。"(战争,31)"世界是金属做成的,在这里只有以下的东西:铁皮、铬、螺栓、连杆。"(战争,38)这样的人造世界由于偏爱工作的效率和日常生活的方便,剥夺了人们与生俱来享有的感觉体验的权利。

> 没办法听也没办法看:到处霓虹闪烁,大红、橙红、深紫,这些耀眼的颜色在你想到处看看的时候直击你的眼底。为了吐出战争的噪音,人们发明了声音洪亮的音乐,敲锣打鼓地演奏出来,这些既温柔又喧哗的音乐有一种催眠的效用。(战争,273)

勒克莱齐奥笔下的人物感到世界使人窒息,就好像被囚禁在一个有机玻璃的穹隆里。例如《战争》中的贝阿·贝,尽管她表示想要"行走、说话、聆听、注视、倾听",却不能如愿,因为"我有一种被捆绑起来而无法解脱的感觉"(战争,91)。从这个意义上说,人物都被一种恐惧和焦虑的感情所掌控,他们每个人都以自己的方式对环境做出回应，从而保护自己。为了避免强烈、刺眼的灯光，贝阿·贝用黑色的墨镜遮住眼睛，墨镜作为作家偏爱的道具，也是很多其他人物的选择，例如短篇小说《行走的人》中的包利。《逃之书》中的奥冈则选择逃避这个他认为不宜生存的环境。

> 混凝土和铁铸就的城市，我不再接受你。我拒绝你。充满阀门、车库、厂棚的城市，我受够了。永恒的街道遮掩了土地，墙壁是挡风的灰色屏障，还有那些铺天盖地的广告和窗户。那些在车轮上移动的滚热的汽车。这就是现代世界。（逃之书，63）

在作家所表现的所有现代工具中，作为现代科技发明最典型的代表——汽车，恐怕也是将人类带离自然环境、封闭在令人窒息的金属外壳中的最残酷发明。一方面，人类对汽车的依赖使得汽车在现代生活中变得必不可少，由于代替双腿成为出行的主要工具，汽车几乎已经成为人类身体的延伸物。为了诠释这种身体与汽车之间的同化，勒克莱齐奥在某个描写车流的章节题记里引用了列维-斯特劳斯的观点："某些对现代人来说业已消失的感觉功能，恰恰是原始人在狩猎中直觉的源泉，就好像司机和他驾驶的机器之间的默契是他判断如何操纵方向盘的直觉源泉（例如，车轮的细微转向、发动机细微的波动，都可以告诉司机有必要调整方向盘或踩下刹车了）。"（战争，199）在小说《挚爱的土地》中，题为"在一个好似地狱的地方"的章节再次提到了人体和汽车之间的同化：被收音机发出的音乐声左右，主人公感到身体里有一种脉动随着车体的频率一起颤动。由于这种对汽车的依赖，现代人很少再使用步行的方式出行了，诸如行走、跑步等消耗体力的出行方式，或者因使用汽车而大大减少，或者被完全代替。尽管汽车给生活带来了巨大的便利，但是人们感到自己沦为"有机玻璃外壳的囚犯，失去了与外界接触的机会"（战争，115）。因此，大规模使用汽车的重要后果之一便是人的存在中身体投入的减少，以及人和宇宙之间曾经由感觉功能建立起的联系的断裂。这种科技发明对人类运用自我身体方式的影响，可以在社会学家勒布乐东的评论中得到很好的说明："随着科技在生活中影响的扩大，人类存在中感性的和身体的维度越来越倾向于被闲置于一边。"[1]

现代世界汽车的泛滥对人类存在造成的另一个不良影响，在于汽车分隔了人和自然环境。从前在人和环境之间由感觉官能结成的联系，现在却被汽车强

---

[1] David Le Bredon. *Anthropologie du corps et modernité*. Paris：Presses Universitaires de France，1990. p. 185.

加给人的噪音和废气污染所打断了。勒克莱齐奥笔下的许多人物,都经历过被困在交通堵塞时的车流里的煎熬时刻,如贝阿·贝在汽车的洪流面前,感觉到一阵剧烈的眩晕,因为她的感官受到了汽车发出的无情攻击。

> 年轻姑娘感到滚热的气体混杂着灰尘和废气扫过她的脸和头发。长时间的颤动让地面呻吟,这种颤动从她的脚下传到内脏,又从内脏传遍全身。她同时听到如擂鼓般不绝于耳的声音,好似一场预示着涨潮和暴风雨的雷鸣。(战争,205)

小说《挚爱的土地》的主人公尚思拉德被困在汽车里面的时候,则感到全身瘫软,并且感到交通堵塞的中心位置是一个"真正意义上的诅咒,一种占据他的身体和心灵,让他沦为奴隶的地狱般的强大力量"(挚爱的土地,146)。在小说《逃之书》的奥冈眼里,城市完全被好像身穿钢铁铠甲的士兵似的汽车占领了,"汽车的队伍用它们的车轮、它们的马达、它们镀铬的保险杠,让城市屈服"(逃之书,224)。从这个意义上说,人类不再像他们想象的那样是机器的主人,他们反过来沦为机器的囚徒。

事实上,尽管汽车的确是城市污染中重要的源头之一,却不是唯一的污染源。作家对汽车使用的批判更多地建立在汽车的象征意义上,即汽车集中代表了一个日益恶化的环境污染的世界,一个不再适于感觉体验的世界。噪音、有害气体、耀眼的视觉刺激是城市人每天都要面对的挑战。高音喇叭、电视、收音机的喧哗,马达、汽笛、警笛的噪音,起重机的吱嘎作响,搅拌机的刮擦声,来往货车的轰鸣,商业广告的尖利吆喝,这些日常生活中常见的噪音组成了一个永不停歇的声音背景。通过不知疲倦地列举噪音来源,《战争》的作者将这个现代弊病视作一个由寓言的战争带来的暴力的武器,这个武器针对人物的身体"从四面八方发起沉重的打击"(战争,117)。同样,城市到处展示的视觉刺激也是一个带有强烈攻击性的源头,这种攻击性由充满机器的城市强加在人们身上。

> 就像黑暗中的磷光,所有的颜色随着音乐蹦跳出来。再也没有什么是安静的,没有什么是不起眼的。……火热的颜色像子弹一样朝人们袭来。它们总是在那里,像泡沫一般拥在一起,或者咄咄逼人地树立着,就像真正的钢刃般随时准备切开腹部。(战争,145)

最后,没有什么比污浊的空气更暴力了,因为它直接危害人类的健康,使得死亡的阴影盘旋在人类的头上。

> 从墓地和贫民窟飘出的致命气体，您无时无刻在呼吸着掺杂着它们的空气，在您还在母亲腹中的时候这种有害气体就存在于您的血液中。您所喝的每一口水，您所吃的每一口食物，都是您身体中的毒物。当您第一次睁开眼睛的时候，您就会立刻看到无穷的沙漠，暴力，以及布满皱纹与伤疤的皮肤。（战争，227）

除此之外，《战争》的文本中还描写了各种有害的气味：汽车排放的尾气、汽油烧焦的味道、橡胶的味道，混杂着城市聚居区人群散发的味道，如地铁里恶臭的气流，都成为阻碍顺畅自由的呼吸的屏障。正是这些城市有害气体共同封闭了现代人的感官体验，造就了麻木的身体。

由于一直受到听觉、嗅觉和视觉污染的侵扰，人们开始习惯于强烈的感官刺激，渐渐地变得迟钝和冷漠，直至对周围环境的过度刺激变得无动于衷，甚至完全麻木。关于被周围吵闹的世界所麻痹时的体验，就比如小说《逃之书》的主人公奥冈行走于城市的喧哗中时，忽然感到自己像聋子一样什么也听不见了。

> 沉寂在我脑海中膨胀，沉重地压在我身上。……我像聋子一样走着，深陷在我沉寂的泡沫里。……我的耳边充满了噪音，而我的脑海里却像聋子一般一片沉寂。（逃之书，65）

在充满噪音的世界里却什么也听不到，这就是现代世界的悖论。这种绝对的沉寂是不是比噪音更加可怕呢？因为这是感觉体验彻底被削弱、被麻痹的强烈信号。因此，主人公奥冈表述道：

> 在我的身体里，是一片荒芜的沙漠，是尘世中的任何沙漠都无法比拟的。……难道说，有没有这种可能，我其实也许根本就不存在？（逃之书，67）

通过这样的质询，作家指出，在感官体验的荒漠中，对生命滋味的品尝停止了，剩下的即存在的虚空。

的确，充满高楼大厦的现代城市，带着它的噪音和污浊空气，以及其中由符号组成的迷宫，不再是一个适宜人们进行身体体验的居所。现代城市的主要使命是完成通勤的任务，而不是支持人们进行悠闲的漫步。因此，作为一种反抗的举动，短篇小说《行走的人》中的人物包利，有一天突然决定到大街上去开始徒步行走。主人公行走的过程总是遇到他人探寻的目光，被身边过度的噪音和视觉刺激所打扰。然而，在行走中受到联结身体和外部世界的脚步节奏的启发，主人公忽然感到一种豁然开朗的顿悟。在这种顿悟中，包利感到自己真的和物质联系在了一起，"此时感觉不需要再被诠释。世界不再呈现，然而所有的一切都在那儿，自己就是这一切，世界和自我之间有一种不可言说的不可分割性"（发烧，130）。在此，包利获得了一种超然的视野，觉得"自己真实地和事物联结起来，不需要通过感觉，不需要通过理解，自己就是事物的一部分"（发烧，130）。在这个欣悦的顿悟下，主人公感到内心归于平静，他不再被他人的敌意和事物的繁杂所扰，而进入了一种奥冈所体验的真空状态，然而和奥冈不同的是，他的体验充满快乐和喜悦，他在世界的声音和色彩演奏的交响乐中什么也看不见，什么也听不见，因为现在他变成了"一颗微小尘粒，在物质无限精美、无限神圣的巨大身体中飘荡"（发烧，131）。连续不断的感觉体验，是保证人的肉身和世界的身体实现交流的前提条件。通过远足，包利重新激活了他的感官体验功能和运动能力，在这两种体验的影响下，他的步伐使身体的节奏和物质的节奏协调一致。

现代身体的"麻木"是显而易见的，它是各种假肢和科技替代品没有完全更换掉的"遗迹"[①]。而包利的远足成为对"麻木的身体"的回应，一种解决麻木的方式。同时，在行走中寻求身体和外部世界的物质联系，小说的主题也再次呼应了作家思想中的一个重要概念——"物质的狂喜"。

第五节　被践踏的地球身体

的确，"物质的狂喜"表示一种存在和物质、人和外部世界相融合的状态。在题名为《物质的狂喜》的著名散文中，勒克莱齐奥反对西方认识范式中的分析思考模式，认为这种方式让所有的事物都处在了二元对立状态。为了取代这种分割的思想，作家倾向于采取一种更为协调的视野，即"世界是不可分的，它成为一个整体"（物质的狂喜，101）。同样，在因果关系之间，在内容与形式之间，作家更注重强调的是协调而不是对立区分。勒克莱齐奥对于

---

① David Le Breton. *Anthropologie du corps et modernité*. Paris：Presses Universitaires de France，1990. p. 185.

存在的认识在很大程度上受到了前苏格拉底时期哲学家巴门尼德"存在是一"理论的影响，即"宇宙作为一个统一整体展现出来，所有的变化和多样性都是幻觉。"关于巴门尼德对勒克莱齐奥的影响，托马·特兹纳曾经在他对作家思想追寻的研究中做过仔细的分析。除了在《诉讼笔录》和《革命》中对巴门尼德的大量引用，特兹纳还分析了勒克莱齐奥的三部主要作品，兼顾引用了其他一些作品，并且得出这样的结论："勒克莱齐奥的绝大部分作品都在演绎我们称之为'唯一存在'的概念，除此之外皆为幻象和错误。"[1] 对于特兹纳来说，在勒克莱齐奥主要作品中的一些情节，诸如《沙漠》中拉拉和蓝面人祖先的神秘关系，《诉讼笔录》中亚当想要变成植物或老鼠的古怪幻想，《革命》中时间跨度很大的两代人之间相似的人生经历，都可以用作家受到巴门尼德哲学影响的世界观来解释，即整个宇宙被一个唯一的存在联合起来。

基于以上分析，我们可以把《战争》结尾处贝阿·贝梦见自己被 X 先生追赶和强奸的场景，理解为人类对地球身体的侵犯和猥亵。而针对女主人公的侵害隐喻了文中互相残杀的"两脚动物"（bipède），即人类，对自然身体的掠夺和损害。文中紧紧掐住贝阿·贝的"具有钢铁肌肉的身体"，可以被视作为从未放松对自然控制和剥削的科技理性。那些在贝阿·贝身边互相残杀的两脚动物也是以为了争夺自然资源而常年征战的人类形象为蓝本的。同时，强奸者在年轻女孩腹中"寻找"和"挖掘"的行为，象征了人类长期开发和改造自然的活动。最后，贝阿·贝"在平台上被肢解的赤裸身体"实际上是地球被科技理性过度开发、过度毁坏的身体。同样将地球身体比拟为女性身体的类比也出现在小说《诉讼笔录》的一个片段中，其中被人类过度开发的自然化身为一个象征性的老妇人，其身体布满各种病痛：湿疹、静脉曲张、癌症等（诉讼笔录，250）。在小说《逃之书》中，通过城市—女人的类比，城市的各个街区被并置于女性身体部位：腹股沟街、五感大道、股动脉大道等（逃之书，64）。

通过人体和宇宙物质之间的比喻，一切都联系起来。个体的身体（以贝阿·贝为代表）、他人的身体（以文中不断出现的人群形象为代表）、抽象事物及物体的"身体"，加之地球的"身体"形成了一个统一不可分的整体。对其中一个部分的攻击意味着对其他部分的侵犯，对一个部分的切割意味着对其他部分的分裂。通过一系列被解剖的身体形象，一个悖论的双重进程慢慢揭开。一方面，世界被一个"具有迫害妄想的视角"（借用蒂伯的说法）[2] 切割

---

[1] Thomas Trzyna. *Le Clézio's spiritual quest*. New York：Peter Lang，2012. p. 30.
[2] Bruno Thibault. *J. M. G Le Clézio et la métaphore exotique*. Amsterdam/New York：Rodopi，2009. p. 23.

成很多的小块，这堆零乱地混在一起的身体部位在作家的笔下类似于"腐木上蠕动的蛆虫"（战争，262），成为散沙般无核心的存在。另一方面，世界却在来源于不同种类事物的身体部分所构成的同一性中，重新找到了和谐统一。通过将这两个相反进程悖论性地进行并置，作家指出存在的现代病征从很大意义上说是一种精神分裂的症状，即世俗的、重利的、理性的思想粉碎了宇宙的统一性，同时也使个体的主体性碎片化。勒克莱齐奥在这种碎片化分割中看到了一种对存在的真实与美好的残暴亵渎。现代生活的祛魅，归根结底来源于这样一种精于观察、解剖、计算的理性思维方式。在它冷峻的目光下，将被审视的物体纳入一种被征服、被改造的过程，用作家自己的话说，即"西方失去了自己的神话。这种失去不是因为所谓进步的城市生活的发展使神话显得过时，而是因为神话的语言被另一种实用的、贪图利益的、理性化的、麻痹思想的语言刻意掩埋了"①。

本章"碎片化的身体"主要围绕勒克莱齐奥的《战争》《巨人》《逃之书》这三部作品中的身体形象进行论述，认为这三部作品，尤其是《战争》中所呈现的身体形象可以被概括为"碎片化的身体"，其最突出的特征便是零散、无核心和碎片化。这种碎片化主要表现为：大量使用身体部位的词汇，以各种修辞形式将人的身体物化，事物的身体拟人化，将碎片化的身体以各种暴力的意象对接起来，将碎片化的身体隐喻为一个可以拆卸零件的机器，用碎片化的身体象征饱受开发和破坏的地球土地。碎片化的身体形象及其多种衍生发展形式，在风格上给文本制造了一种末世降临般的叙事气氛，从而让小说具有超现实主义的后现代气质。

尽管在风格上具有很强的表现力，作家使用碎片化的身体形象的最终目的却更倾向于探讨现代主体、他人和社会之间的复杂联系，其中主体性和暴力是小说所涉及的两个关键主题。身体形象在当代所遭受的种种扭曲化表征起源于现代主体在"我"与种种力量争夺中的撕裂与挣扎。带着一种结构主义的视角，作家认为，在资本主义和消费主义控制下的现代社会里，具有独立思想能力的主体仅仅是一个虚构的神话。在物欲横流和语言的逻各斯占支配地位的现代社会，所谓的主体不过是随波逐流、盲目从众的个体，他们的思想和欲望无不受到他人的影响和消费社会的随意摆布，他们的生活没有信仰、没有核心。因此，作家笔下以主人公为代表的现代个体不具有任何体现主体性的身份特征，只能是呈现碎片化的身体部位的集合，而当主人公汇入人群的时候，肢体

---

① J. M. G. Le Clezio, Mircea Eliade. *l'initiateur. La Quinzaine littéraire.* 1979，mars，Vol. 297. p. 16.

与肢体、器官与器官交缠在一起，一切都以身体部位名词的复数形式出现，表现了作家对现代社会主体性消亡的悲观诊断。

暴力是作家通过碎片化身体的形象所力图反映的另一个关键主题。被肢解成碎片的身体残骸在制造令人深感不适的哥特效果之余，也引起读者对现代社会广泛存在的暴力及其社会根源的深刻反思。暴力在作家的文本中比比皆是，形式多样，如针对他人的暴力、针对女性的暴力，还有族群间的暴力、工作环境的暴力、媒体的暴力等。然而，它们的共同根源却指向一个以精神与身体二元切割、二元对立为基础的逻各斯中心主义。因为在精神和物质（身体）的对立中，前者总是试图分解、认知、征服、改造后者，这样的逻辑可以成为社会生活方方面面的隐喻，以征服和战胜为目的的活动成为社会生活的主要组织方式。因此，在这个工业化、等级化的现代社会，即使是日常的工作也带有暴力的痕迹。在这里，暴力以一种工具理性的形式出现，使得一些人变成机器的延展物，而另一些人则充当没有身体的大脑。工业的进程变成了现代生活中的刑具，人们的身体在强硬的拉伸中扭曲变形。暴力以媒体的形式出现，它在现实世界之外制造一个平行的虚构世界，唆使人们退缩到想象的空间维度中去，切断了主体之间的真实联系，在想象的世界里制造一种供主体消费和娱乐的他人的身体，从而深度地异化了个体之间的关系，成为滋生暴力的罪魁祸首。暴力以人类征服土地的形式出现，在这里，地球的土地如一个身上长满疥疮和癌症的蹒跚老妇，又如一个被暴徒蹂躏和践踏的年轻少女。一切暴力活动都可以归结为对精神征服物质（身体）这个二元对立机制的深层隐喻。

第三章 驯顺的肉体：身体的规训与反叛

第三章 驯顺的肉体：身体的规训与反叛

在马克思的理论中，一个所谓能够掌控自己思想和行为的形而上主体，被不断地批判为一种纯粹的幻想，因为人的思想和意志，无时无刻不受到社会利益集团的意识形态控制。与马克思在主体的虚幻性问题上持有相同看法的福柯，却对主体独立性的欺骗性质提出了另一个层面的依据——社会对身体的规训。在著名的代表著作《规训与惩罚》中，福柯为我们描述了一个以监狱模式塑造起来的现代社会，在其中每个人的身体作为权力作用的表面，被规训、被塑造、被惩戒，成为既驯顺又有力的高效的生产工具。在福柯看来，现代社会对民众身体的管理发展成一套精细的"生命政治学"，它设定一系列所谓的规范，作为衡量所有个体的标准，它使所有的个体行为屈从于这些标准，形成了个体性的标准化和统一化（la normalization de l'individualité）。

我们有理由认为这些在勒克莱齐奥创作时期（20世纪60年代至今）具有持续影响力的后结构主义观点深深地影响了作家看待现代社会和西方世界的方式。在小说《战争》的一个片段里，作家曾经描绘了一个制造自动装置人的工厂，从中走出来的人群无不面目狰狞、举止机械。勒克莱齐奥通过超现实主义手法勾勒出来的西方社会是令人不安的世界，因为在这里人们似乎丧失了思考的能力，如自动装置一般摆动着自己的发条和零件。这些没有情感、没有自由、没有任何生命气息的机械化躯体象征了主体性的粉碎，象征了权力的意志对个体的吞噬。很显然，利用一种隐喻和夸张的修辞方式，作家把福柯的监狱式的规训社会演绎成一个制造机器人的工厂，在各种规范和标准中塑造出来的人，无异于一个生产机器，在这个灵活、高效的机械性身体中，一切代表个体特性的情感和思想都被抽空了。

从1978年的小说集《蒙多和其他故事》开始，勒克莱齐奥开始使用一种现实主义的风格创作叙事作品。《蒙多》和《飙车》等小说集中的许多短篇小说都从报纸上的社会新闻中汲取创作灵感，用经典的人物和情节勾画方式表现作家眼中的西方社会。正是从这个时期起，勒克莱齐奥对规训社会的表现从机器人工厂所代表的寓言模式，转换为聚焦社会底层人物的挣扎和辛酸的现实主义风格。在这类小说中，作家彻底而细致地批判了内在于规训社会中的工具理性的暴力，他的人物在工具理性下，被迫成为生产机器的延展物。与机器的节奏同步行动，他们在时间、空间和细微的动作上被一丝不苟地控制，他们被暴露在噪音、辐射、危险化学品的工作环境中，失去了和自然的接触。他们的行为、轨迹处处受到现代社会规训机构的监视和矫正，在他们的身体被物化（réifier）的同时，他们被剥夺了人性、个体的特性，以及享受生命的权利。

在这一章的叙述中，我们将聚焦于《沙漠》《飙车》《蒙多与其他故事》等几部现实主义风格的作品，通过探讨每个故事中主人公在现代社会的遭遇，来分析和阐释勒克莱齐奥对现代社会监狱本质的揭露，以及对工具理性的暴力的强烈批判。本章第一节主要探讨作家笔下的现代工作概念，同时涉及了权力针对劳动者身体的时间、空间、细节控制，以及消费社会对身体的新的形式的矫正和塑造，最后分析这些微观的权力技术对劳动者人性的摧残和自由的剥夺。第二节则探讨作家作品中对现代医疗、教育和社会福利系统的再现，在这部分的分析中，个体和社会福利机构之间的对抗成为研究的重心。我们试图透过神话原型、反英雄的人物形象塑造等多种文学手法，来阐释作家对现代世界中社会——个体关系的理解和思考。

第一节　现代工作：对身体的工具化运用

勒克莱齐奥笔下的人物似乎大多缺乏热爱工作的美德，这样的思维方式在现代社会无疑是非主流的，边缘化的。对这些人物来说，工作时常是一种无法忍受的生活状态，工作带来的烦闷促使他们选择逃离。《沙漠》的女主人公拉拉就是一个典型的例子，少女时期的拉拉喜欢整天在沙漠和大海边无所事事地游荡，即使她的家庭每天都经历着贫困带来的折磨，她也从来没想过要去工作。随着故事的发展，拉拉在法国大城市成了小有名气的平面模特，这份工作给她带来了体面留在法国的机会和不菲的收入，将她从贫苦的移民生活中解救出来，然而女主人公还是对这份工作充满怨恨，很快辞去了工作重返家乡。《寻金者》中的主人公亚力克西·雷当，好像无论如何也守不住一份工作，每次在他叔叔安排的岗位上才做了很短一段的时间，就以辞职告终。作为家中唯一的男孩，他非但没有努力工作把自己的家庭从绝望的贫困中拯救出来，反而踏上了寻找传说中宝藏的冒险旅程，即使他深爱的母亲因为贫困而失明，也没有能够促使他寻找工作。

的确，我们很容易在勒克莱齐奥的人物身上找到三种与现代社会价值观背道而驰的信念：缺乏踏实工作的精神、对物质财富不屑一顾、对成功无动于衷。对于受过现代教育的读者来说，勒克莱齐奥笔下的人物很容易被描述为懒惰、不切实际，甚至不负责任。因为现代教育不断地灌输给人们勤劳工作的美德和工作的使命感，很多关于工作美德的名言警句深入人心，例如英语中富兰克林的至理名言："时间就是金钱。""那些白白浪费了赚五先令钱时间的人，等于丢了五先令"。

那么，勒克莱齐奥笔下的人物为什么会对工作产生如此消极的情绪？这种厌倦究竟应该被理解为一种懒惰，还是一种为追求自由而刻意做出的选择？

一、作用于身体的权力的政治解剖

福柯关于现代身体的理论主要聚焦于两个关键概念："权力的政治解剖"和"生命权力"。"权力的政治解剖"指的是一系列能够让权力关系立即掌控身体的技术："权力作用于身体，在它身上打上标记、将它矫直或掰弯、强迫它劳动、向它强加繁文缛节、迫使它给出各种符号。"[①] 当然，在每一个社会中，身体都是权力作用的场所。然而，使得规训社会和其他社会不同的，正是其特殊的规训技术。"规训"是一系列建立在细节上的技术，即通过微观权力对活跃的身体产生精密的控制，"在保证身体力量恒常驯顺的同时，又给它强加了一种处于驯服状态的有效性。"[②] 规训技术归根结底是一种旨在驯服身体的、以最小投入获得最大效果的政治手段。由此，又产生了"生命权力"的概念，生命权力以身体的复数形式——人口，作为管制的对象，所要臣服的是大众的身体。例如，生命权力所运用的技术之一便是通过对性的微妙控制来管制社会，这正是福柯在其著名著作《性史》中详细阐述的问题："讨论性的问题不仅没有受到限制，相反在一种煽动的机制下不断发酵；作用于性的权力技术没有遵循严格的筛选技术。"[③] 福柯认为，性并没有像人们通常想象的那样受到抑制，而是处在真理生产机制的核心。这个作为生命权力化身的机制，促成了对人类群体的政治管理，实现了对性的规训措施，其目的正是为了让大众的身体按照某种模式行动和生长。当然，这些驯服的策略是微妙的，经常隐藏于一种善意的人道主义说辞之下。于是，在深入阐述这两个概念的基础上，福柯将孕育出这些规训技术的社会视作一个规训社会。

对于福柯来说，工作场所作为规训空间的完美典范，是最能展现微观权力如何作用于大众身体的代表性场地。在他对规训技术多样性的分析中，福柯提出微观权力通过四个主要方面作用于身体，包括空间、时间、动作和与集体协作。"规训从它控制的肉体中创造出四种个体，更准确地说是一种具有四种特点的个体：单元性（由空间分配方法所造成）、创造性（通过对时间的积累）、有机性（通过对活动的编码）、组合性（通过力量的组合）。而且，它还使用

---

① Michel Foucault. *Surveiller et punir：naissance de la prison*. Paris：Gallimard，1975. p. 30.
② 同上，p. 139.
③ Michel Foucault. *Histoire de la sexualité I：La volonté de savoir*. Paris：Gallimard，1976. p. 21.

四种技术：制定图表、规定活动、实施操练、为了达到力量的组合而安排'战术'"①。

同样，在勒克莱齐奥的作品中，作家笔下的工作被描绘成现代人承受痛苦的主要源泉，并且成为促使主人公为逃离现实远走高飞的主要原因。为了论证这个观点，我们将在本节中探讨勒克莱齐奥文本中的三个具体事例，即《沙漠》的主人公拉拉，短篇小说《伟大生活》中的姐妹俩，短篇小说《偷渡者》中的米洛兹，同时借助上述福柯的"身体政治解剖"理论进行分析。通过解读这些作品，我们将展示作家如何表现现代工作通过对空间、时间和动作的控制，成功入侵人的身体，将工作的人降格为身体机器，并且给他们的存在体验带来无穷的痛苦。

勒克莱齐奥的代表作《沙漠》发表于 1980 年，曾经在读者那里获得巨大的成功，并获得过雷诺多文学奖。小说《沙漠》由两条叙事线索组成，其中的主要叙事线索围绕着一个作为蓝面人后代的年轻摩洛哥女孩而展开。这个名叫拉拉的北非女孩，在撒哈拉沙漠边缘度过美好的童年，因为家庭问题移居法国，经历了在法国非常不幸福的生活后又回到了自己的故乡北非。作家将拉拉的经历分成两个部分，第一部分题名为"幸福"，描写她在故乡无忧无虑的童年和少女生活，第二部分则题名为"监狱"，描写主人公移居法国后作为底层移民所不得不面对的阴暗生活。二者之间的鲜明反差表达了作家关于现代社会对人性造成的负面影响的清醒认识。其中，作家特别强调了日常工作给主人公带来的苦难经历。

拉拉最开始经历的工作是在一个地毯纺织厂里当工人。尽管这段故事发生的背景是在拉拉的故乡摩洛哥，然而纺织厂现代化的管理模式明显透露出其作为殖民进程的产物。作用于工人身体，并将他们变得驯顺的、有效的微观权力，通过作家笔下时间、空间和动作协调等细致入微的描写展现出来。

规训权力首先通过个体在空间的分配控制身体。主人公工作的地毯车间是一个"带有狭窄窗子的巨大白色楼房，且窗户上装有栅栏"（沙漠，187），空间的封闭性是福柯所说的"被纪律的单调性保护的场所"②。在这个巨大的工作车间里，纺织机一排接着一排整齐地摆放着，年轻的姑娘们伏在机器上忙碌地工作。在这个具有严密对称性的、分区控制的布局中，每个个体都有自己的位置，每个位置都有人占据，这使得女监工可以轻易在中央的走道上来回巡逻，更好地监视工人的工作。这样的工作环境，很大程度上印证了福柯所说的

---

① Michel Foucault. *Surveiller et punir*：*naissance de la prison*. Paris：Gallimard, 1975. p. 169.
② 同上，p. 143.

"规训空间",其单元定位和功能布局原则的应用确保了秩序和管理者的掌控,"规训空间倾向于按照身体元素的分布分割单元。必须取消模糊不清的分割布局,以及个体不受控制的布局、他们分散的流动、他们无益甚至危险的聚集;这是一种防缺席、防游荡、防聚集的策略"①。

同样,在作家的文本中也可以看到规训权力通过作用于时间实现对身体的穿透和掌控。规训权力在工作时间上实施一种最大限度的利用。"它牵扯到从每一个片段的时间中,最大限度地提取有用的力量。这表明应该尽量强化每个单元时间的劳动,就好像在分割中,时间得到了最大限度的利用;或者至少,通过一种越来越具体的布局安排,达到一种最大限度的速度和最大限度的效率相结合的完美状态。"② 在《沙漠》的故事里,我们看到那些年轻的女工们在工作中不敢有片刻的懈怠消停,因为如果有人敢讲话或抬头四处张望,都会受到来自监工的指责和惩罚。同样,在《伟大的人生》这篇短篇小说中,布思和布西姐妹俩在美国的制衣厂里也遭到了类似的时间上的规训:"在工作时间讲话是受到禁止的。那些工作时间说话的、上班迟到的,或者没有得到允许擅自走动的,都需要向老板支付罚金,金额从二十、三十到五十法郎不等。总之就是不能有无效的时间。"(飙车,154)在制造业工厂或车间里运用的时间规则,即为一种反空闲的道德说教,它教导人们浪费时间是一种"道德败坏",是一种"经济上的欺诈"。

除了空间和时间,规训权力还通过控制体态姿势来掌控身体和工具物体之间的默契配合,这一点也在作家的文本中得到了体现。福柯认为规训权力在战士和武器之间、工人和机器之间建立了一种"完美的契合",一种复杂的"身体—武器、身体—工具、身体—机器"关系。这种"对于身体的工具性编码"③,是所有驯服技术中最为微妙的一种,它仅仅期待身体给出预期的工作成果。让我们再来看一下勒克莱齐奥笔下趴在纺织机上工作的年轻女工们熟练的手工,"在织布机前,小女孩儿们有的蹲着,有的坐在小板凳上。她们飞快地工作着,时而在线圈之间推动着织机,时而拿起手中的剪刀剪去线头,时而编织着边缘处的毛线"(沙漠,187)。这一连串的动作表现了女工身体和织机之间"完美的契合",以至于女工的身体仿佛成为机器的延展物。

通过这些驯服的技术,其最细微的动作都要按照某种规范进行的人类身体,俨然已经不再是生理性的身体,而成为受到关于生产的科学系统恒常监视

---

① Michel Foucault. *Surveiller et punir:naissance de la prison.* Paris:Gallimard,1975. p. 145.
② 同上,p. 156.
③ 同上,p. 155.

的机械化机器。通过长时间地在一个重复、无聊、高压的岗位上工作，工作者在身体和心灵上都受到异化，工作从而成为其痛苦存在体验的源泉。如果说工厂里的生活对于阐释旨在驯服肉体的规训权力具有特别的代表性，那么其他的很多现代社会的工作也具有类似的将身体工具化的倾向。在今天的时代，对空间安排的计算、对时间的最大限度利用、监视的无处不在，以及一系列多种多样的规训技术，潜移默化地在人们的思维方式中扎根，在社会的方方面面扎根，以至于个体根本无法逃脱，而被这种力量攫取的人们通常陷入焦虑的深渊。

二、驯顺的肉体：存在焦虑的来源

在现代社会中，大部分的工作追寻效率和生产力，必然会要求一系列细微的技术，旨在向人的身体强加各种细微的限制。现代性用驯顺的肉体代替动物性的身体，在此过程中，现代人也逐渐走上了人性越来越淡漠的异化过程。

小说《沙漠》的主人公拉拉在法国大城市经历的第一份工作就是一个很典型的异化过程。拉拉为了逃避家里安排的婚姻而从北非家乡逃到了法国马赛，并在那里找到了一份旅馆清洁工的工作。这份在旅馆里的工作将这个沙漠的女儿，那个曾经在广阔空间里自由奔跑的女孩，慢慢变成了一个躲在肮脏角落里默不作声，总是温顺地重复枯燥工作的清洁工。在小说中，她感受不到自己的存在，觉得自己像一个透明人一样无法被人所见，这种感觉通过一种对身体性存在的感受无力表现出来。

首先，一份单调且不讨好的工作让主人公的生活简化成一种工具性的存在。她住在一个放满了"扫帚、水桶和别的经年不用的东西"的破屋里（沙漠，317）。作家将女主人公的身体与清洁用品并置，暗示了两者之间的相似性。同时，清洁工作也是一个没有人认可的工作，以至于拉拉越来越觉得自己像个隐形人一样不为外人所见。"她打扫楼梯和房间的时候，房子里总是没有人。她见不到任何人，她认不出住在旅馆里的任何人的脸，而那些房客，由于早上急匆匆地赶着上班，也从来看不到她。"最后，她在沙漠生活中所习惯的对自然事物的感觉体验在她目前高度聚居的生活环境里也无从谈起了，"她只好闭上嘴巴，慢慢地呼吸，小口小口地，为了不让弥漫在这里的贫穷、疾病、死亡的气息进入她的身体"（沙漠，290）。从某种程度上来说，清洁工的工作让她的生活完全失去了色彩。她因此感到空虚而寂寞，"在这里孤独是如此巨大，就如在茫茫大海上独自驾驶一艘小船。孤独使人痛苦，它摁住你的咽喉和双鬓，它让噪音奇怪地在脑海里回响，它让远处的光线沿着街道跳动"（沙漠，306）。

当然，拉拉并不是唯一在西方城市的工作中有这种感觉的人。她很快发现，那些她为之打扫卫生的作为移民劳工的房客们，和她处于同样的处境。当她为他们打扫房间的时候，她发现房客们枕头底下藏着的家人的照片和信件；她在房间里发现"匆忙吃完的快餐留下的碎屑"（沙漠，291），这些食物残渣说明房客们大多没有时间好好地进餐；她还发现那些充当房客们唯一"爱情生活"的色情杂志。关于这种因为工作造成的、没有休闲时间的生活方式，勒布乐东对于散步在现代社会的奢侈地位的分析具有深刻的启示意义。

> 散步，如同沉默一样不再被我们的社会容忍，因为它代表了一切与工作所要求的产出、紧急、绝对的待命状态等强大的约束力量背道而驰的精神……不紧不慢在如今行色匆匆的上班族占据的世界里变成一种过时的东西。让我们回想一下掌管着理性和严格的工作组织的泰勒所提出的口号：向散步宣战。①

以法国的移民问题为主题的小说《沙漠》，深刻地描绘了20世纪80年代法国移民的处境，在那个时代，像拉拉一样的贫苦移民来到法国寻找财富，结果"徒劳无功地回到故乡"（沙漠，290）。实际上，现代工作是这样一种技术，将移民在自己故土所遭受的食物匮乏，转变成一种他们在西方国家所承受的时间、空间和尊严的匮乏。当然，对移民来说，一旦找到工作，他们就没有挨饿和无家可归的烦恼，然而作为代价，他们将成为城市高度聚居区的囚徒，他们无从选择地和陌生人共同分担一间简陋的房间，住在一个专门留给穷人和移民的肮脏的街区里。他们缺少的不仅是空间，不仅是生活的便利和奢侈，而且是和自然的接触。同时，现代的工作要求他们总是匆匆忙忙，很少有空闲的时间，没有时间好好吃饭，没有时间进行充足的睡眠，没有时间和同伴交流，没有休闲的时间、恋爱的时间。总之，没有时间过一种真正意义上的生活。因此，很多移民劳工经常性地陷入存在的焦虑状态，被孤独、空虚、无法真正存在的感觉侵蚀。我们在这里再一次看到了微观权力和它的微妙作用于身体的政治解剖学的痕迹。通过时间、空间和活动的规训技术穿透身体的微观权力，可以将一群杂乱无序的乌合之众转变成一支训练有素的生产大军，这支生产部队大大有益于整个社会的建设与生产。然而，与此同时，人类却成了机器人和玩偶。

对工人的工具化规训这一主题在短篇小说《偷渡者》中再次出现。这篇

---

① David Le Breton. *Anthropologie du corps et modernité*. Paris：Presses Universitaires de France，1990. p. 190.

小说的情节十分简单，讲述了一个叫米洛兹的移民为了给自己即将进行的婚礼筹备到足够资金，跨越国界偷渡到法国打工的故事。美国学者莫兹尔认为，米洛兹这个人物代表了现代社会中被剥削和被边缘化的移民劳工群体，并对此评述道："不管是合法的、还是非法的劳工，都成为旨在通过廉价劳动力攫取最大利益的跨国公司的轻而易得的猎物，因为他们除了接受低廉的工资、恶劣的工作条件、带有歧视的雇佣程序的岗位外别无选择。"[1]《偷渡者》的故事主要分为两个部分，第一部分描写了移民们冒着巨大的风险、承受艰苦的考验偷渡到法国，第二部分则叙述了米洛兹在一个采石场工地上每天要面对的极其恶劣的工作条件。米洛兹在法国的生活可以用三个基本方面来概括，即禁闭的生活、和他人之间的零交流，以及嘈杂的生活环境。首先，小说中的工人们都是采石场工作的囚徒，"采石场四面被带刺的铁丝封闭起来，而大门在夜里会被锁上，大门那里还拴着一只狼狗"（飙车，213）。其次，由于长时间生活在采石场，而彼此之间因为语言不通又难以交流，劳工们很快变得沉默寡言，不苟言笑，"每次米洛兹试图和他们攀谈，他们都沉默地扭过脸去"（飙车，213）。最后，劳工们每天都被碎石机、抽水机和风镐的巨大噪音所包围。这样工作了一年以后，米洛兹渐渐患上了一种说不清楚的病痛："一种焦虑感扼住他的咽喉和心脏，让他双腿发软，他每天被焦虑压迫着，甚至睡不着觉。"（飙车，215）在这里，现代社会对劳工的工具性使用以及由此催生的焦虑感就呈现出了显而易见的因果关系。被一种理性的、高效的力量管理和控制着，采石场上的劳工成为与钢铁机器并肩工作的肉体机器，以及一种被掏空了身份和人性的机器人。

三、消费社会利用身体的新形式

如果说体力劳动者由于工作中身体的投入自然而然地沦为规训权力驯服的对象，那么消费社会中白领的工作形式则隐晦地折射出当代身体规训的新教条和新手段。在这一点上，《沙漠》主人公拉拉在法国从事的第二份工作很具有启示意义。拉拉所从事的时尚模特工作，尽管受人尊敬且报酬丰厚，仍然要屈从于规训权力的控制。在拉拉移居法国后不久，一个法国摄影师发现了她，并且由于十分欣赏她带有异国情调的美貌，而将她发展成了一个小有名气的封面女郎。然而，拉拉还是在工作不久以后毅然辞职，重返她的故土北非沙漠。在

---

[1] Keith Moser. *J. M. G. Le Clézio: a concerned citizen of the global village*. New York: Lexington Books, 2013. p. 37.

此处的情节设置里，有两个问题十分值得斟酌。首先，作家让主人公在法国从事模特工作并不是偶然的，这一情节的安排透露出作家对现代社会新型身体规训模式的洞察。其次，在情节设置中主人公再一次选择放弃她的工作反映了西方和马格里布文化之间在自我身体问题上的文化差异。

关于当代消费社会对于身体做出的新型规训手段，勒布乐东曾指出："米歇尔·福柯曾经分析过的那些规训手段慢慢地为受规训的个体所接受，这些规训手段现在归属于消费社会的控制之中。"① 的确，对于发达资本主义国家来说，由于国民经济中占核心地位的产业逐渐由制造业转移到信息和服务业，劳动者所遭受的体力剥削大大减轻，以至于规训权力的掌控看起来也愈发薄弱了。这样的观点和印象似乎在中产阶级群体中更显得真实，因为大部分的体力劳动都被像上文中所述的米洛兹为代表的外国移民劳工所承担了。事实上，正如鲍德里亚在其代表作《消费社会》中所说，现代主体的身体仍然屈从于多重规训力量，这些规训措施是由一个将身体视为"资本"，视为"最美消费品"的消费社会所强加给主体的。为了促进一系列美容美体和自我塑造行业的发展，消费社会宣传和推行一种"外貌崇拜"的价值观念：年轻和苗条代表着美貌和活力，衣着光鲜代表着事业成功；与之相反，肥胖是可憎的，意味着意志薄弱，意味着对自我责任的不道德放弃。在今天的世界，每个个体都要接受社会对其外貌的无情审判，外貌成为他们所属阶级、所掌握财富、社会地位、健康状况、心理定位等一系列个体身份最直接、最显著的表现。因此，围绕身体有很多工作要做，要对它精心地呵护使其成为名望的表现和诱惑的工具。美貌在一个"景观社会"中是不可缺少的。在这个意义上，身体按照鲍德里亚的话说，已经变成一种"资本""投资的对象"，并且在一种恋物崇拜的逻辑中，"身体从此成为需要开发的矿藏，有待于雕琢耕耘，使之呈现出幸福、健康、美貌的表象，并且在时尚市场上表现出一种胜利的动物姿态。"②

外貌崇拜意味着对自我身体施加一种不知疲倦的雕琢。为了塑造出最美好的体貌，当代社会发明了各种各样的技术手段：节食、饮食治疗、健身、美容产品、整容手术、瘦身药物、抗结缔组织药物等。这些技术中的一些对身体有强烈的副作用，节食很容易造成各种机体紊乱，例如暴食症和厌食症，而整容手术时常伴随着想不到的风险和对健康有害的副作用。关于旧时代的生产式规训技术及其在消费社会中的改良和变异，鲍德里亚这样评价道："身体是投资技术的对象，而这种身体投资无疑是一种比过去在工作场合中对身体的剥削更

---

① David Le Bredon. *Anthropologie du corps et modernité*. Paris：Presses Universitaires de France，1990. p. 230.
② Jean Baudrillard. *La société de consommation*. Paris：Éditions Denoël，1970. p. 203.

加异化的工作。"① 在这个问题上，居伊·德博具有和鲍德里亚相似的看法，他将西方社会称为"景观社会"，明确指出"景观社会意味着商品全部占领社会生活的时刻"②。从这个意义上说，如果说身体是"消费社会中最美的物品"，那么它也是我们社会急于消费的最美景观。

基于上述的分析，很明显相比于其他任何工作而言，时尚模特的工作最能代表这种外貌崇拜的文化。模特的身体是这种文化精神的集中体现，它被物化为一种资本、一种待消费的产品。正如鲍德里亚所说："身体，特别是女人的身体，或者更加典型和具体地说模特的身体，成为众多广告所推广的，无性的、功能丰富的产品的同类产品。"③

模特的身体显然需要被时尚法则约束。在模特光鲜亮丽的外表背后，隐藏着一具疼痛的身体，长时间被塑形内衣束缚，被节食计划限制，被化妆品包裹，同时为了摄影还要长时间保持同样的姿势。另外，模特的身体不仅本身受到规训，同时也成了助长体貌崇拜，推行规训文化的宣传工具，它在公众视野中的形象直接促进了规训法则在全社会的推广。现代社会将模特的身体变成一种消费符号，借以催生群众购买的欲望。在一个商品社会，所有的东西都可以用来换钱，美貌也不例外，"美貌的道德，可以简单地概括为将身体的所有实用价值简化为一种交换的价值"④。在《沙漠》这部小说中，这种唯利是图的逻辑可以通过西方社会投向女主人公身体的目光中反映出来。在拉拉故事的上半部分，也就是以北非沙漠为背景的部分，除了皮肤的颜色，文本中几乎没有出现对拉拉体貌特征的描写；相反，在下半部的故事中，即以法国社会为背景的故事中，女主人公外貌的最细微的细节都被西方公众痴迷的目光所捕捉。

> 额头、颧骨的曲线，古铜色的美人痣……同时还有她的微笑，甜甜的，带着一点狡黠，让嘴角微微抬起，让眼睛微微眯起……那种微笑、眼睛泛着的光、细节的美……拉拉的动作，她的坐姿，她的举手投足……脖子的曲线、灵活的背部、长长的双手、肩部、沉沉的泛着灰色光晕的黑发，卷曲着垂到肩上。（沙漠，350）

两种文化投向身体的不同目光，表明了北非文化和西方文化关于身体的迥然不同的观念。西方社会向拉拉投射的目光并不是单纯的欣赏，其中充满了唯

---

① Jean Baudrillard. *La société de consommation*. Paris：Éditions Denoël, 1970. p. 204.
② Guy Debord. *La société du spectacle*. Paris：Gallimard, 1992. p. 39.
③ Jean Baudrillard. *La société de consommation*. Paris：Éditions Denoël, 1970. p. 210.
④ 同上，p207.

利是图的逻辑。首先，拉拉的杂志形象是被精心包装起来的，旨在塑造具有异国情调的美女的刻板印象，她的形象于是成了一个让人向往和崇拜的精美物品，成为销售杂志和高档时装的动力。另一方面，通过模特光艳动人的形象，消费社会刺激民众投入一种围绕自我身体的自恋性投资，更好地管理、照料身体，使其成为"精心呵护的最美物件"①。因为这种对身体的关注度可以保证大规模的销售。

在时尚目光下的身体并不是一具鲜活的身体，而是一个用模拟物代替了真人的虚假影像，因此，当主人公看到自己的时尚照片，她感受到"就好像影像在擦去活着的本人"（沙漠，350）。拉拉这个热爱自由的沙漠女儿，不能容忍任何的命令和束缚，深深厌恶虚伪而矫揉造作的时尚工作，因此，她再度辞去令人向往的模特工作也就不足为奇了。

四、作为文化事实的身体地位

鲍德里亚认为："身体的地位是一种文化事实。"② 作为一个游牧作家，勒克莱齐奥在旅行生活中切身感受到理论家们所说的这种西方和非西方文化之间的文化鸿沟。在西方社会中，工作是权力对身体实施规训的体制化场所，因此作家笔下的人物经常表现出对工作深恶痛绝，不惜一切逃避工作的倾向。而在以小说《沙漠》为代表的非西方文化语境中，作家则刻意凸显这些文化关于工作、时间和财产的态度，通过表现不受规训束缚时身体的自由状态，来说明脱离工具理性管束的个体所享受生活的状态。

在勒克莱齐奥的人物身上，我们很容易发现一种针对现代社会习惯的不屈服精神，或者说反抗精神，这一点特别明显地表现在人物对待工作的态度上。在小说《马丁》中，天才儿童马丁针对工作做出了一番讥讽的评价，这段话在很大程度上体现了作家对现代工作的看法。

> 难道这不是一个应该向所有十二岁儿童提出的问题：你呢，你长大以后想干什么？屠夫。建筑师。飞行员。导航员。好的，于是人们为知道自己想要干什么的小男孩感到自豪，这么小就有了为社会工作的热忱，就知道将社会交给他的知识充分利用，他将用一种所谓的**"使命"精神**（vocation）将我们社会的物质财富保卫得完整而美好。

---

① Jean Baudrillard. *La société de consommation*. Paris：Éditions Denoël, 1970. p. 203.
② 同上，p. 300.

（发烧，14）

"工作的使命"的理念，也就是说将工作作为一种存在的使命感的精神，它并不是一种自然的产物，而是一种通过教育培养出来的文化习惯。在这个问题上，德国社会学家马克斯·韦伯曾经针对德语中的词语"工作"（Beruf）做过一个非常著名的分析。德文中的名词 Beruf，根据语境的不同可以分别对应"职业"或"使命"，意味着工作不是一种简单的谋生手段，而应该被视作一种具有自身价值的行为，一种上帝赋予的任务和使命。韦伯认为 Beruf 的概念来自清教主义，因为清教徒把完成社会分配给个体的工作看作最具有美德的活动和唯一一种能使上帝顺意的生活方式。在历史上，这种宗教美德极大地滋养了正在成长中的资本主义制度。在那个传统文化纵容民众"懒惰"，而资本主义需要与这种妨碍"进步"的力量持续斗争的年代，"工作即为使命"的美德很快成为一种社会精神，一种"资本主义精神"的奠基石。

韦伯同时认为，为工作赋予价值，并使之成为现代西方社会的一种美德，这种观念是一个长期不懈的教育过程带来的结果。从这个意义上说，韦伯将西方社会奉为至理名言并代表着"使命"精神的富兰克林箴言及其背后潜藏着的思维方式，归结为一种荒谬的实用主义。这种观念在推行工作的美德的同时，严格地避免一切生活中自发的愉悦，而将生活的目的定位为赚钱和赚更多的钱。韦伯批判此种工作道德的荒谬性，因为它与一切享乐主义的理念划清了界限。

> 收入成了人们给自己设定的目标；它不再仅仅作为满足人们物质需求的谋求手段而从属于人类。这种本末倒置的状态，从某种天真的眼光来看非常荒谬，却是资本主义最显著的特征，然而对于没有受过资本主义理念熏陶的文化来说非常不可理喻。[①]

韦伯关于工作之现代定义的研究从某种程度上来说近似于福柯关于作用于身体的规训权力的理论，两者都强调了现代性对大众的操纵和这种操纵的微妙性，两者都强调了某种价值观的文化建构性，只是韦伯批判的操纵更倾向于精神层面，而福柯控诉的操纵更倾向于身体层面。总之，这种价值观念是被某种特定文化建构起来的，所以"工作即为使命"的观念，正如韦伯所说，对于没有受过资本主义熏陶的文化来说非常不可理喻。

---

① Max Weber. *L'éthique protestante et l'esprit du capitalisme.* Pairs：Plon，1964. p. 50.

第三章　驯顺的肉体：身体的规训与反叛　97

在勒克莱齐奥笔下，沙漠里的民族在对待工作、时间和财富的问题上有着与西方观念截然不同的价值观。首先，北非的沙漠游牧民族有着淡漠的财富观念，只要最基本的物质条件能够满足，他们就不太注重贫富的差别，"在这里，所有的人都很贫穷，但是没有人抱怨"（沙漠，90）。他们对财富的得失不过多计较，"有时暴风雨过于猛烈，它扫平一切。第二天就必须重新建设他们的城市。可是人们笑着从事重建工作，因为他们如此之穷，以至于对于可能会失去的东西无所畏惧"（沙漠，90）。其次，他们的时间观念不像西方社会一样是线性的，而是静止的，或者循环的。西方社会所谓的"时间就是金钱""游手好闲是万恶之源"时间观念对他们来说完全陌生，"日子日复一日都是一样的，在这个城市里，有时人们说不清楚当天的日期。这是一种古老的时间，好像从来没有文字的记录，没有确定的东西"（沙漠，115）。最后，他们的日常活动在赚足可以供自己糊口的生活物资以后，大部分时间用于"等待"，然而他们的"等待"没有任何具体的对象，实际上是什么也不干地在消磨时间。

> 人们等待。在这里，他们其实什么也不做。他们在离海岸不远的地方停下来，在模板或锌做的小屋里，一动不动地躺在深色的阴影里。当太阳照耀在石头和灰尘上时，他们从小屋里出来片刻，就好像有什么事情要发生。他们互相攀谈一下，女孩们跑到泉水边，男孩们会去田地里干活，或者去真正的城市边闲逛，或者坐在公路旁观看过往的卡车。（沙漠，92）

对于这种在西方思维方式里滑稽可笑的生活方式，作家却在行文中通过洋溢的轻快而喜悦的语气表现出积极甚至赞许的态度。对于作家来说，真正会"等待"的人，才懂得精心观看、倾听、感觉，懂得和自然交流，懂得真正地活在世界上。在作家笔下，当地人的生活中处处洋溢着快乐和幸福：在村落里组织的聚会上，人们围绕着熊熊篝火跳舞；沙漠里一年仅有的降雨季节，大家挤到一个公共浴室洗澡。这些不起眼的生活细节都可以成为快乐的源泉，甚至连摧毁他们房屋的暴风雨也让他们露出微笑，因为他们知道"在暴风雨后，他们头顶的天空会更蓝、更开阔、更美丽"（沙漠，90）。因此，作家用"幸福"这个词来形容拉拉在北非沙漠故土里的生活时光。

作家在《沙漠》里对时间、工作和财富所采取的视角，很大程度上属于非西方文化的视角，而这恰恰代表了韦伯所提到的"天真的眼光"。对于作家来说，脱离了"工作即为使命"观念和规训权力的文化能够产生真正意义上的幸福。相反，那些被工作教条以及规训技术掌控的社会显得十分令人焦虑。这种对非西方原始价值观的肯定表现了一种对自由、富有活力、充满动物精神之身体的赞扬。总之，作家笔下人物与主流思想格格不入的工作观念，清楚地反映了作家对现代性强加的教条和约束的反抗。工作在现代西方社会构成了多种规训技术聚集的场域，处在其中的身体是庞大生产机器上的一个齿轮，是一团无生气的肉，受到来自各种力量的制约和塑造。

第二节 边缘的诗意：游走在监狱社会的边缘

在本章第一节，我们探讨了勒克莱齐奥笔下陷入规训权力直接控制的人物，分析了这些人物在现代社会规训机制前表现出的痛苦和挣扎。作家描绘了一个枯燥和令人焦虑的现代世界，强调了社会通过强加对身体的控制给个体带来的存在焦虑。如果说像拉拉和米洛兹这样的人物在规训社会内部必须忍受社会强加的规范与限制，作家笔下大多数的人物却选择彻底与主流社会决裂，通过选择自我边缘化来逃脱规训社会的控制。通过描绘这一群游走于主流社会边缘的人物，作家向我们诠释了社会边缘性中饱含的诗意。

的确，勒克莱齐奥喜欢选择诸如疯子、流浪者、乞讨者、妓女、贫苦移民、冒险者、嬉皮士、青少年犯罪者、不服管教的孩子等边缘的底层人物作为其作品的主人公。从1978年的小说集《蒙多和其他故事》开始，勒克莱齐奥开始使用一种现实主义风格创作叙事作品。《蒙多》《飙车》小说集中的短篇小说经常从报纸上的社会新闻中汲取创作灵感，深刻表现了作家对现代社会现实生活的关注。在这些紧随早期作品的创作中，一个共同的、非常显著的特点便是作品主人公的社会边缘身份。对这种身份边缘性的理解，不同的批评者有不同的看法。有学者将边缘性视为一种作为外来人物在融入主流文化的过程中身份的模糊性；[1] 也有学者将边缘性视为一种贫穷的状态，认为作家对边缘人物群体的关注表现了作家对底层人民的同情；[2] 奥米努斯则主要强调这种边缘性所代表的童真，并且表示："勒克莱齐奥的边缘人物见证了富有国家的精神

---

[1] Bruno Thibault. *J. M. G Le Clézio et la métaphore exotique.* Amsterdam/New York：Rodopi，2009. p. 101.
[2] 卢菊梅：《论勒·克莱齐奥叙事的边缘性与异质性》，《外语语外语教学》2012年第6期，第89~92页。

贫乏，他们的生活在过度的欢愉、过多的财产，以及令人驯顺的理性中窒息。"① 与上述观点不同，在本研究中，我们将边缘性视作一种面对主流社会强加的限制所表现出的不屈服态度。人物的边缘性于是表现在他们特异的思维习惯以及不合常理的生活方式之中。勒克莱齐奥笔下的人物通常拥有共同的价值取向：对现代工作观念和时间观念的不屑一顾，对流浪生活的喜爱，对财产占有的无动于衷，对社会福利的拒绝，坚定地抗拒一切来自主流社会的同化企图。我们不再将这种对社会边缘人物的写作视为一种对贫苦阶级的同情，一种针对剥削者的、无产阶级式的愤怒，相反，将之视为一个关于现代西方社会身体经验的非常根本的问题，一个在身体、现代主体、社会权力之间复杂联系的问题。

在阅读勒克莱齐奥社会题材的长短篇小说时，读者常常为人物对待政府福利的激烈否定态度感到吃惊。短篇小说《莫洛克》中一个无家可归的孕妇拒绝社工的帮助，宁愿自己独自在房车里分娩，也不愿去医院接受看护；收录在小说集《蒙多》中的短篇小说《马丁》叙述了在法国城市边缘安营扎寨的移民宁愿选择走上流浪的道路，也不愿接受法国政府提供的廉租房。在这些故事情节的设置面前，我们不禁要问，为什么勒克莱齐奥笔下的人物对政府提供的"帮助"和"福利"会有如此强烈的抵触情绪？为什么他们一而再地拒绝政府伸出的援手？对这些问题的解答将揭示勒克莱齐奥对于现代社会政府福利的本质的看法，他的看法再次和福柯的身体政治学理论有着不谋而合的相通之处。

一、作为社会监视力量的医疗目光

要研究勒克莱齐奥作品中人物的边缘性，我们首先要探讨一下短篇小说《莫洛克》中的女主人公丽雅娜和她的人生选择。这个怀着七个月身孕的年轻女人独自住在荒郊边上一块废弃土地的房车里，只有一条狼狗和她做伴。她的生活条件十分艰难，没有足够的食物，没有条件洗澡，还经常因为体质虚弱晕倒过去。尽管丽雅娜看起来十分需要外界的帮助，但是她一再拒绝了上门拜访的女社工朱迪斯要带她去看医生的建议。对她来说，她宁愿忍受自己一个人生孩子的痛苦，也不愿去医院面对医生的询问。丽雅娜对医生有一种深深的惧怕，她对医生倍加提防。

---

① Jean Onimus. *Pour lire Le Clézio*. Paris：Presses Universitaires de France，1994. p. 131. 转引自 Corry L Cropper. Le Clezio´s children：intertextuality and writing in Mondo et autres histoires. *Neophilologus*，No. 89，2005，p. 41.

> 也许她应该去看看医生,像戴眼镜的年轻女社工劝说的那样?可是她一点也不喜欢医生。他们总是喜欢摸啊、看啊,总是想知道……如果她去看了医生,他们肯定会提很多问题,他们的眼睛会在问问题的时候闪亮起来。人们太喜欢问问题了。他们的眼睛亮起来,湿润的嘴巴滔滔不绝地讲话,他们总在说着什么,他们总是会询问很多事情,他们想要问清楚每个人的名字。(飙车,30)

丽雅娜对医生的提防触及了一个非常关键的问题:医疗机构,以及各种福利机构、社会慈善机构,到底是仅仅想要以人道和慈善之名施予帮助,还是有着更隐蔽、更微妙的其他动机?

事实上,医疗、慈善机构一直以来在社会中执行着监管的功能。在《规训与惩罚》中,福柯追溯了医疗机构开始在法国充当医疗监视机构的历史。

> 医院应该是一个筛子,一种能够定位和分隔的装置;它必须担任起控制人口流动和混杂的责任,同时必须解除不平等和恶行带来的混乱。……慢慢地一个行政和政治空间嫁接在医疗空间上;它倾向于使一切个体化,其中包括身体、病人、症状、生存或死亡。①

同样,在《临床医学的诞生》中,福柯也表达了类似的揭示医疗机构本质的观点:"医疗空间可以与社会空间相重合,前者甚至可以穿越或整个穿透后者。我们开始发现到处都是医生,其相互交叉的目光形成了一张网,并且每时每刻在社会空间的角角落落施行着一种持久的、流动的、形式多样的监视。"② 追随福柯这一思想的很多社会学研究者曾经做过关于现代医学监管功能更为具体、更为时新的研究。例如阿姆斯特朗在一项关于医疗监视史的研究中表明:"从20世纪开始,一种建立在监视大众基础上的新型医学形成了。"③ 从这个角度上说,医生的问题和社工的探访并不是不带有目的性的,他们带着监视和矫正广大群众的动机。

丽雅娜非常清醒地认识到医疗凝视可能对她的生活带来的影响,"医生、警察、社工、救护车司机……他们马上就要在天黑前赶来,他们会杀了她的狼

---

① Michel Foucault. *Surveiller et punir*:*naissance de la prison*. Paris:Gallimard,1975. pp. 145 – 146.
② Michel Foucault. *Naissance de la cilinique*:*une archeology du regard medical*. Paris:Presses Universitaires de France,1963. pp. 30 – 31.
③ D. Armstrong. The Rise of surveillance medicine. 载 *Sociology of Health and Illness*,1995,vol. 17,No. 3,pp. 393 – 404.

狗，把婴儿送到医院，而她，则会被关进四壁具有光滑墙壁的白色大厅里，无法逃脱"（飙车，53）。尽管表面上行为怪异、离群独居，丽雅娜却在心底里比谁都明白，她在社会眼里是危险的不稳定因素，不管对她自己来说、对她的婴儿来说，还是对社会来说都是如此。如果她接受了社工的热情帮助，去医院分娩，她很有可能被当作精神病人关押起来，再也见不到她的孩子。主人公对医疗权威的清醒认识反映了作家在此问题上的清醒洞察。因此，作家带着一种辛辣但坚定的讽刺口吻，在小说的题名中将医生、社工、警察比喻为《圣经》故事中吃小孩的恶魔莫洛克。

关于莫洛克的身份和这个神话原型的文学功能，蒂伯曾指出："历史上，莫洛克是一个被以色列人尊奉的迦太基的神，人们向他献祭儿童。那些作为祭品的儿童先被杀死，然后被焚烧。其后，《圣经·旧约》中的先知，特别是杰黑米站出来反抗这种血腥的崇拜，这种祭奠才被废除。"① 因此，莫洛克这个名字意味着吃小孩的魔鬼。同时，蒂伯在他的文学原型研究中还指出，小说最后丽雅娜逃亡的场景，呼应了玛丽逃往埃及的《圣经》场景："为了保护孩子，丽雅娜逃避警察的追赶，就像玛丽逃避曾经屠杀无辜人民的土耳其近卫兵的追赶。"② 蒂伯所作出的这些文学原型的分析，充分印证了作家对现代社会医疗系统和慈善机构的抨击与批判。

在另一个故事《阿扎兰》中，现代慈善机构的规训实质再次成为作家的创作主题，这个故事从一个少数族裔群体的角度，再次质疑了政府慈善行为通常宣称的人道主义目的。《阿扎兰》的故事发生在一个叫作"法国大坝"的贫民窟里，这里充满了木板小屋，居住着找不到工作、前途未卜的外国移民。这个移民的临时聚居点建在一块沼泽边，远离法国城市社区。故事通过一个全景的视角围绕一个叫阿利亚的少女的生活展开。对这个年轻姑娘来说，贫民窟的生活虽然条件简陋，但是并不悲惨，反而充满了一种欢乐，这种欢乐来源于他们自由和谐的群体生活。当一个叫马丁的人加入他们的社群后，这种快乐感就更加明显了。这个新来的神秘男人充满了东方的智慧，他教会人们斋戒带来的快乐，他通过传奇故事的形式教授给孩子们伊斯兰文化。然而这种田园般的美好生活突然被政府的一则告示粗暴打断了，政府宣称将很快把"大坝"拆掉，而这里的居民将会被移到"未来城"去，那是一片廉租房聚集的居民区，这里的房子都是"高大的平房，其窗子好像砖孔一般"（蒙多，211）。尽管政府

---

① Bruno Thibault. Du stéréotype au mythe: l'écriture du fait divers dans les nouvelles de J. M. G. Le Clézio. 载 *The French Review*，1995，Vol. 68，No. 6，p. 970.

② Bruno Thibault. *J. M. G. Le Clézio et la métaphore exotique*. Amsterdam/New York: Rodopi, 2009. p. 129.

提供的廉租房具有良好的生活设施，例如干净的街道、具有房顶和窗户的体面房屋，其生活条件比起满是窟窿的木板小屋优越很多。让人意料不到的是，"大坝"里的居民拒绝政府的强制性搬家安排，而选择了追随他们的精神领袖马丁踏上流浪的旅程，从而开启他们的游牧生活方式。

表面上看，移民们对法国政府提供的廉价住房的拒绝似乎有悖常理，为什么要拒绝一种更加舒适体面的生活呢？在这个问题上，蒂伯做出过这样的解释——"政府的'未来城'工程象征着一种针对'法国大坝'移民的强制性融入，政府在没有经过协商的前提下要求移民融入主流文化的熔炉：这种融入意味着一种强制性整合和针对他者文化的强制同化，政府的意图可以从'未来城'房屋建筑整齐划一的外部形态反映出来"。① 诚然，移民们想要捍卫自我独立文化身份的动机是他们拒绝政府福利的一个重要原因，但是根据著名的马斯洛人类需求五层次理论，属于最基本需要的生理、安全需求应该比属于由文化身份为象征的归属需求更为迫切。因此，如果仅仅为了捍卫文化身份就拒绝一个遮风避雨的居所，这样的动机不免有些理想主义。

实际上，这个发表在1978年的虚构故事在我们的当代社会中得到了重演，现实中的情景和作家笔下虚构的故事具有惊人的相似度。2016年1月12日，许多西方主流媒体的网站都报道了这样一组新闻："聚居在加莱丛林的1500名难民拒绝搬迁到政府为其修建的两千万英镑的社会福利房中。"② 尽管存在着较大的时间跨度，但是在虚构的"法国大坝"和现实中的"加莱丛林"之间，有着惊人的相似之处。从某种程度上这也说明了作家的政治敏感性与对法国移民问题的敏锐洞察。

让我们重新回到小说中移民们拒绝政府福利的问题上来。从《阿扎兰》的叙事细节中，作家实际已经透露了移民们拒绝政府福利的原因：大坝的居民对政府工作人员奇怪的举止感到警惕，这些工作人员每天在寻访时向他们提出各种问题，事无巨细都要盘问一番，并且边问边做笔记，同时到处拍摄照片，甚至连政府提供的廉租房的设计外观也让移民们感到奇怪，"'未来城'的样子好像一个砖头砌成的战壕"（蒙多，212）。在这样一种想要了解、审视、记录在案和组织管理的动机前，大坝居民的警惕心理具有充分的理由，住进"未来城"，就好像一直生活在一个看不见的目光的监视中，谁会不对这样的

---

① Bruno Thibault. *J. M. G. Le Clézio et la métaphore exotique*. Amsterdam/New York：Rodopi，2009. p. 113.
② France brings in bulldozers to smash a third of the Calais Jungle after migrants REFUSE to move into new £ 20million housing because 'it looks like a prison camp'．[2016-01-13]．http：//www.dailymail.co.uk/news/article-3395901/France-brings-bulldozers-smash-Calais-Jungle-camp-migrants-REFUSE-new-20million-housing-looks-like-prison-camp.html

居住环境产生抗拒心理呢?

如果说政府坚持要改变大坝居民的混乱和匿名的状态,正是因为通过了解每个居民个体的身份、生活状态,就可以有效地保证权力对他们的更好的掌控。在询问、记载、划分阶层等这些实证主义的手段背后,我们可以看到一种监视的意图,一种知识和权力之间的共谋,目的是为了"让聚居的人口更加驯顺和有用"①。关于这一点,艾丽丝·凯瑟琳对于现代慈善福利系统的评述一针见血地指出现代福利的虚伪性:"为了保证社会财富的日益增长能够朝着有利于统治阶级利益的方向进行,政府必须制造出政治上稳定的身体。因此,对贫穷、疾病和肮脏的干预,一直以来假福利的名义予以进行,而实际上这种干预对于城市空间中身体的管理和规范起到了至关重要的作用。"② 凯瑟琳的评述涉及了"生命权力"的概念,即驯服大众身体为目的的技术。福柯在《规训与惩罚》中也曾说过:"从一种整体的角度上说,我们可以说规训就是确保人类群体保持良好秩序的技术。"③ 福柯同时认为身体规训的重要原则之一,就是保证空间的秩序,规训权力不能容许任何"脱离权力直接掌控的不确定空间"④,"应该杜绝个体不明确的分布、消失、四处流窜、人群危险而无益的聚集,需要采取各种反逃离、反游荡、反聚集的策略"⑤。从这个角度来看,像"法国大坝"这样的地方,是一个纵容既没有身份又没有职业的人群随心所欲出入的贫民窟,一个游离于监视之外的、权力顾及不到的死角和缝隙,一个随时可以酝酿犯罪和传播瘟疫而不被发现的角落,这样的地方是绝对不能被允许存在的。这就是政府"慷慨地",同时又是强制性地提供廉租房的真正动因。在上文所提到的关于"加莱丛林"的时事新闻的报道中,现代政府意图扩大规训之网的意愿更加明显。法国《解放报》的一则报道称,政府提供的福利住房是以下面这样一种形式构建的,"为了能够进入这个四周被铁栅栏围起的封闭空间,移民们必须先通过一种指纹鉴别技术认证身份"⑥。因此,加莱难民们表达了对政府这种簿记监管措施的恐惧和疑惑。出于同样的原因,"法国大坝"的移民们也对政府工作人员精密调查、严格记录和划分的行

---

① Michel Foucault. *Surveiller et punir*:*naissance de la prison*. Paris:Gallimard,1975. p. 312.
② Ellis Kathryn. Welfare and bodily order:theorizing transitions in corporeal discourse. 载 Ellis Kathryn,Dean Hartley(eds.). *Social policy and the body*:*transition in corporeal discourse*. London:Macmillan Press Ltd,2000. pp. 2 – 3.
③ Michel Foucault. *Surveiller et punir*:*naissance de la prison*. Paris:Gallimard,1975. p. 219.
④ 同上,p. 307.
⑤ 同上,p. 145.
⑥ A Calais, en transit dans des containers. [2016 – 01 – 13]. http://www.liberation.fr/france/2016/01/09/a – calais – en – transit – dans – des – containers_1425277.

为感到不安和警惕，才坚决拒绝了政府的"福利"住房。

当然，《阿扎兰》这篇小说的文学价值不仅在于故事对社会现实的含蓄反映，对社会矛盾根源的深刻洞察力和前瞻性，同时还在于其所构建的悲壮的英雄主义和冷酷的理性计算之间的鲜明反差所产生的文学性。在小说的最后，大坝的移民们决定在马丁的带领下走上流浪的道路，作家象征性地写道："马丁走上了一条在两侧的芦苇间展开的道路"，随后"在河流中可以涉水而过的地方进入了河水之中"（蒙多，217）。此处的马丁形象显而易见地借用了《圣经》中摩西的原型，马丁将像摩西一样带领他的人民离开聚居之地，共同去寻找一片曾经许诺给他们的迦南地，即他们心中被夜莺国王治理的、天堂般的国度"阿扎兰"。

从《莫洛克》到《阿扎兰》，作家将现代社会的医疗福利机构比喻成吞食儿童的恶魔莫洛克，将法国政府表面上的慈善行为比作埃及人强加给希伯来民族的奴役。如果说，这些文学原型的使用反映了作家对现代西方社会愤世嫉俗的观点，甚至无政府主义的倾向，那么，作家对于现代西方社会，到底有一种怎样的认识呢？在回答这个问题之前，让我们先来讨论另一篇有关作家对现代社会的认识的重要小说——《蒙多》。

二、诗意的边缘性

《蒙多》的故事是勒克莱齐奥表现西方世界令人窒息的社会氛围的小说中非常具有代表性的一篇。这篇中篇小说讲述了一个叫蒙多的移民儿童的流浪生活，以及他对政府干预做出的反抗。不同于在《阿扎兰》和《莫洛克》中作家对政府权威的含蓄批判，作家在《蒙多》这篇小说中直白地将警察和社工表现为一种邪恶的力量，他们坚持不懈地追捕和迫害主人公，残酷地打破了蒙多幸福和纯真的平凡生活。作家在作品中刻意强调了政府干预前后主人公生活状态的反差，为了揭露政府干预的不必要和规训实质，作家刻意在故事的前半段中渲染了流浪儿童蒙多生活的满足和愉悦状态。

在勒克莱齐奥笔下，通常被认为十分艰辛的流浪生活却在蒙多那里被愉悦地接受。首先，没有固定居所而在大街上生活，对蒙多来说并不是非常艰辛，甚至是有趣的。蒙多在欣赏自然的奇妙细节中度过每一天。金色的温暖阳光、奇异的花香、昆虫的鸣叫等都能让蒙多长时间驻足。蒙多同样在城市的漫步中寻找快乐。带着一种童真的好奇，他看待一切事物都津津有味，他观看人们用稻草填塞椅子，和小动物玩耍，参加街头的魔术表演，看人家举行的风筝比赛，或者偶尔帮别人做做事赚一点零花钱。

尽管蒙多过着一种流浪的生活，他却以自己的方式接受着教育。不会读书写字的蒙多，却对知识有着浓厚的兴趣。只要一有机会接触书籍或带漫画的杂志，他就叫陌生人念给他听。许多路人被这个男孩的天真和好学打动，很乐意教他读书认字。这种教育以一种自发和愉快的方式予以传授。当负责耙平沙滩的老人教蒙多学习字母的时候，他将每个字母联系一个简单而生动的画面，例如 A 是一只收起翅膀的苍蝇，使它们更容易被记忆。同时，除了读写以外，蒙多也接触到别的教育，他的好朋友，一位名叫缇锦的越南女人教他如何辨别天上的星辰和星座，还给他讲述东方的神话和越南的历史。在这里，作家明显地将蒙多接受的自发、放松的教育与儿童通常在学校里接受的严厉紧张的教育进行对比。另外，自然也是一本意义无穷的大书，教会了蒙多许多无法在学校里学到的东西。为了强调这样的教育所具有的优势，作家将蒙多描写成了一个聪明且与众不同的孩子："在他身上有一种和他同龄的孩子没有的优雅和自信。"（蒙多，12）总之，作家对蒙多接受的教育的刻画表明，人类的认知深深扎根于可感世界，作家推崇一种更加自然的教育，更加符合儿童求知心理的教育，也就是一种更加紧密地联系自然和可感世界的教育。正如马丁·布隆文指出的，作家的这种教育理念非常接近美国思想家约翰·杜威的教育思想，"约翰·杜威是美国实用主义哲学的主要倡导人。他挑战笛卡尔对世界和知识的二分，提倡教育中的自下而上的模式：思想的根基在于具体的人类经验和行动之中"①。

最后，尽管蒙多没有亲人，无家可归，却生活在一种充满爱心的社区生活中。由于他的礼貌和天真，附近的人们都很喜欢蒙多。例如蒙多间或为之做事的店老板，一些蒙多喜欢与之开玩笑的陌生人，都对蒙多表示出十分热情和慷慨的态度。而越南女人缇锦和乞丐达蒂、渔夫吉奥丹，对蒙多都像对待亲人一样。蒙多也喜欢帮助别人，在自己需要帮助的时候也会毫不犹豫地向陌生人求助。

很显然，在《蒙多》的故事中，流浪生活对主人公来说并不意味着悲惨，而是一种自我选择的自由生活。一切在蒙多的生活中都是愉快而自由的，直到警察开始监视和干预他的生活。对于作家笔下的蒙多，这样一个从没有损害他人利益、从没有触犯法律的少年，人们往往很难理解警察追捕和关押他的原因。在小说文本中，作家揭示道："警察和社工不喜欢孩子们像这样完全自由地生活，谁也不知道他们吃些什么或睡在哪里。"（蒙多，14）因此，蒙多所

---

① Martin Bronwen. *The fiction of J. M. G. Le Clézio: a post-colonial reading*. New York: Peter Lang, 2012. p. 66.

受的指控正是流浪、懒惰和无牵绊的生活，而这正是住所、工作、社会阶层的缺失。也就是说，这个流浪少年和社会的巨大断裂，正是他无序的生活中社会规训的缺失。

关于现代社会对流浪生活的高度难以容忍的态度，福柯曾经提出过一个有趣的概念——"规范性的惩罚"。福柯认为流浪的生活方式给人口的管理带来巨大威胁，因为它形成了一块脱离了监视目光的无序空间。作为最为经济的管理技术，规训权力更愿意花时间预防犯罪，而不是依靠事后的惩罚警示犯罪。因此，现代社会的人们必须时时受到监视和检查，并且最重要的是，其行为必须对照一个标准、规范或一个平均值予以衡量。反之，那些没有按照社会规范行事的个体将被打上"不正常"的标签。

> 19世纪以来，规训权力一直规律地执行着这样的管理：精神病院、监狱、惩戒所、被监视的教育机构，从某种程度上说，医院，或者总的来说，一切针对个体的管控都遵循着一种双重机制：二元分割和标记（疯/不疯；危险/无害；正常/不正常），以及强制安排和差异化分布（他是谁，他应该在哪儿，如何确认他的特征，如何认出他，如何以一种持久的方式在他身上行使监视，等等）。①

总之，社会通过设立规范强行推广一种趋同的行为和价值。所有的人都应该有栖息之所，一个可以找到他的地址，一种强制性的社会安置；还必须有一份工作，一个可以辨识的身份，一个可以一劳永逸地确定的个体性；然后还必须有一个雇主，一个上级，必须身处一个等级明确的社会组织内部。社会学家阿兰·图赖讷也曾经对权力的规范功能做过相关的解释，他指出："权力就是形成规范的过程，而正是社会整体维系着这一机制的运行，同时也加深了正常/不正常、健康/有病、允许/禁忌、核心/边缘之间的二元分割。"② 从这个意义上来说，作为流浪者的蒙多很显然违反了主流社会的运行规则，因此必须接受来自政府下属机构的追踪和监管。

事实上，在小说集《蒙多》之中，揭示规训社会以标准和规范衡量、惩戒个体的故事并不局限于同名中篇小说《蒙多》。短篇小说《露乐比》中的主人公也遭遇着和蒙多类似的来自规训权力的干预。《露乐比》讲述了少女露乐比独自逃学到野外游荡的故事。在故事的主要情节里，作家将笔墨铺陈在少女

---

① Michel Foucault. *Surveiller et punir*: *naissance de la prison*. Paris：Gallimard，1975. p. 201.
② Alain Touraine. *Critique de la modernité*. Paris：Fayard，1992. p. 194.

在自然环境中诗意的沉醉上，着力表现了在自然元素的节奏和身体的颤动之间产生的共鸣。露乐比在自然的包围中感到自己的身体和自然合二为一，"太阳滚烫地晒在她的脸上。阳光从她的手指、眼睛、嘴唇、头发等身体各处流淌出来，重新投入海水和岩石撞击的巨响中去。露乐比感到自己的身体慢慢地敞开了，像门一样，她等待着和大海结合"（露乐比，37～38）。主人公逃学生活的诗意在小说的最后戛然而止。因为第二天她返校后受到了女校长长时间的审讯。对于女校长来说，露乐比逃学的反常行为只有一种可能解释，她去和男生约会了，而对于未成年的少女逃学去约会这样的行为，明显是离经叛道的，必须受到严厉惩戒。

很显然，在一个个体可以因为他们的不循规蹈矩、不正常行为而受到惩罚的社会，无序和违法之间的界限已经模糊不清了。像蒙多一样，勒克莱齐奥笔下的人物并非因为恶行，而是因为他们偏离社会设定的"正常"领域而受到权力的惩罚。例如，丽雅娜生活在一个达不到卫生和营养标准的、不稳定的环境里，未能达到社会对准母亲生活条件的要求；法国大坝的居民们想要保持自己身份的隐蔽性，违背了政府对人口治理的规范。

通过揭示多种多样的、旨在监视和规范化的规训机构，福柯将现代社会视作一个类似于监狱的、充满监视和惩戒的世界，他眼中的现代社会是一个由各种诸如学校、医院、收容所等慈善机构组成的"监狱网络"，这些慈善机构表面上致力于教育、救治、提供慈善帮助，而实际上作为监视和规训的机器促使权力按照自己的意志完成对全社会的统一化和规范化。同样，在勒克莱齐奥用小说构建起来的西方社会中，到处都是衡量社会成员"是否符合社会规范的判官"①，这里有医生—判官、教师—判官、社工—判官、警察—判官等，这些人促成了一个规范化社会的权威统治。例如，在小说《露乐比》中，勒克莱齐奥通过主人公的角度宣称，在学校和监狱之间其实存在着很大的相似之处，"我再也不去学校了，我已经做出了我的决定。就算人们把我投进监狱，我也不去学校，反正和上学比起来，坐牢也坏不到哪去"（露乐比，26）。因此可以说，作家的社会题材小说表现了现代人在社会规训和规范下的束缚感和窒息感，在对现代社会的规训本质的认识上和福柯的看法有许多相似之处。

在此我们不可避免地面对另一个更加深入的问题：在一个以监狱模式构建起来的社会中，现代主体具有怎样的地位？福柯关于这一点的认识是一种激烈的悲观态度。

---

① 此处借用福柯的表达，参见 Michel Foucault. *Surveiller et punir*：*naissance de la prison*. Paris：Gallimard，1975. p. 311.

由个体组成的整个群体并没有被我们社会的秩序所截断、镇压或改造，然而根据一系列身体和力量的技巧，个体在这个社会里被精心制造。我们根本没有我们想象的那样拥有古希腊式的自由生活，我们既不是在看台上也不是在舞台中，而是处于一个全景敞视机器中，受到其权力的作用和塑造，而我们自己也作为这个机器上的一颗齿轮，推动着这个机器运行。①

尽管在现代社会主体地位的问题上，我们并不能确定作家是否怀有同样激进的"规训个体的制造"②的概念，但毫无疑问地，我们可以感受到作家笔下的人物身上所承受的规训力量，这种力量从个体的身体、动作、行为、态度和表现等各个层面，对其衣食住行和时间分配严厉要求，行使控制。这种黑暗的力量不会放松控制，不会留下任何纰漏和不可触及的死角，而像无形的枷锁一样重压在人物身上，使他们产生一种莫名的焦虑。通过尊重社会规范，通过将工作视作一种人生的"使命"，通过将时间视为可以转换为财富的资本，通过努力使自己在社会的审视中"正常"，现代人受到规训权力条条框框的规约，现代人在成长的过程中很快地失去了儿童的纯真无邪，失去了他与生俱来的个体特质，失去了保持原始自发喜好的自由、冒险的精神和对美的细腻感受能力。作家笔下的现代个体很显然不是具有独立选择自由的、自主的主体，而是在身体和精神上被双重规训的傀儡。正如我们在第二章的研究中指出的，在早期的寓言小说《战争》中，作家不正是通过城市空间中碎片化的身体形象来表现现代民众的趋同性、奴役性吗？这样的形象正是对现代主体被深度同化的恰当隐喻。本章所讨论的小说正是使用了现实主义的手法表现福柯对现代人主体性缺失的诊断。

然而，尽管这些现实题材的作品反映了与早期作品相同的主题，蒙多和露乐比等主人公却不像早期作品中的人物一样默默承受社会所施加的规训。相反，他们有勇气抵抗权威，有勇气按照自己的方式生活，努力追寻生活中绽放的诗意，这些人物正是游离在现代社会边缘地带的、最后的英雄。

正是生活的诗意成就了他们的英雄主义。作家在叙事中刻意渲染着蒙多和露乐比等边缘人物生活的幸福和诗意。对于那些逃学去探索自然的孩子，例如露乐比和丹尼尔，他们在与自然的接触中感受到了一种神奇的美，这完全不同

---

① Michel Foucault. *Surveiller et punir : naissance de la prison*. Paris : Gallimard, 1975. p. 219.
② 同上，p. 315.

于学校里通常灌输的知识和道德的教育,这二者往往只针对智力发育投入大量精力。对于那些像《寻金者》中亚力克西一样的冒险者,作家将他追逐不切实际的梦想的故事演绎成一个寻找失落天堂的史诗般的旅程。对于年轻的流浪者蒙多,生活的滋味往往在一个无忧无虑的存在中汲取源泉,所有自然带来的新奇都成为生活中的点滴幸福。不管社会对他们的评价如何,称他们为疯子、不法分子、不负责任者、不要命的人等,这些都不重要;不管他们的结局如何,其中一些走上了流浪的道路,另一些则离开人世,这些也不重要,因为他们曾经在自己的人生道路上实现了自我。

虽然勒克莱齐奥偏向于选择儿童、疯子、青少年犯罪者、冒险者、移民、社会底层民众作为创作的对象,但这并不是因为作家对他们带有一种同情的态度,而是因为他想宣扬一种个人的史诗,让那些边缘化的、反叛性的声音被人们听到。归根结底,在他的边缘性里涉及的是一种"边缘的诗意"。

在福柯理论的视角下,作家笔下的边缘性获得了双重意义。一方面,边缘性意味着边缘的空间地带,即游离于权力掌控的自由地带、权力的缝隙,同时也包括那些城市边缘的绿洲,即权力的掌控尚不清晰的地方,例如移民聚居的"法国大坝"、单亲妈妈用来停放房车的无人地带,或者蒙多喜欢出没的城市角落。而权力试图消灭这些边缘性空间的企图让我们看到了规训权力的无孔不入。

另一方面,边缘性也意味着一种边缘化的个体性,包括古怪、疯癫、不服管教、离经叛道,以及各种对社会规范和准则的违反和超越。然而,作家将这种惯常思维里认为是可悲、可怜、需要社会帮助或干预的边缘行为,表现成一种现代社会中再难以见到的英雄主义。尽管在叙事中作家承认这种背离社会常理的生活方式往往以悲剧的形式告终,但是他将更多的篇幅用于描绘这些人物按照自发的意愿去生活、去实现自我的过程,并凸显了这种充分发挥个体性、突破社会枷锁的生活中内在的幸福感。这种幸福感很大程度上来源于对自然世界、可感世界的亲近,以及人物个体性的自由发展。这种诗意的英雄主义还表现在人物在规训权力的强制力量面前所表现出的令人赞赏的勇气。我们在上述故事中看到那些在权力统治的边缘地带游走的流浪者,一直倔强地反抗着强大的规训机制。通过坚定不移的信念,作家笔下的人物将桀骜不驯重新纳入了人类的基本权利之中。

作家偏爱选择边缘群体进行创作,但并不是所有关于边缘群体的创作都表达了作家对底层人民的同情。事实上,在本章所涉及的人物身上,勒克莱齐奥是在书写一种敢于打破社会规范和禁忌、充分发展自己个体特质的理想化生存状态。通过笔下的人物,作家为读者展现了一种看待人生的独特视角,所有被规范化社会认定为冒犯社会准则、文化传统的行为，作家都重新将之表现为一种对生命活力的肯定。在勒克莱齐奥那里，没有工作意味着对时间的自由支配，没有居所意味着浪漫的游牧生活，缺乏物质财富意味着可以脱离物欲的牵绊更好地拥抱生活，无所事事的等待意味着充实地享受当下等。总之，作家对自己塑造的边缘人物所持的态度不是同情，而是赞赏。

最后，我们将再度引用小说集《蒙多》中的一篇短篇小说《没有见过大海的人》来结束本节对规训社会和边缘性的讨论。《没有见过大海的人》这篇小说的情节十分简单，讲述了一个在学校里不合群且表现差强人意的住宿生丹尼尔，某一天突然离校出走跑去欣赏大海的故事。这个短小的故事之所以值得一提，不是在于主人公离经叛道的出走行为，而是他的出走在其他住读生心中引起的轩然大波。丹尼尔的出走萦绕在其他住读生的心头，他们将丹尼尔比作辛巴达，幻想着他将有机会去游历的世界，然后他们开始想到自己的梦想，想到自己想要实现的愿望，就好像一群锁在笼中的金丝雀，憧憬着飞走的同伴正在经历的自由世界。通过这个短小而动人的故事，作家想要表达的是，在每个人的心底都深埋着一种秘密的独特性，这可能是一种孩童时代带来的梦想，也可能是一种接近于疯狂的执念，而正是这些没有被规训社会通过规约和惩戒消磨殆尽的童年梦想和疯狂执念，让每个人成为一个独一无二的个体。

本章致力于探讨《沙漠》《飙车》《蒙多》等以西方现代社会为背景的现实主义风格小说。这一章的分析旨在说明，上述这些作品共同描绘了一个理念上的身体概念——驯顺的身体，它起源于现代西方社会为保证高效的生产和稳定的社会秩序，不断施加于人的身体的权力微观技术，它意味着身体行为在权力作用下的规范化、统一化。在这种驯顺、规范的进程中，身体不可避免地遭受到来自工具理性的干预与惩戒，以至于生命中原本自然、真实的倾向受到压抑，人的存在成为一种工具性的存在。在工作中受到规训和惩戒的拉拉、米洛兹、布斯和布西，在生活中被医疗、福利机构监管的丽雅娜、蒙多、"法国大坝"的难民，这些人物的生活和遭遇无不印证了现代社会将人驯服为生产机器的规训企图，他们的痛苦和挣扎，深刻反映了作为现代社会主要特征的工具理性的暴力。

本章第一节主要聚焦于文本中所呈现的现代社会的工作概念。在作家的视野里，现代社会的工作通过严密控制劳动者的时间、空间、动作编排，以锻造驯服和高效的身体为目的，是一种邪恶的异化力量。因此，作家笔下的人物大多对工作深恶痛绝，不惜以任何代价逃避工作。而那些不得已为了谋生而落入工作囹圄的人物，作家则将他们的生活表现为孤独、空虚的工具性存在，他们的身体成为机器的延展物,与机器的节奏同步工作,他们的灵魂则在这种强力作用下拉扯、扭曲和撕裂。在对作家笔下现代工作的规训性质的分析中,福柯所提出的身体的政治解剖学和韦伯对现代工作的分析,成为这部分的理论支撑,在这些理论的观照下,第一节揭示了作家笔下作为异化力量的工作,以及作为驯顺对象的身体间相互的制约与抗衡。

第二节则主要探讨文本中所呈现的,包括医院、学校、福利机构在内的社会慈善组织及其假慈善真监管的规训实质。这样的阐释为勒克莱齐奥笔下人物异于常理的人生选择提供了充足的理由。一方面,通过一系列引自《圣经》和阿拉伯神话的神话原型,作家将社会福利机构比作掠夺孩童的怪物、镇压希伯来人的罗马士兵,揭示其对大众的行为、生活轨迹实行监视和控制的真正社会功用。这些社会机构对人物生活的干预和制约充分说明了现代社会权力网络的庞大和无微不至。另一方面,作家通过表现人物的边缘性以及他们对现代福利机构监视意图的拒绝和反抗,表达了一种突破社会规训、追求真实自我的人生理想。

应该特别指出的是,不管是在对工作的表现,还是在对日常社会生活的表现中,作家都刻意突出了身体规训技术的社会文化属性,即这种给身体套上枷锁的权力技术,只存在于现代资本主义生产模式的社会中。为了表达这种规训文化的特殊性,作家特意在规训社会的对立面穿插了沙漠游牧民族的文化,以及游离在权力监管边缘地带的流浪群体的文化。在两种截然不同的思维方式的对比中,现代社会所造就的被物化的生命体验与权力管辖外真实美好的生命体验之间形成了鲜明的对比。

第四章 父权凝视和女性身体

"女人,你的裸露的身体……将要承受拳打脚踢,将要承受令人羞辱的目光,将要承受各种伤口,它们将解释生命的深度。"(战争,8)在小说《战争》中,勒克莱齐奥发出了一个颇有警世语调的感叹。与此相对应的,是整部小说中俯拾皆是的被侵害、被摧残的女性身体形象,是女主人公贝阿·贝四处奔逃、躲避邪恶势力追捕的荒诞情节。《战争》的写作风格犹如挪威画家爱德华·蒙克笔下的《呐喊》,二者所呈现的超现实世界,透露出对现实世界情感体验的最真实写照。也许贝阿·贝就是《呐喊》画作中那个在桥边尖叫的人物,因为《战争》呈现了与《呐喊》画面中同样扭曲的世界,人物表情呈现出同样的急迫与惊恐,那么,假设贝阿·贝就是那个尖叫着的人物,她又想要发出什么样的呐喊呢?

我们只要研究一下勒克莱齐奥笔下现实风格作品中的女主人公,就能理解《战争》中贝阿·贝所面对的充满敌意的世界,她令人焦虑不安的迫害妄想症,以及作家想要通过她向世人发出的呐喊。《金鱼》的主人公拉伊拉,《阿丽亚娜》的主人公克里斯蒂娜,《燃烧的心》的主人公佩尔旺施,《加里玛》的主人公加里玛,《乌拉尼亚》中的人物莉莉,上述的每一个女性角色都是贝阿·贝在现实世界的写照。在她们的故事中,女性身体被摧残、被强暴,成为所有可能的侵犯行为汇聚的场所。而实施这些暴力的,正是一个咄咄逼人的父权社会及其中道德沦丧的男性暴徒。

如前所述,在主体哲学中,意识与身体的二元关系被诠释为一种前者统治后者、后者服从前者的主从关系。笛卡尔的哲学为身体在现代社会的工具化运用奠定了坚实的理论基础,身体沦为知识、权力、精神等力量摆布和规训的客体。而这种客体化的首要对象,便是女性的身体。在主体哲学的主客体对立关系与父权社会中男尊女卑的关系之间,具有非常相似的平行结构。在父权社会中,男性气质被主动性和超验性(例如智力、意志和行动)所定义,女人则被认为是客体,作为男性欲望的载体和繁衍后代的容器,女性的身份与地位大多与其身体功能紧密联系。因此,女性在父权社会中沦为占统治地位的男性主体观看凝视的对象,被排挤和边缘化为父权社会中的他者。

第一节 现代媒体与父权凝视下的女性身体

勒克莱齐奥对女性身体的最初表现,要从他在创作中偏爱的隐喻符号——

目光,开始说起。在他的男主人公投向女性身体的目光中,没有情感和爱慕,而充斥了一种想要分解切割、毁灭和占有的邪恶欲念。

小说《洪水》描述了一个无所事事、行为怪异的法国男青年弗朗索瓦·贝松人生中的十三天生活。有一天,贝松遇到了一个叫乔塞特的红发女子,并很快与她同居。奇怪的是,第二天在乔塞特身旁醒来的贝松却向这个女人的身体投去了可怕的目光。最开始的时候,他观察这具身体在呼吸中规律的起伏,他认为这是一个"超凡的景象"(spectacle),他可以一直撑在那里,津津有味地一直观看下去。贝松的目光于是顺着乔塞特的每一个身体器官慢慢地向下延展——她的头发、嘴巴、脸、脖子、前额、眉毛、鼻子、嘴巴、牙齿、皮肤,忽然间,贝松冒出一个奇怪的念头,他将乔塞特的头看成一具尸体的头部,"一个在外科意义上与整个身体分离的头颅。……一颗死人的头颅,悲伤而又不可穿透……正从内部一点点粉碎",而她的身体则"好像停尸房抽屉这个冰冷坟墓里摆放的一具尸体"(洪水,105)。贝松产生了强烈的观察这具身体的欲望,他索性掀开整个被子,久久地凝视乔塞特每一个身体细节,"他必须用尽全力,久久凝视这具身体;喉头紧缩,眼睛中噙着羞耻的泪水,他必须盯着这具可憎的身体,被遗弃的身体,看清它最微小的细节"(洪水,106)。

在这段怪异的描述中,作家突出了两个细节——贝松迫切地想要凝视女性身体的需要,以及他的目光对女性身体的切割和亵渎。在第一章对短篇小说《发烧》的解读中,我们曾经对浩克的目光做过深入的解读。在西方社会中,凝视的目光是理性和精神的隐喻,目光中编码了主体认知、征服、同化的欲望。而在这里,贝松无法将身边的女性看成一个完整的人,而是一具由零散器官拼凑起来的尸体,一个没有生命的物品,他迫切想要注视女性身体的欲望,因此带有与浩克的目光同样的意图,即征服和占有这个能给他带来愉悦感的"物品"。贝松俯视女性身体的场景,展现了男性投向女性身体的具有侵略意味的目光,这幅具有象征意义的画面,预示了勒克莱齐奥笔下现代社会中不平衡的男女权力关系,即女性沦为被男性主体凝视的客体,而女性本身的主体性则在这种父权社会的凝视中被粉碎殆尽了。

如果说贝松的凝视是父权的象征,那么这样的凝视在勒克莱齐奥的想象世界中反复出现,便成为作家笔下异化的现代社会男女权力不平衡的集中体现。在一篇关于后现代主义和女权主义的文章中,琳达·惠特珅引用了一个关于摄影镜头的色情化凝视的理论。[①] 在这个理论中,摄影机或照相机镜头下的女性

---

① Linda J. Hutcheon. Postmodernism and feminisms. 载 *The Politics of Postmodernism*, New York: Routledge, 2005. p. 33.

代表了西方文化将女性身体作为被动的物体,被置于男性目光之下的传统。惠特珅探讨了这种镜头文化给男女两性的权力关系带来的不良影响,并且认为它不断地加强男女之间权力不平衡的刻板印象,巩固父权社会对女性身体的物化(réification)。从这个意义上说,勒克莱齐奥笔下反复出现的杂志女郎形象就成了表现这种父权凝视无处不在的真实写照。

同样是在小说《洪水》中,有一段对报亭展示的各种报纸杂志等印刷品的描写,其中男主人公贝松注意到,几乎每一本杂志的封面上,都展示着美丽的女性,不管是蓝眼睛黄头发,还是绿眼睛黑头发,她们露出同样迷人的微笑,"剩下的橱窗也都是这样,左边、右边、上边、下边,到处都只有女人的脸,女人的身体,柔软的线条在镁光灯下被照得雪亮,她们有的赤身裸体,只露出锦缎般的粉红皮肤,另一些则穿着点缀了金片的夸张服饰"(洪水,79)。作家继而通过人物的视角大段地描绘,这些图片上的女性无不年轻美貌,穿着暴露,她们向所有人送去爱慕的目光,她们的美貌永远不会凋谢、不会衰老。这些看似无害、诱人的图片实际上代表了西方社会主流媒体对女性形象的塑造,深入而持久地利用女性的身体,将之刻画成一个单纯的物品,被动的肉体,拒绝赋予它们任何独立的超验性和自主意识,它们集中体现了男权社会剥夺女性主体性的微妙手段。美国心理协会曾指出,在包括电视广告、黄金时段电视节目、电影、音乐歌词、杂志、纸质广告、运动媒体、游戏、网站等多种现代媒体方式中,女性形象多以客体化和色情化的方式被描绘,媒体让女性穿上暴露的衣服,刻意突出她们的身体部位,表现她们对性的开放态度(挑逗的眼神和灿烂的微笑),将她们作为点缀环境的装饰物。[1] 因此,大众媒体采用了一种男性视角,那些指向女性身体的镜头,聚焦于异性恋男性通常关注的身体部位,实际上无处不在地隐藏着"男性的目光"。

在散文《物质的狂喜》中,作家则用几页纸的篇幅细致描绘了一个电视屏幕上的女性歌手,笔墨聚焦于她的相貌打扮和眼神姿态。在这些细致的观察背后,作家评述道,她是一个模拟现实生活的演员,她的衣着打扮,举手投足,一切都在别人的指挥下进行,一切都是社会的塑造,"她出生于模拟(simulacre),她生活在表象之中"(物质的狂喜,97)。社会教会她什么是一个女人应该表现的样子,她在屏幕上将社会对女性气质的定义传播开去,也就是作家所说的"被(社会)塑造的女人现在(在屏幕上)表演着女人"(物质的狂喜,97)。她是男权社会的棋子、男权社会的喉舌,她按照别人教她的

---

[1] American Psychological Association. Guidelines for psychological practice with girls and women. 载 *American Psychologist*, 2007 (62), pp. 949–979.

方式那样表演着,"她仍然模仿着,她继续天真地表演着人类种族的喜剧。她完全不知道自己已经被背叛"(物质的狂喜,98)。作家所说的背叛正是指男权社会对女性群体的背叛,屏幕上的女歌手并不知道,自己的形象,自己的举止,正是父权社会用于物化女性、巩固男女权力差异的最佳武器。在这些美丽的服饰、精致的妆容下面,隐藏着父权社会让女性固守自己生理属性、充当繁衍工具和欲望载体的阴险企图,"这些穿着金丝银缎的身体,这些肩膀、乳房:人们徒劳地将她们遮掩,人们徒劳地给她们化妆,用饰物将她们表现得神秘莫测,而它们永远都没有脱离它们本来的使命,那就是活着的器官,为交配和生育而造,承载着种族繁衍不可阻挠的计划"(物质的狂喜,99)。显然,在作家眼里,媒体和父权的意识形态将妇女看成为交配和生育而存在的活着的器官,他对媒体在物化女性中所起的作用,对父权社会潜移默化的意识形态控制表达了极其激进的批判态度。

让我们再通过小说《诉讼笔录》中的一个片段来探讨媒体具体是如何在女演员、女模特的形象中实施对女性身体的客体化和色情化的。在这个片段中,主人公亚当端详着一幅带有比基尼模特照片的明信片,作家如此描写道:

在这幅五颜六色的画面中,年轻女人跪在一个碎石的海滩上,笑得非常灿烂。她的右手解开了比基尼短裤的搭扣,露出一块圆润的、晒黑的胯部皮肤。她的另一只手捂着自己赤裸的胸部。为了明确地表示她的上身是赤裸的,拍照的人特意将比基尼胸衣摆在她面前。又为了刻意强调那是一件胸衣,拍照的人特意将胸衣平整地摊放在碎石上,松散的带子随风飘扬。(诉讼笔录,167)

明信片上的比基尼女孩形象向欣赏者传达了两个信息:首先,明信片展现了一个年轻、苗条、性感的女性形象,这是社会对女性身体的审美标准,这样的画面无形中暗示了男性目光对女性形体的要求;其次,女模特的强烈的微笑、挑逗的姿态,表明了她迎合男性目光的强烈意愿。无怪乎亚当认为这幅照片传达的信息是"您愿意和我玩吗?""玩(jouer)"这个词语的使用暗示了女模特身体形象如同玩具(jouet)般的价值。因此,通过这张明信片的描写,作家想要表达的,是女性的价值在于她的身体是否能够迎合男性充满欲望的目光。在这个信息中,我们看到了一个将女性身体客体化(沦为精美的物品)和色情化(成为欲望的对象)的双重进程。

作家透过亚当的视角揭示出美女的图片隐藏的真实意图。

> 这个简单物品所传递的信息的力量,如果好好想想的话,远远脱离了色情的本意;它所透露的集体信息是可悲的,仅仅能引人发笑和陷入悲伤;事实远不止图画所表现的那样;现实隐藏在几何对称中,隐藏在拍照的技术中,木屑和纤维在年轻女人的周围形成了一道光环,将她永久地奉为幸福的殉道贞女。(诉讼笔录,168)

亚当所说的可笑和悲伤,指的是女人的形象从某种程度上取代了真实的女人。男性的欲望在如此光鲜夺目的女性形象前得到了安抚和释放。同时,纸片上女人的美通常是普通人无法企及的,当纸片上的女人唤起欲望和吸引目光的同时,真实的女性身体将反而会使人感到厌恶。纸片上的身体将目光领入一段符号的旅程,现代的欲望乃是一种新型的皮格马利翁主义,镜头下的维纳斯代替了大理石刻就的维纳斯。在此我们应该再度思考一下作家所说的"这个简单物品所传递的信息的力量"。印有年轻女模特照片的明信片传达了一种信息,即现代社会通过将女性身体作为一种"资本",通过将其包装为"最美消费品",在男女两性之间划开了一道难以逾越的鸿沟:它一方面用画面上的身体取代了真实的女性身体,将男女两性疏离开来;另一方面通过媒体将人体,特别是女性身体,塑造成满足性欲和供人消费的物品。

仅将一个人视为其表征特点的集合意味着否定了这个人的主体性,意味着将其降格为一个被观察的物品。将女性视作物体恰恰是向女性身体实施暴力的前奏。现代媒体对女性身体的客体化和色情化塑造,潜移默化地鼓励男性在两性关系中按照对待虚构女性的态度来对待血肉之躯的女性,将女性身体视为发泄欲望的玩具,视为受男权意志摆布的物品。这于是成为导致女性身体饱受暴力摧残的主要原因。

第二节 男性目光下碎片化的女性身体

在勒克莱齐奥早期的小说中,男女关系大多在带有暴力色彩的想象中展现出来。小说《诉讼笔录》中,主人公亚当在一封信中回忆他曾经和女友米歇尔在山上躲雨的时候强暴她的情景。其中亚当毫无顾忌地回忆他用暴力制服女友,并在暴雨中蹂躏她的细节。例如用手扼住她的脖子、将她推倒、撕破她的衣服,并且用手掌掴她,"我扇了你两个巴掌,也不是很重吧,但是两次都打在正脸上"(诉讼笔录，42)。至于受到侵害的米歇尔的反应，亚当也描写道，她从开始害怕地尖叫，到其间不停地呼救反抗，再到最后亚当看到她"渐渐地被裹在湿透的头发、荆棘、松针里"，看到她"张着的嘴巴，忙于喘息和呼气，嘴中还流出染了泥浆的水"(诉讼笔录，43)。最后亚当轻描淡写地说："你明白吗？对于我来说，你只不过是一堆沾满了杂草和水滴的发红的泥土。"(诉讼笔录，43)在亚当的这段转述中，他和米歇尔的关系，被表现为一种男性对女性的征服、压制和施暴，是一种纯粹的前者控制后者的主客体关系。亚当带着轻松的口吻向米歇尔写信回忆这段经历，说明在他看来，这种不对等的两性关系、男性对女性的暴力，只不过是一种游戏。

类似对女性施暴的想象也出现在小说《发烧》的情节里，并且带着某种超现实的奇异色彩。在短篇小说《发烧》故事的尾声部分，高烧中的主人公浩克躺在床上，开始天马行空的幻想，他看见妻子伊丽莎白赤裸的身体在空气中飘浮，然而他脑海中的妻子身体并不是一具完整的身体，而是"零散漂浮的女性身体碎片"(发烧，56)。接着在长达几页的篇幅中，作家描写了浩克脑海里妻子身体的各个部位，从眼睛，到脸颊，到鼻子、嘴巴、下巴、头发，身体部位被分割开来各自进行细致的描绘。随后浩克在幻想中抚弄这具飘浮的身体，并且感到莫大的愉悦。

> 浩克一直躺在床上，浑身湿透，然而他感到妻子的身体长时间在他的指间滑动。所有的部分，脸、身躯、胯部、瘦削的双腿、流动的手臂，所有这些都在他身上快速流动，一股愉悦的快感让他震动起来。……他被浇铸在她的肩膀和乳房中，被浇铸在她下陷的腹部和腰部之中，就好像一个将要占据（habiter）这尊雕像的灵魂。（发烧，54～55）

> 就好像在一个布满镜子的房间里，镜像从各个角度不停地反射着房间里女人优美的姿势。而浩克就在镜子中间。对，实际上，是他反射着妻子的身体，并将它不停地**切分**（dépareiller）和**改变**（modifier）。（发烧，55）

我们在第一章中已经探讨了主人公浩克作为意识主体所经历的与他人的隔绝和自我的封闭，这导致人物和他人的关系以隔绝（isolation）和侵犯（agression）为主要特征。在此处，浩克和妻子的关系再次印证了主体意识给人物造成的孤独和敌意的困境。这里出现的浩克的妻子，不是具有血肉之躯的伊丽莎白,而仅是她的身体在浩克意识中的投影,这本身就表明了浩克和妻子之间缺乏实际沟通。然而更明显地表达出主体与他人之间不平等地位的细节,乃是浩克对脑海中的妻子身体的态度:他无法将她看成一个完整的人,而只是碎片化的身体部位,他将她的身体玩弄于股掌之间("在他的指尖滑动"),他想要"切分""改变""占据"这个身体。所有的这些幻想和冲动都隐喻了一种男性欲望中的恋物癖倾向。在浩克的潜意识里,妻子的整个存在被简化为女性身体器官的集合,准确地说,是色情化器官的集合(肩膀、乳房、腹部和腰部),男主人公在对它们的征服和玩弄中获得极大的愉悦感。最后的灵魂占据雕像的比喻进一步升华了这种男女之间的关系被呈现为主客体关系的主题。

然而,男性对女性的欲望并不止步于玩弄和占有,而是进一步升级为残暴的施虐。

> 尽管寄宿在一个令人愉悦的身体里,浩克仍然感到一股晦暗的、暴力的、凌辱的欲望,他想要控制和毁灭。……他掌握着一个温暖有生命的物体,看起来像一具女性的身体,他将这具身体紧紧捏在手中,可能要将它掐死,并让它承受所有可能的凌辱。(发烧,56~57)

浩克的幻想很显然表现了一种向女性实施性暴力的渴望。对于性暴力的根源,理论家做出过各种各样的阐释。其中有比较有代表性的两种看法,一种是将性暴力视为与性无关,仅与暴力和权力有关的行为,即侵害者施暴的最终目的是为了向受害者施加权力,展开控制。从这个意义上说,任何暴力行为都是对下列这些社会权力关系的仪式性演绎:统治者和弱势者、掌权者和无权者、积极者和被动者、男性和女性。也就是说,在一个一切都以阶层划分、权力关系对峙为导向的社会里,男性需要向比他弱小的性别群体施暴,来确认自己在权力阶梯中占有的优势地位。另一派更具影响力的性暴力理论,则将性暴力看作父权社会中所塑造的异性恋行为标准衍生的产物。这种理论认为,对女性身体的客体化,先由媒体对女性形象的塑造开始,从文化上将男性对女性的控制色情化,随后发展成个体男性通过目光占有影像中女性的身体,并在头脑中确立男性控制女性的权力关系,在这样的异性恋性文化中,性暴力只是被色情化了的控制—服从关系的自然衍生。上述两种理论,不论哪一种,都将性暴力的根源指向一个共同的社会文化根源——一个不平等的、压制性的社会体制。

男性主体幻想中的性暴力直接源自父权社会对男女两性权力关系的定义和对异性恋性行为的规范。女权主义者凯瑟琳·麦金农指出,不管是主流媒体所推广的"男性凝视",还是色情片中广泛存在的强暴画面,都代表并巩固着父权社会中男性控制、女性服从的权力关系。的确，勒克莱齐奥在作品中也一直表现出对色情业的激进批判态度，将色情业视为现代社会的巨大思想毒瘤。在小说《战争》中，作家将色情业对人们思想的控制描绘成一种极具进攻性的战斗。在这里，色情图片中女性的身体部位化身为父权社会为控制人们的思想而使用的武器。作家尖锐地指出，色情画报上的女郎形象控制思想、蛊惑人心，在美丽的表象后面，符号让血汩汩流淌。"听着，如果一切围绕在你身边的，都只是符号，你该怎么办？你身边将会出现非常美丽、非常诱人的女性，高大的墙壁上展现着她们巨人般的暴露的身体，成河的精液也无法将她们覆盖。……她们用自己透明的身体筑成一道墙。她们的乳房是盾牌，肚子是铠甲，她们涂着指甲油的纤纤玉手将试图撕扯、掐喉……鲜血将汩汩地流淌，而这些古怪的女人是嗜血狂徒，她们在流成河的鲜血里清洗她们的身体。"（战争，237~238）

色情业在现代西方社会是一个有巨大影响力且利润高昂的产业。尽管很久以来，以女权主义者为代表的知识精英发起的反对色情工业的运动从未平息，但这些反对的声音丝毫没有撼动色情业的蓬勃发展。很大一部分色情影片带有暴力色彩，而暴力色情片则直接将针对女性的侮辱、殴打、虐待，甚至谋杀色情化，将残暴的施虐行为粉饰为一种正常的性行为。暴力色情片中的女性完全沦为非人的物品，被剥夺了尊严和人性，并且如勒克莱齐奥所说，"承受着所有可能的凌辱"。色情影视作品将施加于女性身体的暴力行为常态化，严重扭曲了男性对两性关系的认识，助长了男性生理结构中天生具有的攻击性和暴力倾向，滋养了更多包括家暴、绑架、强奸、贩卖人口等在内的针对女性的暴力犯罪。从这个意义上说，正是色情工业所创造出来的符号性画面和影像，造成了现实中暴力的滋生，让具有血肉之躯的女性流下汩汩的鲜血。

第三节　社会丛林中的猎物：被侮辱和损害的女性形象

作为一个男性作家，勒克莱齐奥却对女性，特别是少数族裔中的贫穷女性在现代社会所遭受的暴力伤害和性剥削抱有强烈的同情。在他的作品中，反复出现的一种人物形象便是被侮辱、被损害的少数族裔女性。她们窘迫的生活境遇、低下的社会身份致使她们沦为阴暗、邪恶的社会捕猎的对象。正如小说《金鱼》中作家曾引用的纳瓦特语中的一个谚语一样，勒克莱齐奥笔下的贫苦女性大多以猎物形象出现,"哦,金鱼,小金鱼,请你一定格外小心。在这个世界上,有这么多伸向你的绳索和渔网"(金鱼,10)。在作家笔下,标榜人权和民主的西方现代社会并没有成为一个对所有人自由、平等的地方,从某种意义上来说,更像是一个丛林,没有金钱、地位和身份的女性群体通常沦为道德沦丧的男性狩猎者的猎物。在小说《战争》中,作家也再三重申了作为猎物的女性形象:"有没有一个女孩,哪怕就是一个,不曾是猎手的猎物?"(战争,19)"自从童年时代开始,年轻的女孩就开始逃离,……所有人都在追赶她。他们朝她放出凶恶的猎狗,他们使她不停地奔跑、奔跑。"(战争,100)于是,在作家从社会现实取材的作品里,沦为猎物的女性形象反复出现在作家各个年代的作品中。勒克莱齐奥作品研究学者乔艾尔·格拉左曾经指出:"通过向现实借取创作元素,短篇小说并没有局限于单纯地堆砌事实,而是通过叙事策略和神话影射等手段创造一种新的现实。像所有审美的作品一样,这种创作的最终目的是为了寻找新的意义。"[1]

小说《金鱼》讲述的就是如同金鱼一般的女主人公在如同海洋般危险的世界里不停逃亡的故事。拉伊拉出生在摩洛哥南部的一个部落的村庄里,六岁的时候被其他部落的人绑架、殴打,导致一只耳朵失聪,随后被贩卖到一个老妇人家里。作为一个无依无靠的孤儿,拉伊拉不断遭到老妇人儿子阿贝勒和儿媳左拉的侮辱和虐待,这种状况在老妇人过世,失去她的庇护以后愈演愈烈。对拉伊拉垂涎已久的阿贝勒立刻向她伸出了魔爪;而左拉则让她长期忍饥挨饿,并且犯一点小错就要死命殴打她。"直到今天,我的手上还留有抹不去的白色三角形伤痕。……我每天吃的比他们家的狗吃得还少。我的手臂和腿上布满鞭子打出的伤痕。可是我还是继续偷厨房柜子里的糖、饼干和水果,因为我实在太饿了。"(金鱼,61)拉伊拉后来辗转西方的城市,试图找到更好的生活。然而,在《金鱼》这部小说中,拉伊拉的人生轨迹却被身体上不断增加的疤痕所铭刻,每一个疤痕都标记着充满恶意的世界对一个底层女性的侵害。从摩洛哥到巴黎,再到纽约,从阿贝勒将她堵在一个小屋里企图性侵她,到德拉阿耶先生以拍照片为由猥琐地摸她,再到弗洛玛惹太太对她下药迷奸,拉伊拉始终摆脱不掉社会向她伸出的黑手。在一次一次地被埋伏、被侵害之后,女主人公渐渐地变得像一只被困的小动物,对世界充满惊恐。小说如此描写拉伊拉在巴黎时对这个丛林一般无情和冷酷的社会所做出的反应:

---

[1] Joël Glaziou. Faits divers et nouvelles: de l'immanence à la transcendance. 载 Vincent Engel, Michel Guissard (eds.). *La nouvelle de langue française aux frontières des autres genres, du Moyen Âge à nos jours, Volume 1.* Ottignies: Quorum, 1997. p. 370.

我在餐馆里用钥匙开门的时候，去雷阿木尔地铁站听音乐的时候都会非常小心。我从不连续两次去同一个地方，我对没人的过道、半敞的大门敬而远之，我总是避免直视任何人的目光。我可以从很远的地方辨别出那些流氓。那些大街上三五成群的小混混。我只要一瞥见一帮流氓，就马上插进街边的汽车中间，很快蹀到马路另一边溜走。我身体灵活而敏捷，没有人能够尾随我。有的时候，我感到我生活在丛林里。（金鱼，210～211）

　　尽管拉伊拉已经非常小心，并且自认为身手矫健，仍然没有逃脱被捕获的悲剧。有一次当她在巴黎的街上注意力被分散的时候，一个尾随她的陌生男人终于找到时机将她堵在一个没人的地方，并且残暴地性侵她。这个性侵的场面以非常直白的方式被描绘出来："我本来想大声呼救，但是他一拳狠狠打在我的肚子上，就好像要把我截成两段，我喘不过气来，整个人都垮了下来，甚至感觉不到自己的腿脚和手臂。"（金鱼，212）性侵者在得手后快速离去，只留下狼狈不堪的拉伊拉，"冰冷、衰弱、身上的血汩汩地留到水泥地上"（金鱼，212）。然而面对如此残暴的罪行，一个没有合法身份的黑人女性却束手无策，她不能向警方报案，只能独自承受身体和心理的双重损害，重新收整好断裂成碎片的自己，继续生活。

　　与拉伊拉相似的悲剧同样发生在了短篇小说《阿丽亚娜》的主人公克里斯蒂娜身上，然而其残暴程度比前者更甚。十六岁少女克里斯蒂娜住在法国城市尼斯郊区的一个廉价福利房（HLM）聚居区里，这里的环境被污染和孤寂所笼罩，人和人之间几乎没有交流。而克里斯蒂娜这个人物，像很多法国边缘家庭的青少年一样，终日无所事事，生活毫无目标。正值青春反叛期的少女，厌恶自己生活的环境和家庭，仿佛在很小的年纪已经对生活失去了希望。然而现实对这些边缘化底层家庭出身的年轻女性是非常残酷的，到处都埋伏着虎视眈眈的眼睛，她的一个小小的疏忽就会酿成终身大错。克里斯蒂娜就犯了这样一个错误，由于讨厌回到终日蓬头垢面坐在电视前的父亲和被生活的疲倦折磨而疲惫臃肿的母亲身边，克里斯蒂娜在一个复活节假日的夜晚在家附近的城郊长时间闲逛，突然被一群骑摩托车的小流氓团团围住。他们头戴面具，让摩托车的马达发出具有威胁性的巨响。他们将克里斯蒂娜拖到一栋大楼的废弃地下室里，轮流向她施暴。施暴的过程不仅在精神上令人非常屈辱，也伴随着肉体上的巨大疼痛。当然，作家写作这篇小说的目的并不仅仅在于揭露这种针对女性的犯罪行为，也在于探讨这种罪行泛滥的社会根源。小说在结构上分为三个部分，第一部分描写克里斯蒂娜生活的城市贫民区景象，第二部分描写克里斯蒂娜对家庭和生活的不满和失望，第三部分交代了施加在女主人公身上的暴行。第一部分对城市贫民区的描写具有高度的象征意义。

> 在干涸的江边，是廉租福利房的世界。……这里远离大海，远离城市，远离自由，甚至因为焚化厂冒出的浓烟，而与空气隔绝，它同样远离人类，因为这个世界像一个被遗弃的废城。可能实际上也没有人住在这里，在这些带着长方形窗户的灰色建筑里，在笼子般的楼梯间，在电梯里，在停着汽车的停车场里，根本就没有任何人？也许这些窗子和门早已被堵死，遮蔽，没有人能离开这些墙、这些公寓、这些洞穴？而那些在灰色的高墙之间行色匆匆的男男女女，都只不过是没有影子的幽魂，那些在没有温暖的空间里迷失的双眼根本看不见他们。人和人之间永远不会相遇，永远找不到彼此，所有人都无名无姓。（飙车，89）

作家笔下这个死气沉沉，被人遗忘的城市，正是滋生各种邪恶的温床。每个人都沉浸在自己的世界里，人和人之间没有交流。这个城市的角落仿佛是被主流社会抛弃的一隅，在这里没有法律，没有道德，唯一适用的便是丛林法则。主人公生活在一个被绝望笼罩的、没有出路的世界中，在这里暴力可以无所顾忌地肆意横行。同时，小说的题名《阿丽亚娜》也具有重要的文学象征意义，它引用了古希腊神话中的一个典故，借以表现现代社会中底层女性的绝望。布鲁诺·蒂伯在《异域情调的比喻》一书中指出："《阿丽亚娜》的故事让人想起古希腊神话中生活在迷宫中的人身牛头的怪物米诺陶（minotaur）。每隔九年的时间，雅典城民就要向怪物献祭童男童女，以供食用。而来自阿提卡的王子忒修斯勇敢地闯入迷宫，并在克瑞特国王的女儿阿丽亚娜的帮助下，斩杀了怪物，成功逃离了迷宫。"[①]

在克里斯蒂娜的故事中，那些侵害她的流氓团伙无疑就是神话中的米诺陶牛头怪，正如牛头怪在那个阴深晦暗的迷宫里找不到出路，他们和受害者一样也生活在一个没有希望没有出路的迷宫里，廉价福利房的世界是绝望的底层社会的一个缩影，其中受害者和她的施虐者一样，终日无目的地旋转，找不到出路。然而更可悲的是，虽然现代的牛头怪具有同样嗜血的癖好，需要不断寻找新的祭品来安抚内心的绝望和不满，但是，现代社会不会再出现忒修斯那样的英雄来拯救克里斯蒂娜了。而在神话故事凭借智慧与勇气帮助忒修斯斩获牛头

---

① Bruno Thibault. *J. M. G Le Clézio et la métaphore exotique*. Amsterdam/New York：Rodopi，2009. p.132.

怪的阿丽亚娜，在西方现代社会中却成了不幸的祭品。

通过刻画和渲染现代社会的边缘地带如迷宫般的绝望、灰暗的境遇，作家对造成克里斯蒂娜悲剧的社会根源发出了强烈的质问。在小说的结尾部分，女主人公在令人发指的暴行结束后所做出的反应，更加让读者扼腕和心碎。克里斯蒂娜在歹徒离开后穿好衣服，掏出粉饼和眉笔重新粉饰了自己被蹂躏后憔悴的面庞。很显然，她的这些行为说明她完全没有向父母和警方揭露暴徒罪行的打算，克里斯蒂娜已经用行动证明她默默地接受了施加在她身上的最令人发指的暴行，心甘情愿地当起了"沉默的羔羊"。女主人公的沉默无疑象征了现代社会对施加于女性身体的暴力的无视，对于泛滥的暴力性侵行为的冷漠。从这个意义上来说，《阿丽亚娜》是一篇非常令人绝望的社会现实小说。

第四节　父权社会的玩偶娃娃

与小说集《飙车》所探讨的阴霾主题相类似的，是作家发表于 2000 年的小说集《燃烧的心》。这部小说集更多地以年轻女性为主人公，围绕她们的人生选择和生活境遇，深入探讨了处于贫穷和脆弱境遇的女性在现代社会中遭受的剥削和侵害。与拉伊拉和克里斯蒂娜的故事不同的是，《燃烧的心》的故事里的人物不是被恶势力随机捕获的猎物，她们的堕落和衰亡与女性主体的选择有直接的联系。她们的境遇恰恰引起了一个发人深省的问题：当女性无辜地沦为猎物的时候，我们诟病现代社会对女性权益保护的不力，批判社会在防范和惩罚男性暴力方面差强人意的表现，那么对于那些由于自身主观原因误入歧途的女性，她们遭受的剥削与侵害是否应当仅仅被视为个体选择的结果呢？

小说集《燃烧的心》的第一篇短篇小说《燃烧的心》似乎就是对这一主题的最佳诠释。小说中的两姐妹——克莱蒙丝和佩尔旺施共同由一个风流、不负责任的母亲抚养长大，她们在墨西哥度过童年，两姐妹从小就见证了母亲海伦和继父在家庭关系中的不平等，海伦为了守住枕边的男人，对于他的任何没有道德底线的行为都视而不见。可以说，母亲给姐妹俩如何成为一个女人，如何在两性关系中保持正确的判断，做出了一个不良的示范。然而当两姐妹回到法国以后，她们各自的人生旅程却发生了巨大的分歧。姐姐克莱蒙丝刻苦求学，一路平步青云，成为青少年犯罪审判庭的法官；妹妹佩尔旺施对学业完全提不起兴趣，却深受母亲的影响，将所有的精力都放在了追逐异性身上，最终沦为道德沦丧的男性玩弄和剥削的对象，陷入了悲惨的境地。在这里，姐姐代表的是理性、现实和成熟，妹妹则代表的是感性、浪漫和享乐。小说用第三人称全知视角进行叙述，渲染姐妹俩迥异的人生理念，悬殊的生活经历。在这样的叙事结构中，姐妹俩价值观的对立构成整篇小说的叙事张力，同时也通过这种对立鲜明地表达了小说的主题。

在妹妹佩尔旺施故事的伊始，是愉悦的、充满感官享受的炎热夏夜。在那些普罗旺斯的热夜中，正值中学时代的佩尔旺施认识了男友罗兰，两人整日混迹于当地的酒吧、小酒馆、歌舞厅和大街上，抽烟，喝酒，通宵缠绵。正是在初识罗兰的这段时间，少女时代的佩尔旺施发现了性爱的愉悦，"她任由下身的热流在全身流淌。这是灿烂的时刻"（燃烧的心，22）。然而，很快罗兰卑劣的人品就露出了端倪。佩尔旺施为了挣钱，决定去当平面模特，然而本来所谓的时尚照片和广告照片最后却被猥琐的摄影师拍成了半裸照片，摄影期间还夹杂了摄影师各种明显带有猥亵性质的骚扰行为。当佩尔旺施向罗兰抱怨摄影师的性骚扰的时候，罗兰无动于衷地说："结果他竟然没付你钱？"（燃烧的心，26）作家将佩尔旺施的生活比作一个在酗酒、睡觉和吸食大麻的旋涡中不断沉沦的堕落历程，尽管主人公自己也对自己的堕落有所悔悟，也会对未来产生恐惧，然而她感到自己对自己的人生完全失去了掌控。于是，意料之中的事情终于发生了，一天深夜，男友罗兰开车把佩尔旺施带到森林里，将佩尔旺施的身体卖给毒贩达克斯，以换取大麻。直到这时，佩尔旺施才明白"罗兰背叛了她，出卖了她。他像利用一只动物一样利用她"（燃烧的心，49）。从那以后，佩尔旺施的生活陷入了一个深邃和阴暗的无底洞里。她被达克斯囚禁在一个肮脏破旧的小屋里，成了他的性奴，而后者甚至准备将她介绍给更多的客户，更深入彻底地剥削她。当警察闯入佩尔旺施被囚禁的居所释放她的时候，甚至不相信佩尔旺施所经受的生活，"他们照亮了蜷缩在床垫上的佩尔旺施的脸。……她在手电筒的照射下显得格外苍白，眼睛周围被晕染了的眼线笔染成了黑色，涂了鲜红色口红的嘴巴像一道敞开的伤口"（燃烧的心，76）。

如果单纯地从佩尔旺施的叙事线索来看，这不过是一个不良少女误入歧途的俗套故事，然而这一线索和姐姐克莱蒙丝这一叙事线索的交织赋予了这个故事应有的深度。一方面，姐姐的生活轨迹和妹妹是完全对立的，围绕克莱蒙丝的生活的，是法官办公室带有柱廊的大门、高耸如墙的椅背、古老的窗户和室内装饰。她的工作环境的威严和冷峻，正如人们对她的称呼"法官大人"（Madame la juge）一样，代表着理性、秩序和权威。克莱蒙丝的生活同时也是清心寡欲的，"法官大人一天到头都要工作。她甚至没时间感受一下照射在法院墙壁上的温暖阳光"（燃烧的心，32）。因此，姐妹俩对于人生的态度几乎是针锋相对的,当佩尔旺施刚开始和罗兰认识的时候,克莱蒙丝用蔑视的口吻对她说:"你从来不拿你的人生去实现任何有意义的事情。你就知道像换衬衫一样换男朋友!"(燃烧的心,22)而佩尔旺施却反感姐姐所代表的一切——社会生活、责任和权威。当姐姐提出要给她经济帮助的时候,佩尔旺施反而勃然大怒地吼道:"你要帮助我!你当然要帮助我!你什么都知道,什么都归你管!你和你那些管人的小权力,你以为你了解我,可是你其实对我一无所知。"(燃烧的心,43)

理智与情感,理性与感性,这似乎是姐妹俩各自所代表的人生选择。对于姐姐来说,人生的意义在于某种具有社会价值的目标实现与否;而对妹妹来说,人生是一个过程,是一系列时间片断的集合,人生的意义在于体验和感受生命的冲动,因此她完全不能理解姐姐所说的"拿人生实现有意义的事情"是什么意思。尽管作家刻意突出了姐妹俩截然相反的人生选择,然而他并没有以黑白分明的眼光抑此扬彼。通过第三章中对作家在作品中有关对工作态度的论述,我们更倾向于认为,作家恐怕更能理解追求个体自由、憧憬最大限度地品味人生的妹妹,而不是恪守陈规、将生活等同于工作的姐姐。然而作家却通过佩尔旺施的悲惨遭遇提出了现代女性必须面对的一个悖论性难题:一方面,由于性快感是女性体验中一个重要组成部分,现代女性想要在更开放的性经历中寻找对人生更充分的体验,实现主体的自由意志,这是无可厚非的;① 另一方面,男女两性力量的悬殊和生理结构的巨大差距使得女性在两性关系中处于极其被动的地位(在小说中佩尔旺施不仅意外怀孕,而且在被男友卖给毒贩时由于惧怕更剧烈的肉体侵害而不敢反抗),如果不顾这种身体上的巨大差异,而片面追求女性的性解放和性自由,她们就会因为这种被女权主义意义上的政治正确视为纵欲的态度,而付出沉重的代价。

从这个意义上说,作家启迪读者重新审视那些像佩尔旺施一样被社会塑造成"自甘堕落的不良少女"的年轻女性,她们不仅没有得到社会的帮助和保护,反而被套上一整套"荡妇耻辱"的训诫,认为她们受到的侵害是咎由自取的结果。实际上,能够做出正确的人生选择,其实是一种阶级和性别的特权,而身处贫贱阶层的少女大多没有多少选择的余地。这一点通过姐姐克莱蒙丝的视角得到了充分的说明。身为青少年犯罪法庭法官的克莱蒙丝,每天面对的正是和她妹妹那样没有做出正确人生选择的失足青年。对于这些人,法律统

---

① 在20世纪60年代西方的女权运动中,发展早期的女权主义将妇女解放和性解放等同起来。很多女权主义者认为肯定女性性行为的首要性是在妇女解放运动中至关重要的一步,因此她们呼吁女性在性关系中占据主动积极的地位,享受性生活,并且尝试新的性生活方式。

统给予严厉的惩罚，然而克莱蒙丝却在大量的青少年犯罪案件中渐渐地意识到，那些从肮脏的社会角落里爬出来的、稚嫩的少男少女，没有接受足够的学校教育和家庭教育，在成长的过程没有接触过正面的社会模范，因此根本没有判断是非的能力，要做出正确的人生选择更无从谈起。

> 他们来自于黑夜，来自于虚无，他们看起来极其令人恶心，身上布满了血、精液和死亡的气息，命运对他们来说像是披在身上的一层臭汗。然而在法律的光芒无情地照耀下，他们睁不开双眼，他们不知道应该说什么，只是重复着别人教他们说的话，在警察、狱警、律师，任何人的一个眼神示意下就会停止说话，他们所做的一切只是为了抓住一棵救命稻草，为了不滑入深渊而溺亡。（燃烧的心，35）

曾经让克莱蒙丝印象深刻的一个案件是有关一个叫乌阿尔达的年轻妓女。十五岁就沦为妓女的她，吸毒，被男友殴打，由于卷入了一桩帮派火拼枪击案而被法庭判处了十五年的监禁，当她明白自己人生最宝贵的年华都要在监狱中度过的时候，她发出了最绝望、最凄厉的哀号。而她的辩护律师向克莱蒙丝说出的以下这段话则深刻揭露了社会公正机构的官僚作风和道德审判对这些年轻女孩所造成的极其不公正的二次伤害。

> 他谈到年轻女孩的童年，马赛躁动的街区，遗弃她的父母，对她来说人生没有方向、没有是非，即使宗教在这里也起不了作用。他谈到男人对她的控制、对她的独裁，他们说服她去伤害别人，**而小女孩从来没有选择，也从来不敢想象反抗，她只不过是男人们玩弄于股掌之间的人肉娃娃**。（燃烧的心，38）

因此，选择是一种阶级和性别的特权。对于像乌阿尔达和佩尔旺施这样的人物来说，她们没有选择的权利，社会任由她们承受来自丛林野兽和权威机构的双重侵害。

在小说集《燃烧的心》的另一篇小说《加里玛》中，作家进一步探讨了女性的主体选择和受到的暴力侵害之间的关系。从传统的观念上来说，妓女是任何具有道德观念的女性所不齿的行业。选择从事皮肉生意的女性，如果不是放荡无度，便是贪图钱财、好逸恶劳，不愿意以诚实的劳动赢得生计。然而在小说《加里玛》中，作家却通过摩洛哥移民加里玛的形象展现了非裔女性移民这样一个极度脆弱的群体，她们贫穷，没受过教育，没有任何谋生的技能，骤然来到一个生活成本高昂的西方城市，慢慢地就走上了出卖自己身体的道路。文中的加里玛从摩洛哥来到法国马赛，希望在西方大城市找到更好的生活。她刚开始寄宿在姐姐家里，同时在餐馆和咖啡厅打工，挣取生活，然而一切都随着姐姐的不辞而别发生了巨大的变化。由于微薄的工资支撑不了高额的房租，加里玛开始走上依附男人的道路，她每天和不同的男人混迹于酒吧和火车站的街区。到后来，她被当地的皮条客注意到，他们把她抓到旅馆的房间里，强奸和殴打她，强迫她为他们站街拉客。从那以后，小说写道，一切都不重要了，改变的只有街名、酒吧名、旅馆名。她被送到伦敦、汉堡、慕尼黑，然而不管在哪里，等待她的都是将她等同于"一团死肉"（une chair morte）（燃烧的心，126）的无情嫖客，他们一言不发地消费她的身体，然后留下钞票匆匆离开。

很显然，对于加里玛所在的这样一个群体来说，选择一种不需要出卖身体的出路，几乎是一种望尘莫及的奢侈。加里玛带着寻求更好生活的美好愿望来到西方，却发现在西方社会眼中，她的存在价值仅等于一团供人消费的死肉。加里玛不仅被剥夺了任何选择的权利，也被剥夺了人性和尊严，仿佛在这个年轻女人身上，只剩下一具饱受凌辱的空壳。

当然，《加里玛》这篇小说不仅是表现大多数情况下，进入皮肉行业的妇女并没有其他选择，故事最具感染力的地方，是表现现代社会对妓女群体人性的剥夺。为此，作家采用了一种独特的叙事手法，即通过叙事中两种截然不同的情感来烘托现代社会对底层女性的冷漠和残忍。小说叙事手法的巧妙使用集中体现在了开篇对躺在停尸房中的加里玛冰冷尸体的一段描述里。

> 哦，加里玛，你到底经历了什么，使你在 1986 年 1 月的这一天，赤裸地躺在停尸房冰冷的大理石上，一块白色的床单随着你身体的凹凸而起伏，一直遮住了你的前额，只露出你的一头黑玉般的头发，厚实、起伏、仍然鲜活，以及你涂了指甲油的双脚。而你的左脚脚踝上，铁丝做成的手环上挂着一个塑封的标签，上面写着你的名字、年龄、家乡和你死亡的日期，这些简单的词语和数字就是世界对你的全部了解了。（燃烧的心，119）

以主人公躺在停尸房里的尸体开篇，尸体这个具有死亡的悲剧和恐怖气氛的形象立刻深深印刻了读者的脑海里。这个形象和后文中加里玛沦为妓女后"供人消费的死肉形象"相互呼应，意在表达的是，像加里玛这样的一无所有的外来移民女性在现代社会中的价值，就是供男人消遣玩弄的"死肉"。的确,那盖在她脸上的白色尸布,冰冷的大理石台面,以及记录着简单信息的死者标签,无不反映着社会对女主人公的冷漠和无视。然而在那个呼唤加里玛的声音中,我们却能够感受到关心与怜悯。这个第二人称全知视角的叙述者,可能是女主人公的朋友或亲人,他在加里玛的尸体上看到的,不仅有冰冷的死亡,还有她仍然鲜活的美丽秀发,以及带有年轻女性风格的染红的指甲。秀发的黑色和脚趾上的红色,成了点缀这幅冰冷尸体的黑白画面中唯一的色彩,唯一鲜活的成分,这是女主人公留下的唯一的生命痕迹。

实际上,在整篇小说第二人称的叙述中,作家特意渲染了这两种情感之间的冲突和张力。一方面,西方社会对一个底层妓女的态度,是冷漠和残忍,大部分的时间里,她并没有被视为一个人。在主流社会那里,她只是一串由名字、出生年月和出生地点组成的符号。"你现在明白了你既没有祖国也没有家乡,只有几张纸,居留证、社保卡、房租收据,仅此而已。"(燃烧的心,127)当她的尸体被送到医院的时候,实习的护工们在她的尸体前轻松地插科打诨,翻来覆去地搬弄她的尸体;而在嫖客那里,她只是一具被消费的身体。"所有这些喧哗、这些目光,汽车发出的鸣笛,马达的轰鸣和车轮划过沥青路面的摩擦声。"(燃烧的心,122)缓缓徘徊的汽车,男人的一个手势、一个眼神、汽车的鸣笛声,这就是他们和妓女之间全部的交流。尽管在这些人中间有一个被加里玛认为是"交心挚友"的嫖客,他爱的却是她那琥珀色皮肤里带有的异国情调,她的柔软肌肤中带着的青春气息;而更多的嫖客只是一言不发地消费对他们来说是"一团死肉"(燃烧的心,126)的妓女身体。对于一些更为极端的嫖客而言,花钱召妓意味着他们可以肆意对待妓女的身体,嫖资中不仅包括性服务,也包括了虐待和殴打,正是在这样的想法支使下,一个嫖客用刀捅死了加里玛。而在皮条客那里,她是一个需要驯服的生财机器,他们残忍地折磨和殴打她,击垮她的意志,让她出卖自己的身体为他们赚钱,"他们将燃烧的烟头熄灭在她的腹部和胸部,留下不可磨灭的印记,就好像留在你琥珀色皮肤上的烧焦的花朵,它们同时也在你的心里留下了不可磨灭的印记"(燃烧的心,125)。

另一方面,只有在这个全知视角叙述者的视野中,加里玛才是一个有血有肉,能够感知冷暖、对新鲜世界充满好奇的女性主体,才是一个具有情感和记忆的人。他回忆着加里玛第一次触摸雪花的新奇与兴奋,他诉说着加里玛在北非故乡时的童年记忆。西欧的寒冷让来自南方国度的女孩儿无法适应,孤独残酷的生活更让加里玛渴望温暖,叙事者用细腻的笔调诉说道:"冬天对你来说太艰难了。你先后套了两件粗毛线衫,有时候甚至是三件厚厚的高领羊毛衫。在此之外,你又套上一件马海毛套衫,它卷起的高高领子差点遮住了你的嘴巴，然而却将你的肤色衬托成琥珀般的暖色调。"（燃烧的心，121）加里玛穿三四层毛衣却总感觉得不到温暖的情节在故事中反复出现，表达了叙事者对女主人公主体感受的关心和同情，话语间流露出对加里玛在毛衣的层层包裹中找到温暖，驱散心中寒冷的希望。在小说的最后，叙事者用充满哀伤的语调感叹道，来自非洲的移民女孩对这个冷漠的世界来说无足轻重，她的到来和离去都是那样悄无声息。"现在，这个城市和它的街道不需要你了，整个世界都不需要你了，哦，加里玛。你渐渐远去，你留下了这个充满秩序的世界，机械地运转着，四处仍然充满喧哗，喷泉边的姑娘们，鸡鸣和狗叫，街道上的尘土扬起又落下，扬起又落下。而你却不在了。"（燃烧的心，132）一冷一暖，两种情感的鲜明对比，衬托出现代社会对底层性工作者人性的剥夺。

  在《加里玛》这个故事中，处在社会最底层的妓女被刻画成丧失了主体意志的客体，供人消费和谋利的被动肉体，这样的主题在作家 2006 年出版的小说《乌拉尼亚》中得到了更深入的探讨。长篇小说《乌拉尼亚》是勒克莱齐奥创作中的一部重要作品，小说描写了一个对西方现代文明失望的法国研究员丹尼尔来到墨西哥，试图在那里寻找自己心中的"乌拉尼亚"——一个类似乌托邦的地方。丹尼尔见证了坎波斯居民为实现自己理想家园的奋斗与失败，也见证了墨西哥在现代化道路上出现的贫富分化、传统文化身份缺失等社会问题。在这部小说中，一个被当地人称为"泻湖中的百合"的妓女莉莉的故事被作为小说的一个次要叙事线索展现出来。莉莉是一个被皮条客控制的印第安裔妓女，丹尼尔从共事的研究者们的口中得知她的故事，出于对莉莉的深切同情，从此丹尼尔一直挂念着这个底层妓女，并一度去红灯区寻找她。关于创作莉莉这个人物的政治历史背景，学者格里马尔蒂曾经这样叙述："我们在书中看到了一个微型故事，故事讲述的是一个现代人物，莉莉，一个从奥萨卡山被绑架来的印第安女人，她被现代世界从社会和道德的双重意义上边缘化。然而，她的境遇既取决于现代社会的生存条件，又取决于殖民统治下的生存状况，《乌拉尼亚》因此也将西班牙人的殖民看作是墨西哥社会异化的历史起点，因为正是在殖民的历史碰撞中印第安人失去了一切。莉莉因此既是与我们同时代的社会性人物，又是一个象征历史的符号性人物。"[1]

  如同在加里玛的故事中一样，在莉莉的故事中，妓女饱受摧残的身体被呈现在叙事的核心位置，身体的伤痕成为弱肉强食的社会中弱势群体所背负耻辱

---

[1] Rosario Grimaldi. *Ourania et les mondes mexicains de J. M. G. Le Clézio*. 载 Bruno Thibault，Isabelle Roussel-Gillet（dir.）. *Revue Les Cahiers J. M. G. Le Clézio*，numéro double 3 – 4，*Migrations et métissages*. Paris：Éditions Complicités，2011. pp. 185 – 194.

的象征与隐喻，在激发读者同情心的同时，也向产生这种剥削和暴力的社会根源发出质问。

你的身体，……你形状模糊的身体，仍然呈现着孩童般的臃肿，却由于过度地被看、被摸、被玩弄而损耗殆尽了。你的皮肤，你的肤色，你的肩头和腿间的光滑的斑点，你那微微凸起的柔软腹部，像大多数穷苦孩子一样，带有微微翘起的肚脐，好似身体中间的一只眼睛，仍然不失它本身的吸引力。而那些你肚子上的印记，那些伤痕，那些褶皱，代表了你的历史，你的暴虐的父亲，长年累月的侵犯、猥亵，以及你所经受的疾病，那一次匆忙实施的流产手术……使你险些丧命。……你那宽大黝黑的脊背，就像迭戈·里维拉画作上的印第安妇女一样，被背部的脊梁切成两半。……你的臀部的两边印着的红云，透露着你的印第安身份，一个你和你的儿孙——如果在上帝的保佑下你能够生儿育女的话——世世代代都摆脱不了的身份。（乌拉尼亚，210）

和加里玛冰冷的尸体一样，莉莉印满伤痕的身体诉说着一个在性别和种族身份上被双重边缘化的底层女性的苦难历史。著名的女权主义者波伏娃曾经说过："像男人一样，女人也是她自己的身体，然而她的身体却是某种不属于她自己的东西。"① 从青春期初潮的开始，到成年后的生育、喂养、育儿，这一切对波伏娃来说意味着人类的种族繁衍，不以女性个体的意志为转移，强行地征用了女性的身体。波伏娃的这段话说明，任何关于女权的讨论，都是以承认女性生理特征的弱势地位为前提的。而在这段描写中，我们首先看到的是一个女人受到的侵害，在过度的性剥削中早衰的身体，疾病缠绕的身体，或将永远丧失的生育能力。由于女性特有的生理结构，性剥削和性暴力对于女性而言具有更为可怕的后果，它对身体的摧残是令人发指的。同时，身体的摧残伴随着精神上的耻辱，要知道，被男性视为玩具的这具身体，并不是真正的玩具，而是一个有血有肉、情感丰富的人。拥有这样伤痕累累的身体，并且需要不断去面对男人肆意的侵害，意味着妓女本身也无法正视自己的身体，意味着她要将自己从这个耻辱的身体中驱逐出去，留下一具空壳供人消遣，以这种去人性化的方式对抗外界的侵害。在加里玛的故事中，作家写道："哦，加里玛，你见过多少男人？然而在这些上千次的交易中，你想象自己不在那里，在别的什么

---

① Simone de Beauvoir. *Le deuxième sexe*. Vol 2. Paris：Gallimard，1949. p. 29.

地方，你不是在做梦，你在另一具身体里面。"（燃烧的心，126）对作家来说，施加于妓女身上的这种侵犯，不仅是对所有女性的攻击，也是对人性的冒犯，反映了西方的皮肉生意机构背后潜藏的意识形态——剥夺了女性主体的尊严和人性，扭曲男女之间的力量关系，将男女之间的关系永远固定在一种男人可以支配女人身体的刻板印象中去。于是作家通过人物丹尼尔之口向剥削莉莉的那些嫖客们吼出："这是一个人。她的生活无比恐怖，人们即使在诅咒最憎恨的敌人时也不会希望对方过上这样恐怖的生活。"（乌拉尼亚，57）

同时，在这段描写中，莉莉的种族身份也是作家想要突出的主题。他所描绘的如同迭戈·里维拉笔下的宽大黝黑的脊背，以及臀部红云般的烙印，都是印第安妇女的典型标志。因此莉莉所代表的不仅是女性受到的剥削和侵害，她那布满伤痕的身体，同时也象征了西班牙殖民者对印第安人的侵略和掠夺。为此，丹尼尔感叹说：

> 莉莉，你沿着怎样的道路逃离了这个自私冷酷的山谷，这个由草莓种植者和罐头工厂老板统治的权和钱的城市？这个城市由所有那些成为政客、医生、公证人、权贵、律师和神职人员的西班牙种植者的后代所统治。他们会吃了你，不论白天晚上，他们吞噬你的贫穷，他们撕扯你的心脏，畅饮你的血、你的气息。这就是几个世纪以来，他们对山里的女孩儿，对郊区的孩子，犯下的罪行，然而他们不知疲倦、不知悔改。他们永远不会知足，他们总是需要新鲜血液、新鲜的肉体。

丹尼尔清醒地看到，墨西哥的现代化进程，伴随着西方殖民者和印第安原住民之间迅速的阶级分化、贫富分化，是前者对后者的驯服、剥削的过程。一个千疮百孔的妓女身体，既象征了西班牙殖民者入侵阿兹特克王国以来印第安人所遭受的耻辱和奴役的历史，也代表了在当代的墨西哥社会仍然在进行的，西方殖民者对印第安后裔的剥削和统治。

实际上，莉莉饱受摧残的身体所象征的性别和种族双重压迫在小说开头的一个场面中有着更为生动的描写。在这个场景中，身为地理研究员的丹尼尔刚来到墨西哥，参加了一个主要由当地人类学家组成的学术团体的聚会。在聚会上，以加尔西·拉加罗为首的人类学研究团体，突然放声大笑起来，他们所笑的，正是在当地红灯区被皮条客控制的妓女莉莉。这伙人的嘲笑一方面带有明显的轻蔑女性、侮辱女性的厌女情结（misogynie）："他描绘着她的胸部、她的肚子，以及她的臀部顶端所带有的兔八哥的文身图案。"（乌拉尼亚，54）对女性身体部位的评论和取笑，是一种最张扬的、将女性等同于玩物的态度。

这些学术界的男性显然想通过这些对女性具有猥亵意味的评论，伴随着他们"具有男性气魄的大笑"（乌拉尼亚，54），来向同伴展示自己的男性气质——一种通过物化女性、游戏女性来确立自身权威的"男性气质"。在这些猥琐的笑声中，拉加罗透露道，他们将红灯区作为人类学田野研究的课题，并且打着科学研究的幌子，消费包括莉莉在内的红灯区妓女的身体。在遭到丹尼尔强烈的指责和抗议后，这群人类学家中的一个辩解道："我们还是分得清个人情感和学术观察的。这里所涉及的，只不过是一个'领域'（terrain）。"对此，丹尼尔抗议道："这不是事实，这里所涉及的不是一个领域，而是一个人。她的生活无比恐怖，人们即使在诅咒最憎恨的敌人时也不会希望对方过上这样恐怖的生活。"（乌拉尼亚，57）人类学家们和丹尼尔在对待莉莉的看法上截然不同的观点，恰恰说明，在这些道貌岸然的男性科研工作者身上，充满了蔑视女性、剥削女性的态度，他们将男性和女性的关系理解为一种主体控制客体、精神控制肉体的主客关系，既把女性身体当作泄欲的工具，又将她们视为知识的对象。这种对女性的双重客体化，正如丹尼尔指出的那样，"只是一帮作为统治者的群体创造出来的新花样，在他们的社会中连纯粹的科学都反映了他们对权力的追逐"（乌拉尼亚，56）。

在另一方面，人类学家对莉莉西班牙语口音的嘲笑反映了他们对莉莉所代表的族裔——印第安人的轻蔑和无视，拉加罗学着莉莉的腔调捏尖嗓音说："是的，先森（生），不，先森（生），她就好像一个女仆，一个黑人奴隶。"（乌拉尼亚，54）既然口音是作为印第安人的莉莉所具有的族裔身份的标志，那么，公然侮辱她的口音，将她比喻为黑奴，明显透露了人类学家对印第安族裔下贱身份的鄙视。从这个意义上说，他们将莉莉的身体视作"领域"，同样表现了他们作为白种人在知识话语权上所占有的优势，正是这些优势使他们将原住民群体降格为知识的对象，用精神的目光对他们进行驯服和改造。对此，丹尼尔的反驳同样也发人深省："一个被山谷一半的男性睡过的女孩儿，所有那些草莓商、牛油果商、名流权贵、银行家，甚至还有安波里奥的教授和学者，你称她叫'领域'，也许你说的是隐喻的'领域'，你说的是那些被微观植被侵占的黑土地，那些早已干涸的土地，在其上像莉莉这样的女人生下的孩子们没日没夜地工作着。"（乌拉尼亚，58）作家通过人物的视角，影射了西班牙殖民者对印第安土地的掠夺，对印第安人民的剥削和奴役。在和丹尼尔的争辩中，又一个人类学家站出来说："我们的生活有一个紧急的目标，我们必须抓紧工作，没有别的选择。我们必须将双手浸没到污油里，我们必须搅动这团屎，尽管它臭不可闻。我们是急诊的医生，没有时间去讨论妇女的权力和尊严这些表面上的东西。"（乌拉尼亚，59）正如《墨西哥之梦》中作家向我们展示的那样，勒克莱齐奥对于诸如《征服新西班牙信史》（由16世纪的一位西班牙士兵贝尔纳尔·迪亚斯·德尔·卡斯蒂略所撰）等历史文献非常熟悉，也深谙殖民者的那一套强词夺理的殖民话语。殖民者对针对原住民的掠夺和剥削视而不见，却将他们贬低为污垢和秽物，将自己想象成治病救人的医生，原住民的救世主，担负着开化他们的使命，将征服和掠夺的行为美化成一种具有历史责任感的正义使命。

  在现代西方世界中，性交易仍然是色情工业的一个重要组成部分，尽管很多年来主张废除和打击性交易的声音不绝于耳，然而这些想法和提案仍然停留在讨论的阶段，很少付诸实施。长盛不衰的性交易是男权社会中根深蒂固的男权思想占主导地位的结果，它加强了男女两性之间固有的刻板印象，即在两性关系中男性的主动和女性的被动，肯定了男性可以通过自己的经济地位无限获取女性身体的剥削行为。由于这种交易的复杂性和敏感性，妓女的人身安全时常得不到保护，成为现代社会中被摧残得最严重的群体。在作家的叙事作品里，妓女被描写为父权社会中的玩偶，她们不再具有主动思考和选择的权利，她们的人性在常年的耻辱和虐待中渐渐消失殆尽。作家通过书写这些备受欺凌的妓女，引发世人对底层女性、少数族裔女性生存状况的思考。佩尔旺施被警察解救时血红色的嘴和晕满黑色睫毛膏的眼圈，加里玛躺在停尸房大理石台面上的冰冷尸体，以及印第安妓女莉莉千疮百孔的身体，所有这些女性形象不仅从感观上给读者留下了深刻的印象，而且从理性上引发读者追问这种男女不平等、摧残人性的行为的社会根源。

  在上述以西方社会为背景的每一个故事中，作家都以女性人物遭受的肉体侵害作为叙事的核心，几乎每一个故事的内容都是作家在小说《战争》中提出的这句具有警世风格的句子的具体表现："女人，你的裸露的身体……将要接受拳打脚踢，将要接受令人羞辱的目光，将要承受各种伤口，它们将解释生命的深度。"（战争，8）的确，在勒克莱齐奥笔下，众多女性人物被描绘为社会丛林中的猎物、父权社会中的玩偶，如小金鱼般在危险的海洋里逃亡的拉伊拉，被凶残的米诺陶牛头怪吞噬的克里斯蒂娜，被男友出卖而沦为性奴的佩尔旺施，躺在停尸房冰冷大理石台面上的加里玛，被殴打、侵害和嘲讽的印第安妓女莉莉。这些人物似乎沦为一具具被抽空了主体性的被动肉体，不会思考、不能发声，也几乎从不反抗。然而这并不意味着作家剥夺了女性人物的自由和独立，刻意延续父权社会对顺从的女性形象的塑造。恰恰相反，勒克莱齐奥的相关作品充满了女权意识。如果说勒克莱齐奥对女性角色的塑造涉及女权，却与女性主义无关，当大部分女性主义的观点旨在号召妇女通过争取自身政治经济权利实现男女平等和女性独立的时候，作家却将目光投向那些经济上一无所有，知识水平非常有限，无法做出选择，没有发声权利的女性，她们或许是外来移民，或许是低龄的未成年人，她们深深地受缚于所处的社会处境，无法像中产阶级女性那样运用知识和话语去争取自我权利。在为女性声讨权利的进程中，作家更倾向于揭露和谴责父权思想中的潜在暴力，批判无视女性权益甚至生命的父权社会。

勒克莱齐奥代替这些悲苦无告的底层女性，向男权社会发出尖利的呐喊。他在作品中反思了针对女性实施的各种侵害的社会文化根源，认为父权社会中的阶级分化、种族分化、性别分化，以及与之相伴的权力不平等关系，是造成底层女性、外来移民群体被侵犯的主要原因。他的作品旨在反映，在父权社会中，男性被视作欲望的主体，理性的动物，社会生活的领导者；而女性则被视为欲望的客体，情绪化的动物，她的主要职责是维护人类代际的更替，女性的身份与地位大多与其身体功能紧密联系。父权社会通过男性向女性身体投出的凝视目光，确立了男性和女性之间如同精神制约肉体般的主客体关系。父权社会还利用媒体作为传播自己意识形态的喉舌。在代表社会主流话语的广告和影视作品中，女性身体被客体化、色情化，女性的价值被表现为取决于外表的美貌与否，而色情影视这种非主流媒体更是肆无忌惮地通过展现性暴力来巩固社会刻板印象中男性的权力地位。所有这些，一方面削弱了女性自身的主体意识，使她们更倾向于用男人的目光来衡量自身的价值；另一方面也滋养和助长了男性在两性关系中的优越心理，扭曲了男人对女人和性行为的理解和认识，确立了父权社会中男性对女性的霸权。因此，在男人和女人之间，两个对立的性别阶层形成了。一方面，男人贪婪地想要对女人，或者对女性身体施加权力和行使命令；另一方面，在根深蒂固的父权社会意识形态控制下，女性，尤其是社会和经济地位低下的底层女性，在男权社会中沦为食物链底端脆弱的猎物。

第五章 受难的身体：历史叙事中的深镜头

第五章　受难的身体：历史叙事中的深镜头

勒克莱齐奥在 20 世纪六七十年代的创作富于后现代气息和前卫感，而自 80 年代开始，作家重新将创作风格定位在传统叙事的基调上。除了在上一章节中讨论过的取材于西方社会现实题材的长短篇小说，关于西方战争和殖民历史的长篇小说也是作家热衷于开掘的另一个领域。勒克莱齐奥作品中涉及的现代以来的战争包括：第一次世界大战（《寻金者》，1985）、第二次世界大战（《饥饿间奏曲》，2008）、阿尔及利亚战争（《革命》，2003）、巴以战争（《流浪的星星》，1992）等。这一时期的文本除了涉及战争的历史外，还涉及了西方征服、统治殖民地的一系列相关历史事实，例如西班牙殖民者对南美印第安文明的毁灭，法国殖民者对撒哈拉沙漠北部游牧民族的屠杀等。毫无争议的是，战争和殖民征服的主题构成了勒克莱齐奥创作的一个重要部分。那么，作家为什么如此热衷于撰写战争历史题材的小说呢？

首先，我们注意到作家对于介入文学的关注与青睐。对于勒克莱齐奥来说，文学从来都不是一种"为了艺术而创作的艺术"。在一次和高尔当兹的对话中，他这样说道："我对于文学的理解无疑具有一种坚定的道德观念，因为我认为文学实际上就是一种带有目的性的虚构叙事。"[①] 作家的这一观点在和西蒙·金的访谈中得到进一步深化，他说道："在法国，我们都是萨特和加缪开创的介入文学的孩子，我们继承了他们的需求、他们的激情。"[②] 沿着萨特和加缪走过的轨迹，勒克莱齐奥在接受诺贝尔文学奖的获奖感言中以萨特在《什么是文学》中的疑问——"我们为什么要写作"作为开篇。在这篇获奖感言中，尽管作家承认写作并不等于行动——"如果我们写作，我们就等于没有行动"，但他同样也承认了文学的重要"介入"（l'engagement）作用，并且将文学描述为"另一种反应的方式、另一种交流的方式"。[③] 因为归根结底，作家非常清楚个人和社会的紧密联系，就像他在散文集《物质的狂喜》里表示的那样，"我的全部身体、全部灵魂都和社会相牵连。……介入不是一个程度的问题，而是一种常有的状态"（物质的狂喜，65）。

诚然，作为漫长的法国介入文学的继承者，勒克莱齐奥选取了介入作家（l'écrivain engagé）的战斗姿态，来为边缘化的社会群体伸张正义，让社会听到这些穷人和被压迫群体的声音。不过，我们也应该注意到，这种持续的对战

---

① Gérard de Cortanze. *J. M. G. Le Clézio*: *le nomade immobile*. Paris: Gallimard, Folio, 1999. p. 10.
② J. M. G. Le Clézio, Simon Kim. La littérature comme alternative à la mondialisation. *Le Courrier de la Corée*, 9 Février, 2002. 载 Bronwen Martin. *The fiction of J. M. G. Le Clézio*: *a postcolonial reading*. Oxford: Peter Lang, 2012. p. 29.
③ J. M. G. Le Clézio. In the forest of paradoxes. http://www.nobelprize.org/nobel_prizes/literature/laureates/2008/clezio - lecture_en.html.

争和殖民题材的关注，其实也来源于作家自己的生活经历。为什么要写作？每个人都有自己的倾向、环境和境遇，而对于勒克莱齐奥来说，他的境遇就是童年时期在战争的阴影下度过的岁月，"如果我要审视一下那些促使我写作的最初动因，……我看得很清楚，在我印象里所有一切的开始，就是战争"①。事实上，作家童年时期的很大一部分时间都是在第二次世界大战的阴影下度过的，这一时期对他来说是恐惧和受难的时期。由于父亲的英国国籍和在英国军队里服兵役的背景事实，作家的家庭备受纳粹的迫害，后来由于英德两军之间的交锋，作家一家被迫离开被德军占领的法国，"当德军取代意大利军队来占领法国的时候，我母亲和我们必须立刻离开尼斯。我们于是在洛克比叶的山里避难，那里离犹太人聚居区圣马丁—维苏比不远"②。当时还是儿童的勒克莱齐奥对这段战争没有任何理念上的理解和认识，然而战争却在他的记忆里留下了深深的印记，炸弹爆炸带来的惊恐、饥饿侵蚀身体的感觉、在逃往山区路上承受的恐惧等。因此，在作家的印象里，战争不是历史性的时刻，不是重大的事件，不是可用于展开智力争辩的政治话题，"战争对我来说，就是平民所经历的时刻，是年幼儿童经历的时刻。从来没有一刻它在我看来是一个历史性的时刻。我们在饥饿和恐惧中煎熬，饥寒交迫，这就是我眼中的战争"③。

由于深深地受到在战争中个人经历的影响，勒克莱齐奥的历史叙事为我们描绘了处于种种极端环境下的身体及其所受的痛苦和煎熬。作家无意于在小说里讲述历史上的宏大时刻，无意于书写利奥塔所说的"作为自由化身的合理化叙事"④，他更感兴趣的主题是战争给广大平民造成的创伤和苦难。作为一位介入作家，勒克莱齐奥的文学以表现被压迫、被迫害民族的疾苦为出发点，而通过他自己童年创伤的视角，找到了叙述人类暴力历史的最佳策略，即聚焦于每个历史片段中的身体，一个饱受饥饿、恐惧、疲倦折磨的身体，一个衣衫褴褛、带着血淋淋创口的身体。在下面的章节里，我们将探讨作家以战争和殖民历史为题材的小说，以此来解读作家如何凭借人物受难的身体，批判与现代战争、殖民史相伴的暴力和罪行。

---

① J. M. G. Le Clézio. In the forest of paradoxes. http：//www. nobelprize. org/nobel_prizes/literature/laureates/2008/clezio‑lecture_en. html.
② Gérard de Cortanze. *J. M. G. Le Clézio：le nomade immobile*. Paris：Gallimard，1999. p. 35.
③ J. M. G. Le Clézio. In the forest of paradoxes. http：//www. nobelprize. org/nobel_prizes/literature/laureates/2008/clezio‑lecture_en. html.
④ Jean François Lyotard. *La condition postmoderne*. Paris：Les Éditions de Minuit，1979. p. 54.

第一节　殖民历史车轮碾压下的累累白骨

在著名作品《白人的啜泣》中，帕斯卡尔·布鲁克纳对于西方殖民历史的所谓第三世界话语方式做了一个总结："我们欧洲人是在自我仇恨中成长起来的，同时确信我们的世界中盛行着一种必须严惩、不得宽恕的恶。这种恶有两个来源：殖民主义和帝国主义，并且有数据佐证，数以千万计的印第安人被西班牙殖民者灭绝，二十亿在奴隶贸易中被驱逐和消失的非洲人，然后还有数以百万计的亚洲人、阿拉伯人和非洲人在殖民战争和解放战争中丧生。"① 尽管关于勒克莱齐奥的"政治正确性"，批评界进行过颇有争议的讨论，然而作家对殖民历史的理解和认识却无疑属于反殖民主义的话语传统。因此，在殖民史上具有巨大影响力的历史阶段，也就成为作家多部叙事作品的历史背景。这其中既包括贩卖非洲黑奴的历史，阿尔及利亚战争的历史，法国在摩洛哥成立殖民帝国的历史，英国殖民者在尼日利亚殖民地的建立，以及西班牙入侵者16世纪时导致的南美印第安阿兹特克帝国的毁灭。

在近一百年的文学中，后殖民主义文学的兴起，使得文学中关于暴力的问题似乎越来越被边缘化，这主要是因为后殖民主义将主要的精力集中在殖民进程的文化维度，例如北美的历史人类学，总是将注意力放在殖民帝国内的协商和碰撞上。尽管这种批评话语的存在有其自身的理由，然而对于协商的强调往往会遮盖殖民历史中占主导地位的压迫形式，即极端的肢体暴力。因此，带着一种对殖民历史的清醒认识，勒克莱齐奥用历史的长镜头叙述了屠杀、折磨和苦役等各种形式的极端暴力。我们在这一章里将通过作家的四部代表作品，从受难的身体形象的角度，来阐释作家历史题材叙事中对殖民地暴力的深度批判。

一、战败者的荣耀

自从1980年出版以来，小说《沙漠》一直被解读为一部关于法国在摩洛哥殖民扩张历史的后殖民小说。《沙漠》由两条叙事线索组成，第一条线索讲

---

① Pascal Bruckner. *Le sanglot de l'homme blanc*. Paris：Éditions du Seuil，1983. p. 12.

述了1909—1912年之间法国对摩洛哥的殖民占领。从19世纪开始，摩洛哥就成为以法国为首的许多欧洲国家觊觎的地方。在20世纪早期，摩洛哥债务沉重，各个部落的首领们没有能力抵挡西方人的进攻。在这个历史背景下展开了《沙漠》的历史叙事：在法国军队大军压境的局面下，蓝面人民族的首领马·艾尔·阿依尼（Ma el Aïnine），决定放弃他们的圣城斯马拉，带领他的人民走上逃亡的道路，穿过沙漠向北方前进，以寻找一个新的安居地。不幸的是，在所有迁徙的部落人民中有一小部分人，历尽难以想象的千难万险，成功穿越撒哈拉并且活着出来的时候，马上陷入了法国入侵部队布下的陷阱，故事就在对撒哈拉蓝面人民族的野蛮屠杀和他们的领袖马·艾尔·阿依尼悲剧性的死亡中结束。摩洛哥人民的失败在文本中被表现得极具悲剧色彩，尤其是当"作家将小说的结束日期选定在1912年3月30日，也就是签署确立法国对摩洛哥管辖权的《非斯协定》协议的日子。"①

在表现这段殖民历史的时候，作家保留了许多历史上真实的姓名。而在《沙漠》的另一条故事线索中，在叙述蓝面人后裔少女拉拉的成长、移民经历时，大多数的人物都是虚构的。这就使得同一部小说之内，同时出现了历史真实人物和叙事虚构人物的交替。为了肯定这种在历史和现实之间交织的写作技巧，史密斯曾指出："勒克莱齐奥的文本展现了一种双重交织，一方面是看上去很明显的指涉性，另一方面则是历史现象和文本的偶合，两者之间似乎没有权威的联系。"② 在历史现实和叙事想象之间，产生了一系列的重要问题：如何审视文本中建构的，在真实发生的历史和叙事想象之间的关系？作家运用了哪些叙事策略来表现这段历史？最后，为什么要表现这段并不是很重要的历史？③

为了回答这些问题，我们首先要仔细分析一下《沙漠》中关于殖民史的这条叙事线索的结构。关于蓝面人在沙漠里逃难的叙述主要分为三个部分。第一个部分，沙漠民族刚得到西方的军队要发动战争的消息，于是全都汇集到了圣城斯马拉，来拜见政治和精神首领马·艾尔·阿依尼，以求获得应对战争的策略。第一部分最后以一个盛大的祈祷、歌咏、跳舞的集体仪式结束。蓝面人希望通过祈祷仪式能够使他们得到祖先、神灵的护佑，也希望在集体仪式中找

---

① Corinne François. *Jean-Marie Gustave Le Clézio*：*Désert.* Paris：Éditions Bréal，2000. p. 17.
② Kathleen White Smith. Forgetting to remember：anamnesis and history in J. M. G. Le Clézio's Desert. 载 *Studies in 20th Century Literature*，1985，Vol. 10，Article 8.
③ 这段几乎在正式历史课本中很少提及的历史，用萨勒斯的话说，即"一段在历史书上只占两行字的事件"。参见 Marina Salles. *Le Clézio*，*Notre contemporain.* Rennes：Press Universitaires de Rennes，2006. p. 78.

到凝聚族群、与敌人斗争的勇气和力量。第二部分则是殖民历史叙事线索中最长的部分，细致描绘了蓝面人跨越撒哈拉沙漠的苦难旅程。而最后一部分则描写了蓝面人悲惨的命运，他们的失败既是历史事实层面上的失败，即最后被敌人屠杀的悲惨结局，但同时也是精神上的失败，因为他们所捍卫的所有的信念和价值都毁于一旦。

这个情节的叙事策略非常值得我们注意。作家故意强调了被征服民族的失败结局。就如我们在上文中分析的，蓝面人在和法国军队的斗争中惨败，这种失败不仅是事实上的，也是精神上的。在上述故事发展的第一、第二阶段，尽管叙事的语调已经十分沉重，但是读者仍然能在悲惨的境遇中看到希望。也就是说，尽管面对着强大的敌人，尽管饱受沙漠严峻自然环境的折磨，沙漠民族仍然保留着他们的信仰，他们对祖先和神灵不可动摇的信念，让他们不断有奋斗的动力，引导他们走完这段艰难的征途。然而，就在读者见证了蓝面人日复一日与死亡斗争的难以想象的意志以后，在读者为一部分蓝面人成功穿越沙漠感到欣慰的时候，却在故事的结局前错愕了，法国军队已经在沙漠的另一边架好了机枪，在短短几分钟的时间里将从沙漠远征中幸存的蓝面人一扫而光。因此，蓝面人的惨败不仅是因为他们被敌人消灭了，而更在于他们的信仰、信念和现实之间具有讽刺意味的强烈反差。他们的失败，宣告了所有的信仰、意志、艰难的努力都被证明是无效的，被现代化机械的破坏力无情地嘲弄。

作家在撰写殖民历史的时候，总是站在被侵犯的殖民地人民的立场上，对他们怀有同情和敬佩，这一点是毋庸置疑的。那么，为什么作家还要强调他们在强大对手面前的悲惨处境？为什么还要对摩洛哥人民的失败进行戏剧化的强调？

实际上，勒克莱齐奥在叙事中扭转了传统意义上对胜利和失败的定义。在他的叙事中，蓝面人在结局中的失败并不是真正的失败。相反，相比于只会使用先进武器的西方殖民者，他们的信念、毅力和勇气可歌可泣，他们才是真正意义上的胜利者。为了阐明这个观点，勒克莱齐奥刻意凸显了北非民族和西方殖民者之间在思维方式上的巨大反差。故事的第一阶段已经向我们显示了在战争的威胁面前，蓝面人如何诉诸他们的祈祷和法术来寻找解决方案，或者说寻找安慰。另外，当他们在撒哈拉沙漠中开始一场漫长、艰难的远征时，他们天真地以为通过逃难的方式就可以逃离殖民者的控制。他们关于土地和时间的古老理念使他们无法看清侵略者真正的目的。这个游牧民族对战争威胁所作出的反应更说明了他们既没有理解现代战争的形式，也没有理解其本质。蓝面人不知道欧洲人用摩洛哥国王赔款的钱来招买塞内加尔雇佣军、苏丹机枪手，来给他们的军队配备最先进的装备，也不能明白他们最终败给了西方人的金钱和武器。拉盖驰的研究印证了这一点："法国人具有现代化战争武器，而蓝面人的武器都是古老的，这个事实使蓝面人的反抗注定是短暂的，因此令读者非常失望。"① 他们既没有赢得战争，也没有幸存的希望，因为"他们的战士不为金钱而战，而是为了上天的祝福，他们所捍卫的土地在他们眼里既不属于他们，也不属于任何人，因为土地只是视野所能及的自由空间，上帝的恩赐"（沙漠，380～381）。根据西方人对历史的实用主义态度，蓝面人的艰难长征是徒劳无益的，因为他们最后还是没有逃脱覆灭的命运。因此，沙漠民族古老的思维方式和西方殖民者现代的思维方式之间的巨大差别，是造成前者覆灭的重要原因。

在叙事架构中，作家强调了两种文化思维方式的反差，以及殖民地人民在战争中的一败涂地。从表面上看，作家采取了一种西方的历史观视角，即仅将价值和力量赋予战争中胜利的一方。然而，实际上，作家的意图正好与此相反，作家用文学话语重新建构历史事实，将力量和价值赋予勇敢抗争的殖民地人民，为他们的坚定信仰和顽强抵抗而喝彩。这一点正是通过故事发展的第二部分——对蓝面人跨越撒哈拉沙漠的漫长描写表现出来的。《沙漠》中西方人对游牧民族的殖民征服这条故事线索中篇幅最长的部分，就是蓝面人在撒哈拉沙漠里的艰难征途，也正是这个部分的叙事，将游牧族群受难的身体放在了故事的焦点上。对第二部分的详细分析可以揭示出受难的身体形象在叙事进程中起到的深远作用。

徒步穿过撒哈拉沙漠，即使对于土著居民来说，这也是一项难以想象的艰苦挑战。那些加入了沙漠远征的男女老少们饱受着饥饿、干渴、劳累、炎热、绝望的折磨，这些痛苦的经历被作家用耐心细致的笔调表现出来。在巨大的干旱土地上，在让人睁不开眼的烈日下，人们赤着脚在滚烫的沙土上缓慢地前行，生命被逼迫到了一种极限的状态。

> 他们的干瘦的脸布满灰尘，眼睛里带着发烧时常有的光芒。他们的嘴唇流着血，带着血痂的手和胸膛上面沾满了金色的沙粒。阳光侵袭着他们的脸，就像侵袭着路边的红色石头，光线如此猛烈以至于它的侵袭如真正的拳头般挥舞在脸上。女人们没有鞋子，她们赤裸的脚被沙土烫伤、被盐粒侵蚀。（沙漠，227）

---

① Tarek Larguech. *L'effet esthétique dans Désert de J. M. G. Le Clézio*. Lyon：Université Lumière Lyon 2，2004. p. 97.

游牧民族每天必须面临的斗争就是为接受身体的极限挑战而不断努力，不管经历着怎样的饥饿、干渴、炎热和疲倦，也要勉强抬起沉重的双腿，让身体一步步向前推进。很难想象人们需要怎样的意志力，才能在如此极端的条件下拥有生活下去的勇气，才能忍着巨大的疼痛向前迈开步伐。在作家看来，沙漠民族每天和自己身体诉求所做的斗争乃是一项比和敌人作战更加严峻、更加残酷的斗争。在这方面，萨勒斯也在她的研究中做过相似的表述。

> 英雄主义的概念在这里找到了一种新的含义，英雄主义不再意味着战斗中的勇武有力，而涉及一种为了有尊严地活下去而保持的强大耐心，这一点对于女性来说尤为如此，也意味着在懦弱和暴戾的气氛里保留人道主义的价值观。①

当然，不是所有人都能从如此艰巨的远征中幸存下来，只有一小部分人幸运地坚持了下来，大部分人一个接一个地倒下了。死亡每天与蓝面人部落如影随形，考验着剩下还在斗争中的人们的意志。

> 努尔第一次看到有人无声地在路边倒下，他曾想要停下来；而那些与他同行的蓝面人战士一言不发地将他推向前方，因为他们深知对倒下的人他们无能为力。现在，努尔也不再为倒下的人停下脚步了。有时候，他在沙土堆里看到一个人形，手脚蜷缩着，好像睡着的样子。这一般会是一个年纪大的男人或女人，疲倦和疼痛让他们无法继续，好像被锤子重击了一般，栽倒在行进道路的一边，身体慢慢开始风干。（沙漠，236）

在这样的艰难生活面前，游牧民族只有求助于他们的信仰和祈祷。每天晚上，人们聚集在领袖周围进行集体祈祷，从而获得第二天继续前行的力量。需要特别指出的是，作家刻意将游牧民族的求生欲望表现为一种信仰的结果。通过这种强调，《沙漠》的作者凸显了信仰带给沙漠民族的重大的精神力量，而这正是祛魅的西方社会所缺少的。

> 他们（原始民族）之所以神秘，是因为他们希望如此。他们的

---

① Marina Salles. Le Clézio, un écrivain de la rupture. 载 *Itinerários-Revista De Literatura*, Araraquara, 2010, no. 31, p. 20.

生活献给了神灵，献给了赋予他们生命和食物的超自然力量。……他们的偶像不是好奇的对象，不是艺术品，不是研究对象。鲜血为他们而流，香火为他们而供奉，人们对他们抱有最大的希望，为他们诵读最虔诚的祷告。（大地上的陌生人，285）

依照这样的分析，对极端身体经验的刻画具有强烈的启示意义。对作家来说，一个民族的力量和勇气并非显示在能够使用何种现代化的武器，而显示在能够有勇气日复一日地为了生存而抗争。这些沙漠里为了生存而斗争的勇士，不正象征着作家在《物质的狂喜》中赞扬的蚂蚁精神吗？

这只沿着墙壁攀爬的黑色蚂蚁，朝着他自己也不清楚的目标前行着。……迷失，彻底地迷失在布满镜面的沙漠里。到底是怎样的可怕力量……什么样的美德，驱使着这个又弱又瞎的小动物驶向无限，驶向因精疲力竭而带来的死亡？（物质的狂喜，114）

勒克莱齐奥颂扬生命自发的意志力，并称之为一种胜利的力量。对于作家来说，蓝面人徒步穿过撒哈拉沙漠的历史远非徒劳无益。通过对蓝面人穿越沙漠的英雄主义描写，作家很明显肯定了游牧民族的信仰及其中包含的价值，并将之视为游牧民族的巨大精神源泉。《沙漠》的叙事让读者相信，如果我们不再以结果评价事物，并且摒弃现代社会推崇的得与失、胜与负的二元机制，我们就会像作家一样相信游牧民族比只会聚敛钱财、操纵武器的欧洲殖民者具有更强的勇气与力量。

在这里，我们接触到了勒克莱齐奥思想中的一个核心观点，即作家在文明的多样性的问题上所持有的一种相对主义、非实用主义的视角。整个西方的殖民历史，都建立在这样一个公设——或者说借口——的基础上，即某些民族因为其迷信思想、野蛮行为、古老的价值观和落后的科技，仍然处在人类进化进程的黑暗时期，因此无法在没有西方介入的前提下进入现代化的启蒙。在这种信念的粉饰下，西方人在殖民进程中消灭了许多古老民族，在这些民族灭绝的同时，他们的古老智慧和知识、信仰和文化、语言和艺术也一并消失了。对于殖民进程中的欧洲中心主义，勒克莱齐奥曾如此评述："我们的现代文明如何能理解古老的文化呢？现代文明无所顾忌地掠夺坟墓，侮辱圣地，他们除了自己的知识，没有信仰的神明，而这些知识的神明是虚荣和自满的；他们除了智力和暴力，也没有其他的艺术。"（大地上的陌生人，286）

勒克莱齐奥对西方现代思想的批判，主要在于其对于其他文明思想体系的无知，在于他们将以理性、教育、人权、科技进步为代表的启蒙精神当作唯一正确价值观的傲慢态度。他同时也批判西方社会毫无顾忌地征服和同化"他者"，试图建立一个同一化的世界。然而，对于作家来说，古老的文明，特别是像南美印第安和北非沙漠地区的原住民的文明，尽管从现代社会的角度来看许多方面是落后的，却具有与自然和宇宙和谐共处的古老智慧，知道如何通过与超自然力量沟通，达到存在的完满感。谁能知道如果这些民族的发展没有被西方的殖民进程粗暴打断，他们的文化将会给世界造成怎样的影响呢？然而不幸的是，西方的征服者没有给他们留下幸存下来的希望。在这些古老文明的废墟上，西方世界从此建立起以理性和消费为代表的统一文化。

总之，通过殖民地人民受难的身体形象，勒克莱齐奥重新叙述了摩洛哥的殖民历史。通过对历史素材的重新整理，通过将被征服者的力量和美德放在叙事的中心，《沙漠》的作者为我们描绘了消失的古老文明的价值，并且严厉地批判了殖民者的残酷与贪婪。

二、在理想和暴力之间的挣扎和幻灭

在勒克莱齐奥所有反殖民题材的小说中，发表于2003年的长篇小说《革命》是最为读者熟知的一部，它深刻反映了战后殖民世界的解体。小说《革命》是在作家本人20世纪五六十年代的个人经历，以及其祖先弗朗索瓦-亚力克西·勒克莱齐奥的生平经历的基础上想象加工创作而成的。小说的叙事背景在时间和空间上均有较大的跨度，就地域来说，小说经历了尼斯、伦敦、墨西哥、布列塔尼和毛里求斯岛等诸多地点的变迁。

作为一部具有多元声音的小说，诸多故事交织在一部作品中，其中两条故事主线构成了小说的主要情节。第一个故事是关于18世纪的让-埃杜德·马罗史诗般的生平，他作为法国大革命期间革命军队的志愿者，因为对大革命没有实现自由和人道的许诺深感失望，决定带着自己的家庭前往非洲的毛里求斯岛，在那里以殖民者的身份安顿下来。另一条故事线索描绘了20世纪50年代让-埃杜德·马罗家族中的一位后裔——法国青年让·马罗的成长历程。让·马罗的中学时代正是阿尔及利亚战争爆发的时期，也正是法国社会大量接受北非移民的时代，带着对当时社会的深度不满，同时也为了逃避服兵役，让·马罗辗转在伦敦、墨西哥等地旅居多年。这样建构起来的叙事线索使得小说中对历史的叙述有了更丰富的视角，正如学者欧娜指出的那样，"对影响世界的历史事件的多元叙述既在一个离心的意义上进行，因为多个故事线索使得小说没有凝结在一个故事头绪上，相反，提供了多个叙述的可能性，同时又在一个向心的意义上运行,通过在象征的层面上将贯穿小说的多个故事联系在一起"①。

然而,祖先让-埃杜德·马罗和后代让·马罗的生平故事之间,并不是彼此孤立的,而是有着深刻的联系。许多批评者指出了让-埃杜德和让·马罗叙事文本间的互文性。② 布鲁诺·蒂伯认为,尽管两个故事间有数百年的时间差距,但它们同时隶属于一个共同的历史循环:"《革命》的主人公让·马罗,通过阅读巴门尼德的作品发现人们总是回到自己的起点。这就是小说题名'革命'的独特意思,它指示了一种封闭的线环、一个循环、一种朝向起源的回归。"③ 同样,托马·特兹纳也强调了历史的这种重复性:"通过叙事的编排,勒克莱齐奥想要表现历史的不断重演,以至于一个旁观者最后会认为没有历史,只有一个单一的事件,一个作为基础的历史,它看起来像一系列直线形的事件,然而实际上所有的事件都是同时和统一的,就如巴门尼德的哲学中所讲述的那样。"④ 阿特巴则指出了人物身份的矛盾性和相似性:"让·马罗代表了一种奇妙的身份,其中包含了两个迥然不同、完全相反的人物,就如矛盾修辞法一样,经常在空间和时间中截然对立。(主人公)和移居毛里求斯岛的祖先一样信奉平等民权,在特性方面有相似之处,其同样的恐惧、苦难引发着同样的悲伤,这些都很好地说明了这个人物的双重性。"⑤

事实上,关于这种历史重演的叙事结构,作家自己在一个访谈里也做过说明,他在《革命》的创作中想要找寻的,是"世纪与世纪的更迭中,似乎没有隔阂,似乎死亡和时间的流逝不再特别意味着消失"⑥。将两代人各自的经历在叙事中平行并置,既见证了殖民的进程,又见证了反殖民的进程,这样的叙事结构反映了勒克莱齐奥对西方残酷殖民进程的深刻反思,同时也反映了殖民进程给殖民地人民造成的巨大痛苦。

在这一章的研究中,我们将努力揭示作家如何通过将共和国理念和奴隶制度的血腥事实进行反差对比,来批判那些使殖民历史合理化的人文主义教条。

---

① Oana Panaïté. Destination, Destiny, and postcolonial aesthetics in Le Clézio's Révolutions. *Contemporary French and Francophone Studies*, 2015, Vol. 19, No. 2, p. 216.
② 在一个和卡尔扬(Emile Kerjean)的访谈中,勒克莱齐奥如此回答关于他自己身份的问题:"归属于某处对我来说毫无意义,如果不考虑我夫人的祖籍,我就不属于任何地方,但是我仍能够感到布列塔尼对我产生的影响。"参见 Emile Kerjean. *Jean-Marie le Clezio et la Bretagne conversations svn* 69. Morlaix: Skol Vreizh, 2014. p. 16.
③ Bruno Thibault. *J. M. G. Le Clézio et la métaphore exotique*. Amsterdam/New York: Rodopi, 2009. p. 25.
④ Thomas Trzyna. *Le Clézio's spiritual quest*. New York: Peter Lang, 2012. p. 33.
⑤ Raymond Mbassi Atéba. *Identité et fluidité dans l'oeuvre de Jean-Marie Gustave Le Clézio*. Paris: L'Harmattan, 2008. p. 298.
⑥ J. M. G. Le Clézio. La révolution des âmes. 载 *Magazine littéraire*, 2003, Vol. 418, No. 3. p. 67.

另外，小说特别凸显了主人公对革命精神和暴力现实反差间产生的幻灭感。

（一）让-埃杜德·马罗的故事

让-埃杜德·马罗的故事从1792年他离开家乡参加布列塔尼的军队开始。受到1789年法国大革命所宣扬的理想主义的教育和驱使，让-埃杜德·马罗相信自己参加革命军队的原因不是出于逃离布列塔尼的贫困生活，而是出于捍卫国家与共和国的精神。同样，当他和年轻的妻子一起移民毛里求斯岛的时候，他也认为这是为了完成传播革命基本价值观（自由、平等、博爱）的使命。然而，这对年轻的法国夫妇很快就被殖民地上极端残暴的奴隶制度的现实状况震惊了。暴力和残酷成为马罗一家殖民地见闻的核心主题。他们对用铁镣束缚奴隶手脚的行为感到愤怒，"尽管法国政府明令禁止，我们还是在路上看到成群的戴着铁链和镣铐的奴隶。连妇女也被套上了铁链"（革命，513）。马罗夫妇同样也对公开行刑的场面无比愤慨，公开行刑的行为在那个时期虽然已被法律禁止，在实际生活中却仍然常见，"我看到一些妇女由于小偷小摸的罪行，在公共场合被鞭打，另一些则被捆在主人家门口的木砧上，连续数日在阳光下暴晒"（革命，513）。另外，马罗夫妇也非常同情那些在日常工作中被严重剥削的奴隶们，"我们经常在路上碰到成群的苦役犯，他们被要求清理城市的地下道，这些人完全沦落到了牲口的地步，赤裸的身体上布满肮脏的不洁之物，像家畜一样被套在车上"（革命，513）。

因此，让-埃杜德·马罗不禁对大革命宣传的人道主义思想十分怀疑，"难道我不是为消灭这些不平等而战的吗？然而，岛上四处传言，说法国的新政府不仅不打算保持革命的果实，反而为了讨好当地的殖民者而打算重新开启万恶的奴隶贸易"（革命，243）。总之，马罗一家原本持有的平等理念在现实面前被深深地打击了，他们对于一个平等、自由的共和国的理想也因此幻灭。由于这些极端的身体暴力，马罗一家最终做出决定，离开路易港的殖民领地，并且放弃那些自由主义、人道主义的教条。

如果说马罗夫妇在殖民地的见证让他们对法国大革命宣扬的价值理念失去信心，小说中所穿插、亲身经历过可怕的奴隶制度的人物的叙述则更加令当代读者扼腕。

在一个叫作维尔莱特的黑人女奴的叙述中，为了强调充当苦役的奴隶生活水平之低下，作家刻意使用了各种各样的动物比喻。那些"像牛一样被套在枷锁上"的黑奴完全被剥夺了人的尊严。他们生活在无名无姓的缄默中，"我不知道和我拴在一起的人叫什么名字。这里没有人有名字"。他们赤裸的身体和糟糕的卫生条件使他们更加近似于牲口，"我们光着身子，泥浆和粪便结成的硬壳覆盖在身上没法除去"。然而,最能表明奴隶主不把奴隶当人的行为就是奴隶主对奴隶的生与死无动于衷,"卫兵的鞭子侵蚀着我们的肩膀,驱使我们快点前行,而同时陷入肩头的枷锁也让我们流血。……像耕牛一样,我们总是两个人一组。和我拴在一起的是一个年老衰弱的人。有时候他陷落到泥地里,我能从他的喘息声中听到他的痛苦。我努力硬撑着不倒下去,希望他能够再站起来,因为如果我跟着一起倒下,我们两个都得死"(革命,508)。

维尔莱特的叙述显然让人窥见了殖民地奴隶制野蛮的一面,然而关于黑奴贩卖制度中最阴暗面的揭示,是通过莫桑比克女孩儿奇扬比跨越全书五个章节的叙述展露出来的。在这五个章节的叙事中,奇扬比讲述了作为毛里求斯岛奴隶的悲惨生活:奇扬比十岁的时候全家都在白人的枪口下丧生,她自己则被绑架和囚禁,其后又和她的其他同胞一样,被反复贩卖,直到有一天奴隶主将他们赶到一艘大船的船舱里,一起开往毛里求斯岛。奇扬比的这段航程反映了帝国主义和殖民主义历史上最卑劣的一面,揭示了以人的性命为代价进行奴隶贩卖的卑鄙行径。奇扬比讲述着奴隶们的航程,他们被塞到一个令人窒息的船舱里,船舱里极其肮脏且一片漆黑。自然而然地,传染病很快在船舱里蔓延开来,很多人都受到了天花的侵袭,"到了第三天,另一种恶进入了船舱。这是一种我们称之为"纳对"(ndui)的恶,可以快速传播,并使身体被伤口覆盖,散发着一种死亡的气息"(革命,429)。所有患病的奴隶都被一个叫菲力贝尔的法国殖民者挑选出来,并被无情地抛到大海里,奇扬比的一句话概括了这些恐怖的画面:"当海水将他们的头顶淹没的时候,我们听到他们由于恐惧而发出的惨叫声。"(革命,430)奇扬比随后表示,在短短一天之内被白人贩奴者抛入大海的奴隶就达到了五十多个。对于白人移民者来说,黑人的性命完全无足轻重,为了获得更多的经济利益,他们可以随时毫不犹豫地牺牲这些黑人的生命。勒克莱齐奥对于法国殖民地中盛行的暴力行径的描写符合历史学家对历史的记述,因为在历史的记述中,历史学家们曾做过大量细致的工作来证明"殖民地是一个不断违反大城市中宣扬的大革命准则和理想的地方"[1]。

同样,勒克莱齐奥关于殖民者血腥行径的描写也是为了证明在何种程度上理想和现实会有让人难以置信的差距。这些非人道的行为与大革命宣扬的自由、平等、博爱背道而驰,而且所有的这些民主自由原则对殖民地原住民来说都不适用。因此,在政治理想和现实操作之间的巨大差距,尤其是这种差距在殖民地的表现,成为《革命》的关键主题。实际上,对于勒克莱齐奥来说,

---

[1] Emmanuel Fureix, François Jarrige. *La modernité désenchantée: relire l'histoire du XIXe siècle français*. Paris: Éditions la Découverte, 2015. p. 349.

所有抽象的、概念上的理想和信念都与生俱来地带有虚伪和欺骗的本质。正如作家在散文《物质的狂喜》中所说:"如果对信仰的神圣化脱离了与肉身实际的联系,那么持这种信仰的人就生活在谎言中、生活在虚拟中。……为什么这个在刚开始还半真诚的人文主义却变成了一种虚伪、一种欺骗,难道是因为它想要成为一种思想体系的事实吗?"(物质的狂喜,88)

(二) 让·马罗的故事

正如前文中已经指出的,作为让-埃杜德·马罗两百年后的子孙,让·马罗的故事是以与前者平行并列的叙述结构来完成的,这种平行叙述使得殖民史的血腥与战争的残酷之间形成了平行对应。

首先,本来在让-埃杜德·马罗的故事中作为子主题的革命理想之幻灭,在让·马罗的故事里得到了加强和延伸,而让·马罗在理念上的革命精神的幻灭则更加彻底。让·马罗的故事主要围绕主人公的个人经历展开,以阿尔及利亚战争为时代背景。尽管还是一个中学生,让·马罗对于阿尔及利亚战争的实质从一开始就带有清醒的洞察。和大部分将法国政府对阿尔及利亚的统治视作"开化使命"(mission civilisatrice)的同学不同,让·马罗很清醒地认识到战争中广泛存在过度的暴力,以及国家所鼓吹的在殖民地施予种种善行神话中的虚伪性。他不仅时时关注着战争残暴的一面(他每天都在记事本上记录阿尔及利亚战争中的死伤人数),并且坚决拒绝加入这场战争。为了逃避兵役,他最开始以学习医学的名义在伦敦住了好多年,其后又以法语教师的身份在墨西哥城度过了漫长的岁月。从某种意义上说,让·马罗这个人物的主要人生目标,就是逃离战争、逃离暴力、逃离社会的种种不平等。值得注意的是,让·马罗这个人物的塑造实际上是以作家青少年时期的经历为蓝本的,作家在其他散文作品和访谈中也提到了与人物一致的对于阿尔及利亚战争的批判观点,认为它是"可以随时被动员入伍的年轻人生活中的灾难"[1],并且是一个"以维护最后的殖民社会的特权为目的"的战争(非洲人,20)。

其次,这两个故事都强调战争中的受害者,以及强加在大众身上的暴力行径。我们在上文中已经分析了18世纪时让-埃杜德·马罗在法属殖民地见证的过度的暴力,而对于其后代让·马罗这个人物来说,对阿尔及利亚战争中暴力的间接见证也构成了他青少年时代生活的主题。小说该部分的最后一章围绕着两段非常暴力的历史片段而展开,这两个情节都是由让·马罗的好友切尔耐转述的。切尔耐是在阿尔及利亚作战的法国军队成员,由于生病暂时在国内疗

---

[1] Gérard de Cortanze. *J. M. G. Le Clézio : le nomade immobile*. Paris : Gallimard, 1999. p. 76.

养。第一个事件记叙了一个村庄被炸弹轰炸过的场景。切尔耐的回忆中充满了各种在当时场景中的感官冲击。村庄里首先弥漫着一股令人作呕的烧焦的肉味:"这是一种烧焦的肉的味道,非常难闻,就是这种过度烹调的恶心肉味,让我想要呕吐。"(革命,207)战争场面给人物嗅觉带来的不安很快变成视觉的冲击:"我看到地上躺着三团黑乎乎的东西,好像三个黑色的袋子,其中一个大袋子,旁边躺着两个黑得像炭一样的小袋子。"(革命,207)当然,任何看到这个场面的人马上就可以想象出来,切尔耐看到的黑色袋子是一个母亲和两个孩子烧焦的尸体。

第二个被具体描述的例子是关于一个阿尔及利亚不法分子行刑前所受的折磨。这个不法分子在切尔耐的监督下被带入法军,他的眼睛被蒙着,双手被铁丝捆在身后,法国士兵将他绑在木桩上,整日在似火的烈日下暴晒。切尔耐注意到长时间在烈日下暴晒使得阿尔及利亚囚犯几度昏厥,每次他醒了以后就会用微弱的声音喊要喝水,然而法国军队明令禁止给囚犯喂水和食物。由于切尔耐是参军不久的新兵,他对这个可怜的阿尔及利亚人产生了同情,并不顾明令禁止而私下递水给他喝。通过切尔耐同情的视角,小说进一步揭露了三个具体细节来批判法军对战俘的无情虐待。首先,受到虐待的还包括剥夺被俘者的人性和尊严。切尔耐注意到那个阿尔及利亚人由于长时间绑在柱子上,小便只好尿在裤子里,因此他的整条裤子全部都被浸透了。其次,对俘虏的折磨还包括精神上的折磨,法国士兵故意大声探讨如何处置这个囚犯,其粗鲁、仇恨的言语令受俘者非常害怕,"我们要整死这个家伙,这个婊子养的!"(革命,210)在听到法军士兵的这些话语以后,被绑在柱子上的阿尔及利亚人只要听到有人朝他的方向走动,就吓得直打哆嗦。勒克莱齐奥的这些描写具有很强的历史真实性,例如法国军队在对待战俘上的方式,茨维坦·托多洛夫曾说过:"在阿尔及利亚战争期间,法国军队曾经系统地向阿拉伯人实施折磨,特别是自1957年,他们被委任警察的职责开始。"①

对于让·马罗这个还是中学生的人物来说,那些间接听闻的发生在法属殖民地的暴力行为与他在法国学校课堂里学到的理想、理念性的东西简直就是背道而驰、格格不入的。这种学校传授的知识和教条与现实事件之间的鲜明对比,被作家用来批判西方二元机制中的抽象和实际的对立。对于让·马罗来说,他每天要面对的,一方面是他身边的人亲身经历的阿尔及利亚殖民地的残酷现实,另一方面却是学校的老师们每天喋喋不休地吹捧启蒙、人性和普世价值。在让-埃杜德·马罗的故事里那种对共和国精神半信半疑的间接批判态

---

① Tzvetan Todorov. *L'esprit des Lumières*. Paris: Robert Laffont, 2006. p. 101.

度，在让·马罗的故事里变成了一种针对分割具体和抽象、理念和行动的西方思维方式所进行的清晰可辨、态度坚决的批判。对于勒克莱齐奥来说，欧洲的当代社会往往和物质的、现实的生活经历脱节，反而被抽象的智力、思想领域所支配，因此作家将矛头首先指向了法国的教育系统。让·马罗把在阿尔及利亚战争紧张气氛下的尼斯描写成一个抽象的城市，"抽象统治着一切"（革命，214）。学校里只顾着教授关于西方启蒙哲学的抽象话题，例如"自由、博爱、孟德斯鸠眼中的荣誉、霍布斯眼中的自然"（革命，139）。在这种氛围中教师们只谈论形而上的、书卷气的话题，例如让·马罗的法语老师布置的作业，是搜集书籍和字典上关于人生关键时刻的箴言和金句，并将它们抄写在一个题名为"结晶"的日记上。而他的哲学老师，则喋喋不休地讲述着诸如"虚无、空虚、非我、非存在"等一类的抽象话题，好像这些都是人生的首要问题。作为一种反抗，让·马罗在文学老师布置的撰写"结晶"笔记的作业里，用阿尔及利亚战争每天的新闻报道内容，尤其是伤亡人数，来代替所谓的箴言金句，以此作为自己生活的"结晶"。同样，在哲学老师的课上，当老师提到"虚无"的时候，让·马罗马上联想到他为了支持民族解放阵线党事业而经常逃课参加政治活动的同班同学德罗斯特，让·马罗在心中将他称为"冒险者"，"德罗斯特现在是彻底不来上课了，他离开了词语的帝国，离开了这场喜剧，离开了这场悲剧，离开了各种引用和造假"（革命，141）。

当然，让·马罗对于现实和理念间的断裂有着清醒的认识，这使他站在了其他同学的对立面。与那些喜欢在咖啡馆里无休无止地争论政治和哲学问题的同学不同，让·马罗偏爱在开阔的尼斯城里散步，去接触真实、感性的世界。正是在这些漫步中，让·马罗结识了来自阿尔及利亚城市瓦赫兰的难民，并且亲自见证了阿尔及利亚战争给平民大众造成的巨大影响。同时，和瓦赫兰难民社群的相遇也打开了让·马罗的视野，使他从感性上认识了"他者"的文化。

> 在用马口铁壶临时改造成的露天火盆边，妇女们煎烤着肥肉、炖肉块，以及其他一些让所不认识的东西，这些食物散发出既苦涩又诱人的气味，一种带着人性温暖的亲切味道，与让在自己公寓里慢慢炖出的浓重气味完全不同。在这个刮着风的站台上，这种自由和冒险的味道和这个仇外的中产阶级城市格格不入。（革命，133）

外国难民的烹调气味一方面唤起了让·马罗的味觉，同时也启发他重新审视西方思想将人禁锢在词语、智力等抽象事物之中的局限性，因为这样的思维方式常常使人远离实际真切的生活。"让·马罗感觉自己只能在一个镜面中观看世界，看到的都是由无数在顶角汇聚的等腰三角形所组成的破碎镜像。这些都是思想，唯一的现代思想，同时也充当了艺术、智慧、内省的作用。"（革命，142～143）在这里，再次出现了勒克莱齐奥文本中著名的镜像—意识比喻，因此以一种互文的关系与散文《物质的狂喜》的主题呼应，其主旨在于揭示由于过度崇拜理性和思想而给人带来的存在焦虑感："存在于几代人、神话、系统中的荒谬性，不管是哪一种形式，就是自以为可以实现与生活世界的割裂。"（物质的狂喜，157）

第二节 "事件铭写的表面"：战争叙事中的身体

"我了解饥饿，我曾经经受饥饿。作为一个战争末期的孩子，我是那么渴望油水，我甚至抱着沙丁鱼罐头喝里面的油，我津津有味地舔着盛着鳕鱼肝油的勺子，这是祖母给我强健身体的。我对盐也无比地渴望，我会徒手在厨房的瓶子里抓灰色的盐粒往嘴里塞。……这种饥饿与我相伴。我无法将之忘却。它赋予我一道刺眼的光芒，使我无法忘记自己的童年。"（饥饿间奏曲，12）这一段对饥饿的描写开启了小说《饥饿间奏曲》的故事，这是一个讲述巴黎的犹太女孩儿如何在"二战"中幸存的故事。尽管这段文字的风格看似轻松简单，却代表着勒克莱齐奥叙述历史的方式：作家搜集历史的材料，然后采取一种主观的、个人的、情绪化的叙事视角予以表达，这种表达方法和历史学家史诗般的、以价值观为导向的"正史"视角截然相反。[①]

在勒克莱齐奥对各种历史形式的表达中，我们可以发现一个具有核心意义的、象征性的身体形象，这个被饥饿和疲倦、伤口和疾病考验着的身体，在某种意义上正是对福柯"身体作为事件铭写的表面"[②]这一观点的文学表现。对于福柯来说，身体是历史意义的终极来源。

[①] 值得注意的是，有学者在一篇关于文学和音乐的研究中将勒克莱齐奥文本中的语篇和语义特征与音乐审美编码进行了平行比较，指出作家通过针对饥饿的主题进行创作，将《饥饿间奏曲》的叙事结构演绎成乐谱的形式："同样，在我们的作品中，叙事以饥饿的语篇开始，以饥饿的语篇结。作家做出的这个比喻，通过饥饿带来的痛苦和不满，似乎预示着将要发生的事情。"参见 Fracy Ollende-Etsendji. *Littérature et Musique*：*Essai poétique d'une prose narrative musicalisée dans Ritournelle de la faim de Le Clézio*. Tours：Université François Rabelais de Tours，2014. p. 80.

[②] Michel Foucault. *Dits et écrits I*. Paris：Gallimard，2001. p. 1011.

是身体，在生与死之间，在强与弱之间，承载着所有真理和所有错误的结果，正如与此相反地，它也承载着所有这一切的起始来源。为什么人们要发明沉思的生活？为什么人们要赋予这样的生活以一种至高无上的价值？他们又为什么要将沉思中所塑造的想象视为一种绝对的真理？①

像福柯一样，勒克莱齐奥也将"身体"作为理解历史、书写历史的关键，因为只有在身体中，才能发现逝去事件的耻辱痕迹。因此，认为在更高的精神境界中才有现实，或者历史的进程受到一种不变真理所左右，或者以平民的牺牲和伤痛为代价实现更崇高的历史使命，这种种历史观都是谬误的观念。"为了结果可以不择手段"的箴言只是人们用于粉饰战争，使其在道德上合理化的谎言。对于福柯和勒克莱齐奥来说，战争的历史首先是关于那些肉体承受了战争侵害和伤痛的广大群众的历史。

因此，"身体"成为勒克莱齐奥穿透繁杂的战争历史进行创作的关键钥匙，也是一种讲述历史的新方式，可以避免历史合理性的说教，以及华而不实的史诗叙事。勒克莱齐奥笔下的历史题材作品偏爱历史的感性一面，拒绝过度的分析和阐释，同时也偏爱个人的视角，拒绝以一种宏大的、概括的方式再现历史。

一、流浪的犹太人

由于童年时期战争给作家打下的苦涩印记，勒克莱齐奥在讲述历史的时候偏爱选取忽然之间被卷入政治、历史动荡的脆弱的无名百姓，以他们的视角作为叙事的出发点。然而，值得注意的是，战争的残酷并不是直接地在叙事中表现出来。在这一点上，玛丽娜·萨勒斯在研究中指出："勒克莱齐奥很少将他的读者放在极端暴力的偷窥者位置上。"② 历史事件只是叙事的背景。作家更倾向于表现战争给平民的日常生活带来的影响，例如军队对平民住房的强行征用，每天为了领食物配额而排成的长队，由于宵禁而被废旧报纸塞得严严实实的窗户，等等。这样的历史叙事角度使得作家可以用与国家宣传不同的视角来表现历史。

发表于1992年的《流浪的星星》是作家创作的作品中融入了最多历史元

---

① Michel Foucault. *Dits et écrits I*. Paris：Gallimard，2001. p. 1010.
② Marina Salles. *Le Clézio, notre contemporain*. Rennes：Press Universitaires de Rennes，2006. p. 38.

素的长篇小说。小说每个章节的开头，都准确地注明了故事发生的地点和年份，如"圣·马丁–维苏比，1943""努尔尚难民营，1948"等。小说讲述了战争时期的两个年轻女孩在战争中各自面对的不幸的经历。

艾斯苔尔·格莱茲是一个十三岁的法国犹太裔女孩儿，本来和父母一起在阿尔卑斯山的圣马丁区域过着幸福的生活。然而由于"二战"的爆发和德军对法国的占领，艾斯苔尔失去了她作为共产党员的父亲，并且必须和母亲以及村里的其他犹太人一同逃亡到法意边境的山区避难。母女俩随后在意大利的一个小村庄费肖纳勉强度过了1944年一整年的时间。1945年战争结束后，母女俩来到巴黎，短暂地寄居在一个父亲生前的朋友家里。在那个时期，很多法国犹太人由于不满法国政府在德军占领期间对犹太人的背叛，纷纷移民到巴勒斯坦、美国或加拿大。此时正值十七岁的艾斯苔尔也决定和母亲一起离开法国前往巴勒斯坦。对她们来说，这是唯一一种逃避战争给她们留下的创伤回忆的方式，也是寻求一个全新的犹太人身份的机会。然而，艾斯苔尔和母亲的耶路撒冷之行充满了意想不到的艰辛：乘客爆满的火车车厢，为了等待火车和轮船而在车站和港口整夜地辛苦等待，在海关被逮捕，在土伦港口被关押羁留。等到艾斯苔尔和母亲最终到达圣城耶路撒冷的时候，她们却发现想象中的充满阳光、穹隆、寺庙塔尖，被橙子树和橄榄树包围的光明之城与现实中的耶路撒冷具有戏剧性的反差，到处尘土飞扬，火灾的浓烟滚滚，因战争破坏而塌陷的道路、爆炸引起的响雷般的轰鸣声、被遗弃的村镇，以及一群群穿着破烂、急于逃难的阿拉伯难民。

正是在这个时候，发生了《流浪的星星》这部小说里高潮的一幕。一个年轻的阿拉伯女孩儿从难民队伍中走出来，她走近艾斯苔尔，并递给她一本黑色的笔记本。这个勇敢的巴勒斯坦女孩儿实际上就是小说另一条线索中的主人公耐吉玛。在两位主人公短暂的相遇后，耐吉玛回到了逃难的队伍，而艾斯苔尔也跟随犹太人的卡车远去了。虽然这个短暂的照面只持续了几分钟的时间，却给两个来自不同文化的女孩儿带来了决定性的影响。显然，两个生活在苦难中的女孩在这相遇的时刻找到了彼此的知音，尽管她们语言不通，但是从眼神交流中就可以领会两人各自在战争中所承受的苦难。共同的经历加深了她们的同理心，使得对方的形象不断地在她们各自的记忆里浮现。然而，在这样的情节设置中，却含有某种讽刺意味，值得人们深入思考。艾斯苔尔和耐吉玛的人生轨迹尽管在某个时点相遇，却注定走向完全不同的方向。犹太女孩儿很快在犹太社区——"基布兹"定居，在那里重新开始她的生活，而阿拉伯女孩儿则被安置（囚禁）在努尔尚难民营，在那里有更加可怕的灾难等待着她。从这个意义上说，犹太女孩儿艾斯苔尔在以色列的新生正是以像耐吉玛一样的巴勒斯坦平民的流离失所为代价换来的，这使得她们的相遇相知带有一种残酷的悲剧色彩。然而作家故意让来自战争不同阵营的两个单纯女孩儿意味深长地看着对方，并且时常挂念起对方，来表现历史潮流中个体的无力，以及非常的时代背景下人性中残存的温暖。同时，通过两位来自不同世界的姑娘的交流与同情，作家也对人类族群之间通过交流，而非战争来解决争端表达了自己的愿望。艾斯苔尔和耐吉玛，不管各自隶属于何种政治、种族的阵营，她们都是战争最直接的受害者，她们的伤痛都是真切的。

　　正如我们在前面提到过的，勒克莱齐奥历史题材小说的叙事特点，就是不对善与恶做价值论上非黑即白的判断和分析，也不会对历史事件中牵涉方的对与错做过多的评价。相反，作家着力聚焦于历史事件和历史背景对平民日常生活带来的巨大影响，对个体生命历程的摧残。在《流浪的星星》中，作家展示了两个不同背景的主人公完全被战争的冲击毁掉的生活。主人公的挣扎不仅是她们各自对抗自己命运的斗争，也从很大程度上反映了战争时期的一代人被毁掉的人生。当然，战争的冲击对于勒克莱齐奥来说，首先就是对人物生命的威胁、在极端环境下对身体的考验。

　　作为"二战"时期的欧洲犹太人，艾斯苔尔在战争冲击下的破碎生活被打上了三个鲜明的印记：恐惧、失去亲人的伤痛，以及不断逃亡的焦灼。首先，由于一刻不停地被反犹势力所迫害和追逐，艾斯苔尔的一生都在不停地逃亡——她无法停下旅行的脚步，乘火车、坐轮船，翻山越岭地奔走，从一个住所搬到另一个住所，尼斯、圣马丁、费肖纳，然后又回到尼斯、奥尔良、巴黎、耶路撒冷、蒙特利尔，最后又回到尼斯。不管是穿越意大利边境的山林，和一群"被行李压垮，向前躬着腰，脚下被石头锋利面划得疼痛不已，踉踉跄跄前行"（流浪的星星，107）的窘迫的逃难者同行，还是在冰冷的黑夜中等待火车的到来——"我看着车站上横躺着的身体，有的靠着墙、有的坐在长椅上，勉勉强强地入睡"（流浪的星星，149），逃难的生活充满了各种只能默默忍受的艰辛苦涩。唯独在一次火车的旅途中，许久以来被苦难压抑的情绪在艾斯苔尔那里通过一种无法遏制的歇斯底里迸发出来。

　　这是在一次前往马赛的旅途中，火车车厢挤满了人，完全没有可以坐下的空间。由于极度疲惫，艾斯苔尔的母亲找了一块车厢走廊上的位置躺了下来，正好在厕所门口，难闻的味道伴随着厕所门在耳边啪啪敲打的声音也没有影响疲乏而困倦的母亲，她很快沉沉地睡着了。这时，一个准备使用厕所的男人走上来将熟睡中的母亲推到一边。在男子的这一举动下，本来已经筋疲力尽的艾斯苔尔狂怒了，"我跳到他身上，开始用拳头不停地打他，用指甲抓他，并且一言不发，也没有流泪，只是紧紧地咬着牙关，眼睛里噙满泪水"（流浪的星星，

146)。艾斯苔尔迸发出来的这种过度的怒气微妙地诠释了她对于无端降临到她的种族、家庭身上的悲惨命运和不公平对待的怨恨。她在一段独白中坦言自己在世界的恶意面前体会到的不安全感、孤独无助感:"我多么希望能够终其一生待在一个地方,可以每天看着日起日落、看着云朵飞鸟,可以无忧无虑地做梦。"(流浪的星星,148)这样一种对安全感的渴望,一直被逃生的急迫情境压抑着,被路途的辛苦麻痹了,然而在一个尴尬的场面中如火山一样爆发出来。

  艾斯苔尔破碎生活的另一个重要痕迹,是挥之不去的丧失亲人的痛楚。这种哀悼的痛苦有双重意义。首先是对于在战争中逝去的父亲的哀悼。艾斯苔尔十三岁的时候,失去了她深爱的父亲。然而,由于需要紧急逃往意大利,家人并没有立刻把父亲死去的噩耗告诉她。而在意大利居住期间,艾斯苔尔陷入了一种严重的抑郁之中。突然间失去父亲,甚至没有机会道别,这在艾斯苔尔心里刻下了难以治愈的伤痕。关于父亲的记忆如潮水般涌现在她脑海中,使她陷入深深的悲伤,"记忆像碎片一样涌来,像村里屋顶上残留不去的薄雾,又好像冬天山谷里升起的阴影"(流浪的星星,156)。另一方面,艾斯苔尔的哀悼也是对她自己象征性死亡的哀悼。艾斯苔尔一直被自己的死亡的忧伤纠缠着,这种死亡是由命运的冷酷、所处时代的黑暗,以及持续的恐惧感制造的象征性死亡。

    黑夜彼此之间联结起来,它们遮盖了白日。在圣马丁,黑夜进入我的身体,它们让我冰冷、孤独、无力。……母亲在冰冷、狭窄的房间里和我一同睡觉,她为了给我取暖紧紧把我抱在怀里,因为生命在从我的身上消失,生命向外面散开,向床单、空气、墙壁里逃逸。(流浪的星星,158)

不仅如此,精神上的痛苦也慢慢发展到肉体层面。

    于是我不再说话,不再吃东西。妈妈只好像喂婴儿一样用勺子往我嘴里喂送食物。我真的变成了一个婴儿,每天晚上我都会尿湿床铺。妈妈只好用各种颜色的碎旧布料做成尿布给我穿。(流浪的星星,156)

象征意义上的死亡和身体的冰冷与在圣马丁度过的童年记忆形成鲜明对比,那是在一个儿童的记忆还没有被战争玷污以前热情和活跃的感觉。

> 我们可以再活一次，我们可以找到曾经在圣马丁存在的美好事物，山谷里小麦的味道，冰雪融化时的溪水，午后的静谧，夏天的天空，在高草中被人踩出的道路，河里激流的声音，以及特斯当亲吻我胸部时的面颊。（流浪的星星，159）

在死亡与记忆的对比之中，我们可以看出，艾斯苔儿虽然在战争中幸存下来了，但是她并没有真正地"幸存"，她的生活是一种完全被动的承受侵害和勉强度日的苟且，她的情感、她对世界的好奇，都被生活的苦难消磨殆尽了，剩下的只有一具尚且留有气息的身体。这就像伊曼纽尔·列维纳斯所说的，战争的破坏力，就在于它可以将个体由内而外地蛀空，在这种情况下，几乎任何被战争牵连的个体都不能幸存了。

> 力量的考验就是实际的考验。暴力不仅限于伤害和消灭，而更倾向于打扰和阻断人生的连续性，让人们去扮演根本不适合他们的角色，让他们去背叛，不只是一般的职责，而是他们做人的根本，让人们去完成某种行动，其结果是导致别的行动不再可能发生……战争并不是将外部和他者表现为他者，它直接毁掉自我的身份。①

《流浪的星星》中充满了大量的现实生活场景，而这些关于一个犹太家庭的日常生活事件与犹太人大屠杀、战场厮杀，以及集中营的残忍比较起来可以说是微不足道的。实际上，主人公艾斯苔尔在叙事中也多次表示自己非常幸运地能够在"二战"的动荡中幸存下来，而许多和她一样的欧洲犹太人却没有能够幸存。作家选取战争中没有那么血腥，影响却更加普遍的一个方面进行创作，正是为了声讨战争对一个时代的人生活的摧残。

二、战争阴影下的"灵薄狱"

与艾斯苔尔的逃亡生活比较起来，《流浪的星星》中巴勒斯坦姑娘耐吉玛的命运更加悲惨和绝望。作为1948巴以战争期间努尔尚难民营中的难民，耐吉玛见证了发生在巴勒斯坦人民身上的一段非常黑暗的历史。作为巴勒斯坦难民的耐吉玛当时所处的历史环境可以总结如下：通过1917年的贝尔福宣言，

---

① Emmanuel Lévinas. *Totalité et infini: essai sur l'extériorité*. Alphen aan den Rijn: Kluwer Academic, 1971. p. 6.

英国作为巴勒斯坦的新兴控制力量,支持巴勒斯坦领土上的犹太人建立家园组织。阿拉伯人则反对在巴勒斯坦领土上建立犹太人家园。然而,"二战"期间纳粹政府在欧洲的势力扩张使得更多的欧洲犹太人移居巴勒斯坦。在此期间,巴勒斯坦人组织了一场运动反对新兴的犹太运动和统治当局,于是导致了在犹太军队和阿拉伯反抗者之间连续的激烈暴力冲突。双方的战争于是引起了数十万巴勒斯坦难民的流离失所,安置难民的问题也就成了巴以冲突历史上极为重要的一个问题。耐吉玛的故事就是依据这一时期众多难民的遭遇创作而成的。

叙事的重点仍然聚焦于广大平民所承受的痛苦,以及那些被历史的尘土埋没的累累白骨。故事中耐吉玛所在的努尔尚难民营本应是一个临时难民营,正处在一个如同联合国向巴勒斯坦难民承诺的、将难民带向更好生活的过渡阶段。然而难民很快发现了一个残酷的事实:实际上他们被剥夺了自己家园的土地,然后又被抛弃在这个既是贫民窟,又是四周缠满铁丝的监狱般的难民营中。而正是耐吉玛见证了这个难民营日复一日地沦落为象征意义上的人间地狱和实际意义上的坟墓。

努尔尚难民营的居民们一直被死神威胁着。即使在刚刚到达那里的时候,耐吉玛就用一种先知的口吻预言了步步逼近的死亡。难民营中的生活条件是如此艰苦,以至于每个寻常的一日都变成了艰巨的考验。由于身处一个荒郊的贫瘠土地上,难民们没有别的获取食物的方式,只能等待联合国食物运送卡车的救济,而联合国分发的食物根本无法满足难民们的日常需要,"他们在这里分发的面包又硬又苦,每个人每天的配额是两片,有时候甚至是一片"(流浪的星星,242)。他们住在用铁皮、木板、纸壳搭建起来的临时房屋里,这些房屋基本无法为他们遮风避雨,被耐吉玛称为"男女老少席地而睡的悲惨的地方"(流浪的星星,241)。然而最严重的问题还是水的匮乏,随着附近井里的水变得越来越浑、越来越少,努尔尚难民营的难民们也日渐在其苦难中消沉下去,"孩子们的衣服沾满了粪便、食物和泥土,妇女们的裙子也由于积满污垢而变得如硬壳一般"(流浪的星星,232)。作家着重刻画了阿拉伯难民们极其恶劣的艰苦生活,将这种生活称为连动物都无法幸存的极端环境,例如作家在文中花费很长的篇幅所描写的一条狗的死,以及耐吉玛对之所表现的深深同情。

在耐吉玛的通篇叙述中,她再三强调的一个事实,就是难民们的生活好似驻扎在地狱边缘的"灵薄狱",在这里他们不是"生活",而是在最大限度地忍受着"死缓"。这种"死缓"的状态通过三个突出的方面表现出来。首先,当提及难民的时候,耐吉玛故意使用"躯体"一词(le corps,在法文中既有"身体",又有"尸体"的意思),而不是"人"(la personne)或"人们"(les gens)等词语,来暗示和影射尸体的形象,"有一刻我从这些躯体中间走过"(流浪的星星，228)。每天，耐吉玛都要从躺在地上的人身边经过，这些人看起来有气无力，眼睛因为发烧或干渴而变大。这是一些"穿着破烂的阿拉伯士兵，头上流着血，腿上缠着用作绷带的破布，身上没有武器，他们的脸因干渴和饥饿而下陷，其中一些还是儿童，却过早地被战争和劳累折磨成熟，还有成群的妇女、儿童、老弱病残，这些人的队伍一直延续到天际"(流浪的星星，227)。耐吉玛在提到那些受难的人民的时候，就好像他们只是些尸体，当然，其用意不是为了嘲讽，而是尖锐地指出这些难民所经历的非人生活实际上是一种"缓期执行的死刑"。其次，即将降临到难民营的死亡还通过儿童的早衰表现出来。

> 在他们中的很多人身上，儿童的特征似乎已经被一种无法让人理解的衰老侵蚀了。瘦削的女孩子们肩膀拱起，她们的身体似乎在过大的裙摆里面飘荡；光着身子的小男孩们双腿弯曲，膝盖显得异常庞大，皮肤是灰一般的暗沉颜色，头顶长满发癣。(流浪的星星，232)

这些描写好像是为了回答艾斯苔尔提出的问题"（战争中的）孩子们怎么办？"(流浪的星星，220)而写的那样，在这里，孩子们的绝望最彻底地表现了战争的异化本性。

最后，"缓期执行的死刑"的隐喻也通过发烧的耐吉玛看似疯癫的预言表现出来。在高烧的作用下，耐吉玛对难民营的前景有一种末世来临的视野："就好像所有人都死了一样，好像一切都永远地消失了。"(流浪的星星，258)她于是沿着难民营的道路边跑边喊："醒一醒！……做好准备！"(流浪的星星，259)所有被吵醒的难民都以为她疯了。而实际上，在福柯对疯癫的研究中，就曾经指出欧洲文学中长久以来就有通过疯癫人物来揭示事实真相的传统，文学中的疯子时常是"真相的掌握者"。① 耐吉玛的疯话从这种意义上来说有了一种揭露真相的价值，既表达了难民营人民的"死缓"状态，又预示了后文中将会出现的，毁灭了整个难民营的传染病。

艾斯苔尔和耐吉玛，两段破碎人生的故事，两个被战争毁掉生活的女孩。他们在小说中的短暂相遇是为了让彼此互为见证，为了不遗忘在历史前进过程中曾经碾压过的平民的痛苦和受难。勒克莱齐奥关于战争历史的写作超出了一般的反战主题，而是揭示了福柯提出的"身体作为事件铭写表面"的观点，同时也是为了将被官方历史排斥到边缘地带的内容重新放在显耀的位置纳入人

---

① Michel Foucault. *Histoire de la folie à l'age classique*. Paris: Gallimard, 1972. p. 24.

们的视野。在作家的叙事架构中，这种意图很明显地表现在了故事开头的一个场景里。在故事开始的时候，努尔尚难民营不正是被作家比作无足轻重、不被人所察觉的灰尘吗？"这些人像细小的灰尘一样，看不见也摸不着，谁也不知道他们从何处而来。"（流浪的星星，229）然而，勒克莱齐奥却把正统历史视作灰尘的内容，重新放置于历史的深镜头中，让所有细节都展露无遗："孩童身上的伤疤，虱子的咬痕，跳蚤，开裂的脚后跟，板结成块的肮脏头发，灼烧着眼皮的结膜炎。"（流浪的星星，242）

然而，勒克莱齐奥的历史写作并不只是对劳苦大众的受难采取同情姿态，他也积极指明和批判了那些造成难民苦难的罪人。在《流浪的星星》中，对帝国主义权力的批判不仅被暗示出来，也被直接地表达出来。一方面，联合国的罪责和过失通过难民的诘难表达出来，"联合国抛弃了我们，他们不愿再给我们提供食物、药品，现在我们都将很快死去"（流浪的星星，225）。另一方面，对巴以战争负有重要责任的殖民主义与帝国主义势力，例如英国和法国也在小说中通过"无情的太阳"这一比喻表现出来。由小说中老智者提出的问题："难道太阳不应该是照耀所有人的吗？"（流浪的星星，223）影射了自称可以普照人类、具有普世价值的人文主义精神。然而，阿拉伯难民被驱逐出自己故乡的土地、像虫子一样被人抛弃的非人道历史事实，恰恰说明了这些高大的价值观念只适用于一部分人类——白种人和有产阶级。因此，耐吉玛在经历了一切的苦难后对西方人文主义价值观进行了新的审视，并且用自己的方式对老智者的问题给出了否定的回答："我从来没有感受过如此的恶意，这股带有无情力量的光芒照耀着这片生命支离破碎的土地。"（流浪的星星，234）

本章主要探讨了勒克莱齐奥以历史题材为背景的叙事作品——《沙漠》《革命》《饥饿间奏曲》《流浪的星星》。在勒克莱齐奥创作的大量历史题材作品中，身体的创伤经历成为其历史叙事的焦点所在。在作家的历史话语中，身体正如福柯所说的，是"事件铭刻的表面"，它的痛苦与伤痕是对历史事件和历史进程最真实的铭刻。本章中所讨论的"受难的身体"并非指战争炮火下血肉横飞的战场，而是在战争和殖民历史里的平民百姓，"受难的身体"代表了他们在战争的阴影下承受的艰辛与磨难，诸如饥饿、寒冷、劳累、疾病的肉体痛苦最细腻，也最真实地反映了战争的暴力所蕴藏的惊人的破坏力。作家通过聚焦于筋疲力尽的、受难的、被损害的身体，通过将它们放置于历史镜头的中心，找到了一种新的表达历史的叙事策略，避免了在陈述历史时使用类史诗的笔调。作家揭露了西方文明靠殖民主义和帝国战争发家致富的历史阴暗面，同时也揭示了在价值观的问题上，没有所谓的普世价值，在历史的问题上，也没有一种对历史事实单一的认识。

在小说《沙漠》关于法国殖民者征服北非游牧民族的故事中，占据篇幅最大的内容不是交战双方领导层的决策，不是法国殖民军和沙漠民族的交锋，而是游牧民族为了逃离战争而进行的穿越撒哈拉沙漠的长征。于是，历史叙事的深镜头对准了那些衣衫褴褛、皮肤开裂的男女老少。他们在沙漠炽热的烈日、滚烫的沙子上踽踽前行，凭着对祖先和神灵的信仰以及坚定的求生欲望，与全世界最严酷的自然环境相抗争。由此，作家将看待历史的视角从"正史"中殖民者对沙漠民族的侵略和屠杀转移到殖民地人民的抗争和努力上来，引导读者重新审视东西方不同的价值观，不再以战争的输赢来定义历史的荣耀。

涉及法国大革命和阿尔及利亚战争的小说《革命》则显示出西方文明在看待历史进程时的唯心主义倾向。这部小说表现了一个家族之中跨越两个世纪的两代人在各自时代背景下面对历史事件的困惑与挣扎。正如祖先让－埃杜德·马罗面对法国大革命所宣扬的美好革命精神和现实历史进程中非人道行为的巨大反差所产生的幻灭一样，后代让·马罗对于法国政府美化阿尔及利亚战争的合理化说辞具有清醒的洞察，他谴责那种蛊惑人心，将殖民侵略战争美化为"开化使命"的官方论调，努力去揭露战争中普遍存在的恶行与暴力。从这个意义上说，《革命》中所突显的种种饱受摧残的身体形象作为历史中现实的一面反映了西方殖民史残暴贪婪的本质，与形而上的历史说辞形成鲜明对比。

小说《流浪的星星》通过深入描写战争对人物生命的威胁，极端环境对身体的考验，展示了两个来自敌对阵营的主人公各自被战争毁掉的生活。在"二战"的阴影下，犹太女孩儿艾斯苔尔的生活被不断逃亡的恐惧和劳累所裹挟；在巴以战争的背景中，阿拉伯女孩儿耐吉玛在难民营中的生活则被无法逃避的死亡所笼罩。小说《流浪的星星》的叙事方式再次证实，勒克莱齐奥历史题材小说的叙事特点，就是采用与官方历史不同的叙述视角，避免历史的宏大叙事，不对历史事件作形而上的判断和分析。相反，作家着力于书写历史事件对平民日常生活带来的巨大影响，以及对个体生命历程的摧残。

正是在这个意义上，我们认为，勒克莱齐奥将他对身心二元关系的思考注入其历史叙事。在作家看来，身体代表了殖民、战争历史进程中扎根于现实的一面，它与将历史中的暴力合理化的精神理念、崇高理想形成强烈的反差与对抗，铭刻于身体之上的暴力和罪行，反映了殖民史和战争史残暴和罪恶的本质，而这种残暴和罪恶与西方社会推崇理念、背弃现实的唯心主义倾向密不可分，同时也植根于精神、身体二元关系中隐喻的征服、控制关系。在本章结尾，我们引用德斯康对现代历史学家的工作所做的评价来概括勒克莱齐奥的历史视角,这段评论再次强调了在历史问题上抽象理念与实际生活经验之间的巨大反差。

>在那些关于自由的抽象宣言后面,人们经常遭遇禁闭;在那些关于平等的抽象宣言后面,人们常常遇到肉体的奴役;至于那些关于博爱的宣言,它们大多时候只不过是掩饰**排他**(exclusion)行为的美好说辞。①

---

① Christian Descamps. *Quarante ans de philosophie en France*: *la pensée singulière de Sartre à Deleuze*. Paris: Bordas, 2003. p. 107.

第六章　原始身体

从 1970 年到 1974 年，勒克莱齐奥在一个叫作塔朋德·达连（El Tapón de Darien）的中美洲地区和两个南美印第安部落——安巴拉和乌纳安，一共生活了四年。当然，这并不是作家第一次在非西方的文化环境中生活，因为 1967—1968 年间，勒克莱齐奥曾经作为法国派出的科技外援在泰国服过兵役。然而，与南美印第安部落的共同生活经历却给作家的文学创作带来巨大的影响。关于作家这段不同寻常的生活经历，日本学者铃木雅生曾经将之比拟为激发作家创作灵感的"引爆器"[1]。而杰拉尔·高尔当兹则将这段经历比喻为作家创作生涯中的"哥白尼革命"[2]。那么，这段南美之行到底有何特别之处，以至于会对作家产生如此巨大的影响呢？这种影响在作品中又是如何体现的呢？

在一段和杰拉尔·高尔当兹的对话中，作家特别提到这个问题："这段经历改变了我的生活，我对世界和艺术的观念，我和别人相处的方式、相爱的方式，我的走路、吃饭、睡觉的方式，它的影响甚至渗入了我的梦境。"（歌咏的节日，9）在和杰拉尔·高尔当兹的另一次访谈中，作家再次谈到这个问题，给出了更为具体的阐释：

> 这段经历是一个巨大的身体上的冲击（choc physique）。它是如此的艰难。天气很热的时候，要步行很远的距离。因此，必须让自己的身体坚硬起来。只有长满老茧的手才能托起围桩和吊椅。像我这样脚掌不够硬，没法踩着铺满碎石的河床过河的人，只好穿着皮鞋过河，河底的沙子滑到鞋底和皮肤之间，感觉像是鞋子里塞进了玻璃纸。当你从这些河里涉水而过的时候，最大的困难不在于水，而是钻进鞋袜的沙子。因此，我必须要学会很多生存的基本技能。

作家在南美的经历特意强调的，明显是这段生活的身体特征，而非观念性的思想。于是，作家在南美印第安部落经历的这种"身体冲击"，也将是读者在他的代表作《沙漠》《奥尼沙》《寻金者》《偶遇》等作品中感受到的"身体冲击"，因为在上述作品中，原始身体的野性之美自始至终在文本中洋溢。透过这些充满活力的身体，我们发现早期文本中作家热衷于描绘的那个沉浸在怀疑和焦虑中的"我"，被一个尝试与他者沟通交流的"我"代替了。在这个

---

[1] Masao Suzuki. *J. M. G. Le Clézio*, *évolution spirituelle et littéraire*: *par-delà l'Occident moderne*. Paris: L'Harmattan, 2007. p. 105.

[2] Gérard de Cortanze. *J. M. G. Le Clézio*: *le nomade immobile*. Paris: Gallimard, 1999. p. 108.

问题上，勒维评述道："在很多方面和列维纳斯的哲学轨迹一样，勒克莱齐奥的文学创作赋予一个断断续续的旅行以许多具体的细节，这个旅行以自闭的孤独存在为起点，走向一种被列维纳斯称为'在存在以外'的暴露于世的'别处'。"① 作家第一个创作阶段中饱受迫害妄想症折磨的西方城市空间，被一个"别处"的自然世界所提供的自由、诗意的世界代替了。同时，早期作品中那种愤世嫉俗、满怀嘲讽的文笔风格变成了一种平和、轻松的抒情风格。阿尔尚博对此评价说："富有悖论意味的是，作家越是深入探究非西方文化对存在的理解，他的法语写作就更接近经典的风格。"②

勒克莱齐奥的创作在南美的四年经历后发生了重大的改变，这种改变在很大程度上归因于他在原始部落生活中感受到的"身体冲击"。那么，从对世界的认识上来说，这种身体冲击对作家的思想视野产生了什么样的影响？从艺术表现上来说，又是如何体现在作家的文本创作中的呢？这正是我们在这一章中将着力讨论的问题。

第一节 表现野性身体之美的原始身体技能

法国人类学家马塞尔·摩斯在他的代表作《社会学与人类学》中提出了一个"身体技术"的概念，即"在每个社会的传统形式中，人们使用身体的方式"③。这个概念很好地囊括了勒克莱齐奥在一系列叙事作品中展现的原始身体技能，例如行走、游泳、狩猎、饮食方式等，对原始身体技能的描写在很多作品中占有大篇幅的描写。如上文所述，勒克莱齐奥表示在与原住民的共同生活中感到了一种"身体的冲击"，对于一个习惯于现代化便利的西方人来说，突然回到一种赤脚行走、席地而睡的原始族群生活必然感到天翻地覆的变化。当这些生活场景被作家转化成文字呈现给读者，也必然带给现代世界的读者一种巨大的冲击，其中的一些冲击由于对感官的撞击力，甚至会引起读者身体上的不适感。

---

① Karen. D. Levy. Elsewhere and otherwise: Levinasian eros and ethics in Le Clezio's La Quarantaine. *Modern Foreign Langages and Literatures*, 2001, Vol. 56, p. 255.
② P. J. Archambault. Jean-Marie Le Clézio and the 2008 Nobel Prize: can France really claim him? *Symposium*, 2009. pp. 281 – 297.
③ Marcel Mauss. *Sociologie et anthropologie*. Paris: Presses Universitaires de France, 2010. p. 366.

对某些批评者来说，勒克莱齐奥书写部落民族的原始生活是为了使作品获得一种异国情调（exotisme），满足西方读者对原始民族猎奇的心理；另一些批评者则认为作家在描写原始生活中带有一种天真的善恶二元论，将原始民族塑造成"美好的原始人"（le bon sauvage）①，并与现代人相对立。例如，阿尔尚博认为："勒克莱齐奥倾向于沉溺在'异国情调'中，也就是说，他倾向于不惜以丑化西方科技文化为代价，将原始文化理想化。这意味着，他贬低具有惊人破坏力的西方文化，而天真地——甚至错误地——将原始文化描绘成风景如画而又一成不变的。"②

然而，作家书写身体技能的创作意图在我们看来更加复杂、更加微妙。如果说勒克莱齐奥特别钟情于对原始部落日常生活的写作，如果说他为原始的身体技能而着迷，这是因为一方面，他对原始身体有着一种与传统西方观念截然不同的审美标准。对他来说，原始身体是力量与美、智慧和活力的综合体。另一方面，原始身体技能更有利于人和宇宙的交流，是幸福生活状态的源泉。通过聚焦于日常原始生活，一方面，我们将分析焕发着智慧和美感的原始野性身体，另一方面，将探讨原始身体技能和幸福的关系，并阐释从何种程度上，作家文本中的原始身体技能使人通达一种与自然真实交流的状态。

一、原始身体技能的启蒙

就在1971年的一次访谈之中，勒克莱齐奥回答皮埃尔·洛斯特关于在巴拿马的生活中如何与印第安原住民交流的问题时说："我学会了他们的语言，但是语言的交流并不是非常重要。交流更多的是指如何操纵一只独木舟，怎样在森林跋涉而不崴到脚。"③ 对于这个问题的回答显示了作家所赋予日常活动的重要性，尤其是那些涉及身体技术的日常活动。日本学者铃木雅生在对勒克莱齐奥和安托南·阿尔多这两位曾旅居墨西哥的法国作家所做的比较研究中指出：

> 勒克莱齐奥和阿尔多的主要分歧在于对待南美印第安世界的元素的问题上采取的截然不同的立场。在和印第安人接触时，勒克莱齐奥的注意力立刻被他们的生活中对外族公开的一面所吸引，而阿尔多则

---

① Jean-Xavier Didier Ridon. L'exil des mots et la representation de l'autre dans les œuvres d'Henri Michaux et de J. M. G. Le Clézio. Urbana-Champaign: University of Illinois, 1993. p. 65.
② P. J. Archambault, Jean-Marie Le Clézio and the 2008 Nobel Prize: can France really claim him. 载 *Symposium*, 2009. pp. 281–297.
③ Pierre Lhoste. *Conversation avec J. M. G. Le Clézio*. Mercure de France, 1971. p. 110.

毫不关心印第安人的日常生活，致力于破解印第安文化中令外族难以理解的秘密。①

的确，在勒克莱齐奥那里，原始身体经验得到了优先的关注，并成为作家以后文学创作的重要灵感来源。勒克莱齐奥在原始身体技能里看到了生命的活力、一种火山般的潜力、一条通向人与自然和谐共存的道路。在下文中，我们首先选取"行走"作为一个典型的原始身体技能，来阐释作家如何书写原始的身体经验。

毫无疑问，"行走"是勒克莱齐奥笔下占用篇幅最多的身体技能。作为一个在世界各地不停旅行的"游牧作家"②，勒克莱齐奥也喜欢将他的人物塑造成不知疲倦的行走者。学者卢塞尔-吉耶认为："作家经常选用米歇尔·德塞都，以及热爱旅行的人偏爱的行走方式，来塑造他的短篇小说中离家出走的人物。这些行动首先是一种身体的行为。"③ 作品中大段的篇幅被用于描写在自然中的长途跋涉。这些描写中既有对自然景物的观察和欣赏，也掺杂着对原住民独特行走方式的观察和描述。

"行走"在《寻金者》主人公亚历克西·雷当的故事中，被描写成人物为融入原始人真实生活而接受的启蒙中迈出的第一步。亚历克西出生于毛里求斯岛的法国白人殖民者家庭，童年时期的亚历克西每天跟着原住民出身的黑人小男孩德尼一起，在居住的海岛上远行。通过将两个不同文化的男孩行走的方式进行对比，作品烘托出野性身体的灵活与力量。

首先，德尼赤脚在自然中行走，而亚历克西在行走中却必须依靠鞋子的辅助。社会学家莫斯曾说过，就身体技术而言，穿不穿鞋走路有巨大的区别，"对于我们（西方人）来说，穿鞋子走路改变了我们脚掌在行走中的姿势；一旦脱去鞋子行走，我们就会对此有强烈的感受"④。赤脚走过荒野自然是一件难以操作的技术，它要求行者有很强的灵活性，能够跳过锋利的岩石、躲避丛生的荆棘；然而在自然的荒野里赤脚行走的技术又让行者具有很多优势，比如不再被潮湿的土壤和趟水过河的问题而困扰，比如在行走中更加贴近自然。这

---

① Masao Suzuki. *Évolution spirituelle et littéraire: par-delà l'Occident moderne*. Paris: L'Harmattan, 2007. p. 126.
② 在这方面，哈灵顿指出勒克莱齐奥笔下人物喜欢到处游历的特征："他的人物的游牧本性被一种常年的搬迁和位移所标志。"参见 Katharine N. Harrington. Writing outside the box: exploring nomadic alternative in contemporary French and Francophone literature. Providence: Brown University, 2005. p. 15.
③ Isabelle Roussel-Gillet. J. M. G. Le Clézio. une écriture radicante au sens plastique. 载 *Contemporary French and Francophone Studies*, 2015, Vol. 19, No. 2, pp. 175 – 184.
④ Marcel Mauss. *Sociologie et anthropologie*. Paris: Presses Universitaires de France, 1985. p. 370

就是为什么在另一部小说《奥尼沙》中,白人男孩凡当发现穿鞋在非洲的土地上行走几乎是不可能的,他只好选择放弃鞋子,并希望通过练习最终磨炼出像原住民那样"硬得似木制鞋底般的"脚掌(奥尼沙,79)。因此,尽管亚历克西习惯于穿鞋行走,但是和德尼在一起的时候他还是会刻意地练习赤脚行走的技能,"我脱掉我的鞋子,用鞋带穿起来吊在脖子上,每次和德尼在一起的时候我都会这样行走"(寻金者,39)。

其次,长途跋涉要求行者具备非同一般的身体耐力,这又是亚历克西与黑人男孩德尼比较起来略显不足的地方。在亚历克西的童年成长时期,他经常和德尼一起踏上很远的行程,一起探索生活的海岛。步行的距离通常很远,要花费一整天的时间,旅途的劳累可想而知,以致在亚历克西幼稚的印象里他们已经行走了数日的时间,"我感觉我们好像已经走了很远,恐怕已经好几天了"(寻金者,43)。尽管亚历克西生性活泼好动,但是这样的远足对他来说也相当吃力,"在大树底下我感觉呼吸困难……树林的炎热和湿气让人憋闷,让气喘吁吁的我呼吸更加困难"(寻金者,41~42)。相比之下,德尼在同样的环境里却行走自如。亚历克西观察到,"德尼在前面走,我看到他细长灵活的身影宛如舞蹈般前行";"跟在他后面,我在荆棘中穿梭,不停地弯下身子来避让扎人的树枝。德尼在森林中则轻松滑行,所有的感官在沉默中静静地潜伏着,朝向外部世界"(寻金者,41)。作家刻意用第一人称的视角表现原住民在行走技能中的身体灵活度和耐力,同时也凸显了在行走活动中原住民身体与自然的微妙贴合。

最后,感觉和直觉都极其敏锐的原住民男孩,能够更好地对自然世界中变化的不稳定元素做出反应,更适合在野性的自然环境中生存。在跟随德尼的旅行中,亚历克西暗暗羡慕德尼的方向感,"他似乎可以辨认出那些隐形的小路",以及他对自然环境的广泛的了解,"他对于树啊、水啊、海啊,知道的是那么多"(寻金者,43)。德尼在旅途中能够辨认不同种类的植物,能够通过闻气味来判断动物的藏身之地,他知道哪些植物可以食用,哪些甚至可以增强体力,他也知道去哪里寻找泉水,来洗去太阳下令人焦灼的炎热和长途跋涉的劳累。

可以说,德尼和亚历克西的关系是启蒙者(initiateur)和被启蒙者(initié)的关系:一方面,黑人男孩德尼通过带着亚历克西长途跋涉,教他辨别方向,辨认植物,寻找动物踪迹,将亚历克西领入当地原住民生活,领入更粗犷、更有野性的自然世界;另一方面,白人殖民者家庭出身的小男孩亚历克西,心中充满了想要走进原始生活的愿望,这种生活对他来说虽然非常艰苦,但是充满了新奇和乐趣。

实际上，原住民启蒙者和白人被启蒙者的形象组合在作家的文本中时常出现。和亚历克西的经历一样，作家着眼于表现，想要融入原始生活的第一道门槛，就是身体力行地像他们一样生活，这意味着被启蒙者必须经过一些身体技能的考验，来完成成为一个真正部落人的仪式化过程（le passage rituel）。《安格力·马拉》中的主人公是一个印第安孤儿，从小被一个白人天主教牧师收养，当他成年后想回到自己出生的印第安部落，重获部落的身份时，就必须经过一系列身体技能的训练："他必须学会在森林里行走，既不能迷路也不能发出声音；学会爬上人心果树采摘果实；学会在水没到脖子的溪流里，在鱼群的轻咬中，半蹲在水里方便。"（安格力·马拉，247）在《奥尼沙》中，法国男孩凡当和黑人男孩博尼的关系也类似于亚历克西和德尼的关系，后者成为指引前者融入当地生活的启蒙导师。

很明显，将启蒙者形象赋予原住民，让白人殖民者成为被启蒙的学徒，作家给予原始身体技能所蕴含的智慧和价值以充分的肯定。这种肯定恰恰颠覆了《鲁宾逊漂流记》中鲁宾逊和星期五之间的师徒关系，颠覆了这对文学经典形象长久以来所象征的白人智慧的优越地位。实际上，作家对脑力知识的优越性一直怀有深刻的怀疑，正如他对于心理学的抨击，指责这门学科纯智力的属性。

  伪科学，这个用语言创造的语言科学，创造出它自己的怪物。谎话连篇，这个善于阐释的科学，它分解，它评判。心理学的衰败完全在于它对智力的倚赖。……我对用来征服和劝说的科学不感兴趣。我对喜好追溯历史、计划未来的智力活动也提不起精神。认识一些精神的秘密，有什么用吗？是为了命令，还是为了决定？（大地上的陌生人，85）

而谈到原始身体技能时，作家采取了高度赞赏的态度。在他的诺贝尔文学奖获奖演说中，作家称自己是一个谦卑的"被启蒙者"，对印第安智慧充满景仰。

  像所有真正的森林一样，这里的森林遍布危险，我不得不把所有的潜在危险以及相应的求生方式列出一个单子。总体上，我得说安巴拉人对我非常宽容，我的笨手笨脚让他们觉着很滑稽。我想在某种程度上，可以用这种娱乐来回报他们与我分享的智慧。①

当然，这种对原始智慧重新赋予崇高价值，挑战现代文明的优越地位的态度必然招致各种强烈反对，因为归根到底，那些原始部落的生活技能，如何能与高度精细发达的现代文明相提并论呢，现代文明所蕴含的丰富多样的知识创造了今天高度工业化的现代社会。作家这种对原始技能的赞美和推崇是否反映了一种天真的蒙昧主义观念（l'obscurantisme）呢？

实际上，勒克莱齐奥从来没有把原始社会构建成一个不知道艰难和残酷的乌托邦形象。相反，在许多对于原住民琐碎的生活细节描写中，我们可以清楚看到他们的生活比现代人的生活更加艰难、更加危险。勒克莱齐奥的异域题材的作品并没有在原住民艰苦、拙劣的生活条件方面吝惜笔墨。其文本中最常提到的原始生活中的窘迫便是饥饿。例如，《安格力·马拉》中的印第安猎手时常忍饥挨饿，"从狩猎的第一天开始到现在（已经有两天时间），他们什么也没有吃，只能塞些野浆果和树叶充充饥"（安格力·马拉，249）。同样，当主人公布拉维多躲到森林深处独自过起野人生活以后，饥饿也成了他的常态。

> 饥饿让他痛苦。为了生存，布拉维多用石头打鸟，或者到河流里的石头上去捉用吸盘吸附石头的猫鱼。捉到猎物后把它们生吃下去。偶尔他能在树林里采到野浆果、野樱桃、人心果、野枣子充饥。然而也有时候，他什么都找不到，饿得吃泥土和青草。（安格力·马拉，306）

野生自然中的原始生活也时常受到死亡的威胁。例如《沙漠》的主人公时而差点被沙漠里的沙尘卷走，时而被巨大的蟒蛇吓得魂不附体。自然中的危险因素还包括各种潜伏的疾病，小说中的亚历克西、凡当、布拉维多就都在阳光的曝晒下因中暑而持续高烧，与死亡擦肩而过。实际上，勒克莱齐奥在塑造原始社会的时候并没有回避原始生活技能的局限性——原住民的灵巧和健硕似乎并没有将他们从生活的艰苦中拯救出来，他们在自然的危机前也显得无能为力。于是，现代人自以为是地把这些他们很少经历的艰苦和危险当作原住民愚昧、野蛮的最佳证明。

那么，到底是什么原因使作家高度赞美原始身体技能中的智慧？我们究竟

---

① 勒克莱齐奥：《在悖论的森林里——2008 年诺贝尔文学奖获演说》，孔雁译，《译林》2009 年第 2 期，第 182 页。

应该怎样理解作家对原始身体技能的推崇和膜拜呢？

二、原始身体技能和现象的身体

对勒克莱齐奥来说，对智力（l'intelligence）这个概念的理解不仅仅局限在头脑的智力上，同样也包含了一种身体性的智力。1978年，即作家旅居南美印第安部落四年后，勒克莱齐奥发表了散文集《大地上的陌生人》，作家通过一个小男孩看待世界的视角表达了他的许多哲理思想和创作理念。在散文集中，作家将智力这个词做了两种含义上的区分：一方面存在着"为了探索心灵秘密的"头脑智力（intelligence cérébralle），另一方面存在着身体性智力（intelligence physique）。后者旨在"用感觉和生命去认知，而不是仅仅使用头脑智力"（大地上的陌生人，158）。在两者之间，作家毫不含糊地表示更赞赏后者，"我对喜好追溯历史、计划未来的智力活动不感兴趣。……我所喜爱的正是不能用语言表达的精神（l'esprit）。这种精神活动展示了生命的厚度，一直在变动之中，难以捉摸，不可分割"（大地上的陌生人，85）。由此可以看出，作家打破了传统意义上对"智力"一词的理解，认为智力不仅包括脑部的智商、理性的思考能力，也包括身体表现出来的许多能力——知觉和运动的能力。这就是为什么作家十分欣赏原住民的身体力量和灵活性，刻意在创作中烘托这种能力的原因。在《大地上的陌生人》中，作家用更加直接的语言表达了在原住民那里观察到的"身体智力"的价值。

> 即时的智力，动作和行动的智力，充满了直觉的微妙。于是人像动物一样在森林里奔跑，所有的感官呈清醒的敞开状态，警惕着危险，辨识着道路，从来不会忘记动物藏身的岩洞和巢穴，或者逃命时的近路。……忐忑不安，充满好奇，警觉的人走上他熟悉的路，倾听各方的信号，辨别猎物的踪迹。这其中没有任何抽象的神秘。（大地上的陌生人，86）

在作家的叙事作品里，能够代表身体性智力的不仅有卓越的运动能力，还包括极其敏感的知觉能力。这些能力在某些人物身上得到了完美的展现，其中，小说《沙漠》里的北非沙漠牧羊人阿尔塔尼就是一个典型的例子。

阿尔塔尼指引拉拉去发现石头场上和山丘的斜坡上所有的一切。他比任何人都了解山上哪里有什么虫穴，金龟子、蟋蟀、螳螂、枯叶虫等。他也了解所有的植物，有些植物的叶子在手指的搓动下会散发香味，有些则具有饱含水分的根部，有些带有茴香的味道，另一些则散发着胡椒味、薄荷味、蜂蜜味。他了解哪些是可以嚼碎的种子，哪些是可以把手指和嘴唇染成蓝色的小浆果。他甚至知道在哪里可以找到星星蜗牛的藏身之处。（沙漠，110～111）

他知道如何看管好畜群，他可以随意将它们赶到他想去的地方，不用任何的鞭打，仅仅将手指含在口里吹个口哨，因为畜群并不怕他。仅仅只凭着口哨声和双手的指引，他也知道如何和蜂群交流。（沙漠，111～112）

阿尔塔尼的耳朵十分精细，他能听见一只兔子在山丘另一端蹦跳的声音。他能在拉拉听见飞机的马达声之前很久，就让拉拉抬头寻找天空上的飞机。（沙漠，109）

很明显，作家将年轻的牧羊人阿尔塔尼塑造成了一个有趣的人物，他的观察力极其敏锐，对自然有着持久的好奇心。对于勒克莱齐奥来说，感觉器官的敏锐以及对事物的好奇心也是一种不容忽视的智力表现，一种倾向于身体性的智力。作家不停地使用"能够"（savoir faire qch）和"了解"（connaitre）这两个动词，来暗示身体性智力的价值应该和头脑的智力一样，当受到应有的肯定。

实际上，对作为原住民的人物卓越的运动和知觉能力的描写不仅带有一种人类学的描述价值，同时包含了一种本体论意义上的探寻，这种探寻试图找到一种"在与活着的世界的互动中实现的，令人迷醉但真实的生活"（大地上的陌生人，86）。

勒克莱齐奥将对智力的理解分为两种层次，并且强调身体性智力不可化约的地位及其联结人和外部世界的重要作用，因此从某种意义上来说，作家想要描绘的野性身体与梅洛-庞蒂身体现象学视野中的"现象的身体"有众多交集，从根本上不同于笛卡尔身心二元论中处于精神从属地位的身体。

笛卡尔的身心二元论预设了精神和身体间彻底的断裂，同时突出了前者对后者的控制。于是，人类的所有行动都应该是以这样一种形式完成的，即物质的身体听命于作为精神的意识，这种操控—被操控关系被英国哲学家赖尔概括为"机器中的幽灵"①。然而，对于原始身体技能的观察对这种精神控制论从根本上提出了质疑："人像动物一样在森林里奔跑，所有的感官呈清醒的敞开状态，警惕着危险，辨识着道路，从来不会忘记动物藏身的岩洞和巢穴，或者逃命时的近路。……不需要试图去理解什么，也不需要被智力（l'intellect）所控制。"（大地上的陌生人，86）换句话说，原住民在自然空间里辨识方向，不需要通过计算自己走过的路程或与出发点所成的角度，直觉让他们自然而然地知道自己所处的位置。

实际上，关于原住民通过直觉寻找道路的例子也在梅洛-庞蒂的代表作《知觉现象学》中出现过，以此反驳笛卡尔所确立的身心二元论的理解方式。梅洛-庞蒂认为有四种层面的意识②帮助我们完成日常生活中的活动。在最基本的层次上，有一种"身体意向性"③，根据这种意向性，个体在完成某一个动作行为时对自己的动作和动作的对象都没有意识，例如一个人在睡梦中推开阻挡他呼吸的枕头；在第二个层面上，个体完成某个动作时对动作本身没有意识，却对动作的对象有意识，例如一个人穿过一扇门，他对门的大致位置、大小有一个直觉上的大致判断，但是不需要思考自己的动作，便可以顺利穿过这扇门；第三个层面上的意识能够清晰地意识到动作本身和动作的对象，例如在削苹果的行为中，苹果和用刀削的过程都在意识中有清晰的把握；最后一个层面便是对意识的意识，它使人意识到，自己正在对自己的行为产生意识。很显然，在前两种情况下，理性层面的意识没有参与动作的完成，在这些情景中完全谈不上理性意识对物质身体的指挥和操控。因此，梅洛-庞蒂对不同层次意识的区分和上文中作家对脑力性智力和身体性智力的区分有着很多近似的地方，他们的最大交集就是承认身体是智力或意识构成中不可或缺的一个组成部分，并且同样与笛卡尔对意识与身体二元关系的理解产生分歧。

身体性智力的提出为"意识"的概念添加了一层新的意思。梅洛-庞蒂认为，意识"从根本上来说不是一种'我想'，而是一种'我能'"④；"意识是通过身体的媒介通达事物"⑤。梅洛-庞蒂眼中的意识是一种不能归属于思想的原始意识。因此，就运动来说，完全不能将之理解为肉身牵制于精神，相反，

---

① Samuel Stumpf, James Fieser. *Socrates to Sartre and beyond：a history of philosophy*. New York：McGraw-Hill，1966. p. 446.
② 尽管仍然使用的是法语单词 la conscience，梅洛-庞蒂在此使用的词语"意识"却不同于我们对该词的一般理解。
③ Maurice Merleau-Ponty. *Signes*. Paris：Gallimard，1960. p. 89.
④ Maurice Merleau-Ponty. *Phénoménologie de la perception*. Paris：Gallimard，1945. p. 160.
⑤ 同上，p. 161.

对运动的理解直接联系着身体性智力。"运动不是对运动的思考，身体空间不是一个被思考和表征的空间。……运动觉（la motricité）不是意识的仆从，运动的产生并不是由意识将身体迁移到我们的头脑展现的地方。"①

在勒克莱齐奥的作品中，人物的运动也被刻画成一种"我能"的意识，而不是"我想"的意识。以下节选的片段仍然摘自《安格力·马拉》，在这一幕中印第安少女妮娜试图从敌人的追捕中逃脱。

> 妮娜飞快奔跑着。她在树木之间躲闪，凭直觉选择那些布满荆棘的、狭窄的小路，得以拖延对方的追捕。她的心跳得好像就要断裂。她想起父亲曾经在森林里追捕的一只小鹿，最后逃到了河流下游的水盆处。在那里父亲追上了它，而筋疲力尽的小鹿还试图逆流而上，没有看出死亡正在等待着它。然而对妮娜来说，她知道那是她唯一的逃生希望，在水里谁也不可能追上她。（安格力·马拉，288～289）

很显然，妮娜逃跑时的意识不是反思性的思考，不是理性的计算，而是一种转瞬即逝的意识，其中包含了直觉、记忆、判断和身体的条件反射。这种行动完全不是以精神操控物质性身体的方式来完成，而是在对周围环境的知觉中被激活的一系列力量的相互作用的结果。如果没有身体性的智力，笛卡尔式的思考主体将无法摆脱敌人的追逐。这种在行动中和外部世界处于永久互动关系的身体被梅洛-庞蒂称为"现象的身体"，既与世界不可分离，又与之永久地进行互动。

勒克莱齐奥笔下的野性身体形象似乎就是对梅洛-庞蒂"现象的身体"概念的演绎，因为作家在描写身体技能时总是将人物放置于所处的环境中，人和世界的关系因此好像鱼和水的关系。一方面，勒克莱齐奥的人物很少试图改变周围的环境。不同于笛福笔下象征着 18 世纪征服欲望的鲁宾逊，作家笔下的人物像动物和原住民一样学习去顺应环境。另一方面，和在某一方面具有超强能力的运动员的灵活性不同（比如一个跑步健将不一定擅长游泳），作家笔下人物的身体灵活性表现为一整套的身体技能，用于应对自然条件的各种挑战。行走，在勒克莱齐奥那里远不是在平坦的路上行走，而需要行者不停地注意脚下的地形，留意身边可能突发的各种危险。原住民感受的行走都是不可预料的、不确定的，是一场和自然持久的搏斗。勒克莱齐奥描写的原始身体从这个意义上来说很好地演绎了梅洛-庞蒂意义上的"现象的身体"。

---

① Maurice Merleau-Ponty. *Phénoménologie de la perception*. Paris：Gallimard，1945. p. 123.

受到南美印第安人影响，勒克莱齐奥逐渐开始赋予身体智慧应有的价值，并且将这种智慧理解为智力的一个重要组成部分。当然，与创造了高度现代化的科学和技术的头脑智力相比，身体性智力的确显得简单和低级。然而，正是这种简单的智慧，让我们和周边自然有了一种直接、真实的接触，将世界以原初的方式展现给我们。因此，勒克莱齐奥笔下的诗意文字和梅洛-庞蒂的身体现象学哲学实现了一种碰撞，共同见证了一种想要"回到事物本身，回到知识产生以前的原初世界"① 的愿望。

三、原始身体的野性之美

勒克莱齐奥在南美印第安部落里所体验到的"身体冲击"不仅让他热衷于刻画原始土著居民的身体技能，肯定身体性智慧在人类认知世界、体验世界中的价值，同时也对作家笔下的人物形象造成了巨大的影响。在以非西方文化为背景的作品中，作家喜欢塑造闪耀着野性光芒、充满动物性的人物形象。

对勒克莱齐奥来说，"野性""动物"这些词没有丝毫的贬义，反而传达着完全的赞赏之情。《沙漠》中的阿尔塔尼这个人物，集中体现了作家刻意表现的，原住民身体形象中的许多优点。在作家笔下，年轻的牧羊人阿尔塔尼的魅力正是来自他的动物性之美。在小说的叙事中，将阿尔塔尼类比成动物的比喻俯拾皆是，比如"他喘着气，像一只跑了很久的狗"（沙漠，109）；"他像狗一样飞快地跑起来，跳过岩石和干涸的沟壑"（沙漠，114）。正是因为这种动物性的敏捷和灵活，阿尔塔尼具有一种难以捕捉的美，从而赢得了主人公拉拉的爱慕。当拉拉带着爱慕的眼神看着他的时候，她首先注意到的便是他身上类似于动物的一些特征，"拉拉喜欢他光滑的脸，他长长的手，他深金属色的眼睛，他的微笑。她喜欢他走路的方式，像兔子一样轻盈而又富有活力，然后还有他在岩石间蹦跳的方式，因为他会在一眨眼之间消失在他熟悉的兽穴里"（沙漠，113）。在这些关于阿尔塔尼的描写中，勒克莱齐奥对体貌之美的态度凸显了出来。对于作家来说，人物之美不在于某些相貌特征，不限于一个静止的形象，相反，美是流动的，神秘而富有活力，总是处于跃跃欲试的运动之中，这种美难以捉摸。

具有像野生动物一样灵活、强健的身姿，正是闪耀着生命光芒的体貌之美。同样，主人公拉拉也带有动物一样的身姿，她的美也是神秘和流动的。在故事的发展中，正是这种来自北非沙漠的野性魅力吸引住了法国摄影家的目

---

① Maurice Merleau-Ponty. *Phénoménologie de la perception*. Paris：Gallimard，1945. p. III.

光。在拉拉的体貌描写中，作家刻意地利用"光线"一词的诸多衍生词语，来表现野性之美的生命光彩。

> 拉拉有着古铜色的脸庞，修长而光滑的身体，在光线中微微闪亮。（沙漠，346）

> 在她古铜色美丽的脸上，光线像水一样流下。（沙漠，349）

> 他（法国摄影师）看到拉拉时总是被她打动，因为她的脸充满了生命的光辉，他甚至在她走出房间的阴影时眨了一下眼睛，她的光芒使人炫目。（沙漠，346）

通过将动物姿态和生命光芒与肉体之美联系起来，勒克莱齐奥给出了他对体貌之美的定义：美存在于一具充满自由和运动力的身体，闪耀着不竭的能量和活力。这种美归根到底不是一个固定的形象，而是一种像花朵一般盛开的状态。

在这个意义上，来自野性身体的光芒隐喻着一种生活的美好状态。如果一个人失去了身体的光泽，意味着他的存在状态也变得苍白。在小说《沙漠》里，作家正是用这种身体光泽的闪耀与流失，来构成主人公在摩洛哥沙漠与在法国城市之间生活状态的强烈对比。

> 现在，几个月过去了，拉拉发生了很大的变化。她剪短了头发，因为她的长发失去了光泽，近乎灰色。在小路间的阴影里，潮湿阴冷的公寓里，拉拉的皮肤也因此变得失去了色彩，越来越苍白和灰暗。（沙漠，113）

暗淡、苍白、灰暗，这种失去光泽的身体形象表达了在马赛狭窄的角落里度过的静止生活的痛苦。失去光泽的身体同样也暗示了城市生活对主人公的异化。

因此，原住民的身体技能不仅是一种生存能力，同时也联系到一种幸福的哲学。原始身体技能不仅表现了一种身体性智力，同时也展示了一种原始的体态美。内在于原始身体技能的，是一种赋予身体存在以价值的哲学，一种不同于现代社会的思维方式。借助肌肉力量的身体活动加强了人和自然的联结，增强了自我体验的厚重感，加强了人对事物的直接了解。总之，在身体技能和身体活动之中,实现了一种"扎根于存在的身体性尝试"(un ancrage corporel de l'existence)。

第二节 艺术和仪式中的原始身体

正如我们上文所探讨的,勒克莱齐奥以非西方文明为背景的作品凸显身体在原住民日常生活中的重要作用,例如,原始人依赖于自我的身体来猎取食物和四处行走。原住民不像西方人一样借助精密的机器来完成日常工作,他们对身体的依赖在现代人眼里恰恰代表了其野蛮性、落后性。与这种传统观点不同,作家竭力赞扬内在于身体活动中的智慧和美感,着力展现身体活动给原住民的存在体验带来的幸福感与和谐感。实际上,身体对于原始民族来说,远不只用以生存的简单工具,还在他们的宗教仪式和艺术表达中扮演着重要的角色。

根据勒克莱齐奥的观察,身体是原住民从事艺术创作的出发点。原始的绘画以人的皮肤作为画布,原始的音乐以声乐作为最基本的形式。另外,身体实践也是原住民参与信仰仪式的基础。舞蹈、祷告、献祭等原始宗教活动需要身体的大量参与。由于身体的深度参与和广泛联结,艺术、仪式和日常生活行为之间在原住民那里没有明显的界线,三者通过身体实践的广泛参与紧紧地联系在一起。

在本节中,我们将通过分析散文《阿依》,来探讨作家作品中表现的原始身体的仪式和艺术功能,并突出原始艺术和现代艺术在观念上的巨大差别。

一、宗教和艺术生活中的身体实践

(一)作为集体艺术的原始艺术

在《阿依》这部发表于1971年的散文中,根据自己的观察和思考,勒克莱齐奥努力展示西方和非西方对待艺术的不同看法。对作家来说,两种艺术间最大的差别在于身体的参与程度。印第安艺术以身体实践为根基,而西方艺术以抽象审美为准则,很少召唤身体的参与。从这一根本观点出发,两种艺术间衍生出了诸多差别。

化,或用米勒的话说,"他在非洲的首要任务便是追随墨洛埃古王朝的梦想"①。因此,热奥弗鲁瓦自然而然地将这份热情转换为一种对"itsi"记号的心驰神往。

> 非洲像秘密一样燃烧着,好像一场高烧。热奥弗鲁瓦一刻也不能撤回他的目光,他没有别的梦想可做。那是雕刻着 itsi 记号的脸,乌曼德里(Umundri)戴着面具的脸。(奥尼沙,99)

> 是那个记号进入他的身体,触碰他的心灵,在他过白的皮肤上打上印记,他的皮肤从出生以来就缺少这种灼热的痕迹。然而现在,他感到了这股灼热感,这个秘密。(奥尼沙,101)

由于象征着万物有灵的信仰,"itsi"的记号对热奥弗鲁瓦有着加倍的吸引力,因为万物有灵论让热奥弗鲁瓦相信他找到了一条通向真理的道路,一种人与自然合二为一的境界。

> 他想接受"气"(Chi),他想像他们一样,和永恒的真知相结合,和世界上最古老的道路相结合。和河流、天空相结合,和恩雅奴(Anyanu)、依奴(Inu)、伊格威(Igwe)相结合,和阿勒(Ale)的父亲相结合,和大地结合,和阿莫迪·奥哈(Amodi Oha)的父亲相结合,和闪电结合,成为一张共同的脸,这张脸上伴随着铜粉,印刻着一个永恒的记号。(奥尼沙,140)

伤疤的灼热感让人想到非洲的炎热。热奥弗鲁瓦将他对非洲大陆的热爱投射到了这个象征性的肉体记号上。人物厌倦了继续充当自己本源文化中的孤独个体,盼望通过接受灼痛的洗礼而成为一个非洲的后裔。对于人物来说,"itsi"的记号赋予他在自己文化中无法体验的意义——归属感、神圣感和信仰。

(四)作为社群凝聚力的祈祷和舞蹈

在《阿依》对原始艺术和原始宗教仪式的叙述中,原住民在仪式与艺术之间、仪式与日常生活之间,并不做很大的区分。神奇的节庆活动、集体的舞

---

① Robert Alvin Miller. Onitsha ou le rêve de mon père: Le Clézio et le postcolonial. 载 *International Journal of Francophone Studies*,2003,Vol. 6,No. 1,pp. 31–41.

个故事线索中的重要主题。作为在奥尼沙工作的英国公务员，热奥弗鲁瓦这个人物深深地被墨洛埃女王的故事所吸引。根据传说，墨洛埃女王率领她的人民逃离苦难，并且找到了一块新的土地让部落重新安家。

墨洛埃部落最让热奥弗鲁瓦着迷的地方，就是部落人民对于自身身份深深的自豪感，以及他们对先知预言的未来所抱有的坚定不移的信仰。这些群体情感全部以肉体的方式，表达在每个墨洛埃子民额头上所刻的文身上。人们在头上刻下"itsi"的字样，以此提醒自己他们是谁，从哪里来，未来之路通向何方。

一方面，作为祖先传说的象征，"itsi"这个符号构成了一个祖先崇拜的标志。墨洛埃人民认为自己是太阳神褚库（Chuku）的后代，关于这个神祇，墨洛埃民族讲述着他的传奇，一代又一代口口相传。正是因为这些传说，墨洛埃人民需要在他们孩子的额头上刻上"itsi"的标记，为的是纪念那些为身后无数后代的幸福牺牲的祖先们。这是一个"让年轻的男孩儿和女孩儿成为太阳的孩子"（奥尼沙，103）的记号。

另一方面，在皮肤上刻下疤痕，本身就是一种仪式性的行为，能够加强社群中每个成员的认同感。疼痛，对于现代人来说正是要避免的，而对于原始民族来说却是一个体认自我身份的必要经历。"在神圣帐篷的秘密中，神父将神圣的符号——一个插翅的圆盘的伟大图案描绘在她的黑石般的额头上。然后，他们沿着图案刻划，为了使她在疼痛中成为太阳的眷侣。"（奥尼沙，159）

在部落民族的眼中，伤口的灼痛象征着太阳的灼热。对于将要担任起女王重任的人来说，对这个象征性的疼痛的经历更是不可缺少的。在疼痛中，墨洛埃民族的每一个成员都分享着一个共同的经历，获得了一种朝向部落凝聚的向心力。在情节的发展中，勒克莱齐奥通过在墨洛埃人民集体迁移时，"itsi"记号所展示的召唤作用和聚集作用，来强调这个脸部文身的归属认同力量。正是由于有了这个刻在脸上的记号，部落人民才获得了迎接逆境挑战的勇气，并且最后达到了一直寻找的目的地。

作为祖先荣耀的象征，社群归属的记号，墨洛埃人的脸部文身在部落的宗教生活中起到了不可估量的作用。通过刻画热奥弗鲁瓦对部落脸部文身的迷恋，勒克莱齐奥似乎在暗示，西方社会所缺失的正是这样一种仪式。作为一个职位低级的职员，热奥弗鲁瓦并不能很好地融入他自己的社区——白人殖民者的上流圈子。于是，他投入所有的热情去寻找一种失落的文化，墨洛埃的文艾尔维哈在歌唱中特殊的体态和特殊的嗓音，正是为了发挥歌咏在印第安部落中的一个特殊作用——利用歌声与亡者进行交流。

> 她为她死去的朋友唱了一支歌，她的朋友罗莎夜晚时常来"拜访"她。她唱道："我的朋友，我的罗莎，请你过来和我一起坐坐。"这些词语让布拉维多禁不住打颤，好像艾尔维哈的朋友随时都可能从世界的另一头走来，在他眼前出现。艾尔维哈指着河流对岸，曲线开始的地方唱道："那里就是她的房子，那就是亡者居住的村子。"（安格力·马拉，265）

印第安人的歌咏时常并不与人类交流，而是以鬼魂、魔鬼和其他超自然的存在作为对象。印第安人的歌咏有时又是一种和神、动物、植物交流的语言，一种万物有灵论的信仰实践。"通过歌咏，印第安人打开了可能性的大门、幻想的大门、鬼神的大门。"（阿依，78）

通过艾尔维哈独自吟唱的场景，勒克莱齐奥为我们描绘了印第安人的音乐独特的作用。歌唱，不是为了艺术，而是为了更好地和神圣的世界进行交流。为了实现这种交流，身体的参与至关重要。嗓音、仪式性的动作（摇晃身体）、大量的饮酒，这些身体性的实践使得艾尔维哈的歌声成为她信仰生活中重要的一部分。因此，通过塑造艾尔维哈这个人物，作家以虚构的方式反映了《阿依》中的这样一个论断："印第安人不会去表征生活，他们没有分析事件的需求。相反，他们生活在神秘世界的现象中，他们追随画出的痕迹，他们说话、吃饭、相爱、相互依靠，一切都按照神灵给予的指示来进行。"（阿依，37）

（三）作为部落身份的文身

文身是原始人衣着文化中非常重要的一个方面。然而，对于部落民族来说，文身并不是一个用于点缀和美化的装饰物。阿特巴认为勒克莱齐奥笔下的文身是一种"真正的吉祥物，具有代表原住民信仰的象征作用"[1]。的确，文身具有身份象征的作用。这个主题在作家的代表作《奥尼沙》中得到了充分的演绎，特别是小说两条线索中关于一个名为墨洛埃的非洲部落的故事。小说《奥尼沙》在叙事中以交替的方式交代了两条故事线索：一个法国小男孩的非洲之旅，以及墨洛埃部落女王的故事。墨洛埃民族刻在脸上的一个疤痕是第二

---

[1] Raymond Mbassi Atéba. *Identité et fluidité dans l'œuvre de Jean-Marie Gustave Le Clézio*. Paris：L'Harmattan，2008. p. 234.

歌者本人浑然不知。

> 当她喝醉的时候，她就坐在屋子的中间，坐在昏暗之中开始歌唱。她并不为谁而唱，她唱歌是为了自己。她轻轻摇晃着身体，使胸前的项链相互间有节奏地撞击，她的黑色长发扫过她的背部垂到地上。（安格力·马拉，263）

艾尔维哈唱歌的方式对西方音乐来说应该是非常陌生的。首先，这位印第安女歌手并不企图取悦任何人，唱歌也不是为了显示她美好的嗓音或过人的音乐才华。同样，在散文《阿依》里，作家指出，印第安人即使在集体歌唱时，也没有表演者和听众的区分，所有的人一起唱一起听，"没有人唱，也没有人听。音乐不是为任何人而创造，没有任何结果，它没有听众，也没有表演者"（阿依，76）。其次，在艾尔维哈的歌唱中，这种歌咏实践的仪式性意义是很明显的。一方面，文中开头处艾尔维哈在唱歌前饮酒并不是偶然，因为在散文《阿依》中，作家指出印第安人将微醉的状态看作跨越理性门槛、借以"得到进入歌咏世界的允许"的必要条件（阿依，79）。另一方面，艾尔维哈有节奏地晃动身体表明人物正在实践一种萨满教的仪式，来使自己达到灵魂脱壳的状态，从而取得一种更高的精神性（spiritualité）。"通过歌咏，印第安人可能是唯一能够达到禅（Zen）之状态的民族了。"（阿依，78）

实际上，特殊的不仅是艾尔维哈歌唱时的姿态，还有她不同寻常的嗓音。

> 布拉维多从来没有听到过一种如此优美、如此纯洁的嗓音。一开始的时候，它像一股细细的流水，非常细腻，非常清澈，音阶高得让人几乎无法察觉。随后，艾尔维哈的声音逐渐变强，颤动，充满了整个屋子，充满了布拉维多的脑袋以至全身，一直飘到那充满虫鸟啾鸣的深深的森林里。她的声音如此尖锐，如此清澈，几乎不再像是人的声音。（安格力·马拉，264）

同样，在散文《阿依》中，作家指出，印第安人唱歌时使用一种极其尖锐的超高音，且没有旋律，没有歌词，"超高音的歌声，蝙蝠的歌声，啾啾鸟鸣的歌声，神奇之鸟的歌声。……声音如此细腻，如此脆弱，它们能登上令人想象不到的高度，而旋律的回旋婉转反而没那么重要了"（阿依，68～69）。总之，印第安人的歌咏方式和其他文明中那些不用假声，充满旋律且带有歌词的歌唱方式具有明显的区别。

此，勒克莱齐奥将印第安艺术的本质称为一种"宇宙的印象投射在社会群体"的艺术，一种"每个细胞联系着整体"的艺术（阿依，37）。

由于艺术家和观众的区分，西方艺术从根本上来说是一种个人实践，与作为集体实践的原始艺术相比具有很大的差别。西方艺术依赖于个体创作，然而这等同于肯定艺术家在艺术领域相对于其他社会群体的优越性。例如，西方绘画通过在画作上签名，从本质上来说肯定个人的成就，凸显个人的才华。西方艺术因此成为一种让人彼此孤立、互相排斥，在个体和他人之间建立屏障的艺术。对勒克莱齐奥来说，现代艺术以"维系人与人之间创作能力不平等的丑恶假象"为目的，同时"见证了现代人的软弱无力、他们的支配欲，以及他们对死亡的恐惧"（阿依，95）。

相反，印第安艺术则是一种集体性的艺术，是聚合社群中各个成员的黏合剂。印第安人认为把艺术作品归功于个人会导致社群间的不平等，因此乐于在群体之间共享艺术。对艺术的实践正是社群成员共享的时光，也是与先人和超自然存在进行交流的场合，因此这种艺术的功用既是社群的，也是宗教的。据作家在《阿依》中的描写，印第安人很少尝试重新创造或改动他们先人的艺术，这一点也与不断寻求创新的西方艺术完全不同。因此，勒克莱齐奥以绘画为例，指出画作是整个群体的共有财产，从一代传往下一代，"神奇的绘画，孜孜不倦地重复着，一个世纪又一个世纪，一代又一代。这种绘画不寻求确认自我，也不企图限制他人。它与时间是平行的"（阿依，99）。鉴于画作的价值是祖先赋予的，印第安人的绘画"不寻求任何绝对的真理，因为它自己一下子就成了真理"（阿依，104）。总之，作为一种传袭的、社群的艺术，印第安艺术自身就带有一种身份归属感。

在后面的讨论中，我们将探讨勒克莱齐奥文本中关于原始文化中仪式实践和艺术实践的文本，如歌咏、舞蹈、狂欢、祈祷等，以便更好地揭示作家关于宗教和艺术实践中身体重要地位的思想。

（二）作为与超自然力量交流之方式的印第安歌咏

以身体实践作为根源的印第安艺术，是一种生命的艺术。不同于西方艺术中艺术家和观众的明确划分，印第安人的艺术不为任何人表演，而是一种存在的方式，一种生活的方式。在这一点上，《安格力·马拉》中艾尔维哈的歌声就是一个典型的例子。西方的歌咏让人想到歌剧，想到高高地站在精心布置的舞台上唱歌的歌唱家和舞台下面侧耳倾听的观众。作为一个非常出色的歌手，艾尔维哈却总是在家中独自吟唱。《安格力·马拉》中的这个片段描绘了艾尔维哈唱歌的场景，在这个场景中，她的情人布拉维多正在黑暗中听她唱歌，而一方面，印第安艺术不是一种抽象的艺术，更不是一种"为艺术而进行的艺术"（art pour art）。艺术实践中广泛的身体参与使得印第安艺术成为一种生活的艺术，一种现实的艺术，一种联结了超越性信仰和物质世界的艺术。例如说，在对印第安绘画艺术的分析中，勒克莱齐奥指出，原住民用他们自己的皮肤来承载艺术的表达，"符号总是刻录在树皮或皮肤上面"（阿依，104）。同时，印第安艺术中总是包含日常生活功能，既是一种社群成员共同参与的集体活动，又是一种祭奠祖先的宗教仪式，或者是一种与超自然存在进行交流沟通的方式。关于这一点，卢塞尔-吉耶曾说过："勒克莱齐奥谈到手工艺制品的时候，谈到了它们的分享价值和社群联系功能。这种功能在对工艺品的使用和传统的共享中得到实现。"① 总之，艺术在印第安原住民那里不是作为单纯的审美对象而存在，艺术、生活、宗教，三者之间并不是泾渭分明的。

相反，西方的艺术往往着力于表现抽象的理念，更多地邀请欣赏者的智力性参与。一件艺术品如果能够引起观赏者的思考，就会被认为是成功的。在西方经典的绘画艺术中，油画被绘于画布，在装裱后挂于墙上供人欣赏；在西方经典的音乐艺术中，交响乐由乐队在舞台上演奏，台下围坐着静静欣赏音乐的观众。在两种情况下，艺术欣赏者的身体参与都被降到最低。因此，勒克莱齐奥认为印第安人的艺术是一种"动作"，永远在生成、发生之中，而西方的艺术是一种"作品"，一旦被创造出来，就应该被观赏者以静止的目光欣赏。

在这种"动作"和"作品"的区分中，包含着西方和原始艺术另一个层次的差别。"作品"的概念预设了艺术家和观众之间的裂隙，"动作"的概念则意味着创作和欣赏之间模糊的界限。现代艺术的表现形式中最为明显的一个部分，便是艺术创作者和艺术欣赏者之间的距离。这个距离，对于画作来说是由画家的签名来完成的，签名将画作的创作者和欣赏它的人做了严格的区分；对于音乐来说，则是以舞台为标志的，舞台上是演奏者，舞台下是观众。由于无法突破这种分割和区分，西方的艺术永远是一种个人的艺术。

然而，在原始社会中，艺术则是群体性的。创作者和欣赏者的对立是不存在的，艺术被包含在集体生活中，"所有的人在艺术面前都是平等的，这就是印第安的真理"（阿依，40）。对印第安人来说，不管是哪种形式的艺术，都为集体共有，签名的想法对他们来说是不可想象的。在艺术创作中的"能力不平等"所引起的竞争，被现代世界认为是有效的，在印第安人那里却没有任何意义，因为"男人、女人、儿童，大家都是画家、艺术家"（阿依，104）。因

---

① Isabelle Roussel-Gillet. J. M. G. Le Clézio. l'écrivain métisserrand-pour une nécessaire interculturalité. *Itinerários*. 载 *Araraquara*，2010，no. 31，p. 47.

蹈、一起低吟的祈祷，都是艺术和仪式的一部分。同样，在《沙漠》这部小说中，作家对北非蓝面人集体祈祷仪式的描写再次演绎和强化了以上的观念，同时，通过凸显祈祷和舞蹈仪式中身体参与的重要影响，表现了以身体实践为根基的原始信仰和西方宗教信仰的巨大差异。

在《沙漠》中，一个来自撒哈拉沙漠，叫作蓝面人的游牧民族受到西方军队的入侵威胁。于是所有的部落千里迢迢地赶到萨格耶·艾尔·昂哈（Saguiet el Hamra）河谷，因为那里住着他们的领袖马·艾尔·阿依尼。在西方军队的威胁下，马·艾尔·阿依尼带领他的人民开始了一场令人眩晕的祈祷仪式。作家用了几页的篇幅来描绘这个仪式，这个混合了祈祷、舞蹈和音乐的仪式旨在祈求和召唤他们祖先的祝福和护佑。在这里，祈祷成为凝聚社群个体与集体的重要黏合剂。

首先让我们来总结一下作家描绘的祈祷场面。仪式开始于马·艾尔·阿依尼一长串单调重复的祈祷。即使"细得好像一缕火光"，这位神奇领袖人物的嗓音仍然带有某种穿透性的东西，可以达到很远的地方，"在沙漠中回响……在荒芜的高原和干涸的山谷之外，好像可以达到新的土地，去往德拉山的另一侧"（沙漠，59～60）。老人的声音带有一种让听众内心震颤的效果："然而微小得好似来自远方的声音感动了每个人，似乎深入到每个人的身体里面，又似乎那声音从嗓子出来，和思想、语言融合在一起，共同创造一种音乐。"（沙漠，60）很快，最初听起来只是一串冗长絮叨的对祖先的赞颂，慢慢开始搅动听众群体的情绪。有人开始用乐器演奏，用乐声和老人的祈祷声相应和。人群开始在音乐声和祈祷声中舞蹈，并发出撕裂般的嚎叫。此处场景中喧哗声音的渐强，与人群逐渐增强的激烈情绪形成了共鸣，直至让人流下眼泪，感到眩晕。群众的情绪在领袖开始一个一个诵读神灵的名字、祖先的名字、星体的名字时到达沸点。那些能够给人带来最强心灵震撼的词语正是能够唤起对祖先回忆的词语，"记忆的语言是最美的，那是来自沙漠最深处的语言，它们最终走入每个男人的心里，每个女人的心里，就像一个重新开始的古老迷梦"（沙漠，65～66）。

在何种意义上，这段仪式描写中刻意突出了身体性的实践呢？可以说，祈祷语本身并没有在人群中煽动起激烈情绪的能力，是一种混合的声音——对声音器官的持续刺激，以及一种歌唱的行为——高声歌唱的行为，加之一种舞蹈的行为——身体节奏性的摆动，让人群达到一种情绪的最高点。"头向右摇摆，向左摇摆，向右，向左，身体里面的音乐从咽喉喷出，涌向遥远的天际。沙哑和颠簸的气息像翱翔般承载着人们，将他们带到沙漠的上空。"（沙漠，68）在这里，飞行的比喻显示了一种信仰的增强：在大敌当前的情况下，人们在仪式开始前所感到的恐惧感和疲惫感，现在慢慢演变成了一种希望和勇气，一种信仰和虔诚。在一个社群和谐同步的身体动作中，人们再次感到和同胞、祖先、神灵紧紧地联系在一起，并且从根本上说，与宇宙中的各种物种联系在一起。"每一次痛苦和深深的叹息都扩大着天空的伤口，这伤口联系着人和空间，将他们的血和体液混合在一起……现在没有了语言。就是这样，在人们的呼吸引起的风暴中，人直接和天地的中心连接。"（沙漠，60～70）很明显，作家在仪式场景的描写中强化了身体的作用，身体实践是一种狂风暴雨般的力量，"来自水的力量，来自空气的力量，来自植被的力量"（沙漠，40）。这种力量的目的就是结合、融入，并且驱逐痛苦、威胁，以及对死亡的恐惧等生命中否定的力量。

除了部落领袖带领人群进行祈祷的场面外，《沙漠》中还有多个场景表现了沙漠民族的宗教信仰、族群归属感与身体实践的关系。人、群体、宇宙在身体仪式中被联结在一起，这一主题在文本叙事中反复出现，前后呼应，凸显了身体实践在宗教生活不可或缺的作用。其中的场景之一便是蓝面人部落里的一个名叫努尔的男孩所见证的，父亲在祖先坟墓前跪拜祈祷的场面。

> 在坟墓深处的平地上，领路人趴在地上。他伸长的双臂平展在地上，用手触摸着泥土，和地面融为一体。……他慢慢地呼吸着，嘴巴贴着地面，倾听着血液在咽喉和耳朵里跳动的声音。通过他的嘴巴，他的额头，通过他的手掌和腹部，好像有什么怪怪的东西伸进了他的身体，这个东西将潜入他身体的深处，不知不觉地将他改变。……这是一种直接的力量，没有思想，来自大地的深处，朝向空间的远处前行。（沙漠，29～30）

领路人的虔诚可以由他祈祷时的手势和姿态窥见一斑，四肢平展地趴在地上，身体的各部位和泥土紧密地接触着，感官呈敞开状态，静静地等待着大地赐予的神秘迹象。因此，作家所说的这种"没有思想的直接的力量"，是一种独特的原住民的信仰方式。和西方世界的信仰不同，蓝面人与神灵沟通不需要语言和沉思，而是经由身体和自然的接触，依赖于感觉、直觉、情感，来达到一种迷醉的状态，从而实现和超自然力量的直接对话。

在《沙漠》的叙事中，另一个表现身体仪式神奇力量的场景出现在主人公拉拉的故事线索里。这个场景发生在摩洛哥女孩儿拉拉必须在去留之间做出选择的时刻——或者留在她完全无法认同的国度做一个富裕的杂志模特，或者回到她热爱的贫穷家乡继续做一个村姑。正是在这个人生的岔路口上，拉拉碰巧被朋友带到一个舞厅,尽管一开始抗拒这种应和着电子音乐节奏的舞蹈,让她想不到的是,舞蹈竟给了她如何做出选择的启示。

> 她原地旋转着,伸长手臂,脚趾和脚跟轮流拍打着地面。……舞蹈带来的眩晕感使她看到眼前的光亮,然而现在看到的不是(歌舞厅)硬冷的镁光,而是照耀着土地、石头、天空的,美丽的太阳之光。……歌舞厅的墙壁、镜子、闪亮的东西都消失掉了……眼前出现了无垠的沙砾和白石,一片由沙子、盐粒、沙丘的波浪组成的生气勃勃的世界。(沙漠,355~356)

在舞蹈的眩晕中,拉拉发现歌舞厅消失了,而她家乡的自然景象像沙漠中的幻影般出现在眼前。这个场景令人想到普鲁斯特笔下著名的、被批评界称为"快欣时刻"的"品尝小玛德莱纳"的场景。而在这里,取代味觉感受而将主体的思绪带到过去的,乃是一种肌肉的记忆——舞蹈的动作将拉拉的情感记忆和故乡的广袤沙土联系在一起,因此,此刻拉拉在舞蹈中再度与家乡的土地联系在一起。原始社会的舞蹈从这个意义上说,与西方的现代舞有着巨大的区别,这是一种群体性的、祖先崇拜的仪式,舞蹈的目的就是联结人及其生活的土地。在这种仪式中,人的身体不用来充当个体的边界,相反,构成一种与外界沟通的基本组织,联结起个人和群体,人类和其他动植物物种。身体在北非游牧民族那里成为立身于宇宙的关键枢纽。

作家眼中的原始宗教仪式是一种"动作",一种总在进程中的未完成动作,一个依赖于身体投入的动作。在原住民那里,身体经验不包含在西方文明中的"非理性"(déraison)内涵之中,但在原始生活的宗教仪式里有着多重作用:舒展歌喉可以让亡故的亲友显灵;身体的伤疤和刻痕具有凝聚一个族群的身份的象征作用;集体性的舞蹈和祷告可以作为实践信仰的表达方式,可以实现和祖先的对话、和世界的共鸣。通过展现身体在原始社会仪式和艺术中的作用,作家将我们引入了一种与身体存在和谐共存的文化,激发读者对那些生活在真实世界里的文明产生向往。

二、狂欢的身体和生命的冲力

"狂欢的身体"这个概念来自于巴赫金的著作《弗朗索瓦·拉伯雷的创作与中世纪和文艺复兴时期的民间文化》,用于代表拉伯雷时期的民间文化,这种文化不屑于理智主义的霸权地位,反而通过大胆表现那些诸如交配、排泄、分娩、进食等被官方文学视作"低下"的身体形象来展现生命的活力,重新定义身体和精神在生命中的权重。

实际上,勒克莱齐奥十分推崇巴赫金这部作品,并在20世纪70年代发表了一篇论文,专文谈讨在我们的时代仍然不过时的、拉伯雷式的语言革命。这种语言偏好于表现消化、性爱、粪便文学等主题,并且通过这些主题赞颂生命和真实的生活。在对拉伯雷式语言风格的赞扬中,勒克莱齐奥将对身体狂欢的审美视作一种"真实的胜利",是"对全社会的歌颂",这种审美视角和当代文学中理性思考的抽象性及个体主义倾向截然相反。

> 文学不能长久地佯装脱离人类的身体。……生命的力量,作为一种胜利的力量,其直觉的秩序不能被理解,然而它是文学的唯一存在理由。①

由此看来,勒克莱齐奥在创作中对"狂欢的身体"这个主题进行发掘和演绎也就不足为奇了。拉伯雷作品致力于表现的一些主题,例如节日庆典中带有喜剧色彩的身体化活动,同样出现在勒克莱齐奥对印第安狂欢活动的描写中。

在小说《安格力·马拉》中,作家笔下印第安人的狂欢被描绘成了一种纯粹倚赖于身体的经验。人们用一种当地植物的汁液将身体涂黑,在音乐的节奏声中舞动。一些人狂饮烈酒,直至倒在地上不省人事,另一些人则以摔跤的方式娱乐围观的人群。从某种意义上说,作家笔下的印第安节日既欢乐又充满暴力,"舞者们渐渐散开,那两个男人扑向对方,想要用头将对方的牙撞掉"(安格力·马拉,253~254)。这样的狂欢可以持续三天三夜,毫无禁忌。

> 在这些狂欢的日子中,年轻的男人拉着体态臃肿的印第安妇女进入灌木丛,在欲望得到释放后,倒在泥地里呼呼大睡。有时候这种纵酒作乐的聚会为了一点小事演变成争斗。男人们扭打在一起,互相挥动拳头,有时甚至掏出刀子互相残杀。(安格力·马拉,253~254)

很显然,作家并没有试图美化印第安人的狂欢,没有掩盖其暴力野蛮的一面。相反,他的写作正是想表达繁育与毁灭、自由与越界悖论地纠缠在一起的

---

① J. M. G. Le Clézio. La révolution carnavalesque: sur Bakhtine et Rabelais. 载 *La Quinzaine littéraire*. 15 février, 1971. p. 5.

状态。从一种人类学的视角出发，勒布乐东这样评论狂欢活动中身体经验的独特性：

> 在狂欢中，人们所进行的活动是一种违反常规的活动，在其中身体溢出自身的边界，活在一种向外扩展的完满中。……这是一种暂时的身体，总是处在不停地变形状态中。一个膨胀而又敞开的身体，不知疲倦地呼唤着过分的投入。①

的确，交配、肉搏、死亡、进食、狂饮，一切生理欲望的满足，以及狂欢的身体都带有溢出的痕迹和生命的动力。身体在这里是活跃的，是生命力量的象征。

在对印第安狂欢活动的描写中，作家还着重强调了狂欢活动的另一个特征，那就是原始社群的集体精神，一种从"个人意识通向宇宙意识的过渡，这是艺术存在的重要缘由之一"。在狂欢活动的欢乐中，身体和身体交织在一起，体验着同一种社群的欢乐，"在油灯的照明下，印第安人低着头，汗如雨下，簇拥在一起跳着舞"（安格力·马拉，253）。狂欢活动的欢乐是对集体生活的赞颂，同时加强了社群的归属感。在狂欢的时刻，个体不再和自己所归属的群体分隔，而融入了其社群所属的人群，参与其中，不可分离，向外界敞开，而他的身体也不再构成使他成为孤立个体的物质边界。通过强调印第安狂欢活动的社群精神，作家也将原始的狂欢置于现代节庆的对立面，后者通常以舞台表演的形式，在观众和演员之间制造一种人为的距离，并且仅召唤观众的目光作为一种对庆典的被动参与。

对原始节庆方式的刻意描写表明了作家对原始社群生活和现代个体主义之间所做的相互对照。对于原住民来说，身体使得个人能够以物质形式扎根于社群之中；而在现代文化中，身体则以物质边界勾勒出个体的边界，在个人和外部世界之间划出严格的界限。

然而，需要明确指出的是，原始社群生活和现代个体主义之间的差别并不只限于节庆方式。实际上，在作家眼中，印第安生活中的艺术、庆典、仪式之间没有明确的界限，印第安人的节庆之中包含了某些传统宗教仪式，其艺术活动和宗教仪式活动之间也没有非常显著的差别。总之，艺术、庆典和仪式，都是构成印第安生活之神奇性的一个组成部分。

---

① David Le Bredon. *Anthropologie du corps et modernité*. Paris：Presses Universitaires de France，1990. p. 50.

第三节 真实感的重塑

　　福柯在他对疯癫的谱系学研究中，曾经对一个诞生于 19 世纪的术语——"环境"（milieu）做过详细的阐释，这个术语所表达的概念一直被视作导致疯癫病症逐年增加的重要诱因。据福柯所说，"环境"代表一种人为构建的宏观世界，在这个世界里，自然被一个幻想的世界所代替，从而阻止了人们"倾听内心的欲望"①。对金钱的追逐让人产生无止境的贪念，对抽象知识的偏执求索引起了"在缺乏身体锻炼前提下的、心灵的紊乱"，媒体所制造的娱乐活动"通过虚幻的影像引起徒劳的激情"，这些都代表着介于人类与自然之间、人与他的真实世界之间的"环境"。用福柯的话说，"疯癫，就是迷失了自然的本性，是感性的偏航，是欲望的迷失，是没有分寸的时间，是在无尽的理性思考中失去的与事物的直接联系"②。

　　福柯的"环境"概念可以很好地用于概括勒克莱齐奥早期作品中所展现的现代社会。在这一时期的作品中，作家着力于表达现代社会背离自然与人的本性的愤怒，批评现代社会建立了一个异化和虚拟的生存环境。在早期小说中，作家曾使用象征、隐喻等多种修辞方式来强调现代社会对实在世界的疏离，比如镜像般反复反射的意识、墙壁象征的封闭空间、城市空间里河流般的汽车、商品的教堂、霓虹闪耀的符号、噪音和污浊空气构成的有机玻璃屏障、柏油的大地和玻璃纸般的水域，所有这些充满讽刺意味的修辞表达方式不都是"环境"的最佳演绎吗？

　　作家对于现代世界的生存异化感在他与原始文化产生碰撞以后更进一步地强化了，因为原始社会的生活让作家感受到一种回归本真的存在状态。作家对非表征性的神奇世界具有一种乌托邦式的向往，这种向往在其以原始社会为背景的作品中通过原住民在直接、简单的生活中享受到的极致的美好表现出来。诚然，在原始人物质缺乏、赤身裸体、充满迷信和危险的生活中，原始人饱受着荒野自然的威胁，不得不经常面对艰难的、令人恐惧的、暴虐的、残酷的时刻。但是从生活的另一方面来看，原住民又生活在一种简单的幸福中——无声

---

① Michel Foucault. *Histoire de la folie à l'age classique*. Paris：Gallimard，1972. p. 392.
② 同上，pp. 389 – 390.

的沉寂、广阔的空间、感官的愉悦。尽管原住民知道的很少、拥有的很少,不能战胜也不能控制别人,但是他们居住在大地上,简简单单地享受生活。

一、作为与意识崇拜背道而驰的原始身体实践

到底是什么样的缺失使得现代社会的生活趋向疯癫和忧郁?勒克莱齐奥首先将现代社会的痼疾归咎于那种脱离感性体验的、远离身体实践的生活方式。这种存在方式来源于一种虚拟化的生活,往往会损害自我体认的坚实性。

> 在现实的无声土地上,语言被搁置,精神被具化。然而想要生活在现实之外的人,他们在哪儿?通过抹去世界,他们实际上抹去了自己。他们不再为人所见,他们消失在知识的地下世界,在他们自己坟墓里,他们甚至连影子都不是。他们在尘埃的监狱里,被困在了书本页面的维度。匍匐于屏幕前,他们消失了。(大地上的陌生人,10)

"通过抹去世界,他们实际上抹去了自己。"由于住在一个远离可感世界和真实世界的环境里,现代人通常陷入虚无的陷阱,失去了自我,在一个过度依赖思考的世界里迷失了方向。作家早期作品中演绎的往往是"想要活在(真实世界)以外"的人物,因为他们总是对生活中的形而上学问题提出质疑,但这样的生活注定要走向迷失。《诉讼笔录》中的亚当最后被关进了精神病院并得了失语症;《洪水》中的贝松由于迫害妄想而在黑暗中失手杀了一个陌生人,并且在故事最后直视太阳,自残双目;短篇小说《马丁》中的十二岁少年马丁,在许久以来被人们吹捧为极有天赋的神童后,被沉重的知识击垮,最终成为一个"脑积水患者的典型范本"(发烧,132)。实际上,正如作家指出的那样,一种"被困在了书本页面的维度"的人生,一种"匍匐于屏幕前"的人生,是一种消失和缺席的人生,对自我体认的坚实性被深深地销蚀。

今天,城市居民的生活方式主要是精神性的。身体已经沦为精神的下属,仅成为一种我们完成日常工作的工具。肌肉的力量很少被使用,坐姿成为文明社会群体标志性姿势。勒布乐东指出:"在西方国家历史上从来没有像今天一样,人们如此少地运用运动能力和身体耐力。神经的消耗相反在今天取代了昔日的体力消耗。"[1]

于是,在现代世界复杂脑力劳动和虚弱身体机能的对立面,作家强调了原

---

[1] David Le Breton. *La sociologie du corps*. Paris: Presses Universitaires de France, 1992. p. 35.

始生活中身体活力的重要作用，强调原始生活乃是一种"和心脏、肺、内脏和神经和谐共处的神奇经历"（大地上的陌生人，46）。人们在身体实践中获取的快感是一种通常在儿童身上很容易观察到的、自发的幸福感。婴儿能够长时间地摆弄一件物件不感到无聊，儿童在开阔的室外总是在追赶跑跳、爬高下低，他们只有在筋疲力尽的时候才会停下来休息。勒克莱齐奥笔下的人物身上，就具有这种孩童般的执着和韧劲。在小说《沙漠》中，主人公在沙漠故乡里度过的童年时期是她一生中最美好的时光。每天，她都"无所事事地"在海边的辽阔沙疆散步。她逆风而跑，坐在沙丘上欣赏大海的美丽景色，逗弄沙漠里的小动物，摆弄海边的植物，潮起潮落时在海滩边跳来跳去。在作家笔下的自然中，一切都是孩童般的游戏，自然的所有东西对主人公来说都很有意思。很多人物身上都具有这种儿童般的幸福，例如《寻金者》中的主人公亚历克西·雷当，几乎是在对毛里求斯岛孜孜不倦的探索中度过了他的整个童年。《奥尼沙》中的凡当，也对自然充满了童真的好奇，总是跃跃欲试地要去探寻非洲的森林和草原。

实际上，人们从简单、自发的体力消耗中得到的幸福感，常常来源于人们对自我的真实体认。通过摆弄小物件，婴儿不断探索自己双手操纵物品的能力范围。同样，当勒克莱齐奥笔下的人物在与自然世界玩耍时，也在不断认识自己。这是一种这样的游戏："在存在中没有一刻是徒劳的，没有空虚和无聊的位置。"（大地上的陌生人，92）对于作家来说，从体力消耗中得到的愉悦感是一种扎根在心底的欲望，一种有利于和外界联系的欲望。这种力量既不在于"改变世界"也不在于"战胜他人"，而是为了使自己活得幸福，因此，身体实践在作家看来，是一种"紧紧联系生命节奏、新陈代谢、神经冲动和血液循环"（大地上的陌生人，93）的力量。

童年是一个逐渐认识自我的阶段。那些需要诉诸身体参与的游戏，通过引起一种身体的愉悦感，通过赋予一种对自我的发现，大大促进了儿童的成长进程。从这个意义上说，知道如何固守自我，知道如何通过身体活在当下的自然世界，即回到童年状态。因此，作家写道："我想要从孩童和动物的角度写作，因为他们眼中看到的世界，是世界本来的样子。"（大地上的陌生人，312）

二、作为人类语言对立面的原始沉默

在一切有利于构成"环境"的现代发明中，表征性的语言是作家着力批判的、非常有害的人造产物。作家对这种语言的批评，主要针对其表征性，这种特性一方面将人和世界分离开来，另一方面通过建造一个充满符号的幻觉世界，使存在趋于抽象化。

　　首先，作为人类的特权，语言让人和事物之间产生了距离。作家认为，在远古时期，由于人和其他存在物一样共享沉默，在这个时期，动物和各种其他自然事物能够向人类诉说。然而，随着人类语言的发明，这种交流的平衡被打断了，因为人类只在自己的族群内部使用自己的语言，而不再倾听花鸟虫鱼和岩石矿物的"物语"。作家对原始沉默的推崇和对祛魅的人类语言的批判，与东方智慧在语言问题上的看法有异曲同工之处，例如栾栋在对中国古文明中物的文化分析中所谈到的"物语"："物语是一种无声的沉寂。在远古时期，人物合一。……是词语的发明导致了物语的消失和人类语言的萌芽。道是无言的，而无言的沉寂可以倾诉。这是一个被老子和庄子共同接受的观点。"① 实际上，在勒克莱齐奥的散文作品中，作家也表达了十分类似的观点。

> 　　由于语言，人类成为世界上最孤独的存在，因为他们被孤立于沉默之外。他对于理解其他语言的所有努力——嗅觉的、触觉的、味觉的，震颤、波动、植物根茎的交流、化学的循环、吻合术，所有这些他都需要将之翻译成自己的语言，通过其中的词语和数字来理解。然而他们能捕捉到的只有痕迹：他们与真正的意义擦肩而过。于是，人是孤独的，他甚至不知道如何做自己。（大地上的陌生人，38）

　　在这种表征性语言的对立面，作家颂扬印第安人的神圣沉默，这种沉默构成了另一种语言，一种让所有的存在都能表达的大地语言。原住民，比如印第安族群，对人类享有的语言特权就持非常怀疑的态度，因此他们人生大部分时间都在深厚的沉默中度过。在进入一个荒蛮的树林时，印第安人用各种感官全力地倾听，因此，河流、折断的树枝、茂密的枝叶、飞鸟鸣虫、奇异的香味，都能够向印第安人倾诉。相反，在同一片茂密的森林面前，现代人如果没有了各式各样的工具，就会感到非常害怕，因为他们早已没有倾听大地语言的能力了。

　　在这个意义上，作家竭力称赞一种另类的语言，这是一种必须使用整个身体进行交流的语言。

> 　　身体密切注视着身边呈现的各种迹象，它向光线敞开，向各种响动的音乐敞开，向令人惊奇的形状敞开。眼睛看，耳朵听。最后，大海、天空、山峦、森林都具有了嗅觉、味觉和触觉。心跳得更快，然

---

① 栾栋：《辟文学别裁》，《文学评论》2010年第4期，第186～195页。

后放缓。呼吸改变了节奏。天地间一刻不停地存在着大量的苦痛、大量的触摸。（大地上的陌生人，92）

正是在这种充满物质性的"语言"中，人才能找回他在宇宙间原先与动物、植物、矿物同等的位置。

其次，作为一种复杂的符号系统，人类语言促成了对想象世界的构建，从而在人类和现实之间造成隔阂。"人类的语言跛足前行。它自我陶醉，通过将现实折射到内心世界，并将之与情绪和怀疑混淆，徒劳地努力创造了一种与现实世界平行的世界。"（大地上的陌生人，36）对于勒克莱齐奥来说，人类的语言通过建立一种平行于真实世界的虚幻世界，成为一种使人脱离真实和真理的消极力量。语言的功能由此成为将现实抽象化，将存在的事实变为符号的事实。人们总是依靠语言（符号），通过指认物体来理解世界，他们不再与事物进行最直接的联系。

每天，围绕我们的各种信息都是由各种符号组成的。词语、语篇、图像、音符，这些符号构成了一个虚拟的环境。智力的认知能力，在被这种符号的增殖繁衍裹挟以后，使得人类脱离了可感世界中所有即时的、自然的东西，还培养出了幻想和不切实际的激情，并且在人的周围建立起一个情感的想象世界。这个世界在其不切实际之中潜藏着暴虐的潜质。总之，现代人过于脱离真实的可感世界。而身体实践带来的幸福，这种通常能够使人联系世界的幸福，反而无踪可循。

原住民每天都要经受肉体的考验，作为一种身体经历，这种考验是真实的。这种真实性，是由饥饿和口渴、劳累和恐惧、炎热和潮湿，由太阳、空间、欲望，由对河流的感受等身体与自然交织时的感受共同构成的。这种真实性让人能够切实地触摸到存在，并赋予人类一种坚实的自我认同感，使人与外部世界的真实联系成为可能。这种真实性渗透在勒克莱齐奥的语言之中，进而建立起一种对身体感官的敏锐感。因此，在作家以南美洲和非洲为题材的作品中，文本充满了对原始身体技能或身体仪式的描写，这些技能和仪式同时也是不同的艺术形式，还是凝结社群的黏合剂。充满了活力和力比多的、野性的身体，散发着动物精神的光辉，在作家充满赞叹的笔墨中诞生了。作家似乎在这个野性的身体中重新找到了平衡和宁静。在笛卡尔身心二元主义给现代人造成的存在之不适面前，作家笔下的野性身体及其所代表的一切都为这种二元论的偏执带来了一种制衡的力量。

对于勒克莱齐奥来说，身体的地位是一种文化事实，不同的文化催生出截然不同的身体实践模式。西方社会中的身体在精神和肉体的二元关系中被客体化，深深受到了工具理性的规训和制约。在本书的第三、四、五章中，我们从阶层、性别、种族的不同角度分别分析了作家对工具理性的强烈批判。正是在对西方文化深感失望的前提下，作家走向了西方世界以外的异域和远方，那些未被现代文明染指的原始世界。在这里，他找到了关于生命和幸福等人生终极问题的答案。在原始人那里，没有精神和身体的二元对立，没有精神对身体的利用和制约，原始人的身体是一个场所，是一系列时空汇聚的集合，是原始人存在的栖息地。正是在这个意义上，作家在以西方文明以外的异域为背景的小说中细腻地刻画了原始人的身体。

首先，作家在文本中细致描绘了原住民赖以生存的，诸如狩猎、行走、游泳等身体技能，并认为这些身体技能所代表的是身心统一的智力，而不是纯脑力的智力，是生命智慧的终极象征。为了给予身体智力中的价值以充分的肯定，作家将文学史上鲁宾逊和星期五的师徒关系重新塑造成后者为师、前者为徒的关系。在他笔下，西方人成了虚心接受原住民启蒙的学徒，而原住民则通过身体技能把西方人引入真实美妙的存在体验中去。另一方面，作家力图展现原始身体形象的野性魅力，在他的笔下，原始人物如动物般灵活、矫健，他们的美，闪耀着生命的活力和动力，来源于对生命的热切体验，以及与自然世界的完美融合。其次，作家在文本中细致描绘了作为艺术、信仰表达方式的原始身体，认为身体在原住民的生活中被赋予了不可化约的崇高地位和重要作用。身体是原始社群艺术、信仰、凝聚力的重要构成部分，原住民将他们对美的追寻、对更高层精神境界的追寻、对群体认同感的追寻，都集中寄予在了身体的实践上。因此，他们用歌声与亡灵沟通，用皮肤充当画布，用文身作为族群的标识，在祈祷和舞蹈中表达自己的信仰，在节日的肉体狂欢中发泄生命的冲动和欲望。在原始身体的实践模式下反观现代社会，作家凸显了现代社会的身体实践模式对人性的异化，它一方面分隔了精神和身体的联系，将现代人的生活置于精神世界的虚拟环境里，远非像原住民那样将生活扎根于可感世界和真实世界；另一方面又将人置于语言的控制之下，将现代人的生活推入符号的迷宫中，使他们丧失了像原始人那样感受"物语"、与自然万物沟通的能力。

从这个意义上来说，原始身体作为现代身体的对立面，能够激发我们深入思考两种社会文明中迥异的生命实践模式。诚然，现代社会拥有诸多优越的物质条件，现代人在生活的舒适度、便利性方面，让原始人望尘莫及。然而，与此同时，他们也受到现代社会的深度规约、深度异化。而原始人的生活，正如他那生机勃发、洋溢着动物精神的身体一般，代表了童年自发性、原初欲望的释放，以及世界万物的和谐交融。

第七章　文本的愉悦：感性描写和现象学的写作

第七章 文本的愉悦：感性描写和现象学的写作 | 203

在前面的章节中，我们试图说明，身体的主题不仅在作家的作品中反复出现，同时作家的思想体系体现出和梅洛-庞蒂身体现象学近似的观点，这些思想从很大程度上影响了勒克莱齐奥整体的文学创作。在早期的创作生涯中，作家用碎片化的、令人焦虑的身体形象象征现代人的存在焦虑，并含蓄地将这一现代精神疾患的根源指向在西方社会占主导地位的笛卡尔意识和身体二元对立思想。在现实主义题材的中短篇作品中，作家将西方现代社会描绘成一个福柯意义上的、旨在培训驯顺肉体的"监狱孤岛"。在他的战争、殖民题材的历史小说中，宏大的历史叙事经常被一种为"正史"所不屑的视角代替，这一视角聚焦于历史画面中作为广大民众苦难终极象征的"受难的身体"。

本章将聚焦于作家的这种"身体美学"（l'esthétique somatique）对其文学语言产生的影响。作家对"身体"的理解和思考给他的文学语言留下了鲜明的印记，这些语言特征包括：带来感官快感的感觉书写、一种以自然元素和感觉描写的交织为灵感的诗意文字，以及一种拉近词与物距离的简单、质朴的语言。当然，考虑到作家本人坚持文本的形式与内容密不可分，① 在分析他的作品时将语言风格作为一个独立的问题专门来讲就略显失当了。因此，尽管清楚地意识到文本的主题内容和语言风格之间时常存有一种模糊的界限，我们仍然开启以下新的一章，旨在深入探讨在作家有关身体本体论问题影响下形成的独特文学语言。

第一节 肉身化语言和作为表达方式的身体

勒克莱齐奥后期的叙事作品时常带有一种叙事的特异性——叙事中的描写占用了大量的篇幅，这些描写无微不至，比如事物和情景的罗列、不厌其烦的重复描写，以至于让人觉得沉闷和冗长。作家后期的许多作品如《沙漠》《寻金者》和《隔离》等，都以大篇幅的描写开篇。初读这些作品，读者会有一种不适应的感觉——无处不在的描写冲淡了叙事情节，代替了对话、心理描写等传统叙事元素，削弱了叙事的一致性和协调性，不符合读者对正常叙事文本的期待。总之，勒克莱齐奥的后期作品会让那些喜欢在文本中寻找曲折情节的

---

① 分析的错误之一就在于将形式和内容区别开来。而实际上，形式和内容是同一个事物，并且根本无法分开。语言不是一种表达，也不是一种选择，它就是作家自己。（物质的狂喜，51）

读者感到很不舒服。学者阿特巴在评价勒克莱齐奥的语言风格时说："勒氏作品的语言风格具有很多层次，而并非晦暗不明，需要通过读者的自身生活经验去理解和体验。"①

为了理解这种另类的语言风格，利用法国作家扎克当斯基的一个关于文学语言的有趣理论，我们也许可以给出一个试探性的解答。扎克当斯基在《身体的罪行》一书中认为，写作，从三个层面的意义上说，可以被认为近似于一个色情的行为。在第一个层面上说，写作的目的在于揭露和废弃一种日常语言的清教主义，正如剥去包裹在带有欺骗性的日常语言四周的遮羞布，以达到一种具有颠覆性的独特语言一样。很明显，读者在勒克莱齐奥某些作品中体验到的不适感，很大程度上来源于这种对日常语言的颠覆。作家想要追寻的，正是一种没听说过的、难以想象的，甚至让人不适的文字。作家在散文《大地上的陌生人》中曾这样表达他对写作的追寻："我要书写一种自由的冒险，这种历险没有历史，没有出处，这是一场大地、水和空气的冒险，这种冒险中只有动物、植物和儿童。我要书写一种新的生活。"（大地上的陌生人，313）在第二个层面上说，写作近似于色情的行为，因为二者都是热切而灵活的行动，以一种冲动的方式寻找真相（la vérité）："写作永远不是纯洁的，因为它是在追寻真理的欲望下绷紧的色情主义的行为。"② 在《大地上的陌生人》这部散文作品之中，作家反复表达了一种想要通过文字寻求真相和事实的愿望。在第三个层面上说，写作和色情行为一样，都是在追寻一种"没有束缚的快感"（jouissance sans entrave）。这里所谓的快感，如同扎克当斯基所说，正如"一个谈吐礼貌、举止得体的本分女人，通过剥去社会认可的性体验的虚伪外衣，实现一种没有束缚的快感"③。同样，写作也要剥去日常语言约定俗成的束缚，才能达到一种极致的狂喜状态。很明显，在"没有束缚的快感"和勒克莱齐奥创作的关键概念"物质的狂喜"之间有一种不可否认的联结，因为二者都是通过突破最初的不适感，通过全身心地投入一种行为，来达到一种感官上的愉悦，并且沉浸在这种愉悦中以求达到一种狂喜的状态。

如果说勒克莱齐奥像许多不满足于用日常语言写作的作家一样，那么他之所以刻意在文学创作中寻找一种另类的颠覆性，一种没有束缚的快感，是因为

---

① Raymond Mbassi Atéba. Africains et créolismes dans la prose leclézienne. 载 Adina Balint-Babos, Isa Van Acker (eds.). *Le goût des langues, les langues à l'œuvre: les Cahiers J. M. G.. Le Clézio*. (Numéro 7), Paris: Éditions Complicités, 2014. p. 73.
② Stéphane Zakdanski. *Le crime du corps: Ecrire, est-ce un acte érotique*? Nantes: Éditions Pleins Feux, 1999. p. 20.
③ 同上，p. 23.

第七章　文本的愉悦：感性描写和现象学的写作

他不愿意在社会约定俗成的日常语言限制下创作。勒克莱齐奥的文学创作更多的是一种在未知土地上的探索，这种探索的出发点就是"用一种纯粹的语言来言说，这种语言要能够完美地表达个体经验的特质"（物质的狂喜，36）。正是基于这种对"纯粹文学语言"的探索，作家开始质疑现代社会所习惯使用的"表征性语言"（le langage représentatif）①。

一、对表征性语言的质疑

自其创作生涯伊始，作家就将语言问题放在创作的首要地位。从语言和主体关系出发，作家以这样一句话开启了他著名的哲理散文集《物质的狂喜》的第二部分："对我来说，除了语言问题之外一无他物。……我生活在我的语言里，由我的语言所塑造。"（物质的狂喜，35）对于作家来说，我们生活在一个充满现成语言的世界里。所有的日常语言中包含了约定俗成的意义，这种平庸的语言只会向我们传达习惯的观点。在使用这种语言时，讲话者不需要费力表达，听话者也不需要费力去理解。表达和理解都成为自然而然的事情。语言由此在我们不知情的情况下向我们灌输它的规则，掩盖了它自身的欺骗性。日常语言同时让我们习惯于用千篇一律的方式去思考，通过这种语言的理性和逻辑去思考。只要我们受制于这种"既具有幻象又扎根于我们生活"的虚假的交流工具，我们就无法真正地成为自己，而只能是"按照社会的意愿生活"（物质的狂喜，35）。在这一点上，里冬曾在他对勒克莱齐奥和法国诗人米修的比较研究中做出这样的论断：

> 对语言的质疑也就是对整个知识体系的质疑。两位作家都试图逃离词语研究的局限，重新找到一种介于童年和神话之间的原始状态。他们试图定义一种未知的空间，这个空间无关乎智力，对于勒克莱齐奥来说，它应该能提供一种通过语言表达事物真实存在状态的可能性。②

另外，作家对日常语言的质疑并不仅仅局限于批判语言对个人主体性的束

---

① "表征性语言"的概念是由法国理论家福柯在《词与物》中提出的，福柯借此概念概括一种仅具有表征功能的语言，这种语言在再现（représenter）现实的同时，切断了词与物的关系，它的特征是模仿和符号的无限增殖扩散。

② Jean-Xavier Didier Ridon. *L'exil des mots et la représentation de l'autre dans les œuvres de Henri Michaux et de J. M. G. Le Clézio.* Urbana-Champaign：University of Illinois, 1993. p. 23.

缚,同时也将矛头指向语言的表征性功能。在他的散文作品中,作家多次提到了日常语言的局限性:"语言是一种(对事实的)演绎,一种异化,一种行为"(物质的狂喜,173);"比喻和寓言都非常可恨。他们表面上想要表达(signifier)什么,实际上只起着阻塞和限制的作用"(大地上的陌生人,122);"由语言构造出来的语言科学是一种制造怪物的、虚假的科学。这个充满谎言的学科只知道诠释、分解和评头论足"(物质的狂喜,85)。错综复杂、迂回婉转、无限的诠释和再诠释,造成了话语的增殖(prolifération),也使得语言脱离了与植物、动物、矿物之间的古老联结,语言变成了一个自成一体的符号系统,其功能仅限于在各种语言、各种符号之间建立联系。

对福柯来说,语言的表征功能起源于 17 世纪西方古典时期的认识型,并且从此决定了西方的语言。在文艺复兴时期,语言作为符号所表达的是"绝对确定和透明的"事物,这些自然事物属于世界的一部分,"其元素中带有和动物、植物、星星一样的亲近性、契合性法则"①。然而,古典时期产生的表征性认识型让语言和事物之间产生了断裂,"语言的本真存在,其古老的、扎根于真实事物的坚实性消融于其表征的功能中;所有的语言都以话语的形式而存在"②。语言的这种由质朴状态向表征性功能的蜕变来源于古典时期认识型的转变,"语言沦为表征的一种特定方式"③。由于语言和世界旧有从属关系的断裂,可见之物与言语二者之间的脱节,语言和事物也因此被分隔开来。因此,词语与其所指涉的事物不再重合,"话语意欲言之所指,无奈只能言之所言"④。

福柯关于语言的这一后结构主义观点对勒克莱齐奥产生了深刻的影响。作家在其小说《逃之书》的一个章节中明确引用了福柯这一关于西方语言表征性功能的概念。在《逃之书》的这个章节中,一位欧洲人类学家和一位南美印第安青年展开了一段对话。人类学家询问这个印第安青年如何将他手中的著作——《词与物》的题目翻译成当地的惠考尔语(huichol)。印第安青年告诉他这个题目无法翻译,因为在印第安人那里没有词与物的区分。由于无法理解印第安人的视角,人类学家武断地坚持书名的翻译,并将三个对应于西班牙语中"词""与""物"的惠考尔单词生硬地拼凑在一起,作为书名的翻译。这个生拼硬凑的翻译随后被叙事者鄙视地评价道:"很快响起了笑声,这些笑声想要表达,可能您还不清楚,这个小丑、这个有钱人非要使用一种完全不属于他的语言。"(逃之书,253)这个简短的片段鲜明地说明了西方语言和原始语

---

① Michel Foucault. *Les mots et les choses*. Paris:Gallimard, 1966. p. 50.
② 同上,p. 58.
③ 同上,p. 58.
④ 同上,p. 58.

言之间的逻辑差别，惠考尔语不像西方语言一样在词和物之间进行割裂。相反，惠考尔人的语言"如同惠考尔的天空、大地、信仰、文身、衣着和帽子一样同属于惠考尔人"（逃之书，253）；在当地人眼里，惠考尔语和所有地球上的物质存在并无二致，是一种"和世界合二为一"① 的语言，正如福柯在《词与物》中所提到的古典时期到来前的语言一样。因此，借由这个小片段，勒克莱齐奥批判现代语言与实际事物的脱离，以及其表征属性。同样，在散文《大地上的陌生人》中，作家明确表示，现代语言由于其表征性本质而成为真实世界的仿制品，"人类的语言跛足前行。它自我陶醉，通过将现实折射到内心世界，并将之与情绪和怀疑混淆，徒劳地努力创造了一种与现实世界平行的世界"（大地上的陌生人，36）。

如果说作家和理论家在对现代语言的看法上具有多个交集，诸如现代语言的表征功能，语言对个体主体性的微妙控制等，他们同样渴望寻找一种原始而真实、且能够与现实世界紧密联系的语言。对福柯来说，这样的语言只有在文学作品中才能够得到实现，只有在文学中语言的精髓才能再次显现，"文学如果想要独善其身，如果想要斩断和其他语言的联结，就必须创造一种反话语（contre-discours），突破语言的表征和指示功能，重新找回16世纪语言所具有的天然状态"②。

同样，勒克莱齐奥也试图寻找着一种"言所不能言"的表达方式，一种突破日常语言的文学"反话语"，"在厌倦了特权和解读以后，语言急需重新找到一种新的方向，这个新的方向顺应目光的指引：这是一场简单、沉默、简短、却激烈的冒险，如同婴儿出生的时日"（大地上的陌生人，36）。卡瓦莱诺在他对勒克莱齐奥创作语言的研究中，同样肯定了作家对于一种更加接近于现实的语言的探索。

> 那些作家在摸索中创作的文字，那些凭直觉在纸上留下印记的文字，无意于重现和表征现实，也不再屈从于一种临摹的冲动。根据作家自己的解释，这些文字本身代表了物体和行为，植根于其所指涉的、精确的现实，而无意于描绘这种现实。③

通过将两种迥异的语言观念对立起来，勒克莱齐奥的目的是明确的，即应

---

① Michel Foucault. *Les mots et les choses*. Paris：Gallimard, p. 56.
② 同上，p. 59.
③ Claude Cavallero. *Le Clézio, témoin du monde*. Paris：Éditions Calliopées, 2009. p. 26.

该背离那种模仿的语言，因为它属于表征符号的领域，同时也有必要重新寻找一种简单、原始、充满物质性的全新语言，因为这种对文学"反话语"的探索是文学创作的首要任务。

二、找寻一种"肉身化语言"

在前面的研究中，我们一直在探讨勒克莱齐奥对于现代语言的理解，并着重强调了作家对于表征性语言的批判性态度。事实上，勒克莱齐奥在他的叙事和非叙事作品中一再表达说，他希望寻找一种"原始、真实"的新创作语言。因此，在下面的研究中我们将深入探讨作家所追寻的新的创作语言究竟具有哪些特征。

如果说作家最初将语言视为符号系统无意义的增殖扩散，那么他对于精神和物质二元性的拷问，则使他在理想的创作语言问题上获得了一种革命性的视角："我越来越渴望语言的肉身化。我不再想要语言的抽象和概括。"（物质的狂喜，115）"肉身化"（incarné）这个词从词源上来说包含着拉丁语的词根"肉体"（chair），这个词的使用明确表达了这样一种倾向：语言不再应该被认作纯智力活动，而应该和其他物质实体一样获得一个"身体"，它的实体化和具身化使它和其他有形物体一样成为组成宇宙的重要部分。为了进一步解释何谓"肉身化语言"，也为了阐明他对革新创作语言的渴望，作家在散文《物质的狂喜》中展开了以下的一系列设问：

> 为什么智力只能通过言语（parole）来体现？撇开使心理学成为可能的语言的分析功能，难道就没有别的方法能够让人综合地思考了吗？难道没有什么别的方法，可以让人直接与世界建立联系，而不（通过语言）去表达和分解？（比如说通过）一种自发的、来源于感觉的、带有古老冲动和疯狂念想的心智活动？（物质的狂喜，116）

作家在这里想要表达的，首先是迫切抛弃那种仅具有分解、增殖、模仿功能的语言，陷入阐释的无限循环的语言，因为"自给自足的语言是危险的"（大地上的陌生人，113）。相反，语言应该回归到现实的领域之中，"实现和世界，即感性世界的直接联系"，因为原初的语言就是世界发出的声音。同时，语言向现实的回归必须以"自发的心智活动"（intelligence immédiate）为前提，这种心智活动来源于感觉，而不是理智。正如普鲁斯特在《驳圣伯夫》开篇所说的，"我们写得越多，就会越发觉得不是用智力，而是通过感觉，通过身体在写作。"①

> 仅有词语组成的语言是没有意义的。……只有在舞蹈、节奏、运动和身体的搏动进入词语时,只有在目光、气味、触摸的痕迹、叫喊进入词语时,只有在词语不仅从嘴里冒出,而且从腹部、腿脚中迸发出来时,此时在面部的四周环绕着一圈光晕,空气也随之颤动时(仅在此时)词语才获得意义。(大地上的陌生人,87)

从这个意义上来说,语言与对世界的原始知觉密不可分。在去除了理性思考的功能后,词语获得了一种自发性、即时性,从而重新附着于它们所指涉的事物。"为什么(语言)需要这么多的转弯抹角?真理是即时的和真实的,它如同目光视物般迅速,如同食指指物般精确。到处都在闪亮和燃烧:这正是我们应该言说的,不带片刻的迟疑;一看到一缕光线,就马上表达出来。"(大地上的陌生人,122)托兹特认为,勒克莱齐奥继承了柏格森的思想,并认为作家"批判分析性的理性思考能力,因为这种智力着力于切割和划分现实,而不是把现实看成一个鲜活的、连续的进程"②。

由于在身体和语言的紧密关系问题上具有明显的近似性,勒克莱齐奥对于语言的观念明显带有梅洛-庞蒂的现象学语言观的印记。和经验主义、心智主义(intellectualisme)不同,梅洛-庞蒂不认为语言是思想的外壳,在《知觉现象学》中,梅洛-庞蒂将语言等同于思想,或者更加准确地说,一种以声音和手势实现的肉身化思想,"言语不是一种现成思想的再现,而是对思想的实现"③。通过将语言和思想等同于一种表达行为,一种词语化的姿势,哲学家实际上是将语言和思想等同于一种身体分泌出来的行为。因此,在梅洛-庞蒂那里,语言不是符号。语言就是行动中的思想,意义在语言行动中产生,没有先于语言存在的意义或思想。如果说语言可以被等同于一种行为,那么这当然是通过身体来实现的。

> 想要赋予词语或者手势一种内在的意义似乎是不可能的,因为手势局限于指示人和可感世界的关系,也因为可感世界通过自然的知觉

---

① 转引自 Stéphane Zagdanski. *Le crime du corps: écrire, est-ce un acte érotique*. Nantes: Éditions Pleins Feux, 1999. p. 22.

② Evelyne Thoizet. L'incarnation du langage dans le geste créateur. 载 Thierry Leger, Isabelle Roussel-Gillet, Marina Salles. Le Clézio, passeur des arts et des cultures. Rennes: Press Universitaires de Rennes, p. 165.

③ Maurice Merleau-Ponty. *La phénoménologie de la perception*. Paris: Gallimard, 1945. p. 207.

呈现给观看者，且被知觉的物体和手势一起同时被呈现给观看者。①

如果说语言产生于知觉主体和被知觉的世界之间的共时联系（synchronisation），那么语言自然被认为是身体性的。这个观点可以在勒克莱齐奥的作品里找到许多共鸣，例如，对于作家来说，写作应该和舞蹈一样被视为一种身体行为。

> 舞者不问为何而舞。泳者和行人也不需要过多思考，水流和大地自然而然地将他们承载。他们顺势而动，前行、滑动，越行越远。为什么写作者要自问为何呢？他写作：他舞蹈，他畅泳，他行走……
> （大地上的陌生人，148）

由此可见，勒克莱齐奥在对语言本质的认识上持有与梅洛-庞蒂非常近似的观点，即语言是由可感世界产生的，因此，身体是实现语言的媒体。语言的任务就是将视觉、听觉、嗅觉、触觉所捕捉到的东西转换成声音和文字的形式，这种转换应该是即时的、自发的，避免过度的拐弯抹角造成词与物之间的脱节。这种将身体视为一种言辞（la parole）的表达的现象学观点自然对作家的创作起到了影响，勒克莱齐奥的作品于是出现了一种不可遏制的欲望——不停地描写、刻画，用直觉将在现实世界中感受到的一切不加修饰地转换成文字。从某种角度上说，作家对肉身化文学语言的追寻可以被视为一种类似于法国文学中"副文学"流派的创新，"他化是文学创作的关键，文学的兴盛归根结底在于向其他体裁的变异"②。

第二节　令感官愉悦的抒情

语言和写作在勒克莱齐奥那里一直是一个核心问题，然而也是一个矛盾的问题。一方面，作家在散文作品里反复抨击语言和写作的虚伪性和局限性，"（写作中的）比喻和繁杂往往仅仅是为了炫耀知识，那可怕的让人瘫痪的知识"

---

① Maurice Merleau-Ponty. *La phénoménologie de la perception*. Paris：Gallimard，1945. p. 217.
② 栾栋：《文学他化说》，《文学评论》2009 年第 4 期，第 190 页。

（大地上的陌生人，123）。"语言通过日常的谎言将我欺骗。它使我以浮浅的方式去思考，以语言的理性去思考。其实有什么可说的呢？而实际上只要仔细观察，就会发现思想既无法有效说服，也不能在世界上树立规则。"（逃之书，151）另一方面，作家仍然笔耕不辍，在创作生涯中稳定地推出大篇幅的作品。正如霍茨伯格所观察的那样，通过语言进行写作对勒克莱齐奥来说时常是一个悖论："作家认为，语言对人类来说是一种诅咒和惩罚，然而没有它，人在走向死亡的路上也就缺少了意义。写作和说话有时是一种痛苦，但是承担这种痛苦又是必要的。"[1]

事实上，作家所抨击和批判的语言，具体指的是通俗的、约定俗成的日常语言，在使用这种语言的同时，我们的思想受到社会潜移默化的影响和支配。因此，作家从创作伊始，就立志于寻找一种新的语言来表达自己，"在词语之上寻找，在智力（l'intelligence）之外寻找。敞开所有感官（sens），利用未知的方法，寻找一种和物质交流的途径"（物质的狂喜，187）。在这里我们又回到上文中提到的话题，即勒克莱齐奥对创作语言的尝试主要集中在语言的"肉身化"这一点上。何为语言的肉身化（langage incarné）？何为语言的物质性（matérialité du langage）？这些在散文中不断被提出的概念如何落实在作家的文学创作中呢？我们其实可以从上述的引文中得到启示，即作家试图寻找的理想创作语言是要背离智力、摒弃知识的堆砌、避免过度的理性思考，从而通过感觉，达到和物质的"交流"。于是，在勒克莱齐奥的作品中，感觉描写被赋予了至高无上的地位，而叙事情节、心理分析这些传统叙事要素反而被淡化了。这既是勒克莱齐奥的小说让读者对松散的叙事产生不适感的原因，也是他的作品所以能释放出一种清新诗意的缘由。当然，勒克莱齐奥的"感觉"，不是简单枯燥地描写感觉，"感觉"融合了许多其他的元素使得文本更加可读、更加厚重。[2] 关于作家的"感觉"，为何写和如何写成为我们下文所要研究的重点。

许多研究勒克莱齐奥的学者都指出过作家创作中感觉描写的重要性。卢塞尔-吉耶特别指出感觉描写中"身体"的重要角色，她将勒克莱齐奥的文本称作一种"身体书写"（l'écriture du corps），在作家那里"身体成为写作的线

---

[1] Holzberg Ruth. Beckett et Le Clézio: La chaîne sado-masochiste et le monologue du scripteur. 载 *Modern Langage Studies*, 1979, Vol. 10, No. 1. p. 60.

[2] 在一个词源分析中，栾栋将"美学"一词在法语和其他西方语言中的含义定义为："一种能够被感官感知的可知状态。"这暗示了美学从一开始就是一种感官起主要作用的审美。参见栾栋：《感性学发微》，商务印书馆1999年版，第3页。

索"（Le corps fait office de fil conducteur）①。对卢塞尔-吉耶来说，文本中的"身体"不是以人物体貌描写的方式出现，而是以一种能量的诗学、一种充满活力的电流的方式流淌在文字之中。萨勒斯同样赋予勒氏创作中的感觉描写以高度重要的地位，认为这种"对于感觉的重新肯定（revalorisation）带有后现代文学的气息"，也"使得作家成为这方面文学思想流派的先行者"。②玛利亚·何塞等学者将作家和著名画家梵·高进行对比，认为"勒克莱齐奥和梵·高是两个杰出的美的创造者，善于深入地运用感官进行创作"③。

在下文中，我们重点聚焦于作家作品中"感觉"的书写，探讨勒克莱齐奥笔下感觉书写的手法特征，以及其背后深厚的哲理底蕴。

一、感觉描写

在阅读勒克莱齐奥叙事作品，特别是后期的叙事作品时，读者很难不被作品中一股流淌于文字间而富有生气的洪流所打动。作家描写感觉，他的笔端流出的文字诠释着身体的感受，使读者能够透过文字的韵律感受到身体的颤动。写作不再是一种纯智力的活动，写作是为了"见证"（témoigner）（物质的狂喜，105），为了表达"生命的历险"（物质的狂喜，107）。于是，振动（vibrer）、战栗（frissonner）、颤抖（tressaillir）等动词成了作家偏爱的词语。这些词语的使用说明作家希望能够深深地打动读者，并非通过精神的交流来实现，而是用词语的音律引起作者和读者之间身体上的共鸣。由于这种写作特征，卢塞尔-吉耶将勒克莱齐奥的创作定义为一种"地震仪式的写作"。对于库阿库来说，感觉描写在某些情况下甚至超越了单纯的描写，而成为作家小说中的一种叙事机制，其功用推动了情节的发展，"感官兴奋作为其中的动机，开启了叙事的发展"④。这种感觉的书写时常唤起一种怀旧的情感，一种感官的愉悦，但并不是19世纪浪漫主义时期的多愁善感，而是一种旨在抓住细微的感官颤动和情感陶醉的崭新创作。作家小心翼翼地记录着一系列奔流不息的知觉和感受，这是一种模仿身体的语言，也是作家用来和宇宙、和他人交流的语言，"我要触摸一切可触的事物。品尝所有的味道。感受所有可感的万物。

---

① Isabelle Roussel-Gillet. *J. M. G. Le Clézio*, *écrivian de l'incertitude*. Paris：Ellipses，2011. p. 33.
② Marina Salles. *Le Clézio*, *peintre de la vie moderne*. Rennes：Presses Universitaires de Rennes，2007. p. 233.
③ Sueza Espejo, María José. Désert de Jean-Marie Gustave Le Clézio：analyse d'éléments descriptifs et interprétation écocritique. 载 *Revista de estudios franceses*，2009，Núm. 5，p. 332.
④ Jean-Marie Kouakou. *J. M. G. Le Clézio*, *Accéder en vrai à l'autre culturel*. Paris：L'Harmattan，2013. p. 48.

看、听，通过一切身体的开口接收世界释放的波动（ondes）"（物质的狂喜，45）。带着这样一种信念，勒克莱齐奥创造了一种剥去了偏见、道德评判、矫揉辞藻的，真实的语言。勒克莱齐奥笔下的人物带着一种孩童般天真的目光伫立于世界面前，借用让-皮埃尔·理查德的表述方式来说，仿佛"创世的清晨第一个降临世界的人"①。

  一切发端于感觉。没有曲折的情节和生动的对话，勒克莱齐奥让笔下的人物跃动在纸上，悉心体验着可感世界的一切——视觉、听觉、嗅觉、味觉、触觉。感觉的调动加强了一种生命的愉悦感、幸福感，特别是在我们向生命提供的一切感受呈敞开状态的时候。因此，《沙漠》这部长篇小说的女主人公拉拉沉浸在一种欣快的幸福感里。童年时的女主人公以一种儿童的热切，津津有味、不知疲倦地品尝着人生。

  当你全身心地投入，生命将是一场感官盛宴。主人公和村里其他孩子在夕阳西下的海边用篝火烹煮晚餐的场景便是一个典型的例子。作家首先用简单的句子描绘出愉悦的场景："傍晚时分，空气非常温和宁静。天空是淡淡的蓝色，干净透明，没有云朵。"（沙漠，143）作家用词简单，句式很短，如此简单、质朴的语言，仿佛面对的是年幼的读者。而同时，黄昏时候海边宁静、清爽的感觉却立刻直观地被传达出来。紧接着是一系列感觉描写。篝火占据着这幅田园画卷的中心，释放着滚滚浓烟，到处弥漫，感染着人和动物。"沙漠里的苍蝇也来了，循着燃烧的火盆的味道和热腾腾的豆子的味道，避开滚滚的浓烟。"（沙漠，144）空气中混杂的气味在此处通过苍蝇的行动微妙地表现出来，然而透过简单、慵懒的叙述，读者仿佛能够嗅到那个海边的傍晚。小说对气味的描写是微妙的，对声音的描写则十分直接。和气味相比，声音更容易引起感官的关注，比如噼噼啪啪的树枝燃烧声、咔咔的火苗跳动声、突然爆发的笑声、孩子嬉闹时的喊叫声。欢闹的声音见证了篝火的魔力，因为"是火让人产生奔跑、大叫和嬉笑的愿望"（沙漠，144）。如果说气味和声音让人萌生醉意，那么，鲜艳夺目的火光则让人心驰神往。

> 拉拉最喜欢的，是篝火底部被火焰围绕的、燃烧的木头，这种燃烧中的颜色没有对应的词语来形容，但是很像太阳的颜色。她注视着顺着灰色浓烟升腾的火星，它们时暗时明地消失在蓝天之中。当夜色渐深，火星更加美丽，像一群群划过的流星。（沙漠，144）

---

① Jean-Pierre Richard. *Littérature et sensation*. Paris：Seuil，1954. p. 20.

在这个场景的细节中，作家不仅细致描绘了色彩的变化与光影的交错，同时也呈现了主人公目不转睛的凝视状态。凝视对于作家来说，是洞察生命魔力的不竭源泉。视觉也因此成为勒克莱齐奥可感世界中首要的感觉。作家笔下的人物总是不知疲倦地用目光饱餐着世间的美。这是一种简单、直接、自发的目光，不思考、不评判，区别于理性审视的目光。

海边篝火的场景集中代表了作家描写感觉的一些基本特征和要素。一方面，作家在勾勒一个场景时总是无微不至地将视觉、听觉、嗅觉、触觉微妙地交织在一起，使整个场景具有饱满的感官感染力。通过人物的感受，读者也在想象的空间中成为一个悉心感受者——聆听、体味、触摸和凝视。另一方面，作家有意识地使用最直接、最简单的词语和句式来唤起读者的想象，力图达到词语和事物之间最紧密的贴合。德勒兹曾在评价塞尚的印象派绘画时说，画家作品中画出的不是景色，而是"作为感受到如此感觉而被体验的身体"①。画家运用感觉作为绘画的主体，能够在对自然的描摹中调出自己情感的光色变化。从这种意义上说，同样是通过感觉进行创作，画家运用线条和色彩，作家则运用词语和句式。简单、基本的词汇和质朴易懂的短句使读者不需要经过思考的努力，就能直接唤起读者对感觉的想象和记忆。

对梅洛-庞蒂来说，对感觉的书写和描绘使得写作近似于绘画艺术，因为两者都在很大程度上依赖于对知觉的敏锐度。绘画艺术本身依赖于人和世界的相互作用，梅洛-庞蒂阐释道：

> 绘画是这样一种表达的艺术，它发端于，然而又超越于世界通过知觉在人的想象中的呈现。也就是说，作品不是凭空创造的，也不是在某个远离凡世的、晦暗的实验室里完成的。同样的，（绘画）作品是不以武断的意志为转移的，画家总是要依靠他生活的世界，就好像他所要展现的主题一直封存于这个世界中一样。②

如果我们将绘画和写作视为两种可类比的表达方式，那么就可以说，正是与世界的接触带来了可感世界变成文字和绘画的奇妙转换。

当我们谈到一种能够带来感官愉悦（volupté）和感官快感（sensualité）的文字时，我们已经非常接近一个文本色情化（érotisme）的主题了，因为色情本身就是"肉感"（sensualité）这个词的含义的组成部分。关于勒克莱齐奥

---

① 德勒兹：《弗兰西斯·培根：感觉的逻辑》，董强译，广西师范大学出版社 2007 年版，第 43 页。
② Maurice Merleau-Ponty. *La prose du monde*. Paris：Gallimard，1969. p. 86.

第七章 文本的愉悦：感性描写和现象学的写作 215

文字的色情化主题，乔林-伯道奇曾在她所做的关于勒克莱齐奥文学创作的色情审美研究中做过详细的讨论。她认为，在作家感觉描写的文本中存在一种泛色情化的倾向，这种倾向主要通过带有抒情性的感官快感表现出来，"从生命的简单现象不断汲取快感的爱好，使得文本逐渐带有一种全面的色情色彩，即一种文本的泛色情化（pan-érotisme）"①。的确，当文学创作以传递身体的语言为初衷，以作者和读者之间身体的共鸣为导向，那么文字的色情化倾向也就自然成了文本的一个重要特征。

这里我们再次引用《沙漠》里的主人公拉拉沐浴的一个片段来说明勒克莱齐奥的感觉描写是如何微妙地利用感官快感（sensualisme）这个词的双重含义来实现文字的肉身化的。沐浴对于居住在北非沙漠里的摩洛哥人来说是一种奢侈，因此主人公拉拉只有在每年一个特定时节才能跟着姨妈去城里的一个公共浴室沐浴。一方面，沐浴的体验是一种水和皮肤、物质和身体亲密接触的时刻，因此作家着力于表现触觉给人带来的沉醉于物质的状态（l'extase matérielle）。"池水热得发烫，使毛孔舒张，热流一股股地涌向身体内部。在这发烫的池水中，仿佛蓄积着天空和太阳的力量。"（沙漠，164）由于沙漠干旱缺水，沐浴的体验对于主人公来说也显得更加强烈。作家把主人公与水的接触描绘成一场欣快的感官盛宴，既充满幼稚的童趣，又带有神圣的仪式感。拉拉倾听池水倾泻的声音，享受它温暖的拥抱，潜到池底凝望水下跳动的光线。水和身体的结合使得主人公在物质的拥抱中得到了极致的感官享受。

另一方面，这段文字也在读者的想象空间中缔造了一个色情的画面。摩洛哥少女的美好身体，在被呈现给其他沐浴中的女人的同时，也呈现在读者的想象中，"长长的黑色厚发"，似乎"透过晶莹的池水"被人默默地打量。同样，池水对主人公赤裸的身体的抚摸也产生了一种暧昧的效果："池水忽然间抱住了她的身体，紧紧地包围着她的皮肤、她的双腿、她的腹部和胸部，使拉拉一下子停住了呼吸。"（沙漠，163）通过唤起所有的感觉，同时营造一种色情化的效果，作品让读者在文字中获得了一种欣快的体验。

勒克莱齐奥的感觉描写不只是一种片面、枯燥的描写，激发某种愉悦的文字体验往往是他进行感觉描写的目的。这种激发，用作家偏爱的词语来表达，就是振动（vibrer）、战栗（frissonner）、颤抖（tressaillir）。换言之，就是要将作者的知觉体验用文字的方式传达给读者，但是这种文字必须是直观的、自发的，能够唤起某种共同的生命体验，达到一种读者和作者之间的共同律动。

当然，这种生命律动的最高状态便是"物质的狂喜"——生命沉迷于与

---

① Sophie Jollin-Bertocchi. *J. M. G. Le Clézio : l'érotisme*, les mots. Paris：Kimé, 2001. p. 164.

物质世界的交融之中所达到的欣快状态。为了让这种狂喜状态达到极致,作家经常将感觉的丝线编织在记忆和想象的画布上,达到一种美好的怀旧状态(nostalgique)或梦呓状态(onirique)。小说《寻金者》的叙述方式就是一个典型的关于感觉和记忆交织的例子。《寻金者》的主人公,同时也是叙述者,谈到他童年记忆中的大海,仿佛在谈论一个他非常依恋的亲人。在记忆的迷雾中,儿时的感觉仿佛愈发强烈了。

> 在记忆最遥远的地方,我听见了大海的声音。那声音混合在木麻黄针叶间的风中,在永不停息的风中,甚至当我远离海岸,穿过甘蔗田前行,正是这个声音安抚着我的童年。此时,我听见它,就在内心最深处,我把它带到所行之处。声音缓慢、不知疲倦,波涛在远处的堡礁上碎成浪花,在黑河岸边的沙滩上销声匿迹。没有一日我不去海边,没有一夜醒来我不是汗流浃背。坐在我的行军床上,撩开蚊帐,试图聆听潮汐,不安而又充满一股莫名的渴望。(寻金者,3)

作家以一种普鲁斯特式的口吻开启了小说《寻金者》的叙事,① 这个开头跨越了时间与空间,立刻将读者带到叙述者记忆深处的海边故乡。这段开篇文字围绕大海而展开,将大海描绘成一个亲人般的存在,一个"关键性的'人物'"②,一个让叙述者神魂颠倒且爱慕的人物。实际上,整部小说的叙事都围绕着主人公对海的痴迷而展开,且由于这种痴迷,主人公一次又一次地走上航海旅程,始终不愿远离大海的怀抱。对于主人公和大海的关系,凡-阿克评价道:"从最初的章节起,大海的声音就如同背景音乐般奠定了整部小说。后面的情节发展不过是一再地再现和肯定大海在主人公心中的地位,波光粼粼的壮阔海面深深地吸引了主人公的身体和灵魂。"③《寻金者》这部小说可以被看作一个与世俗格格不入的探险者(亚历克西)逐步走向穷困潦倒的坎坷人生故事。在主人公每况愈下的人生轨迹中,童年时期在海边度过的美好时光成为主

---

① 迈克·R. 芬恩认为,普鲁斯特的风格同样强调了身体知觉的首要性:"普鲁斯特很明白地表达出,身体语言是一种直觉的运动,它预兆着书写的语言;真实的写作必须重现我们的印象中最开始的模仿为目的。"参见 Michael R. Finn. *Proust: the body and litterary form*. Cambridge: Cambridge University Press, 2004. p. 4.

② "大海是一个关键性的'人物',小说以她开篇,以她结尾。"参见 Isabelle Roussel-Gillet. *Le Chercheur d'or J. M. G. Le Clézio*. Paris: Ellipses, 2005. p. 70.

③ Isa Van-Acker. *Carnets de doute: variantes romanesques du voyage chez J. M. G. Le Clézio*. Amsterdam/New York: Rodopi, 2008. p. 76.

人公的失乐园。作家正是通过感觉描写的抒情诗意，着力将由童年和大海缔结的、天堂般的幸福烘托出来。

> 我想念它如同想念一个人。黑暗中，我全身感官觉醒，为了更清楚地听见它到来，更好地迎接它。巨浪在礁石上跃起，又摔落在泻湖里，声响仿佛一只锅炉让大地和空气震颤。我听见它，涌动，喘息。（寻金者，11）

对听觉印象的再现几乎占据了主人公回忆的核心。然而这里不再是直接地对感觉体验进行描述，而是微妙地平衡了感觉和情感、欲望之间的关系，烘托出那些经过岁月沉淀更加强烈的感觉体验。很明显，在《寻金者》的故事中，透过记忆的浓雾，对海水声音的印象非但没有减退，反而在对大海深厚情感的作用下更加强烈了。"正是这个声音安抚着我的童年"，主人公赋予大海以母性的人格，海潮和海浪的声音也因此成为安抚儿童的摇篮曲。

需要指出的是，在强调自然、感觉和情感交织的同时，在突出这种幸福的神秘感染力的同时，作家也刻意突出，这种天堂般的幸福更青睐于天真的儿童。对于勒克莱齐奥来说，无知和纯真的儿童更容易真正地投入感性的、原始的生命力量。儿童更专注于微小的细节、美妙的自然征象，更容易敞开心扉，接受自然的光线、音乐和形状。眼睛看，耳朵听，通过感官与世界接触，人与大海、天空、山峦、森林接触，与物质融合，而这也正是作家眼中极致的幸福。

记忆可以让感觉更加强烈，想象中的感觉也可以更加美妙。短篇小说《露乐比》中的小女孩儿露乐比，带着一种迫切想要感受外部世界的冲动，也经历了一场融合于物质的迷醉体验，只不过，使她的感觉体验达到极致的，是一场阳光下的逐梦之旅（un voyage onirique）。中学生露乐比逃学去海边玩耍，经过一段长长的步行之后，她来到海边一座希腊风格的建筑前。她停下来坐在房子的门廊前休息，一边享受温暖的阳光，一边欣赏着眼前的大海。很快，在温暖阳光的照耀下主人公睡着了，然而在半睡半醒的模糊意识中，她以为自己死了，梦境里的死亡却格外愉悦——她渐渐飘离大地，投入周围万物的怀抱。

> 她感到地上的一切离她远去，飞快地离去……她现在只感到手脚的摆动以及内心的颤动、战栗和翻滚。她的身体被飞快地投入充满阳光和大海的空间中。然而这一切体验都是美好的，因此她并不抗拒。她努力睁着眼睛，瞳孔大张，目视前方，眼睛眨都不眨……她似乎感

觉不到自己的行动和生命，只有她的目光在不断地扩大，像一缕光线一样融入周边的世界。露乐比感觉自己的身体敞开了，好似一扇缓缓敞开的大门，她等待着自己融入大海的拥抱。（露乐比，38）

在露乐比的想象中，她的身体在死后分解了，身体的碎片在天空中漂游，反而能够更好地欣赏自然的细节，能够更好地融入其他的物质之中。在这段描写中，需要指出非常重要的两点。首先，"瞳孔放大"是勒克莱齐奥词典中的一个重要概念，他用印第安语 Mydriase（意为"瞳孔放大"）把他的重要散文命名为《瞳孔放大》（Mydriase，1993）。作家借用瞳孔放大的状态指称对世界的强烈好奇，即通过睁大眼睛，通过敞开身体，去捕获感觉，寻找幸福。当目光闪烁、双耳倾听、鼻子待命、皮肤绷紧的时候，当情感和欲望准备就绪的时候，人能够获得片刻的狂喜状态。因此，德-迟兹特对露乐比的故事评价道："身体的分解并没有将个体掷入空虚，相反却让主人公体验了存在的完满，不管这种完满的获得是通过色情的体验还是宇宙的体验。"[①] 另外，身体通过感觉与其他物质的结合再次被表现为一种无与伦比的幸福，它使生命充满力量和活力。想象中的感觉和梦境中的感觉没有本质的区别，二者都将人引入一种与物质结合的迷醉状态。这样的描写模糊了体裁的边界，淡化了传统的叙事方式，同化了文本中特异的东西，带有一种法国副文学的意味。副文学实乃泛文学，"副"与"泛"说明文学在漂移，在扩容，在变身，在匪夷所思的怪诞中寻找出口。栾栋先生对此解析得颇为透彻。他用辟文学为副文学张目，用"多面神""九头怪""互根草"和"星云曲"等喻体为副文学写照，在文学的深层次和大境界处把握人文的真精神："从文学作为三才六合的精华而论，本根在界是文学天人合一处的学术表征，本真在否是文学天人合德时的慎终追远，本能在化是文学天人合流后的和光同尘。"[②] 勒克莱齐奥也有副文学以至辟文学的风韵，他是人类文学在特殊节点上生长出来的奇花异果。其色香味的美妙幻变，不期然地飘向了天人合流的博大时空。

勒克莱齐奥的写作传递着一种律动的诗学：日常生活中的感觉体验、在回忆中重建的感觉体验、在梦境中被幻想的感觉体验，不管以哪种形式，都是作家用文字的律动传达的神奇历险。

---

① Jean-Paul De Chezet. *Continuité et dicontinuité dans les romans de J. M. G. Le Clézio*. Irvine：University of California，1974. p. 16.
② 栾栋：《辟文学通解——兼论文学非文学》，《文学评论》2008 年第 3 期，第 27 页。

二、文本的愉悦

　　罗兰·巴特是众多理论先驱中率先开始重视身体在文本阅读中的重要作用的理论家。对巴特来说，阅读不局限于解读意义，而在于享受阅读过程的快感。阅读因此不再是精神之间的交流，而是身体和身体之间具有色情色彩的游戏："相反，所有的努力都在于将从文本中汲取的快感物质化（matérialiser），使文本像其他事物一样具有生成快感的作用。"实际上，这一理论实现的前提条件应该是在文学文本的语境中（我们无法想象在严谨的科学论文中实现文本的愉悦），文字带来的快感、以身体为主导的创作必然需要依赖词语的韵律、修辞的艺术，以及对原始生活素材的诗意想象和架构。相较于文学，绘画和音乐是更为感性的艺术。画家通过线条和色彩最直观地描摹身体，音乐家则用音符和节奏召唤身体的和谐共振；在绘画和音乐中，身体与创作的联系也更为紧密：完成一幅巨大的画作要求画家付出的不只是工艺，还有体力，同样，演奏一场交响乐所需要的娴熟技巧，不可能仅依靠心领神会，更多地需要依赖整个身体日积月累的实践来掌握。那么，作为语言艺术的文学，如何运用其单薄的文字，来模仿感性的色彩和音律，来表达身体，制造快感（我们的讨论限制于严肃文学的范围内）？

　　如果说前面一节我们所讨论的感觉描写更多地是探讨一种身体体验和存在状态，那么这一节中，我们将选择两部更加凸显身体与文本关系的作品——《非洲人》和《奥尼沙》，来说明勒克莱齐奥对寻找肉身化语言进行的尝试。这两部小说取材于作家童年跟随母亲去往非洲的一次旅行。小说《奥尼沙》讲述了八岁的法国男孩凡当和母亲一起前往非洲，与常年在英属殖民地奥尼沙工作的父亲相会的故事。而《非洲人》作为一部中长篇小说，虽然也是取材于作家童年时期的这一经历，却在叙事中加入了许多自传的要素，添加了许多作家当年随家人旅行的真实细节。

　　对这两部作品中文本和身体关系的分析主要围绕以下三个问题。第一，作家如何有意识地在两部作品中以身体为主题（或子题）进行创作？第二，除了上一节谈到过的写作特征，作家还用了哪些手法来丰富和深化感觉描写？第三，我们应该如何评判这两部小说带来的文本愉悦？

　　《非洲人》这部作品在故事的开篇就打上了身体的烙印。

> 非洲大陆是一个身体，而非一张脸庞。她带有感觉的暴力，欲望的暴力，季节的暴力。我对非洲大陆最初的印象，是在极度炎热下全

身冒出的小灯泡般的疹子,一种白人进入热带地区后常常感染的无害的炎症,在法文中具有一个有趣的名字——bourbouille(红色粟粒疹)",在英文中则被称作热痱(prickly heat)。(非洲人,16)

《奥尼沙》故事的开篇则将很大一部分笔墨投入到了凡当和母亲一起在船舱里度过的"快欣时刻",然而也非常明显地将身体放在叙事的中心。

> 凡当闭上眼睛。他默默地闻着母亲的香水味,他静静地听着母亲在阴影里脱衣服时布料摩擦的声音。和她在一起,白天黑夜都在她身边,真是一件幸福的事情。他闻着她皮肤的味道,她的头发……他爬到床上紧紧地抱住母亲,把脸埋在她的头发里,静静地听着她的呼吸,她的心跳。当她睡着的时候,空气暖暖的、轻轻的,饱含着她的气息。这正是他一直想要的。(奥尼沙,24)

> 母亲一丝不挂地躺在床单上。她的身体既高大又白皙,瘦得看得见肋骨。在她雪白的身体上,两臂的腋毛、深色的乳晕和下身的毛发清晰可见。(奥尼沙,24)

很明显,这两部作品的三段文字的主题都是身体,并且以同一个叙事线索,即作家童年的非洲之旅为背景,然而书写的对象和方式却迥然不同。在第一段文字中作家直白地将非洲大陆比喻成一个身体,转而谈及自己的身体体验——皮肤对热带气候的过敏反应。在第二、三段文字中作家却避而不谈小男孩第一次海上航行的体验,或者对非洲大陆的印象,反而将笔墨停留在阴暗狭小的船舱内,写出了一段似乎带有恋母情结的暧昧文字。

事实上,不管是对非洲大陆的描写、自我身体体验的描绘,还是母亲身体的刻画,作家都在描写着同一个身体。这个身体是一个串联起自我身体、他人身体和宇宙身体(le corps cosmologique)的巨大统一体。非洲大陆对于年幼的作家来说,有一种不可抵挡的"身体"诱惑——它的炎热、潮湿、暴戾的气候,形态万千的动植物,当地人裸露的身体,所有这些,引起了作家对自我和他人身体的好奇,唤醒了作家在与宇宙的接触中沉醉于感官体验的欲望。因此,从踏上非洲海上航行的那一刻起,儿童对于身体的感受已经从欧洲的冷淡和封闭转变成了一种非洲的热烈和开放。这种开放意味着边界的消失,在非洲大陆、他人和自我身体之间,边界逐渐淡去,留下的是一种感官的敏感和存在的愉悦感。

第七章 文本的愉悦：感性描写和现象学的写作 221

从这个意义上说，不管是《非洲人》开篇对非洲大陆印象的直白表述，还是《奥尼沙》开头对母亲身体的微妙描写，都从叙事的功能上预示了主人公在非洲之旅中即将开启的感官冒险。同时，在我们上文提出的自我、他人、宇宙三种身体联结和共融的论题，集中地表现在母亲身体这一具有象征作用的形象上。正如尼古拉·平所说，"母性在勒克莱齐奥小说里时常是一个重要的象征符号"①，对于描写母亲身体的片段不应局限于文本的色情化气息，而应该从母亲身体所象征的意义来理解。

首先，母亲身体描写的片段凸显出八岁小男孩对于身体所产生的孩童般的好奇。这种儿童特有的敏感可以从《非洲人》里主人公凡当自述的一段话中反映出来："当我们还是孩子的时候，我们不使用词语。在那个时期我生活在一个和形容词、名词绝缘的世界中。我既不会说，也不会想，搞不清楚什么是可爱、巨大或力量。可是我却能感受到它们。"（非洲人，14）作家用这样一段自述精辟地总结了儿童时期人的特点——缺乏理性思考的能力，却对感觉的世界具有更敏锐的感受力，对周围世界仍然保留着一份不知满足的好奇。因此，凡当对母亲身体的依恋，他贪婪地用各种感官去感受母亲身体的行为，突出了儿童看待世界的感性视野：母亲身体的气息、声音、样貌是儿童心中的温柔之乡，他需要不知满足地感受她的身体来获取安全感和幸福感。回顾前文我们已经论述过的，作家对儿童角色的偏爱，对于儿童阶段认知方式的推崇，我们就可以明白为什么作家需要强调主人公的儿童视角——凡当的"理解无能"和"感受超能"使他成为引领读者走过非洲的感觉朝圣之旅（le pèlerinage sensuel）的完美人物。

从另一方面来说，对母亲身体不知满足的感受也预示了凡当对他人身体的关注和对实际生活经验（la réalité vécue）的向往。如果说母亲的身体对幼年的孩子来说还不具有清晰的自我和他人的界限，那么陌生人赤裸的身体则让儿童产生了一种强烈的感受。在《非洲人》中，第一人称的叙述者"我"回忆他第一次看到赤裸的非洲人时的感受。每天在大路上、集市上，"我"会碰到很多半裸或全裸的非洲人，非洲人对裸露身体毫无羞耻感的习惯让"我"非常吃惊，他观察到"她们的身姿，丰满的胸部，皮肤发亮的背部。小男孩们的生殖器，修剪过的粉色腺体。鼓起的肚子，似鹅卵石般缝在皮肤上的肚脐。还有身体的味道，触摸的感觉，轻盈温暖并不粗糙的肌肤，以及上面竖起的汗毛"（非洲人，12）。非洲人赤裸的身体对叙事者来说非常神奇，在成年以后回想往事时，他将身体的赤裸比作一种揭去谎言的、人性的真实。"伴随着一种疼痛、一种热

---

① Nicholas Pien. *Le Clézio, La quête de l'accord originel.* Paris：L'Harmattan，2004. p. 45.

烧，非洲在拿走我的脸庞的同时赋予了我一个身体，这样一具身体是我不曾体验的，仿佛一直被法国隐藏在祖母家里贫血般的疼痛中。"（非洲人，16）因此，叙述者认为非洲大陆是一个感觉的启蒙者，非洲大陆使他获得了一个新的身体，准确来说是一个新的文化身体，相对于欧洲封闭、催生羞耻感的文化身体，非洲身体的热烈和敞开让他在文化层次上获得了一个新的身体。

最后，母亲的身体象征着非洲大陆对主人公产生的母亲般的吸引力。非洲大陆一直以来被认为是人类的原始发祥地，因此一直具有一种母性人格的内涵。这就是为什么在《非洲人》的开篇作家就把非洲大陆比作一个身体——"非洲大陆是一个身体，而非一张脸庞"，她是身体，母亲的身体。《奥尼沙》的另一处细节明确暗示了母亲身体作为非洲大陆的象征。刚刚踏上非洲土地的凡当，对非洲的第一印象便是无处不在的感觉。

> 和母亲一起在站台边漫步，凡当禁不住对每一声海鸥的啼叫感到颤抖（tressaillir）。空气中有一种强烈的味道，呛得人咳嗽。原来这就是藏在达卡（Dakar）这个名字背后的世界（凡当在去往非洲的航程中不断对那些充满异国情调的地名表现出憧憬）。这种味道里夹杂着花生的味道、油的味道，无味的烟和呛人的烟到处飘散，飘到空气里、头发里、衣服里，甚至飘到太阳里。凡当闻着这种气味，让它进入自己的身体，浸润每一个角落。尘土地的味道、湛蓝天空的味道、发光的棕榈树的味道、白色楼房的味道、衣衫褴褛的妇女和儿童的味道。这些味道占据了这座城市。（奥尼沙，37）

非洲大陆给人造成的感官印象强大而无法抵抗，让主人公懵懂和眩晕，甚至无法用语言准确地表达感受，而将一切感觉笨拙地包裹在嗅觉之下。数天之后，凡当才能够清晰地辨别身边的各种感受：码头的喧闹声、沉重的炎热、美丽的阳光等。正是在被各种感觉包裹的那一刻，凡当再次将爱慕的目光投向自己的母亲。在欣赏她"既美丽又令人受折磨的身体"时，凡当意识到："这就是非洲，这个炎热和暴力的城市，光线如脉搏般悸动的黄色天空。"（奥尼沙，39）很明显，非洲大陆在小男孩的眼中，化身为一个可触的、巨大的母亲身体。就像凡当依偎在母亲周围感受她的气息和温度而获取幸福感一样，在非洲大陆的环抱中，感受大地母亲的脉动，在与自然世界的接触中感受"身体"边际的消退，使人在与宇宙的融合中重新找到静谧感、秩序感和和谐感。正如德尔莫勒所说："在《非洲人》中，身体到处存在，但是它只能化身为相互联结的众多身体而存在，在这种联结面前，年幼的主人公被牢牢吸引，最终融入那个各种能量和生命韵律生生不息的整体之中。"①

作为本节开头三个问题的总结,首先,"身体"是《奥尼沙》和《非洲人》两部作品中的重要主题之一。通过不断地状写自我、他人和自然的身体,通过强调非洲大陆对主人公感受世界的方式的影响,作家制造了一个消融了边界的巨大"身体",使自我身体的概念淡化,代表着一种天人合一的古老智慧。其次,为了呈现这个身体主题,作家使用母亲身体形象作为象征来展开叙事,通过儿童对母亲身体的依恋来唤起回归自然母体怀抱的幸福状态。母亲身体的象征作用使得叙事更富有感染力,情节的编排前后呼应。最后,小说通过文字的记录和转达,形成了一股律动的感觉洪流,写作也因此成为文字为了使身体颤动而经历的一场历险。

第三节 对自然元素的描写和现象学的写作

在寻找一种新的文学创作语言的道路上,勒克莱齐奥并不追求华丽的文辞和刻意的渊博,而力图寻找一种"肉体化的语言",让身体参与到创作中来,让文字更为直观、更为感性,且试图以文字的"律动"(la vibration)打动读者。如果说感觉描写是作家在这一尝试中偏爱的实验田,那么,自然元素描写也是作家的语言实验中不容忽略的一个重要方面。

所有读过勒克莱齐奥作品的人都不会否认,风景和自然元素在作家的文本中占有大量的篇幅。"在大地上的一切生命都是神奇的,一切都是新的:大地、天空、大海、生命的初生。"(大地上的陌生人,45)作为一个常常被定义为生态作家的创作者,诸如大地、天空、大海等自然元素在勒克莱齐奥的视野里明显是格外重要的。对此,奥米努斯评价道:"在他试图复魅世界、神化自然的努力中,勒克莱齐奥乐意相信物质的灵性。在他的笔下,自然获得了生命,她具有自己的欲望,自己的怨恨,自己的意志。"② 因此,通过拟人化的描写,大海、阳光、狂风、沙漠在叙事中成为和人类角色同等重要的人物。例如前文中提到的《寻金者》的主人公亚历克西,对大海如对母亲般痴迷和眷

---

① Jean-Christophe Delmeule. Figures féminines et poétique de l'exil:la parole charnelle. 载 Marina Salles, Eileen Lohka. L'Africain. Voix de femmes:Les Cahiers J. M. G. Le Clézio. Paris:Éditions Complicités, 2013. p. 74.

② Jean Onimus. Pour lire Le Clézio. Paris:Presses Universitaires de France,1994. p. 109.

恋；《奥尼沙》中的非洲大陆，也在获取一个"身体"（因为主人公不断把非洲大陆比喻成一个巨大的身体）的同时获得独立的人格。这种既"神化"（sacraliser）又"人化"（personnifier）自然元素的双重努力来源于同一种信念，即自然永远不是孤立的自然，而是感觉现象中的自然，是被人感受到的自然。对自然的"人化"（personnification）拉近了人和自然元素之间的距离，强化了二者之间不可撤销的关系；对自然的神化（sacralisation）则表达了对一种更高级存在状态的向往，即人类与物质世界相融合的迷醉感。从这个意义上说，勒克莱齐奥表现自然的方式在很大程度上近似于梅洛-庞蒂身体哲学中的论题——"身体之肉和世界之肉的交织"。

在下面的章节中，我们将分析作家如何通过基于自然元素的描写进行一种"现象学的写作"，同时进一步探讨作家如何在自然描写中实现"肉体化语言"（langage incarné）的尝试。

一、世界之肉和人体之肉的融合

勒克莱齐奥的文学世界里充满了大海、阳光、山峦、树木等自然元素。自然元素成为奔涌的文字的源泉。大海是作家最为钟爱的自然元素，在众多的长短篇叙事作品中，大海几乎从来不曾缺席过，形形色色的人物也总是会在人生的某一刹那，面对大海沉思和凝望。从作家的第一部小说《诉讼笔录》的第一章起，就出现了主人公亚当从山丘上长时间凝望大海的细节。《发烧》的故事开始于海中的沐浴，结束于海中的沐浴，大海似乎是主人公浩克生活中不可缺少的一部分。在短篇小说集《蒙多》中，两个青少年人物露乐比和大卫都对大海痴迷地向往，可以不顾一切惩罚而离家出走去看海。《沙漠》的主人公拉拉在人生遇到低谷的时候总是踯躅于海边寻找慰藉。大海在小说《寻金者》中则更是举足轻重的叙事元素，牵动了包括亲情、乡愁和冒险精神在内的一切情感与欲望。总之，自然元素在勒克莱齐奥作品中远不是风景描写，不是烘托陪衬，它们和人类角色共同架构起叙事的层次，使得诗情和意义共同在文字的脉搏中贲张。

自然元素不仅在勒克莱齐奥数量丰富的作品中无处不在，而且所占据的篇幅也相当可观。我们不禁要问，为什么作家在叙事中赋予自然元素如此重要的地位？他对于自然元素的表现又有哪些独特的地方？事实上，勒克莱齐奥自然描写在以往研究中一直被理解为一种生态主义审美倾向。诚然，对作家自然描写的生态主义视角阐释准确把握了作家创作的动机之一，然而，将勒克莱齐奥的自然描写单纯局限于生态主义解读则是片面的。在下文中我们将试图从现象学的视角，来分析勒克莱齐奥笔下的自然。我们认为作家笔下的自然首先是感性体验中的自然，自然和感觉互为前提，密不可分；在自然和感觉的交织（l'entrelac）和融合（la fusion）中，产生了文字的诗意风格和文本的哲理意蕴。文字时而敏感细腻，忠实地记录着感觉捕捉到的每一次细微颤动；时而充满激情，用瑰丽的想象将感官的迷醉状态推向极致。

我们首先用《沙漠》中关于广阔沙漠的一个节选片段，来说明作家呈现自然的写作方式。

> 她看到眼前展开的广袤沙漠，金黄色、硫黄色，一泻千里，如大海般翻滚着巨浪。在这个沙土之疆上，没有人、没有树、没有草，只有沙丘投下的阴影，相互勾连，在黄昏的余晖中如同静谧的湖泊。这里的一切似乎都是相似的，跟随着自己游离的目光，她感到自己无处不在，一会儿这里，一会儿那里，然后又出现在别处，在大地和天空边际线上。在她的凝视下沙丘迈开脚趾慢慢地挪动起来。（沙漠，47）

这段关于沙漠的描写初看起来不过是单纯的景色描写，然而两句话之后，我们却可以发现这段看似客观的景物描写，其实是在主人公的凝视下被再现出来的。跟随着人物的目光，沙漠的景象在笔端铺展开来，颜色和形状随着人物的视角发生变化。在长时间的凝视后，主人公发现自我身体和外部世界的界限逐渐淡化，她不再确定自己所处的位置，而感到自己通过化身成为外部世界的一部分而无处不在；同时自然物体也不再是无生命的静物，它们在主人公的想象中获得了生命，能够自由移动。因此，作家笔下的景物描写总是在人物的感觉体验中被再现出来，风景和感觉二者，你中有我、我中有你，不分彼此，总是让人物通达到一种迷醉的状态，即自我的存在和物质的存在交织缠绕在一起。在这一点上威斯特兰德观察到："通过多种角度刻画描写对象本身并不是目的，真正的目的在于作家想要实现一种特殊的交流方式，一种不需要语言作为媒体的交流方式。"[1] 这里所指的交流便是人和自然的交流。

的确，勒克莱齐奥笔下这种经由感觉达到身体和世界融合的交流方式充分体现了一种梅洛-庞蒂意义上的身体现象学存在观。梅洛-庞蒂反对精神（或脑力）驾驭物质身体的命题，认为人的身体是一种统一的实体，人依靠身体各部分之间的紧密配合才产生了运动和知觉的功能，进而获得了认知能力，因此，智

---

[1] Fredrik Westerlund. *Les fleuves dans l'oeuvres romanesques de Le Clézio*. Helsinki：Université de Helsinki, 2011. p. 31.

力不是纯脑力意义上的智力，而是身体性的智力（intelligence corporelle）；同时，身体和外部世界相互作用的领域构成"身体场"。通过知觉（五种感觉和直觉的综合体）和运动在身体场内的作用，人和外部世界建立联系，使得外部世界成为自我身体的延伸。因此，人和外部世界之间不是一种前者驾驭后者的单向关系，而是一种相互依存的互动关系。

对于勒克莱齐奥的感觉描写中所体现出梅洛-庞蒂身体现象学的观点，许多研究者已进行过研究。图拉雅拉将作家的感觉描写划分为视觉、听觉、味觉、嗅觉、触觉。① 练莹特别关注了感觉描写中视觉的作用和象征意义。② 以上研究者对勒克莱齐奥自然—感觉描写中所表现出的现象学写作特点做出了非常有启迪性的阐释。尽管如此，我们并不能认为将勒克莱齐奥的文字定义为现象学写作仅仅是因为作家描写了感觉。事实上，在现象学描写和像描写植物种类一样的感觉描写之间，有着巨大差别。因此，在下文中，我们将从三个方面来分析作家的自然—感觉描写如何充分体现了梅洛-庞蒂身体现象学。

首先，像梅洛-庞蒂一样，勒克莱齐奥并不把感觉简单看成彼此独立、具有各自独特功能的多种感官的汇总。相反，作家感受到的自然世界与梅洛-庞蒂现象学中的可感世界（le monde sensible）一样，不是被感觉器官分别感受到，而是被整个身体完整地感受到。梅洛-庞蒂认为，颜色和形状这类可感物总是经由一种阈下的张力先被整个身体感受到，然后才作为意识在空间和时间中留下的痕迹，被目光注意到。

> 我说我的眼睛看，手触碰，脚疼痛，然而这些幼稚的表达并没有传达我的真实经历。……如果我在内心中仔细体味这些感觉，我发现一种无形的独特感受，一个没有部分的灵魂，在思考（penser）和知觉（percevoir）之间没有差别，正如在看和听之间也没有差别。③

同样，对作家来说，宇宙的形状和颜色同时被呈现给眼睛和身体。于是，在他的描写中，视觉、听觉、触觉像溪流般汇成一道经过主人公全身的暖流。

> 当她像这样坐在那里，和阿尔塔尼一起坐在岩石上，当他们一起

---

① Ben Salah Ben Ticha Thouraya. *Le détail et l'infime dans l'oeuvre de J. M. G. Le Clézio*. Paris：L'Harmattan，2014.
② 练莹：《勒克莱齐奥的目光：对〈大地上的陌生人〉的生命现象学解读》，《外国文学研究》2014年第6期，第57～66页。
③ Maurice Merleau-Ponty. *La phénoménologie de la perception*. Paris：Gallimard，1945. p. 246.

眺望阳光下一望无垠的岩石滩，在不时吹起的微风中，在盘绕飞舞的蜜蜂的嗡嗡声中，在山羊踩过石子的咯吱声中，（她感到人生）真的没有任何别的需求了。拉拉感到内心里涌起一阵暖流，好像天上所有的光线和地上所有的石头都涌到她的心底里来，让这温暖不断膨胀。（沙漠，113）

这种多种感官的共时协奏，被勒克莱齐奥称为"联觉"（synesthésie）①。联觉的描写在他的散文作品《大地上的陌生人》中更是反复出现。光线被认为不只被眼睛看见，同时也被耳朵听见，被皮肤感触，被存在的每一缕细小纤维所感知。

当阳光好的时候，我们应该张大嘴吃掉它。我们应该吃掉空气，吞下耀眼的温暖，当温暖滑入身体，它就会亮起无数的小太阳来取代体内的淋巴结。（大地上的陌生人，26）

阳光从皮肤渗出……于是我们第一次尝试倾听那唯一的音乐，那是阳光的温柔纯净的声音。（大地上的陌生人，30）

一种虚幻的美钻入我的身体，让身体颤动起来。（大地上的陌生人，28）

其次，像梅洛-庞蒂一样，勒克莱齐奥也强调感觉主体（le sujet de sensation）应该采取一种"敞开状态"（l'état ouvert），因为只有在敞开状态中才能实现知觉者和被知觉物的真正融合。"注意即将发生的事情……这种感觉很奇怪，它让身体内部感到不适，它让四肢颤动（vibrer），它让头部转动，让眼皮下垂。……应该戒备和监视，应该留意自己的内心，只有这样才能捕捉到那个蓄势待发的动作，那个如同猫的后爪般等着临空一跳的动作。"（大地上的陌生人，13）于是，带着一种罕见的热切和专注，勒克莱齐奥笔下的人物伫立于世界面前，倾心感受它，"她感受着每一个细节，每一块石头，每一个裂缝，每一个微笑尘粒中展现的画作"（沙漠，98）。"人们看着，看着，人们永远不知疲倦地注视着。"（大地上的陌生人，19）至于为什么要对事物倾注如此罕见的热切和关注，作家在散文中继续写道："山峦如此美丽，没有目光的注视

---

① "人的联觉的汇合"（Somme des sensations synesthésiques d'un homme），详见《诉讼笔录》第72页。

却根本不会存在。而目光如果缺少了山峦，就会像子弹般划过天空，在虚无中熄灭。"（大地上的陌生人，21）山峦和目光的相互依存见证了可感物和感受主体之间互为前提、互相依靠的共生关系。这正是梅洛-庞蒂在《知觉现象学》中反复强调的感觉的本质特点之一，"在没有我的眼睛、我的手进行探索之前，在我的身体与之进入共时（synchronisation）状态之前，可感之物只是一种无谓的吸引（sollicitation）"①。敞开身体去感知世界，因为自然元素可能带给我们的美好境界只有在敞开状态②中才能被发现。这样的自然描写和刻画从思想上来说带有强烈的梅洛-庞蒂身体哲学的色彩。

在强调自然和感觉相互依存的前提下，哲学家和作家在看待感觉的本质这一问题上再次不谋而合，感觉不是可感物对感觉主体的刺激以及后者的生理反应，感觉乃身体和物质之间波动性的震颤。梅洛-庞蒂在《知觉现象学》中提出，可感物首先提出一种存在的节奏，在经历共同的颤动后，感受主体投入可感物，并与之和谐共鸣。

> 我侧耳倾听，我注目凝视，可感物忽然之间捕捉到了我的耳朵和目光，于是我身体的一个部分，甚至整个身体，投入到蓝色或红色颤动（vibrer）的方式中，投入到它们填充空间的方式中。③

> 可感物不仅具有变动的、富有活力的意义，并且是一种存在于世的状态，并从它们自己的位置上向我们发出加入其中的邀约，我们的身体于是接受邀约进入这种状态，感觉从根本上来说是一种灵犀相通（communion）。④

梅洛-庞蒂强调感觉是一种身体和被感受到的物体之间的"灵犀相通"（communion），在这种"沟通"中，感觉用一种神奇的颤动（vibration）联结起主体及其所面对的世界。

颤动（vibrer）是作家在对感觉和自然的写作中特别钟爱的一个动词。颤动以及一连串具有近似意义的动词和名词，诸如"战栗""颤抖""节奏""电流""波动"，在作家的自然描写和感觉描写文字里反复出现，用于表现人

---

① Maurice Merleau-Ponty. *La phénoménologie de la perception*. Paris：Galimard，1945. p. 248.
② 这种敞开状态最好的例子就是"瞳孔放大"的状态，意即视觉器官的敞开状态。在前文中我们提到，"瞳孔放大"（mydiase）是作家创作中偏爱使用的词语。
③ Maurice Merleau-Ponty. *La phénoménologie de la perception*. Paris：Galimard，1945. p. 245.
④ 同上，p. 246.

和自然之间一种协调同步的律动状态。卢塞尔-吉耶在关于作家的文本风格上做出了这样的评价:"勒克莱齐奥的身体书写(écriture-corps)正是因为颤动而显得独特。"①

> 所有您看见的事物都以一种渐强的活力摆动着……好似电流穿过整个身体和全身的神经。(大地上的陌生人,92)

> 神奇就是当目光联系起观看者和看到的东西,当皮肤和大地的表面越来越像,互相摩擦,共同颤抖(frissonner)。神奇就是音乐由外部世界进入体内,然后又从体内流入外部世界。(大地上的陌生人,45)

最后,我们说勒克莱齐奥的自然—感觉描写是一种现象学的写作,还归因于作家思想中的一个关键性概念"物质的狂喜",与梅洛-庞蒂的"世界之肉与人类之肉的交织"命题十分相近,两者都表现了人和宇宙的物质融合,并将此状态视作一种原初的、真实的幸福状态。

让我们先来看看这样两段描写:

> 我们的目光在光线的一端,山的目光在光线的另一端,我们不再孤独,我们化身成两个重合的领域,让美在我们之间传递。(大地上的陌生人,19)

> 来自世界的目光与我的目光相遇,在太阳下熠熠生辉。这个目光不是我的目光,他不属于我。这是一种独特的目光,整个世界的所有目光汇聚于此,并不刻意为了看见什么。(大地上的陌生人,139)

这两段自然—感觉描写的独特之处,在于它们有违于日常的生活常识,带有一种诗意的神秘,仿佛在用超现实的手法描写自然风景。为什么自然景物会在"我"的注视下反过来看"我",第一节里"山的目光"和第二节里"世界的目光"是否可以被简单理解为一种拟人化的修辞手法?抑或在这种描写的背后有更深一层的哲理意义?

无独有偶,在散文《眼与心》里,梅洛-庞蒂提到,被物体反过来观看是许多画家的共同感受:"在他(画家)和可见物之间,二者的关系无法避免地

---

① Isabelle Roussel-Gillet. *J. M. G. Le Clézio*, *écrivain de l'incertitude*. Paris: Ellipses, 2011. p. 31.

相互逆转。这就是为什么很多画家都认为物体在注视着他们。"① 梅洛-庞蒂使用了"可逆性"（réversibilité）这个词语来阐释画家和景物的关系。对哲人来说，对人和世界的理解不应该从思想和广延的切分出发，而应该设想一种"可逆性"，因为两者之间的关系是"互为正反面"② 的。"可逆性"在梅洛-庞蒂的思想里非常重要，因为这个词语概括了人和物质世界之间的关系。③和梅洛-庞蒂的观点近似，在作家那里，自然和人的关系也是"可逆"的，表现为人和自然风景的互看。因此可以说，勒克莱齐奥笔下的自然世界也带有现象学的视角，他对于山峰、大海、沙漠的描写不是人类目光对自然的征服，而是表达了人和景的相互性、可逆性，强调二者的和谐共生。

除了视觉上和世界的相通外，勒克莱齐奥也经常书写人和世界经由触觉实现的融合。例如以下两段：

> 一块块土地，一层层树皮，我的片片皮肤。土地和皮肤彼此相像。我在其中看到了同样的皱纹和同样的图案，当它们彼此接触的时候，我再也分不清哪里是我的皮肤。（物质的狂喜，120）

> 沙滩上细碎的沙粒，……我躺在你的上面。我从你的肌肤（chair）中获取营养，然而你的肌肤也是我的肌肤。在你柔软的岩石之间，我融化在你的身体里，自我吸收。我完全地、神圣地与你结合。（物质的狂喜，120）

人的身体化入自然的"身体"，这是一种幻觉，还是一种想象？脱离现实的描写给文本增添了一种神秘的色彩，一种不可捉摸的文学气质。然而在文字的表现力之下，仍然存在着更深层次需要发掘的意义。人的身体化入自然的"身体"，让人想起古希腊神话中的地母盖娅，这位人格化的自然神，坚实的土地是她的皮肤，深邃的岩洞是她的胸膛。通过对神的想象，古希腊人眼中的人以自然为身体，自然具有了人的身体结构，这是一种向往身体与物质融合的原初表达。

人的身体化入自然的"身体"，意味着物质之间的界限被消融，剩下的只有融合的迷醉感。这正是作家所提出的"物质的狂喜"所要表达的状态。在

---

① Maurice Merleau-Ponty. *L'oeil et l'esprit*. Paris：Gallimard，1964. p. 31.
② Maurice Merleau-Ponty. *Le visible et l'invisible*. Paris：Gallimard，1964. p. 197.
③ 梅洛-庞蒂的身体现象学以驳斥笛卡尔的身心二分理论为出发点，梅洛-庞蒂否认身体与精神、主体与客体之间存在不可逾越的鸿沟。

第七章 文本的愉悦：感性描写和现象学的写作

第一章中我们曾经阐释过"物质的狂喜"这个概念，并分析了其在勒克莱齐奥的思想中占有的重要地位。物质的狂喜（l'extase matérielle）这个概念由法语中的两个词组成，名词 extase 来源于希腊语中的ἐκίστημι，该希腊词又由两部分组成：ἐκ（在……以外）和ἴστημι（根基）。ἐκίστημι 表示"一种个体被带离于自我之外的状态"（transporté en dehors de soi-même）。extase 在现代法语中的意义即由此衍生而来，意为一种"狂喜的状态（état de ravissement extrême）、极度的愉悦感（jouissance extrême）"。形容词 matériel 则对这种极度狂喜的状态做出了限定，即这种狂喜的状态或来源于物质，或具有物质的特点，总之在"狂喜"和"物质"之间，有某种特定的联系。作家的同名散文《物质的狂喜》中这样一句话似乎暗示了作家自己给这一概念作出的阐释："思想的绝对秘密无疑是这个不能忘怀的欲望——投入和物质（matière）之间最令人狂喜的（extatique）的融合。"（物质的狂喜，53）在这个句子中，虽然名词 extase 和形容词 matérielle 分别以相反的词性出现（即形容词 extatique 和名词 matière），然而这个句子却明确地表示出物质和狂喜状态的关系，即狂喜的状态发生在精神投入物质并与之融合的过程中。在作家叙事、散文作品中不断出现的，人物面对自然景物时灵魂出窍般的狂喜体验，不正是对"物质的狂喜"这一概念的写照吗？《沙漠》的主人公拉拉在凝望沙漠时出神，分辨不清自我身体和沙漠身体的界限，幻想自己的身体弥散在沙漠里，沙漠的沙丘也在幻觉中成了自己身体的一部分。《露乐比》中的主人公露乐比也在凝望中产生了幻觉，她的身体飞上天空，化成碎片，愉悦地融入周边的自然环境。

再回到我们上文讨论的《物质的狂喜》中的两个句子，在视觉中"我"和山的融合，在触觉中皮肤和大地的融合，都印证了"狂喜状态"（l'extase）的发生条件——精神与物体的融合，人和物质世界的融合。如果考虑到"狂喜状态"（l'extase）这个法语单词的希腊语词源ἐκίστημι（一种个体被带离于自我之外的状态），会发现希腊语的意思对阐释勒克莱齐奥的文本更加合适，拉拉和露乐比，以及众多其他人物，都在强烈的感觉体验后产生了一种游离于自我而融入自然物质的幻觉，而这种幻觉体验具有强烈的喜悦感而被称为"狂喜"。因此，"物质的狂喜"，就是人在强烈的感觉体验中产生幻觉，游离于自我，并与自然物质世界融合的狂喜状态。

很明显，在作家的"物质的狂喜"思想和他的文学创作之间具有密切的关系，前者为文学想象提供了独特的思想源泉和创作动机，后者则以感性的文字演绎了作家的思想视野。那么，从何种意义上说，描写人脱离自我，并与自然物质世界融合的狂喜状态是一种现象学写作呢？让我们先来考察梅洛-庞蒂关于"身体之肉和世界之肉交织"的命题。

梅洛-庞蒂用"肉"（chair）的概念来解释人和宇宙的关系。"肉"在梅洛-庞蒂那里既不是物质也不是实体，而是一种"存在的元素"（un élément de l'être）①。可见物通过"肉"被盘绕在观看中的身体周围，可感物通过"肉"被盘绕在触摸中的身体周围。世界之"肉"和身体之"肉"具有共同的基质（substrat）。在此意义上，一旦我们有了一个身体，我们就获得了一种"存在的原生质"②，获得了融入世界的资格，"我的身体是由与世界同质的'肉'构成的，同时我的身体之'肉'被世界参与（participée），世界反映着身体之'肉'，他们彼此侵蚀，形成了一种越界和交换的关系"③。因此，梅洛-庞蒂通过"交织"（l'entrelac）、"可逆"（réversibilité）和"肉"（chair）这三个概念来理解人和物质世界的交互关系、人的存在和物质存在的本源关系，既然"肉"沟通起了人的身体和世界的物质，使二者"交织"和"可逆"，那么就根本不存在主体与客体、自在与自为的二元区分了。梅洛-庞蒂现象学对于人与世界关系的理解最终可以归结为"我的生命交织着其他的生命，我的身体交织着其他可见物体"④。

因此，"物质的狂喜"和"身体之肉与世界之肉交织"两个概念都强调了存在的物质维度，强调了通过身体感知从世界获取意义和愉悦感的重要性。在这个意义上，我们再次看到，勒克莱齐奥的自然—感觉描写从很大程度上说是一种现象学的写作，反映出作家在身体与心灵、物质与精神、理性与非理性等问题上深入的思考。文本的诗意既来源于文字的节奏韵律，又来源于文本深层意义对于人生重要问题的启示性作用。描写身体和自然元素的交织，描绘与自然元素冲击中强烈的感觉体验，不仅仅是在宣扬生态主义或者回归自然的健康生活方式，而且反映了一种真实、原初的存在观点。

二、作为同一整体的宇宙

在前面的章节中，我们对勒克莱齐奥的语言实验进行了一系列分析，认为作家的文本赋予自然描写和感觉描写以至关重要的地位，感觉和自然交织的描写产生了一种抒情、怀旧的效果，作者试图在文字的韵律里寻找创作者和读者之间的和谐共振。这些文字的实验同时传达了作家的存在思想，特别是他对存在中身体和物质维度的关注。另外，从很多方面来看，勒克莱齐奥尝试着一种

---

① Maurice Merleau-Ponty. *Le visible et l'invisible*. Paris：Gallimard, 1964. p. 182.
② 同上，p. 177.
③ 同上，p. 297.
④ 同上，p. 73.

现象学的写作。不管是从主题的表现上，还是从语言的风格上，勒克莱齐奥都在寻找一种原初的真实，试图找回那份不经反思的天真，那种与宇宙和谐共存的美好。对此，勒蓬曾经评论说："回到神话，是勒克莱齐奥不同于其他带有乌托邦思想的作家的地方，是他将笔下的人物处置于一个失乐园似的、充满怀旧乡愁的布景之中。"①

的确，勒克莱齐奥作品所体现的世界观具有不可否认的、浓重的乡愁（nostalgie）② 色彩，尽管这种特点使他备受讥讽，被视为蒙昧主义的倡导者。他的人物像古希腊神话中的奥德修斯一样，不管征程多么遥远，不管旅途充满多少挫折和诱惑，回归故乡始终是他们最执着的愿望。正如《寻金者》中令亚历克西魂牵梦绕、盼望回归的童年住地布岗，《沙漠》中的主人公宁愿放弃法国大城市的光鲜生活也要回到故乡北非摩洛哥。勒克莱齐奥的人物经受着和奥德修斯一样的乡愁，希望回到神话中去，回到原初状态的简单和美好，回归人和宇宙的和谐共生。

勒克莱齐奥的创作不仅让人想起古希腊的神话，也让人看到了古希腊哲学的影响。正如尼古拉·平在对作家创作生涯的研究中指出的那样："在他的青少年时代，他发现并广泛阅读了前苏格拉底哲学，尤其是巴门尼德。"③《诉讼笔录》和《革命》两部作品就多次引用巴门尼德，而巴门尼德对作家最大的影响便是其"存在是一"的思想。作家将巴门尼德的"世界是一个统一存在"的观点吸收内化，成为他自己理解存在的出发点。于是，在作家的视野中，人的存在离不开与物质整体的融合，"世界是不可分的。它形成一个整体。"（物质的狂喜，101）。他的众多散文和叙事作品都演绎了这个观点，例如《大地上的陌生人》中的这句话："每一次心跳都是同一块石头、同一滴水、同一束火焰、同一种动物，（它）完全地，包含了存在的整体。"（大地上的陌生人，53）

基于上述分析，我们值得在这里重新审视本书开篇提出的问题：勒克莱齐奥作为一个西方作家，为什么要背离他所熟悉的文化土壤，排斥现代性，谴责西方文化中的众多弊端，转而在其他边缘、原始文化中寻找创作灵感？他对于身体的本体论价值做出的不懈思考，对身心二元关系的思考，在何种程度上影响了作家的文学创作？

为了回答这两个问题，我们首先要探寻一下内在于身心二分思想的一种等级式思维方式。在我们前面的讨论中，勒克莱齐奥从创作早期开始就把笛卡尔

---

① Sylvestre Le Bon. *Le port d'attache de Jean-Marie Gustave Le Clézio*. Beau-Bassin：VDM，2009. p. 18.
② 法文 nostalgie，其希腊词源包含两个词根：nesthai（意为回归、回家）和 algos（意为伤痛）。因此，nostalgie 就是返乡的痛苦欲望。
③ Nicholas Pien，Le Clézio. *La quête de l'accord originel*. Paris：L'Harmattan，2004. p. 81.

身心二元分割问题当作一个重要问题去思考,并且根据这些思考构思创作了各种形式的叙事文本。实际上,由身心二分问题衍生出来的许多二元对立关系以及对立双方的尊卑地位,都是作家思考的主题,都在作家文本中得到了不同程度的探讨。

首先,在西方的思维方式里,男女两性间的对立关系包含着一种精神和身体间对立关系的隐喻。对女性的刻板印象总是把女性与情感、直觉、性征(月经、生产、哺乳的阶段等独特生理特征)、不稳定的情绪(子宫曾经被认为是引起歇斯底里症的器官)等特征联系起来,因此属于身体的范畴;而对男性的普遍印象则是理性、自律、冷静,因此更倾向于精神的范畴。于是,男尊女卑,男权控制女性的社会结构也就得到了合理的解释:正如身体需要被精神控制一样,男权社会对妇女的控制也因此显得具有充分的理据。

其次,同样的逻辑使西方遇到异于自我的他者时产生了一种文化上的霸权主义。那些与土地和身体联系更加紧密的社会,那些没有受过现代化洗礼的文明,经常被西方人看成是原始的、落后的、野蛮的。西方文明一直自恃具有理性的优越性,认为理性促成了现代西方社会的科技发达和物质繁荣,这些都是其他非西方民族无法比拟的。在西方耀眼的理性光芒直射下,原始文化中的古老智慧都被剥夺了对其应有价值的认可。

毋庸置疑,作为一个西方作家,勒克莱齐奥对西方文化的批评鞭辟入里,不留情面,对许多非西方原始文明和文化却持有强烈的赞赏态度。这是因为作家并不将理性作为评判一个文化或文明是否优秀的唯一尺度。相反,他在原始文化扎根于土地、依赖于身体的习俗、艺术、信仰和宗教里发现了生活的智慧。这种智慧虽然不能带给原始民族高度发达的社会和优越的生活条件,却让他们满足于一种与自我、他人、宇宙和谐共存的平静与幸福。

身心二元论的逻辑对于非人类的物种来说同样适用,因为它们被严格限定在身体特征的范畴内,完全不具有任何理性思考能力和精神的超越性。在《谈谈方法》第五部分,笛卡尔确立了动物—机器的理论。没有思想和理性的动物,在西方的思想方式中近似于机器。① 因此,各种形式的屠杀、利用,针对动物的各种残忍行径(例如活体解剖)都被当作理所应当的行为了。

因此,同样作为一种对理性霸权思想的批判,勒克莱齐奥的作品也控诉那些人类残忍地对待动物的行径,比如《巴瓦那》中对人类捕鲸行为的批判、《寻金者》中对被屠杀的海龟的同情、《挚爱的土地》中小男孩屠杀一群马铃薯甲虫时的冷漠。所有这些虐待动物时的残忍和冷酷,都来源于上述分析中根

---

① [法]笛卡尔:《谈谈方法》,王太庆译,商务印书馆2000年版,第44~47页。

深蒂固的理性至上的思维方式。这一点在《奥尼沙》的一个片段中得到了鲜明的印证：当主人公的白人父亲端起猎枪准备射杀一只路过的鹰时，土著黑人小男孩无比愤怒地制止了他，并告诉他，鹰在当地人眼里是一个神祇。这正是原始万物有灵的价值观和现代理性至上的价值观之间的正面冲突。

最后，笛卡尔的二元理论，以其对自身理性力量无比坚定的自豪感和优越性，为人类对自然的征服和掠夺奠定了哲学基础。土地属于物质的世界，应该服从于精神的征服，应该臣服于具有精神超越性的人类世界。于是，人类随心所欲地开始了对物质世界的开发、改造和无止境剥削，尽管这种行为给生态环境造成了很严重的后果。

如果说整个宇宙中的一切物质是一个联结起来的统一整体，那么对自然的掠夺与破坏就是对宇宙这个巨大身体的侵犯。作为一个公认的生态作家，勒克莱齐奥作品中充满了对人类破坏自然的控诉（参见本书第二章第五节），然而最经典的两个片段当属《诉讼笔录》中以满身是病的老妇形象所象征的被过度开发的自然，以及《战争》中的女主人公被强暴场面对人类破坏自然行为的隐喻。

从这个意义上说，既然身体被剥夺了所有的超越性，身体和所有与它同属物质范畴的事物一起都将受到理性的征服。同样，在身心二元关系中推演出来的"我思故我在"的观点成为西方人类中心主义、欧洲中心主义等价值观念的思想源泉。

最后，需要指出的是，身心二元对立的价值观以及理性至上的价值观都是西方特有的思想传统。由学术权威大英百科全书公司出版的《哲学词典》对"身体"一词做出了如下的解释："在肉体和精神之间做出区分，以及在此区分之上产生的对立游戏起源于这样一种思维方式，它的历史在很大程度上认同西方的唯心主义精神。"[①] 尽管这种思维范式在西方根深蒂固，在非西方的文化里却找不到位置。从文化的角度来说，勒克莱齐奥的作品阐释了多种文化中的身体实践。作为一个到处旅行的作家，勒克莱齐奥在他的作品中表现了西方和其他文化在对待身体概念上的巨大差别。对精神和肉体进行二元分割的思维方式，以及对"我思"的崇拜是对西方唯心主义传统的继承。

在法国当代文学中，勒克莱齐奥以背离西方文化、总是在异域中寻找创作灵感的作家形象出现。很多学者认为作家仅仅是因为在非西方社会旅居多年，就采取了一种蒙昧主义、原始主义、政治正确的态度，然而这种评价过于简化

---

① André Comte-Sponville（dir.）. *Dictionnaire de la philosophie.* Paris: Encyclopédia Universalis, 2015, p. 1468.

了作家的意图。实际上，如果说作家在作品中用了一种明显的善恶二元论的倾向来塑造西方文明和非西方文明，那是因为他清醒地认识到了西方二元论思想方法内在的局限性，就如同在身体和精神之间所做的人为的区分，这种局限性是西方精神困境的祸首。在东西方思维方法的差异问题上，学者栾栋曾经一针见血地指出："易学法的根本思路是天人合一，它的基本要点是阴阳孕育、化感通变与和合运演；辩证法的根本理念是人定胜天，它的基本规律是对立统一、量变质变和扬弃否定。"① 因此，如果说作家的思想中吸纳了前苏格拉底哲学和东方哲学的影响，是因为他向往把世界视作一个整体的、同一的、相互联结的存在，才赋予存在以新的味道、新的意义。如果说勒克莱齐奥热衷于书写反殖民主义、生态主义的题材，如果说他的作品对妇女、少数族裔、边缘文化、动物表达了同情，并不是因为作家像那些不能跳出西方二元思想束缚的批评者所指责的那样——刻意追求一种政治正确的立场，而是因为他的思想出发点建立在一种存在是一、万物有灵的整体宇宙观上。

　　本章探讨了作家创作中的语言风格，认为其语言风格在很大程度上受到作家关于身体的哲学思考的影响。这些影响主要包括，受到身心二元关系的启发，作家认为语言表达也体现出两种截然相反的倾向，表征性的语言是对现实世界的模仿，它代表了符号的大量衍生增殖，因此作家提倡背离表征性的语言，寻求一种更加直接明了、更加简单朴实的"肉身化的语言"。这种语言要能够加强身体和语言的联系，摒弃过去语言是纯智力活动的想法，将语言作为一种身体行为、身体动作来看待。语言的任务就是将视觉、听觉、味觉、嗅觉、触觉所捕捉到的东西转换成声音和文字的形式，这种转换应该是即时的、自发的，避免过度的拐弯抹角造成的词与物之间的脱节。

　　在作家看来，文学是实现"肉身化的语言"最好的实验场。为了实现这样的语言，作家在创作中进行了许多大胆的尝试。首先，他扎根于身体的知觉体验，将对知觉的描绘作为实现肉身化语言的最直接手段。后期的作品将大量的篇幅用于描写视觉、听觉、味觉、嗅觉、触觉等身体感觉，并将它们放入记忆和想象的背景里，达到更为诗意的效果。其次，他一直追问身体和文本的关系，并将对这种关系的理解发展成一种具有独特风格的文字。在身体和文本之间，有着难以切断的紧密联系，因为人认识世界的出发点，其建立象征秩序的最基本元素，是对身体部位的体认，对身体知觉、情感的体验。基于对身体和文本关系的这种认识，作家巧妙运用了有关身体的隐喻和象征来表现微妙、细

---

① 栾栋：《易辩法界说》，《哲学研究》2003年第8期，第53页。

腻的情感体验。同时，勒克莱齐奥认为文本联系着作者和读者双方的身体，而真正能打动人的文字，将通过词语和句式的韵律，来引起作者和读者间的感觉的共振和情感的共鸣。最后，勒克莱齐奥将身体和文本的关系体现在对自然景色的描绘上。在作家孜孜不倦的描绘中，自然不是以纯粹景色的形象出现，而是以人物知觉中观察到的自然被呈现出来，这种描写中表现的不仅是自然，同样也是参与到欣赏过程中的身体。的确，勒克莱齐奥在对"肉身化的语言"这种独特文学语言的寻求中做出了各种尝试，他的写作在很大程度上可以被视为一种现象学的写作。

结　语

　　文学不能再长期佯装脱离人类的身体。①

　　生命的美，生命的能量不在于精神，而来源于物质。我只知道一件事情：我的身体，我的身体。②

　　我需要一种身体的冲击。我想要停止做一个纯智力的人。我慢慢发现我必须朝这方面努力，让这种非智力性滋养我以后的作品。③

　　正如瑞典皇家学院授予勒克莱齐奥的诺贝尔文学奖颁奖辞中所概括的那样，这位法国作家的创作最显著的特色是风格中感性的诗意，以及思想上对东西方社会价值观所做的善恶二元判断，即不遗余力地批判西方现代社会，并在对西方以外文明的求索中探寻新的意义和价值。

　　我们的研究试图从文学身体的概念出发，通过解析作家主要作品中"身体"的文学性和思想性，来阐释文本中身体主题与作家创作特色的紧密关系；从哲学、社会、文化、历史、人类学和文艺学等多种学科的多样化视角来审视作家在长达半个世纪的创作中对文学身体的表现，并通过抽丝剥茧的分析将作家的创作视作一整套系统的身体诗学。我们认为"身体"这个概念在勒克莱齐奥的创作中具有重要的阐释意义。"身体"不仅在作家的创作中占据了大量的篇幅，而且反映出作家关于存在、主体、他人、暴力、理性、语言等多重主题的深入思考，它蕴含着深厚的思想性和丰富的文学性。

　　不可否认，勒克莱齐奥作品中的"身体"中蕴含着深厚的思想性。意识与身体、精神与物质的二元关系是一个在西方哲学史上争辩不休的本体论问题。如果说作家对西方社会鞭辟入里的批判归根结底是一种激烈的逻各斯批判，那么在哲学传统中作为逻各斯反题的身体自然而然地就成为表达这种批判

---

① J. M. G. Le Clézio. La Révolution carnavalesque: sur Bakhtine et Rabelais. 载 *La Quinzaine littéraire*. 15 février, 1971. p. 4.
② J. M. G. Le Clézio. *L'Extase matérielle*. Paris: Gallimard, 1967. p. 47.
③ Cortanze de Gérard. *J. M. G. Le Clézio*, *Le nomade immobile*. Paris: Gallimard, 1999. p. 162.

的有力工具。精神压制身体的主客关系是逻各斯征服、分解、同化本质的完美表征，它隐喻了西方社会中众多的不平等机制，精英阶层压制底层民众，男性压制女性，西方民族掠夺非西方民族，人类屠杀动物、改造和破坏生态环境等，作家善于以遭受创伤的身体形象控诉逻各斯的暴力。另一方面，"身体"在作家的思想视野里也是一股反叛的力量。在西方思想中一直被认为蛊惑认知、诱人堕落、终将腐朽的身体，现在被作家赋予了革命性的象征意义来挑战形而上的主体。如果说理性主义传统所推崇的思考的主体，最终陷入唯我论的困境并与现实世界深度脱节，那么一个感官敞开、热切拥抱世界的身体无疑为现代人异化的生存状态提供了另一种可能性。具身化体验（l'expérience incarnée）拒绝形而上的思考和人生的工具性价值，强调对事物的欣赏、对细节的品味和对放慢的时间的细心体验。"身体"由此在作家笔下成为生命本真力量的忠实代表，彻底地背离逻各斯的传统理性霸权，如孩童般任性地肆意挥霍时间和精力，崇尚一种听从心声、以实现个体真实欲望和原初梦想为目标的生存理念。从文学归藏的思路看，身体同时也是联结自我与他人、自我与自然世界、自我与超验的神性世界的媒介，在对身体的倚赖中，作家才有可能找到一种能够与天地万物和谐共存的存在方式。

　　勒克莱齐奥作品中的"身体"也蕴含着丰富的文学性。在身体和文本之间，有着难以切断的紧密联系，因为人认识世界的出发点，其建立象征秩序的最基本元素，乃是对身体部位的体认，对身体知觉、情感的体验。从身体和文本的密切联系出发，作家在三个层面上演绎了在文学舞台上千变万化的身体。首先，作家善于通过描绘身体形象增强文字的画面感。《战争》《巨人》《逃之书》等早期小说通过身体形象的支离破碎来表现主体的分崩瓦解。这些小说所揭示的世界是一个病态的、超现实的、令人焦虑的世界，其语言风格在很大程度上类似于一幅弗兰西斯·培根笔下表现扭曲和痛苦身体的超现实主义绘画。其次，作家善于用身体的象征意义造就叙事的推动力。小说集《发烧》通过疾病症状表现了主体苦恼、焦虑的存在体验，发烧、疼痛、疲乏和衰老，无论是哪一种身体症状，都如火山喷发般在叙事进程中迸发出来，左右着人物的行动，推动着叙事的深入，让文本的意义在身体症状引发的荒诞剧情下得到逐步的揭露。最后，作家善于用身体的感觉描写造就文本的韵律感和抒情性。在阅读勒克莱齐奥叙事作品，特别是后期的叙事作品时，读者很难不被作品中一股流淌于文字间的富有生气的洪流所打动。作家状写感觉，他的笔端流出的文字诠释着身体的感受，文本中绵延不断的感觉描写将读者带入一种抒情、诗意的境界，在感性的文字中，读者的身体与文本的韵律实现了和谐的共振，一如辟文学给人们提供林籁结响的美妙音乐，因为"（辟文学）不只是作家个人的一己之鸣，而且也是各类文学元素的灵气之枢，是文学律吕调谐的动静之铎"①。

　　同样，勒克莱齐奥作品中具有鲜明个性的思想倾向和文字风格，与作家对文学身体的思考和想象紧密相连。对于勒克莱齐奥来说，"身体"意味着一种未经反思的纯真与和谐，一种具有童年自发性、与事物直接吻合的感觉，一种真实的个体性，一种重新与原初世界统一的希望。"文学不能再长期佯装脱离人类的身体"。在这样的信念下，勒克莱齐奥通过多种多样的文学尝试，在其宏富多元的作品中建立一种真正的身体诗学。

　　对于传统文学思想而言，勒克莱齐奥的文学创作无疑是一种突围甚至突破，但是仅用稚子童心和直接物感写作，多少有其不足，用之建构一个"文本村落"是可行的，可是在诗学理论方面考量，还有许多问题摆在作家和读者面前，比如说"他化的变数"，是当今世界绕不开的话题。② 勒克莱齐奥是一个尊敬"他者"的优秀作家，但是在文学理论方面，我们仍然有许多期待。希望他在其后面的文学创作和理论著述当中，能有"他化"以及"通化"的时空拓展开来。文学他化可本，文学通化必行。"文学他化可本，因为可本者，本源，本相，可据以为本。"③ "文学通化必行，因为通化是文学的真正归宿。通化是文学的优秀品质和终极现象，他化是通化的实际过程，他动则是他化的实际践履和真正考验，是通化的显形和现身。"④ 勒克莱齐奥正在通过"他者"而他动，经由他动而他化。他化者，已经奔向文学通化的广阔天地。在那里，我们或可有缘与作家再次相遇。

---

① 栾栋：《文学通化论》，商务印书馆2017年版，第96页。
② 同上，第53～196页。
③ 同上，第154页。
④ 同上，第154页。

参 考 文 献

一、勒克莱齐奥作品

（一）叙事作品

[1] LE CLEZIO J M G. Le procès-verbal [M]. Paris：Gallimard, 1963. (《诉讼笔录》)①

[2] LE CLEZIO J M G. La fièvre [M]. Paris：Gallimard, 1965. (《发烧》)

[3] LE CLEZIO J M G. Le déluge [M]. Paris：Gallimard, 1966. (《洪水》)

[4] LE CLEZIO J M G. Terra amata [M]. Paris：Gallimard, 1967. (《挚爱的土地》)

[5] LE CLEZIO J M G. Le livre des fuites [M]. Paris：Gallimard, 1969. (《逃之书》)

[6] LE CLEZIO J M G. La guerre [M]. Paris：Gallimard, 1970. (《战争》)

[7] LE CLEZIO J M G. Les géants [M]. Paris：Gallimard, 1973. (《巨人》)

[8] LE CLEZIO J M G. Mondo et autres histoires [M]. Paris：Gallimard, 1978. (《蒙多和其他故事》)

[9] LE CLEZIO J M G. Désert [M]. Paris：Gallimard, 1980. (《沙漠》)

[10] LE CLEZIO J M G. La ronde et autres faits divers [M]. Paris：Gallimard, 1982. (《飙车和其他故事》)

[11] LE CLEZIO J M G. Le chercheur d'or [M]. Paris：Gallimard, 1985. (《寻金者》)

[12] LE CLEZIO J M G. Onitsha [M]. Paris：Gallimard, 1991. (《奥尼沙》)

[13] LE CLEZIO J M G. Etoile errante [M]. Paris：Gallimard, 1992. (《流浪的星星》)

[14] LE CLEZIO J M G. Pawana [M]. Paris：Gallimard, 1992. (《帕瓦纳》)

[15] LE CLEZIO J M G. Poisson d'or [M]. Paris：Gallimard, 1996. (《金鱼》)

[16] LE CLEZIO J M G. Hasard suivi de Angoli Mala [M]. Paris：Gallimard, 1999. (《安格力·马拉》)

[17] LE CLEZIO J M G. Cœur brûle et autres romances [M]. Paris：Gallimard, 2000. (《燃烧的心》)

[18] LE CLEZIO J M G. Révolutions [M]. Paris：Gallimard, 2003. (《革命》)

---

① 括号内为该文献中译书名，下同。

[19] LE CLEZIO J M G. Ourania [M]. Paris: Gallimard, 2006. (《乌拉尼亚》)

[20] LE CLEZIO J M G. Ritournelle de la faim [M]. Paris: Gallimard, 2008. (《饥饿间奏曲》)

（二）散文作品

[21] LE CLEZIO J M G. L'extase matérielle [M]. Paris: Gallimard, 1967. (《物质的狂喜》)

[22] LE CLEZIO J M G. Haï [M]. Genève: Skira, 1971. (《阿依》)

[23] LE CLEZIO J M G. L'inconnu sur la terre [M]. Paris: Gallimard, 1978. (《大地上的陌生人》)

[24] LE CLEZIO J M G. Le rêve mexicain ou la pensée interrompue [M]. Paris: Gallimard, 1988. (《墨西哥之梦》)

[25] LE CLEZIO J M G. La fête chantée [M]. Paris: Le Promeneur. 1997. (《歌咏的节日》)

[26] LE CLEZIO J M G. L'Africain [M]. Paris: Mercure de France, 2004. (《非洲人》)

[27] LE CLEZIO J M G. Mydriase [M]. Paris: Fata Morgana, 1993. (《瞳孔扩大》)

（三）文章、访谈和讲演稿

[28] EZINE J L. Ailleurs: entretiens avec J. M. G. Le Clézio [M]. Paris: Arléa, 1995.

[29] LHOSTE P. Conversations avec J. M. G. Le Clézio [M]. Paris: Mercure de France, 1971.

[30] LE CLEZIO J M G. Les marges et l'origine: entretien avec J. M. G. Le Clézio [J]. Europe, 1993 (1) 167.

[31] LE CLEZIO J M G. Un homme examplaire: sur Jean-Paul Sartre [J]. L'Arc. 1966 (30) 5-9.

[32] LE CLEZIO J M G. La révolution carnavalesque: sur Bakhtine et Rabelais [N]. La Quinzaine littéraire, 1971-02-15 (4).

[33] LE CLEZIO J M G. Mircea Eliade, l'initiateur [N]. La Quinzaine littéraire, 1979, 297 (3): 16.

[34] LE CLEZIO J M G, SIMON K. La littérature comme alternative à la mondialisation [N]. Le Courrier de la Corée, 2002-02-09.

[35] LE CLEZIO J M G. La révolution des âmes [J]. Magazine littéraire, 2003, 418 (3): 67.

[36] LE CLEZIO J M G. In the forest of paradoxes. [EB/OL]. (2008-12-07) [2015-08-12]. http://www.nobelprize.org/nobel-prize/literature/laureates/2008/clezio-lecture_en.html.

二、关于勒克莱齐奥的研究

（一）专著

［1］ALSAHOUI M. La question de l'Autre chez J. M. G Le Clézio［M］. Sarrebruck：Éditions universitaires europeennes，2011.

［2］CAVALLERO C. Le Clézio, témoin du monde［M］. Paris：Éditions Calliopées，2009.

［3］CORRINE F. Désert：Jean-Marie Gustave Le Clézio［M］. Paris：Bréal，2000.

［4］DE CORTANZE G. J. M. G. Le Clézio：Le nomade immobile［M］. Paris：Gallimard, Follio，1999.

［5］KOUAKOU J M. J. M. G. Le Clézio：accéder en vrai à l'autre culturel［M］. Paris：L'Harmattan，2014.

［6］JOLLIN-BERTOCCHI S. J. M. G. Le Clézio：l'érotisme, les mots［M］. Paris：Kimé，2001.

［7］LABBE M. Le Clézio, l'écart romanesque［M］. Paris：L'Harmattan，1999.

［8］LE BON S. Le port d'attache de Jean-Marie Gustave Le Clézio：La quête d'une vérité et d'une nouvelle identité［M］. Beau-Bassin：VDM Verlag，2009.

［9］MARTIN B. The fiction of J. M. G. Le Clézio：A Postcolonial Reading［M］. Oxford：Peter Lang，2012.

［10］MBASSI A R. Identité et fluidité dans l'œuvre de Jean-Marie Gustave Le Clézio. Une poétique de la mondialité［M］. Paris：Éditions L'Harmattan，2008.

［11］MOSER K. J. M. G. Le Clézio：a concerned citizen of the global village［M］. Lanham, Boulder, New York：Lexington Books，2012.

［12］MOSER K. Privileged moments：the novels and short stories of J. M. G. Le Clézio［M］. New York：The Edwin Mellen Press，2008.

［13］ONIMUS J. Pour lire Le Clézio［M］. Paris：Presses Universitaires de France，1994.

［14］PIEN N. Le Clézio, la quête de l'accord originel［M］. Paris：L'Harmattan，2004.

［15］ROUSSEL-GILLET I. Le chercheur d'or de J. M. G. Le Clézio［M］. Paris：Ellipses，2005.

［16］ROUSSEL-GILLET I. J. M. G. Le Clézio, écrivain de l'incertitude［M］. Paris：Ellipses，2011.

［17］SALLES M. Le Clézio, notre contemporain［M］. Rennes：Press Universitaires de Rennes，2006.

［18］ SALLES M. Le Clézio, Peintre de la vie moderne ［M］. Rennes：Press Universitaires de Rennes, 2007.

［19］ SOHY C. Le féminin chez J. M. G Le Clézio ［M］. Paris：Éditions Le Manuscrit, 2010.

［20］ SUZUKI M. J. M. G. Le Clézio, évolution spirituelle et littéraire：par-delà l'occident moderne ［M］. Paris：L'Harmattan, 2007.

［21］ THIBAULT B. J. M. G. Le Clézio et la métaphore exotique ［M］. Amsterdam/New York：Rodopi, 2009.

［22］ THOURAYA B S B T. Le détail et l'infime dans l'œuvre de Jean Marie Gustave Le Clézio ［M］. Paris：L'Harmattan, 2014.

［23］ TRZYNA T. Le Clézio's spiritual quest ［M］. New York：Peter Lang, 2012.

［24］ VAN ACKER I. Carnets de doute：variantes romanesques du voyage chez J. M. G. Le Clézio ［M］. Amsterdam/New York：Rodopi, 2008.

［25］ DZENE E J B. Littérature du salut et illusion prophétique：chez Le Clezio ［M］. Sarrebruck：Éditions Universitaires Européenes, 2013.

（二）论文集

［26］ ADINA B B, VAN ACKER I. Le goût des langues, les langues à l'œuvre：les Cahiers J. M. G. Le Clézio（Numéro 7）［C］. Paris：Éditions Complicités. 2014.

［27］ ALTHEN G. Jean-Marie Gustave Le Clézio：numéro spécial de la revue sud 85 – 86 ［C］. Marseille：SUD, 1989.

［28］ LÉGER T, ROUSSEL-GILLET I, SALLES M. Le Clézio, passeur des arts et des cultures ［C］. Rennes：Presses Universitaires de Rennes, 2010.

［29］ THIBAULT B, MOSER K. J. M. G. Le Clézio：dans la forêt des paradoxes ［C］. Paris：L'Harmatta, 2012.

［30］ THIBAULT B, ROUSSEL-GILLET I. Revue les cahiers J. M. G. Le Clézio, numéro double 3 – 4, Migrations et métissages ［C］. Paris：Éditions Complicités, 2011.

［31］ THIBAULT B, JOLLIN-BERTOCCHI S. Lecture d'une œuvre：J. M. G. Le Clézio ［C］. Nantes：Éditions du temps, 2004.

［32］ SALLES M, EILEEN L. Voix de femmes：les cahiers J. M. G. Le Clézio ［C］. Paris：Éditions Complicités, 2013.

（三）博士学位论文

［33］ CHUNG O. Le discours prophétique dans l'œuvre de J. M. G. Le Clézio ［D］. Mantréal：Université McGill, 1998.

［34］ DE CHEZET J P. Continuité et dicontinuité dans les romans de J. M. G. Le Clézio ［D］. Irvine：University of California, 1974.

[35] HARRINGTON K N. Writing outside the box: exploring nomadic alternative in contemporary French and Francophone literature [D]. Provindence: Brown University, 2005.

[36] LARGUECH T. L'effet esthétique dans Désert de J. M. G. Le Clézio [D]. Lyon: Université Lumière Lyon 2, 2004.

[37] OLLENDE-ETSENDJI T. Littérature et musique: essai poétique d'une prose narrative musicalisée dans Ritournelle de la faim de Le Clézio [D]. Tours: Université François Rabelais de Tours, 2014.

[38] RIDON J X D. L'exil des mots et la representation de l'autre dans les oeuvres de Henri Michaux et de J. M. G. Le Clézio [D]. Urbana-Champaign: University of Illinois, 1993.

[39] WESTERLUND F. Les fleuves dans l'œuvres romanesques de Le Clézio [D]. Helsinki: Université de Helsinki, 2011.

（四）期刊文章

[40] ARCHAMBAULT P J. Jean-Marie Le Clézio and the 2008 Nobel Prize: can France really claim him [J]. Symposium, 2009, 63 (4): 281 – 297.

[41] CAGNON M, SMITH S. Le Clézio's Taoist vision [J]. The French Review, 1974, 47 (6): 245 – 252.

[42] CROPPER C L. Le Clezio's children: intertextuality and writing in Mondo et Autres Histoires [J]. Neophilologus, 2005 (89) 41 – 48.

[43] GYURIS K. The image of Africa in Doris Lessing's The Grass is Singing and J. M. G. Le Clézio's The Africain [J]. Acta Universitatis Sapentiae Philologica, 2012, 4 (1): 188 – 199.

[44] HOLZBERG R. Beckett et Le Clézio: La chaîne sado – masochiste et le monologue du scripteur [J]. Modern Langage Studies, 1979, 10 (1): 60 – 68.

[45] JEROME G. Un indien contre la ville [J]. L'Express, 1995 (2) 59.

[46] JEROME G. Le Clézio en débat: anachronique [J]. Le Nouvel Observateur, 2000 (10) 12 – 18.

[47] LE CLEZIO M. Langage ou réalité: la phénoménologie platonicienne de J. M. G. Le Clézio [J]. The French Review, 1981, 54 (4): 530 – 537.

[48] LEVY D K. Elsewhere and otherwise: levinasian eros and ethics in le clezio's La Quarantaine [J]. Modern Foreign Langages and Literatures, 2001 (56): 255 – 275.

[49] MENDEZ VEGA M M. Jean-Marie Gustave Le Clézio: un écrivain d'aujourd' hui [J]. Revista de Lenguas Modernas, 2013 (18) 97 – 112.

[50] MILLER R A. Onitsha ou le rêve de mon père: Le Clézio et le postcolonial [J]. International Journal of Francophone Studies, 2003, 6 (1): 31 – 41.

[51] MOLINIE G, VIALA A. Approches de la réception: sémiostylistique et sociopoétique de Le Clézio [J]. The French Review, 1996, 69 (3): 467 – 468.

[52] OANA P. Destination, Destiny, and postcolonial aesthetics in Le Clézio's

Révolutions. Contemporary French and Francophone Studies, 2015, 19 (2): 215 – 223.

[53] RIDON J X. J. M. G. le Clézio et Édouard Glissant: Pour une Poétique de la Trace [J]. Contemporary French and Francophone Studies, 2015, 19 (2): 146 – 154.

[54] ROUSSEL-GILLET I. J. M. G. Le Clézio, une écriture radicante au sens plastique [J]. Contemporary French and Francophone Studies, 2015, 19 (2): 175 – 184.

[55] ROUSSEL-GILLET I. Le Clézio, l'écrivain métisserrand-pour une nécessaire interculturalité [J]. Itinerários, Araraquara, 2010 (31) 33 – 57.

[56] SALLES M. Le Clézio, un écrivain de la rupture [J]. Itinerários, Araraquara, 2010 (31) 15 – 31.

[57] SUEZA E, MARIA J. Désert de Jean-Marie Gustave Le Clézio: analyse d'éléments descriptifs et interprétation écocritique [J]. Revista de estudios franceses, 2009 (5) 329 – 346.

[58] SMITH K W. Forgetting to remember: anamnesis and history in J. M. G. Le Clézio's Desert [J]. Studies in 20th Century Literature, 1985, 10 (1): 9 – 103.

[59] THIBAULT B. Du stéréotype au mythe: l'écriture du fait divers dans les nouvelles de J. M. G. Le Clézio [J]. The French Review, 1995, 68 (6): 964 – 975.

三、理论参考文献

[1] ADAM C, TNNERY P. Œuvres de Descartes: Le Monde, Descriptions deu corps human, Passions de l'âme, Anatomica, Varia, XI [M]. Paris: Lépold Cerf, 1909.

[2] ARMSTRONG D. The rise of surveillance medicine [J]. Sociology of Health and Illness, 1995, 17 (3): 393 – 404.

[3] AUROUX S. La philosophie du langage [M]. Paris: Presses Universitaires de France, 2008.

[4] AMSTRONG T. Modernism, technology, and the body: a cultural study [M]. New York: Cambridge University Press, 1998.

[5] BAKHTIN M. L'œuvre de François rabelais et la culture populaire au Moyen Age et sous la Renaissance [M]. Paris: Gallimard, 1982.

[6] BARTHES R. Le plaisir du texte [M]. Paris: Seuil, 1973.

[7] BAUDRILLARD J, MAYER J P. La société de consommation [M]. Paris: Gallimard, 1996.

[8] BEAUVOIR S D. Le deuxième sexe. Vol 2 [M]. Paris: Gallimard, 1949.

[9] BROOKS P. Body work: objects of desire in modern narrative [M]. Cambridge, Massachusetts: Harvard University Press, 1993.

[10] BRUCKNER P. Le sanglot de l'homme blanc [M]. Paris: Éditions du Seuil. 1983.

[11] DADOU G. Le corps souffrant: littérature et médecine [M]. Seyssel: Éditions Champ Vallon, 1994.

［12］ Camte-Spomille A. Dictionnaire de la philosophie［M］. Paris：Encyclopédia Universalis，2015.

［13］ DE LA METTRIE J O. L'homme-machine［M］. Paris：Denoël-Gonthier，1981.

［14］ DERRIDA J. L'ecriture et la différence［M］，Paris：Éditions du Seuil，1967.

［15］ DESCAMPS C. Quarante ans de philosophie en France：la pensée singulière de Sartre à Deleuze［M］. Paris：Bordas，2003.

［16］ DESCARTES R. Méditations métaphysiques［M］. Paris：Presses Universitaires de France，1956.

［17］ DESCARTES R. Discours de la méthode［M］. Paris，Flammarion，1996.

［18］ DURKHEIM E. Les formes élémentaires de la vie religieuse［M］. Paris：Presses Universitaires de France，2013.

［19］ ELLIS K，HARTLEY D. Social policy and the body：transition in corporeal discourse［M］. London：Macmillan Press Ltd，2000.

［20］ FUREIX E，JARRIGE F. La modernité désenchantée：relire l'histoire du XIXe siècle français［M］. Paris：Éditions la Découverte，2015.

［21］ FINN M R. Proust，the body and literary form［M］. Cambridge：Cambridge University Press，1999.

［22］ FOUCAULT M. Naissance de la clinique：une archéologie du regard médical［M］. Paris：Gallimard，1963.

［23］ FOUCAULT M. Les mots et les choses［M］. Paris：Gallimard，1966.

［24］ FOUCAULT M. Histoire de la folie à l'âge classique［M］. Paris：Gallimard，1972.

［25］ FOUCAULT M. Surveiller et punir：naissance de la Prison［M］. Paris：Gallimard，1975.

［26］ FOUCAULT M. Histoire de la sexualité I：la volonté de savoir［M］. Paris：Gallimard，1976.

［27］ FOUCAULT M. Langage，counter-memory，practice：selected essays and interviews［M］. Oxford：Basil Blackwell，1977.

［28］ FOUCAULT M. Dits et écrits I［M］. Paris：Gallimard，2001

［29］ FOUCAULT M. Naissance de la biopolitique：cours au collège de France（1978—1979）［M］. Paris：Seuil/Gallimard，2004.

［30］ GLAZIOU J. Faits divers et nouvelles：de l'immanence à la transcendance［M］// Engel V，Guissard M. La nouvelle de langue française aux frontières des autres genres，du Moyen Âge à nos jours. Volume 1. Ottignies：Quorum，1997.

［31］ GEORGE S. Philosophie de la modernité，tome 1［M］. Paris：Payot，1989.

［32］ GERARD B. Vers une anthropologie générale：modernité et altérité［M］. Genève：Librairie Droz，1992.

［33］ GUY D. La société du spectacle［M］. Paris：Gallimard，1992.

［34］HUTCHEON L. The politics of postmodernism［M］. New York: Routledge, 2005.

［35］LEVINAS E. Totalité et infini: essai sur l'extériorité［M］. Alphen aan den Rijn: Kluwer Academic, 1971.

［36］LOUX F, RICHARD P. Sagesses du corps: la santé et maladie dans les proverbes français［M］. Paris: Maisonneuve et Larose, 1978.

［37］LACAN J, MILLER J A. Le séminaire, tome 2: Le moi dans la théorie de Freud et dans la technique de la psychanalyse［M］. Paris: Seuil, 2002.

［38］LE BRETON D. La sociologie du corps［M］. Paris: Presses Universitaires de France, 1992.

［39］LEDER D. The absent body［M］. Chicago: University of Chicago Press, 1990.

［40］LYOTARD J F. La condition postmoderne［M］. Paris: Les Éditions de Minuit, 1979.

［41］MARZANO M. La philosophie du corps［M］. Paris: Presses Universitaires de France, 2007.

［42］MARTIN E. The woman in the body: a cultural analysis of reproduction［M］. Boston: Bacon Press, 2001.

［43］MAUSS M. Sociologie et anthropologie［M］. Paris: Presses Universitaires de France, 2010.

［44］MERLEAU-PONTY M. Phénoménologie de la perception［M］. Paris: Gallimard, 1945.

［45］MERLEAU-PONTY M. Signes［M］. Paris: Gallimard, 1960.

［46］MERLEAU-PONTY M. Le visible et l'invisible, suivi de notes de travail［M］. Paris: Gallimard, 1964.

［47］MERLEAU-PONTY M. L'oeil et l'esprit［M］. Paris: Gallimard, 1964.

［48］MERLEAU-PONTY M. La prose du Monde［M］. Paris: Gallimard, 1969.

［49］NOBERT E. La société des individus［M］. Paris: Pocket, 1991.

［50］POE E A. The fall of the house of usher and other writings［M］. London: Penguin, 1987.

［51］RASTIER F. Sémantique interprétative［M］. Paris: Presses Universitaires de France, 1987.

［52］RICHARD J P. Littérature et sensation: Stendhal, Flaubert［M］. Paris: Seuil, 1990.

［53］SARTRE J P. La nausée［M］. Paris: Gallimard, 1938.

［54］SOBOUL A. La civilisation et la Révolution française［M］. Paris: Arthaud, 1978.

［55］SHILLING C. The body in culture, technology and society［M］. London: Sage Publications, 2005.

［56］SHUSTERMAN R. Body consciousnes: a philosophy of mindfulness and somaesthetics

[M]. Cambridge: Cambridge University Press, 2008.

[57] STUMPF S E. Socrates to Satre and beyond: a history of philosophy [M]. New York: McGraw – Hill, 1966.

[58] TODOROV T. L'esprit des lumières [M]. Paris: Robert Laffont, 2006.

[59] TOURAINE A. Critique de la modernité [M]. Paris: Fayard, 1992.

[60] TURNER B. S. The body and society [M]. Oxford: Basil Blackwell, 1984.

[61] WEBER M. L'ethique protestante et l'esprit du capitalisme [M]. Pairs: Plon, 1964.

[62] ZAGDANSKI S. Le crime du corps: écrire, est-ce un acte érotique [M]. Nantes: Pleins Feux, 1999.

[63] Rey A, Hordé T. Dictionnaire historique de la langue française [M]. Paris: Dictionaires Le Robert, 1998.

四、电子资源

[1] A Calais, en transit dans des containers [EB/OL]. [2016 – 01 – 09]. http://www.liberation.fr/france/2016/01/09/a – calais – en – transit – dans – des – containers_1425277.

[2] France brings in bulldozers to smash a third of the Calais Jungle after migrants REFUSE to move into new ? 20million housing because 'it looks like a prison camp' [EB/OL]. [2016 – 01 – 13]. http://www.dailymail.co.uk/news/article – 3395901/France – brings – bulldozers – smash – Calais – Jungle – camp – migrants – REFUSE – new – 20million – housing – looks – like – prison – camp.html

五、中文参考文献

[1] 柏拉图. 理想国 [M]. 郭斌知,张竹明,译. 北京:商务印书馆,1986.

[2] 德勒兹. 弗兰西斯·培根:感觉的逻辑 [M]. 董强,译. 桂林:广西师范大学出版社,2007.

[3] 笛卡尔. 第一哲学沉思集 [M]. 庞景仁,译. 北京:商务印书馆,2014.

[4] 笛卡尔. 谈谈方法 [M], 王太庆,译. 北京:商务印书馆,2011.

[5] 樊艳梅. 感官、神性与乌托邦——论《奥尼恰》中的风景 [J]. 当代外国文学,2013 (3):14 – 24.

[6] 栾栋. 美学的钥匙 [M]. 西安:陕西人民出版社,1983.

[7] 栾栋. 感性学发微 [M]. 北京:商务印书馆,1999.

[8] 栾栋. 人文学概论 [M]. 广州:暨南大学出版社,2012.

[9] 栾栋. 文学通化论 [M]. 北京:商务印书馆,2017.

[10] 栾栋. 易辩法界说 [J]. 哲学研究,2003 (8):52 – 57.

[11] 栾栋. 辟文学通解——兼论文学非文学 [J]. 文学评论, 2008 (3): 23-30.

[12] 栾栋. 文学他化说 [J]. 文学评论, 2009 (4): 190-197.

[13] 栾栋. 辟文学别裁 [J]. 文学评论, 2010 (4): 186-195.

[14] 卢菊梅. 论勒·克莱齐奥叙事的边缘性与异质性 [J]. 外语与外语教学, 2012 (3): 89-92.

[15] 练莹. 勒克莱齐奥的目光：对《大地上的陌生人》的生命现象学解读 [J]. 外国文学研究, 2014 (6): 57-66.

[16] 谭成春. 勒克莱奇奥的创作历程简述 [J]. 当代外国文学, 2009 (2): 73.

[17] 汪民安, 陈永国. 身体转向 [J]. 外国文学, 2004 (1): 39.

[18] 薛建成. 拉鲁斯法汉双解词典 [M]. 北京：外语教学与研究出版社, 2001.